고양이로소이다

고양이로 소이다

초판 1쇄 찍은 날 | 2017년 10월 25일
초판 1쇄 펴낸 날 | 2017년 10월 31일

지은이 | 심이령
펴낸이 | 예경원

편집 | 유경화 · 주승아

펴낸곳 | 예원북스
등록번호 | 제396-2012-000132호
등록일자 | 2012. 7. 25
YRN | 제1-0201호

주소 | 경기도 고양시 일산동구 호수로 646-24 위너스21 Ⅱ 206A호 (우) 10401
전화 | 031-819-9431 팩스 | 031-817-9432
http://cafe.naver.com/yewonromance
E-mail | yewonbooks@naver.com

ISBN 979-11-6098-630-3 03810

※ 이 도서의 국립중앙도서관 출판시도서목록(CIP)은 서지정보유통지원시스템 홈페이지(http://seoji.nl.go.kr)와 국가자료공동목록시스템(http://www.nl.go.kr/kolisnet)에서 이용하실 수 있습니다.

YEWONBOOKS ROMANCE STORY
고양이로소이다
심이령 장편 소설

C · O · N · T · E · N · T · S

1. 한노

한 무리의 바람이 텅 빈 거리를 빠르게 지났다. 그 성난 바람결에, 거리에 서 있는 가로수들의 앙상한 나뭇가지들이 일제히 한 방향으로 휩쓸렸다. 거리의 주인은 바람이 내는 스산한 소리였다. 어디에서 왔는지 알 수 없는 그 낯설고 광폭한 소리가 정작 그 거리를 한결같이 지켰을 가로등 불빛을 객으로 밀어냈다. 가로등 불빛은 바람이 흔들고 간 메마른 거리의 공허한 자취만을 생기 없이 비출 뿐이었다.

그 불빛 속으로 사람은 들어오지 않았다. 그러다 불쑥 또 다른 빛이 더해졌다. 부릉 소리와 함께. 주황색 택시였다. 택시는 천천한 속도로 바람을 거슬러서 허름한 2층짜리 상가 건물 앞에 섰다. 상가 건물은 1층 왼쪽부터 세탁소, 화장품 가게, 슈퍼마켓, 부동산

중개소의 간판이 나란히 달려 있고, 그 가장 오른쪽이 창살 모양의 철문이었는데 택시가 선 자리가 바로 그 철문 앞이었다.

택시에서 중년 여인이 내렸다. 한 발을 땅에 내디딜 때부터 휴대폰을 들고 '그새 잤어?' 라고 말하면서.

"근데 왜 그렇게 전활 안 받어? 지금 집 앞이야. 얼른 내려와."

중년 여인은 택시 문을 열어둔 채로 급히 통화하다가 통화를 끝낸 즉시 휴대폰을 외투 주머니에 찔러 넣었다.

"어서 내려."

열린 택시 문 안으로 제 몸의 반을 집어넣고 여인이 말했다. 곧 여인의 손에 이끌려서 한 남자가 택시에서 내렸다. 점퍼에 달린 후드를 머리에 푹 뒤집어쓴 남자였다. 또한 두 팔을 제 몸에 꼭 붙여 팔짱을 낀 채로 몸을 굽히고 있었음에도 중년 여인보다 머리 하나는 더 올라올 만큼 키가 큰 데다 무척 호리호리한 체격이었다. 두 사람이 내리자 택시는 바로 떠났다.

"춥지?"

중년 여인이 남자를 부축하듯 잡고 철문 앞으로 이끌며 걱정스러운 듯 말했다. 남자의 걸음이 다소 불안정했다. 여인은 철문 앞에서 그 문의 창살 사이로 손을 넣었다. 잠금장치 바로 옆이었다. 여인은 그 잠금장치에 손을 갖다 댔다. 철컹, 소리가 나고 문이 열렸다. 늘 그렇게 문을 여는 듯 매우 자연스러웠다.

"들어가자."

여인은 철문 안으로 남자를 먼저 들여보내고 뒤따라 들어가 문을 닫았다.

대문 바로 안쪽에, 상가 건물과 담벼락 사이에 난 좁은 길이 곧장 이어져 있었다. 한 6, 7미터 되는 길은 건물의 뒤편에 해당하는 모퉁이에서 끝나는데 그 모퉁이로부터 한 여자가 불쑥 튀어나왔다. 두툼한 카디건의 앞을 팔짱 껴 여미며 급히 나오던 젊은 여자는 또한 급히, 곧장 발을 멈췄다. 중년 여인이 남자를 데리고 막 대문을 뒤로하던 찰나였다.

"려희야……."

중년 여인이 가까이 오라 손짓했다. 그러나 려희는 바로 움직이지 않고 '허' 하는 입 모양을 해 보이며 하릴없다는 듯 어깨를 축 내렸다. 키가 훌쩍 큰, 그런데도 저보다 작은 중년 여인에게 오히려 몸을 기대고 있는 남자를, 려희는 먼저 눈으로 훑었다. 남자는 점퍼의 후드 속에 머리를 깊숙이 감추고 고개를 푹 떨어뜨린 채였다. 때문에 그의 얼굴을 볼 수 없었다.

려희는 대신 그의 발을 보면서 걸음을 떼었다. 맨발이었다. 검은색 고무 슬리퍼 하나에 감싸인 발은 또 몹시 더러웠다. 불과 며칠 전에 설이 지나 날이 아직도 무척 찬데. 려희가 그 생각을 하며 남자의 다리를 따라 눈을 위로 들었다.

그 찰나였다. 마침 남자의 머리도 슥, 위로 올랐다. 려희는 다시 걸음을 멈추고 말았다. 이번에는 눈앞에서 갑작스러운 장애물을 발견한 사람 같았다. 그 장애물은 두 개의 빛이었다. 작지만 예리하고, 시리도록 푸른빛이었다. 그 빛은 남자에게서 나왔다가 금세 사라졌다. 남자는 이미 고개를 푹 떨어뜨리고 있었다.

"뭐 해? 빨리 와서 애 좀 잡지 않고."

중년 여인이 려희에게 재촉했다. 남자를 데리고 조금씩 앞으로 걷고 있어 려희와는 이제 불과 서너 걸음 거리였다.

"으응……."

려희는 멍한 느낌에서 깨어나 급히 다가갔지만 정작 남자의 몸에 손대기를 주저했다. 더구나 그는 추운지 두 팔을 제 몸에 꼭 붙인 채로 팔짱을 끼고 있어서 어느 곳을 어떻게 잡아야 할지도 난감했다. 중년 여인은 남자의 허리 뒤에 팔 하나를 두르고 있었다.

려희는 남자의 팔을 조심스럽게 잡았다. 그러다 보니 자연스럽게 남자의 겨드랑이 아래를 손끝으로 비집어야 했는데 마침 남자가 팔을 살짝 벌려 려희의 손이 쉽게 들어오도록 해주었다. 그런 다음 그는 곧장 팔을 끌어당겨 그녀의 손을 지그시 눌렀다. 려희가 느끼기에 필요 이상 꽉 눌렀다. 그녀는 입을 조금 벌렸다. '엄마' 라고 부르려고 했다. 그것으로 저가 당황했음을 숨기고 싶었지만 아무 소리도 내지 못했다.

"계단을 제대로 오를지 모르겠네."

상가 건물과 담벼락 사이에 난 길의 끝에서 모퉁이를 돌 때쯤 려희 엄마가 혼잣말처럼 중얼거렸다. 모퉁이를 돌자 건물에 붙은 계단이 바로 보였다. 계단 폭이 좁아 세 사람이 나란히 설 수가 없어 려희 엄마가 남자의 팔을 잡고 앞서 계단을 올랐다. 때문에 남자는 비로소 팔짱을 풀었다.

"꽉 잡아."

엄마가 남자의 팔을 잡아당기며 딸에게 당부했다. 남자와 나란히 있던 려희가 그의 팔을 잡은 손에 힘을 주었다. 또한 위로 힘껏 끌었다. 그렇게 남자와 함께 한 발, 한 발 계단을 올랐다. 그 걸음마다 려희는 제게 기댄 남자의 무게를 느꼈다. 한 계단씩 오를수록 다소 버겁다 싶게 묵직했다. 팔을 잡은 느낌만으로는 마른 체격일 것 같았는데 또한 쇠처럼 단단해 연약하기보다는 서늘한 인상을 주었다.

눈을 아래로 한 채 계단을 오르다 보니 다시 남자의 발이 려희의 눈에 들어왔다. 더러운 것은 그의 발뿐이 아니었다. 청바지의 끝자락도 검은 얼룩으로 더러웠다. 려희는 그제야 그에게서 텁텁한 냄새를 맡았다. 오랫동안 방치해 둔 빨랫감에서 나는 냄새와 흡사했다.

계단 끝에 먼저 발을 디딘 려희 엄마가 현관문을 열었다. 이어 남자의 팔을 잡고 먼저 안으로 들어섰다. 실내는 훈훈한 온기가 감돌았다.

"어이쿠, 조심해."

들어오자마자 무너지는 남자를 잡고 려희 엄마가 아들에게 하듯 걱정했다. 남자는 거실의 마룻바닥에 무릎을 대고 주저앉았다. 엄마는 급히 남자의 더러운 발에서 슬리퍼를 벗겨내고 그를 다시 부축했다.

"조금만, 조금만 더 기운 내. 응? 방에 가서 눕자."

려희 엄마는 비틀거리는 남자를 데리고 거실을 지나 소파 옆에 있는 방문을 열고 들어갔다. 려희는 그냥 거실에 우두커니 서서, 남자의 더러운 발이 바닥에 남겨놓은 산만한 흔적을 눈으로 좇았다. 그 흔적이 끊긴 엄마의 방문 앞. 반밖에 닫히지 않은 문에서는 옷장을 열거나 이불을 꺼내는 등의 여러 기척이 엄마의 말소리와 뒤섞여 들려왔다. 그 잠시 뒤에 엄마가 방을 나왔다. 외투만 벗은 모습으로.

"밥 있지? 그거 좀 죽처럼 끓여서 간단히 좀 차려봐. 식탁에 말고 상에."

엄마는 말하고 급히 소매를 걷으며 려희 앞을 지났다.

"엄마."

엄마의 뒤에 대고 려희가 정색한 어조로 불렀다.

"한노래."

곧장 돌아보며 엄마는 가쁜 숨을 토해내듯 했다.

"저 녀석, 제 이름이 한노랜다, 한노. 진짜야. 나중에, 나중에 찬찬히……."

엄마는 나중에 얘기하자는 의미로 손을 휘휘 저었다. 엄마는 화장실로 모습을 감췄다. 이번에도 문을 다 닫지 않아 쏴아아, 물소리가 났다. 그 소리를 들으며 려희는 엄마의 방문을 노려보았다. 저도 모르게 아랫입술을 질끈 깨물었다. 체념하는 것 같은 짧은 한숨이 그 뒤를 이었다. 그녀는 힘없이 주방으로 몸을 돌렸다. 거실과 따로 구분돼 있지 않은 주방은 4인용 식탁이 거실과의 경계선 노릇을 했고 거실은 작은 아파트의 그것보다도 작아 소파와 TV가 놓인 장식장 정도만이 그 안을 채우고 있었다.

려희는 전기밥솥의 뚜껑을 열었다. 뜨거운 김이 훅 올라왔다. 그때 화장실에서 엄마가 나왔다. 손에 물이 가득한 커다란 대야를 들었는데 그 대야에서도 김이 모락모락 피어올랐다. 엄마는 그것을 들고 한노가 있는 방으로 다시 모습을 감췄다. 려희가 이번에는 한숨을 길게 쉬고 힐끔 거실의 벽시계를 쳐다봤다. 1시가 지나고 있었다.

엄마의 방은 침대가 없었다. 한노는 바닥에 깔아놓은 전기요 위에서 솜이불로 몸을 휘감은 채로 벽에 비스듬히 기대어 있었다. 려희 엄마는 대야 주변에 떨어진 물을 타월로 닦고 있다가 려희가 들어오는 기척을 느끼고 타월을 대야의 물에 담갔다. 그 물은 시커멓게 변해 있었다.

"이리 갖고 와. 가까이."

한노가 벗어놓았을 후드 달린 점퍼가 대야 가까이 있었는데 엄마는 그것도 대야에 넣으며 딸에게 말했다. 려희는 밥상을 들고서 있다가 한 걸음 다가갔다. 한노의 눈길을 느꼈지만 부러 피하며 밥상을 전기요 앞에 놓았다. 김이 올라오는 죽 한 그릇과 콩나물국, 김치와 멸치볶음 등의 밑반찬 세 가지, 계란 프라이, 그리고 물 한 컵을 올린 밥상이었다. 엄마는 상에서 물컵을 들었다.

"물 먼저 먹자."

엄마가 한노에게 바짝 다가들어 그의 입에 컵을 대주었다. 밥상을 놓고 한 걸음 물러난 려희는 바로 나갈 것처럼 앉지 않고 서서 그제야 한노에게 눈길을 던졌다. 그는 벽에서 어깨를 조금 세운 채로 려희 엄마가 입에 대준 컵에서 물을 받아먹고 있었다. 머리가 짧았다. 이마는 첫인상에 거칠어 보였다. 안색은 해쓱하고 콧잔등과 광대뼈 부근에 상처가 나 있었다. 엄마가 물수건으로 깨끗이 닦아주었을 얼굴은 그럼에도 피부가 썩 고와서 기껏해야 스무 살 안팎의 나이를 속일 수 없을 만큼 앳되었다. 려희는 그 얼굴을 가만히 쳐다보았다. 특히 그의 눈을, 물을 삼키느라 내리뜬 눈꺼풀을 보며 눈매가 참 길구나, 생각했다.

그때 그가 눈을 들었다. 려희와 눈이 바로 마주쳤다. 려희는 움찔했다. 그 순간에 밖에서 보았던 두 개의 시리도록 푸른빛이 떠올랐기 때문이지만 정작 그녀가 보고 있는 것은 시들하고 마른 잿빛이었다. 또 금세 사라졌던 푸른빛과 달리 그 잿빛 눈은 려희에게 오래 머물러 있었다. 려희가 먼저 몸을 돌려 방을 나왔다. '이제 밥 먹자' 하는 엄마의 말소리를 등 뒤로 들으며.

려희의 방은 현관 가까이에 있었다. 연회색 블라인드가 내려진 창가에 싱글 크기의 침대와 폭이 좁고 길이가 약간 긴 탁자가 마주하고, 그 탁자 옆으로 서가를 겸한 수납장이 나란히 있었다. 정사각형이 아닌 다소 긴 직사각형의 방은 침대 발치 방향의 좁은 면을 붙박이장으로 채우고 그 사이에 문을 두었다.

려희는 탁자 앞에 서서 모니터 옆에 있는 바구니를 제 앞으로 끌었다. 바구니에는 각종 화장품들이 가지런히 담겨 있었다. 려희는 핸드크림을 꺼내 손에 발랐다. 아주 천천히, 생각에 잠긴 얼굴로. 그런 다음 묶은 머리를 풀고, 빗질하고, 두툼한 카디건을 벗어 의자에 걸쳐 두고서 그 마지막에 불을 끄기까지는 신경질적일 만큼 빠르게 해치우고는 어둠 속에서도 익숙하게 침대를 찾아 이불 속으로 파고들었다. 시트 밑에 깔려 있는 전기요를 미리 틀어놔 따뜻한 기운이 바로 전해져 왔다.

려희는 베개에 얼굴 한쪽을 깊이 묻었다. 아침에 출근하려면 어서 자야지 싶었지만 쉽게 잠들 수 없을 것 같아 뒤늦게 엄마를 원망했다. 그러잖아도 전화로 '집에 도착해서 다시 전화 걸 테니 즉시 좀 내려와라' 라는 뜬금없는 주문을 받을 때부터 예감이 안 좋기는 했었다.

밖에서 소리가 났다. 그때까지도 잠들지 못하고 있던 려희는 그 소리에 신경 쓰지 않으려고 괜히 몸을 뒤척였지만 이내 가만히, 저도 모르게 귀 기울였다. 한노가 밥을 다 먹었구나, 그래서 엄마가 밥상을 들고 나와 치우고 있구나, 화장실 불을 켜는 소리도 나네, 하고 소리를 따라 추측했다. 얼마 지나지 않아 밖은 다시 조용해졌다. 그러다 또 소리가 나고 그 소리는 아주 가까워졌다.

방문이 열리고 려희 엄마가 두 손에 담요와 베개를 안고 들어왔다. 엄마 역시 어둠 속에서도 익숙하게 딸의 침대 옆으로 와 소리 없이 담요를 내려놓았다.

"왜? 같이 안 자고?"

어둠 속에서 려희가 불쑥 물었다. 마침 침대 아래에 담요를 펴던 엄마가 손길을 멈췄다.

"아직 안 잤어?"

"아들 같은 놈이랑 내외해?"

"나 코 골잖아. 푹 자라고 그런 거야. 애가 며칠을 굶고 잠도 편한 데서 못 잔 것 같더라. 뭔 사연인진 아직 묻지도 못했어. 몸이 꽁꽁 얼어서 말도 제대로 못하고, 일단 먹여서 재우는 게 먼저다 싶어서. 자고 일어나 기운 좀 차리면 들어봐야지……."

엄마는 말끝에 긴 한숨을 토했다.

"가게 문 닫고 나와보니 계단 입구에 쪼그려 앉아 있더라."

긴 한숨 뒤에 엄마는 말을 이었다. 엄마의 가게는 집에서 버스로 다섯 정거장쯤 떨어진 곳에 있는 주점이었다. 모 대학교에서 그리 멀지 않아 대학생들도 꽤 오는, 생맥주를 주로 파는 곳으로 지하 1층에 있어서 엄마가 한노를 발견한 곳도 지상으로 오르는 계단 아래였다.

"처음엔 술 취한 학생인 줄 알았지. 근데 가만 보니 행색이 좀 그래서 괜찮냐고 흔들어봤어. 술 냄새는 안 나더라고. 녀석이 고개를 들더라. 어디 아프냐고 했더니 아무 말도 안 해. 이것저것 묻다가 이름이 뭐냐고 물으니까……."

"한노래? 기한노?"

려희가 엄마의 말을 가로채 물었다.

"성은…… 모르겠다. 그냥 한노…… 딱 그 말만 했어. 한노라고."

"그렇다고 누군지도 모르는 놈을 집으로 막 데려오면……."

려희는 말을 하다 말고 벌떡 몸을 일으켜 앉았다. 반대로 엄마는 툭 하니 몸을 뉘었다. 려희는 잠깐 이를 악물었다.

"그냥 돈 좀 쥐어주든가…… 아님 지구대 같은 데로 데려가도 되잖아."

려희는 조용히 말을 이었다. 엄마는 대답하지 않았다. 다시금 한숨 소리만 냈다.

"그거 갖고 돼? 이불 꺼내줄게."

담요 하나로 깔고 덮은 엄마를 보며 려희가 침대를 나오려 하자 엄마는 손사래를 쳤다. '냅둬' 하면서. 그래도 려희는 붙박이장에서 이불을 꺼내 엄마 위로 덮어주었다.

"우리 한노가 지금 딱 저 나이야……."

엄마가 혼잣말처럼 중얼거렸다. 려희는 거친 걸음으로 침대 위에 올라 이불을 확 끌어 머리끝까지 덮었다. 더 이상 듣고 싶지 않다는 듯. 그런데도 엄마의 한숨 같은, 나직한 소리가 이불을 뚫고 들어왔다. '모진 년' 이라고.

❖

땅거미가 서서히 밀리던 거리가 어두워지는 데에는 잠깐이었다. 어둠은 어둠대로 또 무르익어 갈 때쯤 려희가 마을버스 정류장에서 내렸다. 회색 코트 차림의 그녀는 어깨에 멘 가방을 추스르며 횡단보도를 건넜다. 건너서 인도를 따라 조금 더 걷다가 오른쪽으로 난 좁은 길을 지나 좀 더 넓은 이면도로와 만났다. 려희는 그 길에서 걸음을 멈추고 바로 건너편에 있는 2층짜리 상가 건물을 바라봤다. 원래는 흰색 건물이 오랜 세월 때가 타서 회색으로 변한 그곳 2층에 려희의 집이 있었다.

려희의 집은 창이 모두 어두웠다. 녀석은 갔을까. 집에 있다면 불 켜진 창이 하나라도 있을 텐데. 려희는 그 생각을 하며 잠깐 멈췄던 걸음을 다시 옮겼다. 아침에 한노를 보지 못했다. 다만 출근 준비하다가 '녀석이 열이 좀 있는 것 같다' 는 엄마의 말을 들었을 뿐이었다. '깨면 뜨거운 물에 목욕시키고 옷도 좀 사 입혀야겠다'

는 말도. 그런 엄마는 또 낮에 전화로, '퇴근하면 딴 데 해찰하지 말고 곧장 집에 와서 한노의 저녁 좀 챙겨라' 하고 당부했다.

려희는 현관문을 잡았다. 잠겨 있지 않았다. 안에 있다면 잠겨 있을 텐데. 거실의 불을 켰다. 소파 옆에서 빨래 건조대가 가장 먼저 눈에 띄었다. 그곳에 걸려 있는 옷들이 모두 한노의 것이라는 것도 바로 알아보았다. 아직 채 마르지 않은 상태였다.

려희는 엄마의 방문을 조심히 열었다. 바닥에 이부자리가 있었다. 그것도 자다가 몸만 쏙 빠져나간 모양새였다. 방을 뒤진 흔적은 없었다. 녀석도 없었다. 갔을까? 엄마가 새 옷을 사주었을 테고 어쩌면 용돈도 주었을지 모르니 그것으로 만족하고 떠났을지도 모르지. 려희는 제 방으로 가는 길에 화장실 문도 열어보았지만 마찬가지로 비어 있었다. 왠지 안도가 되었다. 역시나 갔구나 싶었다. 낯선 녀석이 집에 있다는 것은 결코 유쾌한 일이 아니었다. 차라리 집을 뒤져서 적당히 훔쳐 갈 거라도 갖고 달아났으면 하고 내내 바랐었다.

"악……."

려희가 제 방에서 짧게 비명을 질렀다. 문을 열고 불을 켜자마자 저도 모르게 낸 소리였다. 이어 그녀의 발밑으로 가방이 툭, 떨어졌다.

한노가 려희의 침대에 걸터앉아 있었다. 무엇을 하다 들킨 것도, 재빨리 자세를 고친 것도 아닌, 지금까지 쭉 그렇게 있었던 것처럼 두 팔을 축 늘어뜨린 채 우두커니 앉은 모습으로. 그는 려희와 달리 놀라지 않았다. 또 일어서기는커녕 미동도 하지 않았다.

"거, 거기……."

려희는 엉겁결에 말을 뱉어냈지만 금세 멈추고는 눈만 깜박거렸다. 이어 마른침을 삼키고서야 어이없다는 얼굴이 되었다.

"거기서 뭐 하는 거…… 거야……?"

려희는 다시 말을 더듬었다. '거예요?' 라고 맺으려 했는데 생각과 다르게 반말이 나왔다. 아니, 실은 저도 알 수가 없었다. 그냥 반말로 물으려다가 중간에 잠깐 생각이 바뀌었지만 원래대로 나온 것인지.

"내 방에서 뭐 하는 거냐구……."

한노가 아무 대꾸도 하지 않자 려희는 정색해서 다시 물었다. 내처 말도 낮췄다. 저보다 나이가 어린 것이 분명하니까. 한노는 여전히 말이 없었다.

"나가."

려희가 이어 말했다. 감정을 내비치지 않고 나직한 목소리로. 그런데도 한노는 반응하지 않았다. 말도 없을 뿐더러 꼼짝하지 않고, 그 잿빛 눈으로 려희를 빤히 보기만 했다. 습기가 느껴지지 않는 낯빛이었다. 얼굴에 난 상처도 여전했다. 그래도 입고 있는 셔츠와 바지가 새것이라 전체적으로 말쑥해 보였다. 비록 추리닝 바지이기는 해도.

려희는 더 말하지 않고 바닥에 떨어진 가방을 주우려 허리를 굽혔다. 거의 동시에 그가 일어섰다. 려희도 얼른 허리를 펴 그를 향했다. 마치 방어하듯 가방을 가슴에 품고. 한노는 천천히 다가왔다. 그에게서 싸한 파스 냄새가 났다.

"담배 좀 사줘."

한노가 느릿하게 말했다. 약간 쉰 목소리였다. 원래의 음색인지, 아니면 컨디션에 따른 잠깐의 변화인지는 알 수 없었다. 다만 습기가 없는 그의 낯빛과 마찬가지로 가뭄의 땅바닥처럼 허옇게 갈라진 입술에서 나온 것으로는 썩 어울린다고, 려희는 생각했다. 그녀는 가방에서 주섬주섬 지갑을 꺼내 만 원 지폐 한 장을 내밀었다.

"1층에 슈퍼 있어. 담배는 밖에서 피우고 들어와."

한노는 말없이 지폐를 받아 밖으로 나갔다. 려희는 현관문 소리를 듣고서야 한숨을 푹 쉬며 어깨를 축 내렸다. 옷을 갈아입으려고 방문을 잠글 때 가방에서 휴대폰 벨 소리가 났다. 엄마였다. 실은 퇴근길에도 한 번 울렸지만 부러 받지 않았었다. 무슨 말을 하려는지 빤했으니까. 역시나 엄마는 '집이야?' 하고 먼저 물었다.

"방금 들어왔어."

려희는 부은 소리를 냈다.

[그래. 잘했다.]

딸과 달리 엄마의 목소리는 밝았다.

[얼른 밥 차려 먹어라. 너도 배고프겠다. 근데 한노가 열이 좀 내렸으려나…….]

엄마는 뒤에 말을 혼잣말처럼 중얼거렸다.

[병원에 가자 했더니 극구 안 간다 그래서 약만 좀 사서 먹였는

데 저녁 후에도 잊지 말고 챙겨 먹어야 할 텐데…….]

려희는 묵묵히 듣고만 있었다. 한노의 밥을 챙기라 해놓고, 엄마는 뒤늦게 생각났는지 약도 챙기라 당부하고 싶은 것을 에두르는 눈치였지만 려희는 그런 엄마의 속내를 알면서도 입을 열지 않았다.

[어디서 싸움을 했는지 몸도 성치 않더라. 네가 좀…….]

려희는 한노의 몸에서 파스 냄새가 났던 것을 떠올리며 '엄마'라고 정색한 어조로 말을 잘랐다.

"걔, 집 있대?"

[뭐?]

"뭐 좀 물어봤을 거 아냐? 무슨 부랑자나 노숙자도 아닐 테고. 뭐 하는 애래?"

[아픈 애를 잡고 뭘 그렇게 물어보겠어? 뭐가 급하다고…….]

"어떤 앤 줄 알고 엄마는……. 그러다 또 뭐라도 훔쳐 가면 어쩔 거야?"

[엄마가 현금 간수 잘하면 돼. 그게 또 얼마나 된다고. 암튼 들어가서 얘기하고……. 애 너무 다그치지 마라.]

가게가 바쁠 시간이기는 해서 려희는 순순히 휴대폰을 내렸지만 그대로 침대 위에 내팽개쳤다. 엄마가 말하는 현금이란 가게에서 나오는 것을 뜻했다. 카드 결제가 대부분이기는 하지만 가끔 현금 계산도 있어서 엄마는 그것을 집으로 가져와 이튿날 입금하고는 했다. 그런데 엄마 말대로 큰돈은 아니어서 한노가 그 돈을 들고 당장 내일이라도 도망가 주면 려희로서는 오히려 고마울 일이었다.

려희는 옷을 갈아입고 주방으로 나와 먼저 전기밥솥을 열었다. 흰 쌀밥이 소담히 담겨 있었다. 햅쌀 같았다. 가스레인지 위에 있는 냄비에는 고깃국이, 프라이팬에는 살이 통통한 굴비가 살짝 구운, 노릇노릇한 색을 띤 채 담겨 있었다. 려희는 냉장고를 열어 제일 가까이 눈에 띄는 반찬통 세 개를 꺼내 차례로 뚜껑을 열었다. 모두 손도 대지 않은, 새로 만든 반찬들이었다. 려희는 헛웃음을 짓듯 픽, 소리를 냈다. 시장을 봐서 이것들을 만들었을 엄마의 모습이 절로 눈에 선했다. 한노를 위해서.

"거의 생일상이네."

려희는 가스레인지의 불을 켰다.

려희가 식탁을 거의 차렸을 때쯤에 한노가 들어왔다. 입은 그대로 나갔던 그는 밖이 꽤 추울 텐데도 담배 한 대를 피우는 시간보다 꽤 지체해서 들어왔다. 들어와서 려희가 따로 말하지 않았는데도 식탁 앞에 척 앉았다. 그는 묵묵히, 그러면서 제집에서처럼 당연하다는 듯 식사를 시작했다. 려희는 그가 몇 숟가락 뜨고서야 그의 맞은편에 앉았다.

"동생 같아서……."

젓가락을 세워 들어 식탁 위에 대고 그 끝을 나란히 맞추며 려희가 입을 열었다.

"말 놨어. 괜찮지? 몇 살이야?"

려희가 물었는데도 그는 그녀를 힐끔 한 번 쳐다보고 말았다.

"열아홉? 스물?"

한노가 고개를 끄덕거렸다. 려희가 다시 '올해 스물 된 거?' 라고 반복해 묻자 그는 다시 고개를 끄덕끄덕했다.

"이름이 한노…… 라고? 성은?"

한노는 또 대꾸하지 않고 이번에는 쳐다보지도 않았다. 밥 먹는 데에만 열중해 있어 그녀의 말을 못 들은 것도 같았다. 려희는 더 묻고 싶어 입술을 달싹였지만 그냥 밥을 떠 입에 넣었다.

"네 이름……."

얼마 못 가 려희는 다시 입을 열었다.

"네가 직접 말한 거야? 그러니까 우리 엄마가 너한테 이름이 뭐냐고 물어서 대답한 거냐구……. 아니면 혹시…… 엄마가 그냥 한노냐고 물어본 거 아닌지……. 네 이름이 한노니, 이렇게……."

한노와 눈이 마주친 려희가 말끝을 흐렸다. 저가 생각해도 좀 이상한 질문이기는 했다.

"흔한 이름이 아니라서……."

"넌?"

려희가 애매하게 둘러대는 말을 자르고 한노가 불쑥 물었다.

"뭐?"

"네 이름 뭐냐고."

"뭐……?"

려희는 황당해서 다시 같은 말을 다른 높낮이의 어조로 반복했다. 하마터면 '누나라고 불러' 라고 말할 뻔했다.

"내가 너보다 네 살이나 많은데……."

"나인 안 물었어."

그는 퉁명스럽게 려희의 말을 잘랐다. '잔말 말고 이름이나 대' 라고 하듯.

"려희……."

려희는 엉겁결에 대답했다. 그녀의 대답을 들은 한노는 냉큼 수저를 놀리며 다시금 밥 먹는 데만 열중했다. 저가 궁금한 것은 그것이 다였다는 듯. 려희는 숟가락을 들어 국에 담갔다. 더 묻고 싶은 것이 있어 한노를 힐끔거렸지만 입이 떨어지지 않았다.

어젯밤에 그런 꼴로 엄마 눈에 띄었을 때는 그만한 사연이 있을 것이라는 막연한 추측에서 겨우 이름, 나이 등을 묻고 나니 더 이상 무엇을 더 물어야 하고 알고 싶은지 저도 혼란스러웠다. 구체적인 의문을 생각해 내지 못했다. 다만 충동일 뿐이었다. 그에 대해 알아야 한다는 조급함일 뿐이었다.

탁, 소리에 려희는 생각에서 깨어났다. 밥을 다 먹은 한노가 물컵까지 비우고 그것을 식탁 위에 내려놓는 소리였다. 려희는 밥그릇의 3분의 1도 채 비우기 전이었다. 그는 말없이 일어나 현관 밖으로 나갔다가 려희가 여전히 밥 먹고 있을 때 들어와 거실에서 TV를 켰다. 려희는 TV에서 나는 왁자지껄한 소리를 들으며 밥을 먹었다. 다 먹고 치우면서도 마찬가지였다. 신경이 쓰였다. TV가 아닌, 소파에 앉아 있는 이상한 녀석에게.

"소리 좀 줄여……."

설거지를 하다가 려희가 소리쳤다. 저도 모르게 신경질적인 반응이 따라나와 말끝에 정작 소리를 줄인 쪽은 그녀였다. 한노가 TV를 보던 눈을 려희에게 돌렸지만 그보다 먼저 그녀가 그를 외면했다.

그녀는 그의 눈길을 등 뒤로 느끼며 하던 설거지를 계속했다. 개수대에 떨어지는 물과 그릇이 서로 부딪치는 소리가 섞여 사실 그것이 TV 소리보다 더 작을 것도 없었다. 이내 TV 소리가 려희의 귀에 들려오지 않았다. 그 잠시 후에 방문이 열리고 닫히는 소리가 났다. 한노가 엄마의 방으로 들어간 소리라는 것을 알았지만 려희는 돌아보지 않았다.

한노는 누워 있었다. 전기요가 깔린 이부자리 위로 가로질러 누웠는데 날갯죽지 밑에 베개를 괴고 있어 목이 뒤로 꺾인 채였다. 그런 그의 눈에 려희가 거꾸로 보였다. 막 문을 열고 들어온 그녀는 김이 모락모락 피어오르는 머그잔을 들고 서 있었다. 한노는 유연하고 쉽게, 소리도 없이 상체를 일으켰다. 그러더니 천천히 고개를 돌려 눈을 치떴다.

려희는 그 눈과 만났다. 노크를 해도 소리가 없기에 자나 싶어 문을 열었더니 그는 묘하게 누워 바로 그 눈빛으로 그녀를 맞았다. 한노는 몸까지 돌려 려희를 마주했다. 그사이 그녀도 다가와 앉아서 그의 앞에 머그잔을 놔주었다.

"약 먹었어?"

려희가 물었다. 한노는 고개를 저었다.

"약 어딨어?"

약은 엄마 화장대에서 금세 눈에 띄었다. 해열제였다.

"안 먹어."

려희가 약을 집어 들었지만 한노가 거절했다.

"열 내렸어?"

려희는 그의 얼굴을 살폈다. 여전히 습기가 느껴지지 않는 얼굴이었다. 그런데 그 얼굴이 앞으로 슬쩍 다가와 려희는 약간 놀랐다. 한노는 려희 앞에 얼굴을 들이밀고 '만져 봐' 하는 것처럼 가만히 있었다. 려희는 내심 황당했지만 그가 너무나 태연히 그러는 바람에 저도 그런 태연을 가장하며 그의 이마에 손을 가져갔다. 마른 얼굴이라 생각했는데 손에 닿은 느낌은 또 달랐다. 열 대신 은은한 습기가 느껴졌다. 특히 머리칼 쪽이 그래서 식은땀을 흘린 모양이라고 생각했다. 그러다 그녀는 한노의 눈길을 느끼고 퍼뜩 정신이 들어 손을 치웠다.

"네 얘기, 해봐."

한노의 이마에서 손을 뗀 려희는 곧장 말했다.

"집 없어? 니네 집 말이야. 부모님은? 집에서 걱정하시지 않아?"

"없어."

한노는 무뚝뚝하게 대답했다.

"집이 없다고?"

"걱정할 사람 없어."

"그럼……? 그전에 어디 있었어? 우리 엄마한테 발견되기 전에."

"왜?"

"뭐……?"

"그게 왜 궁금해? 내가 어디서 왔고 뭘 했는지 정말 궁금해?"

"그거야 당연히……. 내 말은 그러니까 이런 상황이라면 당연히……."

려희는 입을 다물었다. 다그치듯 하는 저가 의식되었던 탓이다. 결국 '네 집으로 가라'는 의미라는 것을 녀석도 눈치챘으리라 생각하니 더욱 그랬다. 그녀는 방을 나왔다.

려희가 현관문을 열고 밖으로 나왔다. 두툼한 카디건을 입고 손에 약 30센티미터 길이의 반려동물용 식판을 들고서. 식판에는 사료와 물이 각기 가득 담겨 있었다. 려희가 그것을 조심히 들고 계단을 다 내려오기도 전에 고양이 울음소리가 났다. 려희는 미소 지었다. 의식적으로 지었다기보다는 절로 떠오른 미소였다. 담장 위에 고양이 두 마리가 려희를 보고 있다가 아래로 사뿐히 뛰어내렸다. 진한 회색 바탕에 까만 줄무늬가 있는 녀석이 먼저, 뒤이어 누런 빛깔의 녀석이 차례로 바닥을 밟았다. 계단 옆으로 담벼락과의 사이에 난 적당한 공간에서 려희는 녀석들을 만났다.

"배고팠구나? 먼저 와서 기다린 거 보니."

려희가 바닥에 식판을 내려놓자 두 녀석이 달려들어 사료에 머리를 모았다. 려희는 곁에 쪼그려 앉아 녀석들이 오도독 소리를 내며 먹는 모습을 지켜보았다. 녀석들을 처음 만난 때가 지지난해 초가을 무렵이었다. 정확히 까만 줄무늬 녀석을 먼저 만났다. 2년제 대학을 졸업하고 반년 동안 아르바이트를 하다가 지금 다니는 직장에 막 취직했을 무렵이었다. 처음에는 야옹 소리로만 존재를 알린 녀석이 어느새 담장 위에 오도카니 앉은 모습으로 저를 드러냈다. 녀석은 어쩌다 려희와 마주치면 그녀가 시야에서 사라질 때까지 가만히 쳐다보고는 했다. 려희는 녀석을 '까망' 이라고 이름 짓고 사료를 주기 시작했다.

까망이 누런빛의 친구를 데려온 것은 그로부터 보름이 지났을 즈음이었다. 까망의 친구는 '노랑' 이었다. 녀석들은 려희가 준 사료를 먹으면서도 꽤 오래 그녀에게 곁을 내어주지 않았다. 려희는 처음에 계단에서 지켜봤다. 그러다 조금씩 다가갔다. 지금처럼 가까워진 것은 4개월쯤 되었다. 그렇지만 아직 만지지는 못하고 있었다. 손바닥을 위로 가게 해서 손끝을 슬그머니 내밀면 녀석들은 아직도 움찔하고 뒤로 물러났다. 사료를 다 먹고 물을 할짝대던 녀석들이 갑자기 바로 그렇게 뒷걸음질 쳤다. 려희가 손도 내밀지 않았는데. 야옹, 더구나 녀석들은 이빨을 드러내며 울었다. 그녀는 뒤를 돌아보았다.

한노가 현관을 뒤로하고 계단을 내려오다 멈춰 서 있었다. 그는 려희의 눈길을 받으며 계단을 두 개 더 내려와 그 자리에 앉았다. 손에 쥔 담배를 입에 물면서. 이어 불을 붙였다.

"괜찮아. 먹어. 어서 물 먹어."

려희는 까망과 노랑을 보며 다독이듯 말했다. 두 녀석은 눈치를 살피다 다시 물에 입을 가져갔다. 녀석들은 급히 물을 할짝댔다.

한노는 차가운 밤공기 속으로 담배 연기를 길게 내뱉고 나서 계단 난간 아래로 눈을 내렸다. 쪼그려 앉아 있는 려희의 뒷모습이 내려다보였다. 마치 고양이 두 마리와 머리를 맞대고 있는 것 같았다.

녀석들이 물을 다 먹고 담장 위로 올랐다. 내려올 때는 단번이더니 올라갈 때는 담벼락에 기대어놓은 의자를 한 번 밟고 올랐다. 려희가 내다 놓은 낡은 나무 의자였다. 녀석들은 담 위에서 야옹 소리를 냈다. 그사이 려희는 식판에 남은 물을 바닥에 버리고 계단으로 몸을 돌렸다. 마침 한노가 담배를 난간 쪽에 비벼 끌 때였다. 려희는 그런 그의 옆을 지났다. 그와 눈을 한 번 맞추지도 않았다. 그를 등 뒤에 두고서야 그녀는 걸음을 멈추고 돌아보았다.

"너 누구야?"

려희가 불쑥 물었다. 어조가 흡사 시비 거는 듯했다. 려희의 밑도 끝도 없는 물음에 한노가 천천히 돌아보았다.

"어디서 온 거야?"

"야옹."

한노가 대답했다. 려희의 눈이 휘둥그레졌다.

"고양이들은?"

한노는 묻고 담장 위의 고양이들에게 눈길을 던졌다. 려희의 눈길도 따라갔다. 고양이 두 녀석은 담 위를 어슬렁거리며 경계심 가득한 야옹 소리를 내고 있었다. 한노를 향한 것이었다.

"고양이들은 어디서 왔어?"

려희는 말문이 막혔다. 그 두 녀석이 어디서 왔는지, 려희는 당연히 알지 못했다. 정확히 말하면 궁금해한 적이 없었다.

"넌……."

려희가 잠깐 막혔던 말문을 열었다.

"고양이가 아니잖아."

"고양이야."

한노가 바로 받았다. 서늘한 바람 소리 같은 쉰 음색으로.

"난 고양이야."

❖

"녀석, 참 잘생겼어."

엄마는 화장품을 손에 덜어내다 말고 혼잣말처럼 했다. 입 끝에 옅은 미소까지 지었다.

"씻고 새 옷 입으니까 아주 훤하더라."

엄마는 곁에 있는 딸에게 잠깐 눈길을 주었지만 금세 두 손을 비벼 얼굴에 댔다. 려희는 침대 머리맡에 등을 기대고 앉아 묵묵히, 화장품을 얼굴에 바르는 엄마를 바라보고 있었다. 엄마는 자정이 막 넘어가는 시간에 들어왔다. 한노는 자고 있었다. 그런데도 엄마는 그가 자는 방에 들어가, 잠자리를 다시 봐주는 것으로는 넘치게 지체하다 나왔다.

"키도 훤칠해서 살만 조금 오르면 정말 미남일 거다."

화장품을 손등에 바르며 엄마는 말을 이었다. 씻고 들어와 쭉 한노에 관한 얘기뿐이었다. 녀석이 목욕하고 갈아입을 옷을 사러 오전에 급히 근처 시장에 나갔었다는 둥 속옷과 양말은 몰라도 바지와 셔츠는 눈짐작만으로 사이즈를 골랐는데 잘 맞더라는 둥 대수롭지 않고 잡다한 내용이었다.

"너도 말 좀 해봤어?"

"별로……."

려희는 시큰둥한 표정을 보였다.

"말 좀 걸고 그러지. 녀석이야 낯설어서 입이 떨어지겠어? 하긴 너도 살가운 성격은 아니다만……."

"깡패 같애."

"뭐?"

"그렇게밖에 생각할 수 없잖아. 몸에 상처도 있다며?"

"그거야……."

"엄마는 걱정도 안 돼? 어디서 무슨 짓을 했던 놈인지, 막말로 엄마 딸한테 무슨 짓 할지 어떻게 아냐구……."

"려희야……."

"한두 살 먹은 애도 아니고 그놈 남자야. 한노가 아니야."

"착한 애야."

"착해? 엄마가 그걸 어떻게 알아?"

"그냥……. 보면 알아. 장사 오래 하다 보면 절로 보이는 게 있어."

"3년 전엔 안 보였어? 3년 전에 그놈이 돈 훔쳐 갈 건 몰랐냐구? 그놈은 안 착해 보였어?"

려희가 말을 채 끝맺기도 전에 탁자 앞에 서 있던 엄마가 침대 아래 이부자리로 몸을 옮기려 했다. 딸의 말이 듣기 싫다는 듯. 려희는 곧바로 '불 끄고 와' 라고 퉁명스럽게 말을 이었다. 엄마는 말없이 문가로 가 불을 껐다. 방 안이 어두워졌다. 그 어둠 속에서 려희는 가만히, 엄마가 이불을 들추는 기척을 예민하게 의식하고 있었다.

"그놈은 아니야."

엄마의 나직한 음성이 어둠을 뚫고 들려왔다. 한숨처럼.

"한노가 아니었어……."

3년 전 '그놈' 의 이름은 려희도 기억나지 않았지만 한노가 아닌 것은 분명했다. 또한 '한노' 였고, 엄마가 한노라고 데려온 두 번째였다. 한노. 기한노는 려희와 네 살 터울의 남동생 이름이다. 다섯 살 때 잃어버렸다. 그해 당시에 살던 아파트에서 멀지 않은 상가 앞에서 려희는 동생과 함께 있었다. 엄마와 함께 상가에서 나왔는데 엄마가 깜박 잊고 뭘 안 샀다며 잠깐 기다리라 하고 도로 상가로 들어간 직후였다. 려희는 동생 손을 잡고 있었다. 그러다 반 친구 둘을 만났다. 친구들과 웃고 떠들었다. 얼마 뒤에 엄마가 나왔다. 그리고 물었다. '네 동생은?' 이라고.

한노가 보이지 않았다. 금세 찾을 수 있을 줄 알았다. 멀리 가지 못했을 줄 알았다. 설마 15년의 거리로, 그렇게 까마득히 달아날 줄은 몰랐다. 대체 그 15년은 어떻게 흘러갔을까. 그중 몇 년이나 제정신으로 살았었을까. 그사이 아버지도 잃었다. 아들을 찾으려고 직장까지 그만두고 전국의 보육원을 찾아다니던 아버지는 한노의 얼굴이 실린 미아 전단지를 돌리다 교통사고를 당해 그 자리에서 즉사했다. 한노를 잃은 지 불과 3년 만이었다.

어느 해 여름, 엄마가 한 소년을 집으로 데려왔다. 열한 살쯤 돼 보이는 지적장애아였다. 엄마 말로는 소년 혼자서 거리를 헤매고 있었다고 했다. '한노도 이만하게 컸겠네.' 엄마는 또 그렇게 말했다. 어디에선가 한노가 살아 있다면 열한 살이 되던 해였다. 엄마는 시간과 세월을 한노의 나이로 세었다.

그 소년은 려희의 집에서 열흘쯤 머물다 돌아갔다. 우연히 사정을 알게 된 숙부가 '그러다 형수님이 납치범으로 오해받아요' 라고 설득해 이뤄진 일이었다. 마침 소년의 가족에게서 신고가 들어와 있어 소년은 어렵지 않게 가족의 품으로 돌아갈 수 있었지만 엄마는 몹시 아쉬워했다. 소년을 보내며 눈물지었다. 그것이 첫 번째 '한노' 였다.

두 번째 '한노' 의 등장은 4년 전이었다. 당시 려희는 대학교에서 1학기 수강 중이었다. 엄마가 어느 날 열여섯 살 먹은 사내 녀석을 데려왔다. 복잡한 집안 문제로 가출했다는 녀석은 돈 떨어지고 갈 데가 없자 길거리에서 아무나 붙들고 돈을 구걸하다 려희 엄마와 만났다. 집이 부산이라면서 사투리는 쓰지 않던 녀석은 집으로 도로 내려가려고 한다 했다.

엄마는 그 말을 믿었다. 녀석의 잠자리를 봐주고 밥을 해 먹이며 있고 싶은 만큼 편히 있다가 가라고 했다. 차비도 준다고 했다. '아빠가 계부래' 라고 엄마는 딸에게 전했다. 녀석의 가정사를 어지간히 캐물은 엄마는 또, '가만 보고 있으면 얼굴이 한노랑 닮은 것도 같고' 라는 말도 했다. 려희가 듣기에 녀석의 가정사는 그

대부분이 꾸민 내용이라 생각될 만큼 터무니없는 것투성이였건만 엄마는 조금도 의심하지 않았다. 녀석이 사라질 때까지. 결국 녀석은 려희의 집에 온 지 사흘 만에, 려희와 엄마의 방을 샅샅이 뒤져서 현금과 귀금속 등 돈이 될 만한 것들을 싹 다 털어 달아났다.

"자니……?"

엄마의 목소리가 나직이 들렸다.

"응."

려희가 대답했다. 말 걸지 말라는 의미였다.

"주말에 약속 있어?"

려희는 대답하지 않았다. 엄마가 무슨 말을 하려는지 알고 있었다.

"약속 없으면 따로 잡지 말고 그냥 집에 있어. 엄마 내일은 가게에 좀 일찍 나가봐야 하는데 너까지 비우면 한노 혼자 있어야 하잖아. 네가 같이 있으면서 밥도 챙겨주고……."

"놈은 손이 없어, 발이 없어? 다 해놓은 밥도 못 챙겨 먹는데? 남의 집에 얹혀 있는 주제에?"

"아직 몸이 성치 않잖니. 건강해질 때까지만……."

려희의 뾰족한 목소리를 엄마는 차분히 받았다.

"너 누나잖아."

순간 려희가 벌떡 일어나 앉았다.

"싫으면 말고."

거의 동시에 엄마가 체념하듯 말했다. 려희 또한 곧바로, 일어났을 때와 마찬가지로 베개에 머리를 팍 처박듯이 누워, 그것으로 '싫어' 라는 외침을 대신했다.

세 번째 '한노' 였다. 지금 엄마의 방에서 자고 있는 그놈이.

2. 나는 고양이야

려희는 토요일 아침 늦게 눈을 뜨고도 일어나지 않고 이불 안에서 꼼지락댔다. 아침을 먹지 않기 때문에 토요일이면 늘 누리던 여유지만 평소처럼 마음까지 여유롭지는 않았다. 편치 않다고 해야 할까. 밤새 꿈자리까지 뒤숭숭했기에 개운치 않은 마음을 갖고 꼼지락댔다.

달칵, 문이 열리고 엄마가 들어왔다. 외출복 차림에 손에 뜨거운 김이 오르는 머그잔을 들고 있었다. 려희는 부스스 몸을 일으켜 엄마가 내미는 잔을 받았다. 미숫가루에 물을 적게 부어 약간 걸쭉하게 탄 미수(米水)였다. 려희가 출근 때마다 아침 식사 대신 하는.

"나가봐야 해."

엄마가 말했다. 보통은 정오 전후에 가게에 나가는 엄마지만 어쩌다 한두 시간 빨리 나가기도 했다. 특히 주말에.

"한노, 아침은 먹였고, 너랑 저녁까지 먹을 수 있게 다 해놨으니까 그냥 차리기만 하면 돼. 너, 나갈 거야?"

려희는 대꾸 없이 미수만 마셨다.

"혹시 외출하더라도 가능하면 일찍 들어와라, 응?"

엄마는, 여전히 대꾸가 없는 딸을 잠깐 보다가 방을 나갔다. 려희는 미수를 몇 모금 더 마시고 일어나 머그잔을 탁자 위에 부러 탁, 소리가 나게 놓았다. 마치 제 심정을 표현하듯. 그때 그 탁자 위에 있던 휴대폰이 부르르, 짧게 두 번 진동했다. 휴대폰을 집어 들고 화면을 본 려희의 얼굴에 환한 미소가 떠올랐다. 그녀는 휴대폰 화면을 손끝으로 콕콕 찍으며 방을 나갔다. 방을 나와 곧장 화장실 문을 열었다.

"어헉……."

려희는 너무 놀라 들고 있던 휴대폰을 떨어뜨릴 뻔했다. 이어 정신없이 도로 문을 닫고 제 방으로 뛰어들었다. 화장실에서 한노가 변기 앞에 서 있는 것을 보았다.

"재수 없어……."

려희는 괜히 신경질을 내며 침대로 가 털썩 걸터앉았지만 곧장 일어났다. 방문이 열린 것과 동시였다. 한노였다.

"왜?"

려희는 거의 꽥 소리를 질렀다. 문고리를 잡고, 방 안으로 발을 내딛지는 않고 서 있는 한노는 그녀를 빤히 쳐다만 봤다.

"넌 노크도 못해?"

려희가 이어 신경질적으로 나무랐다.

"너도 안 했잖아."

한노가 태연히 받아쳤다. 려희는 말문이 막혔다. 누가 제집 화장실을 노크하느냐, 들어가 있는 사람이 문을 잠가야지, 불청객 주제에, 등의 말이 입속을 맴돌기는 했지만 제때에 입 밖에 내지 못한 채 한노가 문을 탁 닫고 사라질 동안 그녀는 그저 눈만 부릅뜨고 있었다.

"저게 얻다 대고 너야……?"

려희는 신경질을 내며 방문을 잠갔다. 그러나 금세 다시 열고 화장실로 뛰어들었다.

"앗……."

려희는 변기에 앉다가 엉덩이가 푹 꺼지는 느낌을 받고 도로 펄쩍 뛰어올랐다. 변기의 엉덩이를 받치는 안장이 위로 올라 있었다. 여자 둘이 사는 집에서 그것이 위로 올라갈 때는 변기를 닦을 때밖에 없었다.

"아이 참……."

려희는 변기 뚜껑을 후려치듯 내렸다. 쾅 소리가 날 정도로.

한노는 려희 엄마의 방에서 나오지 않았다. 밥 먹을 때와 담배를 피우거나 화장실 갈 때를 빼고는 내내 방에 있었다. 엄마 방에는 TV도, 딱히 읽을 만한 책도 없다는 것을 잘 아는 려희는 그가 하루 종일 그 방에서 무엇을 하는지 슬슬 궁금해졌다. 아직 정상 컨디션이 아니라고 해도 잠만 잘 리는 없을 텐데. 려희가 마지막으로 한노의 기척을 느낀 것은 현관문 소리였다. 담배를 피우러 나갔다 들어오는 소리. 그녀는 그것을 제 방에서 들었다.

그녀 역시 주로 방에 있었다. 쭉 방문을 잠그고 있었다. 정체를 알 수 없는 수상한 놈과 한집에 있을 때 할 수 있는 최소한의 방어라고 생각했지만 실상 혼자 있는 것과 다르지 않았다. 아니, 달랐다. 정말 혼자라면 평소처럼 아무 생각이 없을 텐데 신경이 쓰이기는 하니까. 저 수상한 놈에게.

방 안이 어둑해 오기 시작했다. 려희는 컴퓨터 앞에서 일어나 빈 머그잔을 들고 방을 나왔다. 아직 저녁을 차리기에는 다소 일렀다. 그녀는 별로 커피 생각이 없으면서 가스레인지에 물을 올렸다. 머그잔을 개수대에서 닦으며 엄마의 방을 힐끔거렸다. 한노가 담배 피우러 나갔다 온 지도 꽤 되었는데 그 후로 기척이 없었다.

려희는 커피 한 잔을 탔다. 타면서 한노가 커피를 마신 적이 있던가, 고개를 갸웃했다. 그는 한 번도 커피나 차를 타달라고 요구한 적이 없었다. 려희는 머그잔을 들고 엄마 방으로 걸음을 옮겼다. 살금살금. 그녀는 먼저 문에 대고 귀를 기울였다. 숨소리도 들려오지 않았다. 그래서 주먹 쥔 손을 입에 대고 흐음, 저가 소리를 냈다. 노크도 했다. 그런 다음 문을 열었다.

한노는 방 한가운데서 대자로 뻗어 있었다. 려희는 그가 죽은 줄 알고 숨이 턱 막혔다. 물론 아주 잠깐이었다. 이불을 덮지 않고 그 위에 다리를 걸친 그는 몸의 대부분을 그냥 바닥에 대고 고개를 제 왼편으로 비스듬히 기울인 채였다. 어깨 정도에 올라와 있는 손은 반쯤 구부러져 미동도 하지 않았다. 사람이 완전히 이완

되면 이런 모습일까 싶었다. 죽은 듯 잠을 자는 사람에게도 특유의 살아 있는 기운은 있는 법인데 한노에게서는, 비록 잠깐이기는 했지만 싸늘함이 감돌았다. 방 안 온도는 도리어 훈훈했다.

려희는 조심스럽게 한노의 머리맡에 앉았다. 소리 없이 머그잔을 곁에 놓았다. 그런 다음 움직임을 멈추고 귀를 기울였다. 눈은 그의 가슴에 고정했다. 어째서 가슴이 움직이지 않지? 소리도 들리지 않았다. 려희는 한노의 얼굴 위로 제 머리 옆을 내렸다. 귀에 그의 숨소리가 담기도록 저는 숨을 멈추고 청각에만 집중했다. 들려오지 않았다. 대신 느꼈다. 귓바퀴에 모여드는 숨결의 온기를.

그녀는 고개를 약간 틀어 한노의 얼굴로 눈길을 내렸다. 설마 하루 종일 이렇게 잠만 잔 것일까. 그러고 보니 낯빛이 조금 좋아진 것도 같았다. 상처는 여전했지만. 려희는 그의 얼굴로 손을 뻗었지만 저도 모르게 그랬다는 듯 닿기도 전에 치웠다가 금세 다시 가져갔다. 그녀는 한노의 얼굴 한편에 가만히 손을 올려놓았다. 닿을 듯 말 듯 그가 깨어나지 않도록 조심스럽게.

그의 얼굴은 약간 차가웠다. 습기와 함께 전해지는 안정된 차가움이었다. 려희는 갑자기 빠르게 손을 치웠다. 신중하게 갖다 댔던 것과는 사뭇 다르게, 마치 퍼뜩 정신이 든 것처럼. 그녀는 또바로 일어나 한걸음에 문 앞으로 갔다가 급히 멈추더니 몸을 돌려 바닥에 놓아두었던 머그잔을 들고 마침내 방을 나갔다.

탁, 방문 소리가 나자마자 한노가 눈을 떴다. 눈을 뜨고도 꼼짝하지 않았다. 려희가 손을 댔을 때부터 이미 깨어나 있었다. 그는 눈을 뜨고 한 번도 깜박이지 않고 있다가 천천히 다시 눈을 감았다. 그녀는 갔지만 그녀의 가만한 손길과 체온은 남아 있었다. 그의 기억 속에서.

려희는 저녁 식사 때 깨어 있는 한노와 마주했지만 별말을 하지는 않았다. 두 사람은 그렇게 식탁 앞에서 만나고 헤어져 한 사람은 담배 피우러 나갔다 들어오고 또 한 사람은 주방을 치우고 길고양이들에게 밥을 주었다. 엄마는 1시쯤에 들어왔다. 그리고 어제처럼 한노의 방에 가서 제법 오래 있다가 나왔다.

"엄마 언제까지 여기서 잘 거야?"

엄마가 씻고 딸의 방으로 들어왔을 때 려희가 불쑥 물었다.

"불편해?

엄마는 딴전 피우듯 되물었다.

"그게 아니라……. 계속 이렇게 살 수는 없잖아.

"일단 애가 몸을 추슬러야지. 그런 다음에……."

"이미 몸은 추스른 것 같거든."

"조금만 더 기다려 보자. 응?"

"좋아. 어느 정도 건강해지면 내보낼 거지?"

"건강해지면 저가 알아서 나가지 않겠어?"

"난 엄마 뜻을 묻는 거야."

마침 손에 던 화장품을 얼굴에 대고 토닥이던 엄마는 천천히 고개를 끄덕거렸다. 썩 개운치 않은 느낌으로.

"그보다는……."

엄마는 화장품 뚜껑을 닫으며 말했다.

"한노, 옷을 좀 더 사줘야 하는데. 신발 사주는 것도 깜박해서…….”

려희는 그 말을 듣자마자 이불을 확 뒤집어쓰며 누웠다. ‘불꺼’ 라고 볼멘소리도 냈다.

❖

“옷 입어.”

현관에서 막 들어오는 한노를 기다렸다가 려희가 말했다. 그의 몸에서 담배 향이 났다.

“네 옷 빨아놓은 거, 그거 입으라구.”

려희는 퉁명스럽게 말을 이었다. 이튿날인 일요일 오후였다.

“같이 갈 데가 있어.”

한노의 갸웃한 얼굴을 보며 려희는 마저 뱉어놓고 저도 옷을 입어야 한다는 듯 쌩하니 몸을 돌려 제 방으로 들어가 버렸다. 잠시 후에 그녀가 손에 패딩 코트와 가방을 들고 다시 거실로 나왔을 때 한노 역시 옷을 갈아입고서 소파 옆에 서 있었다. 그가 사흘 전 이곳에 왔을 때 입고 있었던 후드 점퍼 차림으로.

“그거…….”

려희가 다가가 새물내 나는 한노의 점퍼를 손끝으로 잡았다.

“좀 추울 텐데…….”

간밤에 기온이 크게 내려갔다. 한노의 점퍼는 영하의 기온을 감당하기에 부족해 보였다. 더구나 점퍼 안에 셔츠와 니트를 덧입었을 뿐이었다. 니트는 원래 제 옷이고 셔츠는 려희 엄마가 사준 것이었다.

"잠깐……."

려희는 손에 든 패딩 코트와 가방을 소파 위에 놓고 제 방에 들어갔다 손에 무엇인가를 들고 나왔다.

"이거라도 붙여."

려희는 손에 든 것을 한노에게 내밀었다. 손바닥만 한 크기의 '핫팩' 두 개였다.

"어디다?"

"몸에다."

한노는 점퍼를 벗었다. 이어 니트를 벗었다. 그사이 핫팩을 비비고 있던 려희가 깜짝 놀랐다.

"야…… 다 벗지 않아도 돼……."

셔츠를 벗는 한노에게 려희가 급히 소리쳤다. 한노는 셔츠를 어깨 아래로 내리다 멈췄다. 그는 려희를 한 번 힐끔 보더니 도로 셔츠를 입고 단추를 잠갔다. 려희는 눈을 몇 번 깜박였다. 제 눈에 순간적으로 들어왔다 나간 것을 되새기듯. 한노가 셔츠를 벗었을 때 그의 몸에 난 멍과 파스가 그것이었다. 한노의 몸이 성치 않다던 엄마의 말도 기억해 냈다.

"몸 어디다 붙여?"

한노가 물었다.

"응? 아…… 등……. 등이 제일 좋은데. 돌아봐. 내가 붙여줄게."

한노가 려희 앞에서 등을 보이고 돌아섰다. 려희는 목을 뒤로 꺾었다.

"야……. 조금 앉아봐……."

한노는 려희가 시키는 대로 무릎을 굽혀 몸을 낮췄다. 려희는 핫팩 하나를 그의 목 뒤 바로 아래에 붙이고 꾹 눌렀다.

"몸 왜 그래?"

또 하나의 핫팩을 나란히 그 아래, 등의 중간쯤에 붙이며 려희가 물었다.

"상처 말이야. 싸웠어?"

"아니."

한노는 굽혔던 다리를 펴고 돌아서서 소파 팔걸이에 놓았던 스웨터를 집어 들었다.

"맞았어."

"맞아? 일방적으로?"

"응."

"겉모양은 싸움 잘하게 생겨서 순 허당이구나?"

"너도 겉모양은 착하게 생겼는데 안 착해."

"뭐야?"

려희가 눈에 힘을 잔뜩 주며 버럭 소리쳤다.

"너 자꾸 너라고 할래? 어린 게 진짜……."

"그럼? 누나?"

"내가 왜 네 누나야? 나 네 누나 아니다. 누나라고 부르지 마. 부르기만 해봐라……."

"아줌마."

려희는 눈에 힘을 준 것을 즉시 풀지 못한 채 한노를 노려봤다. 내심 웃음이 나오려고 해서 그것을 참느라 더 그랬다. 시큰둥하게 쳐다보는 한노의 얼굴이 이상하게 웃겼다. 별로 웃기는 얼굴은 아닌데. 이제 스무 살이라선지 하관이 날렵하고 입술은 가는 편이었다. 쌍꺼풀은 없지만 눈매가 길고, 눈두덩에 살이 없는 대신 눈 밑에 일명 '애교살'이 두드러져, '잘생겼다'는 엄마 말이 과히 틀리지 않다는 것을 려희는 갑자기 깨달았다. 다만 콧등이 반듯하지 않고 윗부분에서 살짝 꺾여 내려와 그것이 '잘생긴' 균형감을 다소 깨뜨렸지만 동시에 거친 야성을 부여했다.

"까불고 있어……."

려희는 중얼거리며 몸을 홱 돌렸다.

려희와 한노, 두 사람은 거리로 나왔다. 3월이 머지않았는데 날씨는 한겨울이었다. 한노는 털실로 짠 붉은색 목도리를 코밑까지 두르고 있었다. 려희의 것이었다. 검은색 후드 점퍼와도 잘 어울렸다. 다만 그가 신고 있는 검은색 구두가 영 이상했는데 려희가 같은 건물에 사는 주인집에서 빌린 것이었다. 그녀는 두툼한 다운 패딩 코트 안에 턱 끝을 숨긴 채 한노를 버스정류장으로 이끌었다.

"어디 가는지 안 물어봐?"

버스를 기다리며 려희가 물었다. 한노는 말없이 '네가 말해봐' 하는 것 같은 눈짓을 던졌다.

"너 심심할까 봐……. 근데 너 하루 종일 방에서 뭐 해? 심심하지도 않아?"

"심심한 게 좋아."

"그동안 퍽 바쁘게 사셨던 모양이네?"

려희는 악의 없이 비아냥거렸다.

"우리 엄마하고는 얘기 좀 해?"

려희는 이어서 물었다. 요 이틀 동안 엄마는 가게 일을 마치고 돌아와서 꼭 한노와 이삼십 분씩 함께 있고는 했다. 아침 일찍 나가는 엄마도 아니고, 오전에도 녀석과 충분히 얼굴을 마주할 시간이 있음에도. 둘만 방에 있어서 서로 어떤 얘기를 주고받는지 려희는 알 수 없었다. 엄마에게도 물어봤지만 엄마는 '그냥' 이라며 얼버무렸다.

"너, 나한텐 아무 말도 안 하잖아. 엄마하고 무슨 얘길 했어?"

"들었어."

"들어? 뭘?"

"아줌마가 하는 얘기."

"엄마가? 무슨 얘길 했는데?"

"아들 얘기."

순간 려희의 얼굴이 굳었다. 그녀는 또 그것을 감추려고 얼른 버스가 오는 방향 쪽으로 고개를 틀었다. 그리고 더 이상 입을 열지 않아, 기다리는 버스가 올 때까지 둘 사이에서 아무 말도 오고 가지 않았다. 다행히 버스는 그로부터 2분 만에 왔다. 려희가 먼저 버스에 올라 제 차비는 카드로 찍고 한노의 것은 현금으로 계산했다.

"옷 사러 가는 거야."

려희가 한노를 돌아보며 말했다.

"네 옷."

버스로 25분을 달려 내린 곳은 의류 상설매장이 모여 있는 대형 쇼핑몰이었다. 퍽 추운 날임에도 휴일이라 그런지 쇼핑몰의 각 층마다 많은 사람들로 북적거렸다. 려희가 한노를 데려간 남성복 캐주얼 코너가 그나마 덜 붐비는 편이었다. 매장이 즐비한 통로를 려희가 앞장서서 디스플레이된 옷들을 주로 구경하며 걸었다. 한노는 그녀의 뒤통수만 보며 따라갔다.

"저거 어때?"

려희가 매장 앞에 전시된 진한 회색 바지를 가리켰다. 별다른 장식이 없고 통이 좁은 일자 바지였다. 그녀는 바지를 만져 보았다.

"두께도 적당하고…… 괜찮겠다. 청바지는 추워 보여서."

바지 소재를 손끝으로 살펴보던 려희는 한노가 입고 있는 청바지를 힐끔 내려다봤다. 한노는 군소리 없이 려희를 따라 그 매장 안에 들어가서 그녀가 여직원과 말을 주고받는 사이 한편에 멀뚱히 서 있었다.

"키가 있으시니 30이 괜찮을 거예요."

여직원은 한노를 한 번 힐끔 보고 나서 바지를 가져왔다.

"입어보세요."

여직원이 먼저 피팅룸으로 움직이고, 한노가 려희의 손짓을 받고는 여직원의 뒤를 따랐다. 여직원은 한노에게 피팅룸이 좁아서 불편할 테니 외투를 벗고 들어가라 권했다. 한노는 점퍼를 벗어 목도리와 함께 여직원에게 넘겨주고 바지를 받아 피팅룸으로 들어갔다. 려희는 여직원에게서 한노의 옷을 받으려고 기다리다 그녀가 멈칫한 것을 보고 의아해했다. 여직원은 한노의 점퍼에서 거의 눈을 떼지 않은 채로 려희에게 다가왔다.

"왜요……?"

려희가 물었다.

"아, 아뇨……."

여직원은 웃음을 띠었다.

"톰 포드라서……. 톰 포드도 카피가 있나……?"

여직원은 말하다 아차, 싶은 듯 다시금 웃음으로 얼버무리더니 얼른 한노의 점퍼를 주고 물러났다. 려희는 내심 '톰 포드?' 하고 손에 든 점퍼를 눈으로 살폈다. 작정하고 봐선지 'Tom Ford'라고 쓰인 라벨이 쉽게 눈에 띄었다. 려희는 전혀 모르는 브랜드였다. 그녀는 슬며시 휴대폰을 꺼내 '톰 포드'를 검색했다. 그러자 먼저 선글라스들이 잇달아 보였다. 관련 검색어도 '톰 포드 선글라스'가 시작이고 정장과 향수, 지갑이 뒤를 이었다. '톰 포드'가 디자이너의 이름이라는 것은 그다음으로 알았다. 90년대에 구찌(Gucci)의 수석 디자이너(creative director)였다는 사실도.

한노가 피팅룸에서 나왔다.

"잘 맞으시네요."

여직원이 말하고 거울 앞에 선 한노 뒤로 다가섰다.

"이거 꽤 길게 나왔는데 기장도 손볼 필요 없고……."

여직원은 이어 표정으로만 소리 없는 감탄을 지어 보였다. 려희는 한노의 뒷모습을 먼저 보고, 거울을 통해 그의 앞모습을 함께 보았다. 그러다 거울에서 그의 눈과 잠깐 만났지만 그녀는 즉시 스치듯 피했다. 멀대같이 키만 큰 녀석이라고 생각했는데 이제 와 그의 외양이 또렷이 눈에 들어온다는 사실이 어쩐지 좀 당황스러웠다.

"모델 하셔도 되겠어요."

여직원의 이어진 말을 려희가 '계산하죠' 라고, 건조한 어투로 잘랐다. 그녀는 이어 한노에게 다시 갈아입지 말고 날도 추우니 그냥 입으라고 했다. 두 사람은 새 옷 대신 한노가 입고 있던 청바지를 쇼핑백에 담아서 매장을 나왔다.

"하여간 옷 파는 사람들 립 서비스는 알아줘야 해. 모델은 뭐 아무나 하나……."

매장을 나와서 려희는 혼잣말처럼, 그러면서 한노 들으라는 듯 중얼거렸다. 그녀의 말이 맞았는지 그 뒤로 들르는 매장마다 하나같이 한노에게 '모델 같다' 고 '립 서비스' 했다. 한노는 바지 외에도 도톰한 맨투맨 티, 다운패딩 외투, 운동화를 차례로 샀다. 물론 계산은 모두 려희가 했다.

"어후, 다리 아파……."

마지막으로 운동화를 사고 나오는 길에 려희가 한숨을 쉬었다.

"쇼핑은 역시나 힘들어. 그래도 골라주는 대로 입어서……."

려희는 제 뒤편에서 바짝 따라오는 한노를 슬쩍 돌아봤다. 그는 외투 안에 받쳐 입었던 상의만 빼고는 모두 새로 산 옷과 신발을 착용한 모습이었는데 모두 려희가 골라준 것들이었다. 그는 입어

보라면 입고, 신어보라면 신고, 또 '그걸로 사자' 고 하면 고개를 끄덕끄덕했다. 그가 려희로서는 듣도 보도 못한 브랜드의 '짝퉁' 을 입고 있기에—그의 청바지는 '디스퀘어드2' 였다—그만큼 허영기가 있어 옷 고르는 데에도 까다로울 줄 알았더니 전혀 그렇지 않아서, 아마도 얻어 입는 제 주제를 알기는 하나 보다, 그녀는 생각했다. 하기는 뭘 입어도 잘 어울리기는 했다.

"완전 중노동은 면했다. 넌 괜찮어? 안 피곤해? 좀 앉았다 갈까? 참, 지금 몇 시지?"

려희는 휴대폰으로 시간을 확인했다.

"7시 넘었다."

"네 옷은 안 사?"

"이게 또 너래……. 네 옷 산 것만 해도 돈이 어딘데?"

려희가 대번에 쥐어박는 소리를 했다.

"엄마한테 청구할 거지만……."

려희는 투덜거리고 나서, 어차피 저녁때 다 됐으니 밥 먹고 가자며 한노와 함께 지하층에 있는 식당가로 자리를 옮겼다.

"더워."

외투를 벗으며 한노가 말했다.

"어, 맞다. 핫팩……."

려희는 짧게 소리 내 웃었다. 실내 기온이 제법 높아 실은 저도 덥다 느끼고 있던 터였다. 새로 산 다운패딩을 입은 한노는 더욱이 핫팩까지 붙이고 있으니 오죽 할까 싶었다.

"그래도 더운 게 나아. 추우면 금세 컨디션 나빠지거든."

한노가 먼저 의자에 앉았다. 아직 서서 마침 제 외투를 의자 등받이에 걸쳐 놓던 려희의 눈에 그의 짧은 머리 아래, 이마에 땀이 송골송골 맺혀 있는 것이 보였다. 려희는 테이블 위에 있는 냅킨을 두 장 뽑아 한노에게 내밀었다. 그는 받지 않고 려희에게 제 얼굴을 쑥 내밀었다. 조금도 머뭇거리지 않고, 마치 늘 그랬던 것처럼 너무나 자연스럽게. 이미 '전과'가 있는 녀석이기는 했다. 열이 내렸느냐 물었을 때도 녀석은 대답 대신 지금처럼 얼굴을 들이밀었다.

려희는 제 가슴 아래에 있는 그의 얼굴 위로 냅킨 든 손을 천천히 올려, 이내 그의 이마에 지그시 가져다댔다. 그러면서 입술만 들썩여 '어리광은'이라고 말했지만 그것이 소리가 돼 입 밖으로 나가지는 못했다. 그녀는 한노의 눈을 부러 보지 않았다. 그의 빤한 눈빛이 느껴져 더욱 보지 않았다. 그 눈빛은 또 보나마나 그녀를 찾고 있을 것이기에 더더욱 보기 싫었다. 잿빛 눈빛일까, 푸른 광채의 눈빛일까. 궁금해하면서도 그녀는 끝내 그의 눈과 만나기를 거부했다.

식사를 마치고 두 사람은 1층으로 올라왔다. 이제 집에 가면 되었는데 려희는 1층을 지나는 길에 액세서리 코너를 기웃거렸다.

"잠깐……."

려희는 배시시 웃더니 한 액세서리 코너에 자리를 잡고 서서 열심히 눈으로 보고 이것저것 손끝으로 건드려 보았다. 그녀가 관심 있게 보는 것은 귀고리였다. 한노도 곁에 서서 같이 들여다봤다.

"살 건 아니고……."

귀고리 진열대에 눈을 둔 채로 려희가 말했다.

"그냥 구경만. 자주 봐둬야 이쁘고 좋은 걸 알 수 있거든. 그래야 인터넷에서 사도 실패 안 하고."

그때 려희의 눈앞에 한노의 손이 슥 다가왔다. 그 손이 귀고리 하나를 집어 들었다. 려희의 눈이 그 귀고리를 따라 움직였다. 한노가 엄지와 검지 사이에 귀고리의 여밈 부분을 잡고 있었다.

"그거 하라고?"

려희가 묻자 한노는 고개를 끄덕끄덕했다. 그의 손끝에 매달린 귀고리는 진주였다. 물론 인조 진주였으며 크기가 꽤 커서 지름이 12밀리미터 정도 되었고 완전한 원형이 아닌, 눈물방울 모양이었다.

"나 이렇게 큰 건 해본 적 없는데……. 어디……."

려희는 먼저 머리를 귀 뒤로 넘겼다. 한노의 눈이 대번에 그녀의 귀에 꽂혔다. 그녀의 귀에는 각기 다른 모양의 귀고리가 세 개나 있었다. 바깥쪽 귓바퀴의 중앙에 반짝 빛나는 큼직한 큐빅이 하나, 그 아래에 18K로 된 단순한 모양의 고리 형태의 것이 또 하나, 그리고 나머지가 보통 귀고리를 하는 위치인 귓불에 있는 것으로 붉은색 산호 원석의 꽃 모양 귀고리였다. 그녀는 산호 귀고리를 풀고 한노가 고른 진주 귀고리를 달았다. 진열대에 있는 거울을 보며 양쪽을 다 달고 머리를 크게 뒤로 젖혔다. 그런 다음에 한노를 보았다.

"어때? 좀 과하지 않아?"

한노는 려희의 귀 끝에 바짝 붙어 달랑거리는 진주를 보며 고개를 갸웃하니 옆으로 기울였다.

"예뻐."

한노는 짧게 말했다. 그 순간에 그의 입 끝에 기연미연할 만큼의 미소가 찰나에 스쳤다.

"사줄 것도 아니면서."

려희는 장난스럽게 입술을 삐죽거렸다. 그러면서도 그 진주 귀고리를 도로 빼지 않았다.

쇼핑몰 주변은 불야성이었다. 낮보다 화려했다. 그 화려함을 뒤로하고 려희와 한노는 버스에 올랐다. 맨 뒷좌석 근처에 서 있다 두 정거장도 가기 전에 자리가 나서 둘은 나란히 앉았다. 창가에 려희가 앉고 그 옆에 한노가 앉았다. 얼마 가지 않아 려희는 휴대폰을 꺼내 화면을 읽고 문자를 작성했다. 곁에 앉은 한노를 의식하는 듯 그가 보지 못하도록, 그녀는 휴대폰을 제 쪽으로 기울인 채 누군가와 계속 메시지를 주고받았다. 한노는 곁눈질로 훔쳐보고 있었다. 휴대폰이 아닌, 려희를. 그녀는 미소 짓고 있었다. 저도 모르게 짓는 그런 미소였다. 다정하고 은밀한.

려희의 입가에서 미소가 사라졌다. 손끝으로 화면을 찍다가 갑자기. 또한 어깨에 묵직함을 느낀 것과 거의 동시였다. 그녀는 아주 슬쩍 고개를 옆으로 기울였다. 한노의 머리카락이 보였다. 그가 려희의 어깨에 머리 옆을 대고 있었다. 피곤했던 모양이구나, 려희는 생각했다. 그래서 문자 작성을 포기하고 휴대폰을 무릎 위에 내려놓았다.

얼마 지나지 않아 손에서 휴대폰이 진동했지만 보지도 않았다.

그녀는 창밖을 보고 있었다. 야경이 흐르는 사이로 가끔씩 유리창에 비치는 제 얼굴을 보았다. 이 얼굴을 한노는 착해 보인다고 했다. 그런 말은 처음 들어봤지만 '안 착하다' 했던 말은 맞는다고 생각했다. 특히 동생에게 착한 누나가 아니었다. 동생 한노를 잘 울렸다. 엄마가 동생의 화장실 뒤치다꺼리를 시킬 때 특히 그랬다. 동생은 어디서 배웠는지 누나가 울릴 때마다 '나쁜 년아' 라고 소리쳤다. 그런 동생은 끝까지 누나를 나쁜 년으로 만들어놓았다.

"한노야. 다 왔어."

창밖에 익숙한 풍경을 보고 려희가 어깨를 살짝 움직였다. 한노는 선잠에서 깬 것처럼 눈을 반만 뜨고서 려희와 잠깐 눈을 맞춘 뒤에 쇼핑백들을 추슬러 먼저 자리에서 일어났다.

정류장에 정차한 버스에서 려희가 먼저 내렸다. 내리자마자 그녀는 그 자리에 서서 휴대폰의 화면을 손끝으로 빠르게 토토톡 눌렀다. 그런 그녀의 얼굴에 떠오른 미소를 한노는 또 놓치지 않았다. 그는 제 목에 헐렁하게 걸려 있는 붉은색 털실 목도리를 풀었다. 다 풀기 전에 려희 곁을 스치며 그것을 무심히 떨어뜨렸다. 목도리는 려희의 발밑에 떨어졌다. 려희가 발견하고 얼른 목도리를 주웠다. 그사이 한발 앞섰던 한노가 돌아보았다. 제 몸에서 목도리가 사라진 것을 막 알아차린 듯. 려희는 먼저 문자를 빠르게 마무리하고 휴대폰을 외투 주머니에 넣은 다음에 한노 앞으로 다가왔다.

"칠칠치 못하기는……."

려희는 한노가 아직 잠에서 덜 깼다고 생각했다. 그래서 제 손으로 그의 목에 목도리를 걸어주었다. 그는 알아서 목을 숙이고 몸을 낮췄다. 그녀는 그의 목에 목도리를 두 번 감고 그 양쪽 끝을 묶었다. 이어 묶은 것을 모양 있게 매만졌다. 그러다 멈칫했다. 제 머리 위에서 나직한 숨결을 느꼈다. 그것도 갑자기 느꼈다. 그 갑작스러움에 당황해, 또 저가 당황했음을 숨기느라 잠깐 멈칫했던 손으로 목도리를 자꾸 매만졌다. 그럴수록 한노의 숨결이 더 의식되었다. 그의 숨결을 더 뜨겁게 느꼈다.

"됐어……."

려희가 한노의 숨결에서 달아나듯 그에게서 떨어져 먼저 걸음을 옮겼다. 그의 얼굴로 눈도 주지 않은 채. 한노는 려희의 뒤를 따라 잠시 뒤에 좁은 길로 접어들었다. 그 길에서 려희가 외투 주머니에서 휴대폰을 꺼내는 것을 뚫어지게 쳐다보았다. 려희는 휴대폰을 잠깐 보기만 하고 도로 주머니에 찔러 넣었다. 그러자 한노의 눈빛에 어렸던 엷은 긴장감이 풀렸다. 어느덧 2층 상가 건물의 대문이 보였다.

"신발 줘."

대문을 들어서자마자 려희가 손을 내밀었다. 한노가 손에 든 쇼핑백들 중에서 하나를 그녀에게 건넸다. 새 운동화를 산 뒤에 벗어서 담아온, 주인집에서 빌린 검은색 구두가 담긴 것이었다. 주인집은 대문 앞에서 바로 오르는 계단이 있었다. 려희가 그 계단에 채 발을 딛기도 전에 주인집의 현관문이 열리고 한 중년 남자가 나왔다. 남자는 나오자마자 바로 담배에 불붙였다. 려희가 고개를 살짝 숙여 인사를 하는데도 받는 둥 마는 둥 하고 한노와는 눈을 잠깐 마주쳤다.

한노는 그 남자와 이미 낯을 익혔다. 말을 해본 적은 없지만 뒷마당에 담배 피우러 나왔을 때 그곳에서 두 번 마주친 적이 있었다. 그때마다 남자 역시 담배를 물고 있었다. 신발을 돌려주고 가는 길에 려희가 그 남자에 대해 잠깐 설명했다. 주인집 아줌마의 시동생이라고. 형의 집에 얹혀산 지 몇 년 되었으며 그런 시동생을 주인집 아줌마가 몹시 싫어한다는 말도 덧붙였다.

려희 엄마는 평소처럼 자정 넘어 귀가했다. 한노는 자고 있었고, 려희도 깜박 잠들었다 깨어났다.

"잘했어. 수고했다."

엄마는 딸에게서 한노의 이런저런 옷을 샀다는 말을 듣고 나서 고마워했다. 그러잖아도 현관을 들어서다 처음 보는 남자의 운동화를 보고 안도했던 엄마였다.

"모두 488,000원이야."

려희는 짐짓 퉁명스럽게 받았다.

"알았어. 50만 원 줄게. 내일은 가게 쉬니까 너 늦게 들어와도 돼. 친구 만날 일 있으면……. 아니다. 데이트해야지?"

엄마는 빙긋 웃었다. 려희는 얼른 이불을 덮고 돌아누워 '잘래' 했다. 사귀는 남자가 있다고 엄마에게 말한 적이 없었다. 실은 사귄 지 얼마 되지도 않았다. 그런데도 엄마가 먼저 눈치채고 '애인 있지?' 라고 물었던 것이 불과 2주 전이었다.

❖

"석현 씨……."

1층 로비에서 려희가 환한 웃음을 머금었다. 그녀의 눈길이 닿은 곳에 있는 남자 역시 마찬가지였다. 이십 대 후반 정도 되는 인상 좋은 남자였다. 두 사람의 거리는 금세 가까워졌다.

"내가 학교로 간다니까."

려희가 말했다.

"내가 급해서."

석현이 바로 그녀의 말을 받았다.

"엉덩이가 들썩들썩해서 앉아서 기다리느니 움직이자 싶었어. 마침 차도 가져왔거든."

"응? 그럼……."

석현과 함께 입구를 나오며 려희가 그의 얼굴을 보았다. 주차장이 빌딩 지하에 있어 차를 빼려면 안에서 승강기나 비상구로 내려가야 하기 때문이었다.

"일단 밥 먹자, 밥. 여기 맛있는 데 많잖아. 그거 먹고 싶어. 낙지볶음."

"어, 나도 마침 땡겼는데."

려희는 석현을 보며 환하게 웃었다. 두 사람은 손을 잡고 퇴근인파 속으로 합류했다. 사무실이 밀집해 있는 거리는 인근에 다양한 식당들의 간판과도 함께했다. 려희와 석현이 찾아 들어간 식당도 그러한 간판들 중의 하나였다. 식당은 점심때만큼은 아니어도 제법 자리가 차 있었다.

"집에 일이 있단 것은 잘됐어?"

낙지볶음을 주문하고 나서 석현이 물었다. 려희는 따뜻한 물 잔을 두 손에 쥐고 있다가 '응?' 하는 표정이더니 금세 알겠다는 듯 고개를 끄덕끄덕했다.

"별일 아녔어요."

"뭐? 별일인 것처럼 말해놓고."

석현은 슬쩍 눈을 흘겼다.

"아까운 주말 데이트가 깨졌는데 별일이어야 하잖아."

려희는 그냥 웃음을 띠었다. 한노 곁을 지키고 그에게 옷 사주는 일이 '별일' 이라고 할 수는 없지 싶었다.

"뭔데? 설마…… 나쁜 일?"

"아뇨……. 엄마가 좀 아파서……."

"저런…… 많이 아프셔?"

"그냥……. 몸살……. 미안해요. 대신 낙지볶음 내가 쏠게요. 많이 먹어요."

거짓말을 하려니 불편해진 려희가 얼른 화제를 돌리려 했다.

"석현 씨 얼굴이…… 좀 때꾼해진 것 같아요. 공부가 힘들긴 힘든가 봐……."

"그게 아니라……."

석현이 두 손끝을 제 눈에 대고 한 번 문질렀다.

"너무 보고 싶어서."

말과 함께 눈을 부러 크게 뜬 석현의 장난기 어린 얼굴을 보며 려희는 '피이' 웃었다. 석현은 일명 '로스쿨' 이라고 불리는 법학

전문 대학원에 다니고 있었다. 3년 과정 중 2년을 마치고, 현재 곧 3월에 시작할 다음 학기를 기다리는 중이었다.

"학기 시작되면 아무래도 자주 볼 수 없을 텐데 지금 많이 봐둬야 하잖아."

"지금도 맨날 학교에 나와 공부하면서, 뭘."

려희가 석현을 처음 만났을 때가 지난 학기 중이었다. 불과 4개월 전인 지난 늦가을 즈음, 한 대형 서점에서였는데 인문대 학생들의 전공서적을 주로 내는 출판사에서 일하는 려희는 업무차 서점에 들른 터였다. 업무라고는 하지만 간단한 심부름에 가까워 그 일을 마치고 신간 코너에서 책을 뒤적이고 있다가 그와 마주쳤다. 그가 먼저 말을 걸었다. '실례합니다' 라고. 이어 '요즘 인기 있는 책이 뭐죠?' 라고 물었다. 그렇게 시작한 교제는 막 시작하는 단계임에도 일주일에 한 번 만나기가 힘들었다.

두 사람은 식사를 하면서 저들의 그 첫 만남에서 대해 수다를 떨었다.

"많이 해본 솜씨던데?"

모르는 여자에게 말 붙여본 것은 처음이었다는 석현에게 려희가 장난스럽게 야유했다.

"나 그렇게 헤픈 남자 아니다."

석현은 단언했다.

"내심 얼마나 긴장했었는데. 너, 인상이 뭐랄까, 잘못 말 걸었다가는 따귀 한 대 날아올 것 같은……?"

"정말?"

려희는 눈을 동그랗게 떴다.

"착하게 생겼다고 하던데?"

"누가? 어떤 놈이 그래? 혹시 작업?"

"안 착해 보여요?"

그러자 석현이 '음' 하는 소리를 내며 짐짓 려희를 관찰하듯 눈을 가늘게 떴다. 려희는 여자치고는 눈썹이 짙고 눈가의 윤곽이 또렷해 굳이 인상을 따진다면 맑고 영민한 쪽에 가까웠지만 그것도 그녀가 지닌 본래의, 진정한 특징은 아니었다. 그녀는 자라면서, 또 지금도 제 주변으로부터 혹시 혼혈이냐, 하는 놀림이나 물음을 종종 받고는 하는데 그녀만의 독특한 인상 때문이었다. 뭐라 한마디로 딱 꼬집을 수 없는 이국적인 분위기가 그녀에게는 있었다.

"그러고 보니……."

석현이 집게손가락으로 려희를 조심히 가리켰다. 그가 가리킨 것은 그녀의 목덜미와 머리카락 사이에서 보일 듯 말 듯하는 진주 귀고리였다.

"그 귀고리……."

"응……? 아……. 이걸 이제 봤어요? 삐짐이야."

"크으, 실수. 머리에 가려서 잘 못 봤어."

그러자 려희가 손을 뒤로 돌려 머리를 하나로 모아 위로 올렸다. 장난스럽게 포즈까지 잡아가며. 그러자 진주 귀고리가 그녀의 이국적인 분위기를 한층 돋보이게 했다. 석현이 손가락을 탁, 튕겼다. '역시' 하듯.

"내 여친, 매력 있어."

석현이 말했다.

"사실은 한눈에 반했거든. 그리고 바로 알았지. 우리는 인연이다……."

"에에……."

"뭐가 에에야? 폰 번호가 증명하잖아. 우린 천생연분이다, 라고."

"그건 정말 신기하긴 해요."

려희와 석현의 휴대폰 번호가 끝자리 수만 빼고는 똑같았다. 첫 만남 때 두 사람은 서로의 휴대폰 번호를 교환하다 그것을 알고 깜짝 놀랐었다.

식당을 나와서 두 사람은 석현의 차를 타고 이십여 분을 달려 도착한 어느 카페로 들어섰다.

"여기서 좀 마시다 나가자."

커피 두 잔을 주문해 가져온 석현이 그중 한 잔을 려희 앞에 놔주며 말했다. 려희는 커피가 담긴 종이컵을 두 손에 쥐고서 수줍어하는 미소를 지었다. 석현이 다니는 대학에서 그리 멀지 않은 카페였다. 또 이전에도 두 차례 들른 적이 있었다. 두 번 다 그가 차를 갖고 왔을 때이며 카페를 나와서는 곧장 대학교 안으로 차를 몰았다. 그런 다음 은밀한 시간이었다. 첫 키스도 그때였다.

"일찍 들어가 봐야 하는 건 아니지?"

석현이 이어 물었다. 려희는 대답 대신 입술을 삐죽삐죽거렸다. 마치 '무슨 짓 하려고 그것을 묻느냐' 하듯.

"왜 그래?"

석현은 짐짓 모른 체했다.

"어머님 아프시다며? 그래서 혹시나 해서 물어본 건데. 일찍 가서 엄마 대신 가게 봐야 한다고 할까 봐. 너 효녀잖아."

"효녀는 무슨……. 가겐 오늘 쉬는 날이에요."

"그래? 다행이다. 근데 참, 무슨 가게 하셔?"

"응……? 아…… 화장품……."

려희는 말끝에 커피를 입에 댔다. 석현이 더 이상 묻지 않기를 바라며.

"어, 좋다. 우리 오마님 생신이 얼마 안 남았는데 그때 거기서 화장품 사서 선물하면 되겠다."

석현은 제 어머니를 '오마님' 이라고 장난스럽게 호칭했다.

"저가 화장품인데……."

"그러니까 딱 좋지. 나, 비싼 화장품 선물할 능력 아직 없어. 용돈 받아쓰는 주젠데 뭐……."

려희는 다시 커피에 입을 대느라 고개를 깊이 숙였다. 제 불편한 기색을 들키지 않으려 했다. 석현의 소탈함을 모르는 것은 아니었다. 또 그의 그런 점이 좋았다. 그래서 더욱 엄마가 술집을 하고 있다고 말하지 못했다. 말하지 못했을 뿐 아니라 화장품 가게를 하고 있다고 결국 거짓말까지 하고 말아 더욱 속이 거북했다.

"나가요."

커피를 들고 려희가 먼저 일어났다.

석현의 차는 카페를 출발해 5분도 안 돼 어느 대학교의 정문을 통과했다. 석현이 로스쿨 과정을 밟는 대학교였다. 그는 학부도 이곳에서 마쳤다. 아직 개강 전인 캠퍼스는 가로등 빛이 밝게 비추는 곳에만 드문드문 사람이 있고 이따금씩 차들이 지날 뿐 전체적으로 차분하고 고요했다. 석현의 차는 어둡고 인적이 드문 곳에 자리를 잡았다.

"혹시 어머님이 알아? 나랑 만나는 거."

석현이 물었다. 차를 세우고 음료 고정대에 두었던 커피를 집어 려희에게 주고 나서였다. 그는 제 커피를 집어 들지는 않았다. 려희는 희미한 고갯짓으로 끄덕했다.

"네가 말했어?"

"아니. 그냥 엄마가 눈치챘어요."

"엄마들 눈치가 원래 보통이 아니지. 나도 들킬까 봐 사실 좀 조마조마하다. 보나마나 지금 연애할 때냐고 잔소리하실 게 뻔하니까."

려희는 이해한다는 듯 다시 고개를 끄덕끄덕했다. 석현은 내년에 있을 변호사 자격시험을 통과하기 위해 올 한 해 정말 치열하게 공부해야 했다. 판사를 지원하고 있어 성적이 매우 좋아야 하기 때문에 더욱 그랬다. 그의 집안에서 원하는 일이었다. 18년 동안 판사로 재직했던, 지금은 변호사인 그의 아버지 영향이 특히 컸다고 려희는 알고 있었다.

"나도 너 아니면 연애할 생각 전혀 없었어."

려희가 이번에는 고개를 저었다.

"그러다 시험 떨어지면 나 원망하려고?"

"나 떨어질 걱정은 안 하는데……."

"에이, 재수."

"잠깐. 한국말은 끝까지 들어봐야지. 솔직히 판사 임용은 걱정되고."

려희의 장난스러운 야유에 석현 역시 장난스럽게 엄살을 떨었다. 사실 그 엄살은 장난이라고만은 볼 수 없었지만. 변호사 자격시험 통과는 시작일 뿐이었다. 판사 임용에 통과되느냐 하는 것은 또 다른 문제로 훨씬 어려웠다.

"변호사만 해도 괜찮지 않아요? 아버님도 지금은 변호사시고."

"우리나라에 변호사 많아. 그중에 가난한 변호사는 더 많고."

"진짜?"

"이런, 이럴 줄 알았어. 변호사는 다 돈 잘 버는 줄 안다니까. 변호사들 중에는 진짜 돈 많은 부자들의 집사 노릇하는 사람들도 꽤 돼."

"그래도……."

려희는 부러 눈을 가늘게 떴다.

"석현 씨네는 좀 사는 것 같은데……?"

"아, 뭐……."

석현은 웃음으로 마무리를 했다. 굳이 부정하지 않는다는 의미였다. 그가 부유한 집 아들이라는 것을, 려희는 진즉 느낌으로 알고 있었다. 그래서 다시 '재수' 하는 양 눈을 새치름하니 떴다.

"왜 그래? 내 잘못 아니다."

석현은 려희의 표정이 귀엽다는 듯 웃었다.

"근데 그건 상대적인 거야. 진짜 슈퍼 리치급인 큰외삼촌에 비하면 우리도 한참 가난해서……."

"됐구요……."

려희가 새침하니 그의 말을 잘랐다.

"석현 씨는 꼭 정의로운 판사님 되세요. 그럼 우리 한 달에 한 번…… 아니다. 두 달에 한 번만 봐요. 석현 씨 판사님 되는 공부 방해 안 되게."

"헐……. 그러다 너 바람피우면?"

"그럼 뭐…… 할 수 없고."

"뭐?"

석현의 얼굴이 굳었다. 그는 려희의 손에서 컵을 빼앗아 음료 고정대에 척 넣더니 이어 그녀의 얼굴을 두 손에 잡았다.

"방해 안 돼."

석현이 말했다

"너 생각하면 공부 더 잘돼. 훨씬 잘돼."

"그럼 공부 잘 안 될 때 만나면 되겠다. 공부 잘되게."

"바로 그거야."

석현이 미소 지었다. 려희는 눈을 감았다. 숨결이 먼저 다가왔다. 그다음 차가운 감촉이 입술에 닿았다. 그것은 금세 따뜻해지고 솜사탕처럼 부드러워졌다. 그런데 그것에 집중할 수가 없었다. 그녀의 무릎에서, 정확히 그녀의 가방에서 벨 소리가 나고 있어 그것이 청각을 자극하고 있었기 때문이었다. 벨 소리에 신경이 쓰인 것은 석현도 마찬가지였나 보다. 그는 곧 물러났다. 물러나자마자 려희가 덤벼들었다. 석현이 '읍' 소리를 냈다. 려희가 그의 목에 팔을 둘렀다. 그러느라 그녀의 무릎 위에 있던 가방이 바닥으로 툭 떨어졌다. 벨 소리와 함께.

석현이 려희의 목덜미 뒤를 잡고 지그시 누르듯 애무했다. 그 손길이 려희에게 무척 진하게 느껴졌다. 단지 목덜미를 만지고 있을 뿐인데 서로를 탐하는 입술보다 더 야릇했다. 처음은 아니었다. 또 그때는 낯설고, 부끄럽고, 조금은 거북했던 손길이었다. 이제는 그 손길에 저를 던져 버리고 싶은, 현기증이 날 만큼 강렬한 욕구에 려희는 사로잡혔다.

엄마가 화장품 가게를 한다고, 거짓말을 했던 죄책감 때문일까. 죄책감 이전에 거짓말을 한 자신이 실은 비루하고 비참했다. 려희는 그 기분에서 벗어나고 싶었다. 저를 만지는 석현의 손길이 그의 욕망이라면, 그래서 그 길로 저를 인도한다면 기꺼이 따라가리라, 갑자기 결심도 했다. 그 결심에 경종을 울리듯 벨 소리가 그치지 않고 있었다. 정말 끈질기게 울렸다. 그쳤는가 하면 다시 울리고, 또 울렸다.

"받아야 할 거 같은데……?"

석현이 려희의 입술에서 아쉬운 듯 물러나 나직한 어조로 말했다. 그토록 끈질기게 오는 전화라면 받아야 하지 않겠느냐는 의미였다. 려희는 바닥에 떨어져 있는 가방을 주웠다. 한두 번 울리고 말 줄 알았더니 누가 그처럼 쉬지 않고 전화를 해대는지 내심 의아하기도 했다. 휴대폰 화면에는 '엄마' 라고 떠 있었다. 그것을 석현도 보고 '어서 받아' 라고 재촉했다. 려희는 좀 이상하다고 생각하면서 휴대폰 화면을 손끝으로 밀었다. 오늘 석현과 만나는지 엄마도 알 텐데. 또 그렇게 늦은 시각도 아니었다.

"응. 엄마……."

려희가 먼저 입을 열었다.

[엄마 아니야. 고양이야.]

려희는 너무 놀라서 움찔했다. 그것을 석현도 느꼈는지 그녀를 걱정스럽게 쳐다봤다. 려희는 당황을 숨기며 휴대폰을 반대편으로 옮겨 잡았다. 석현과 더 멀어지게끔.

[언제 들어와?]

한노의 목소리가 이어서 들려왔다.

"왜……?"

[고양이 밥 줘야 하잖아.]

"신경 쓰지 마. 내가 알아서 해."

[야옹, 야옹……. 배고프대. 빨리 들어와.]

"끊어."

려희는 서둘러 통화를 끝내고 휴대폰을 가방에 넣은 뒤 그 안에서 전원을 꺼버렸다.

"무슨 전화를 그렇게 받아?"

석현이 려희의 굳은 안색을 보며 물었다.

"엄마랑 아침에…… 좀 싸웠거든요."

려희는 석현을 쳐다보지도 않고 말했다.

"살벌하네. 그럼 모녀간에 냉전인 거야?"

분위기를 바꾸려는 듯 석현은 부러 가볍게 말하고 웃음소리를 냈지만 그럼에도 려희의 얼굴이 풀리지 않고 계속 굳어 있자 그도 이내 어색해졌다.

"려희야……. 기려희."

석현이 저를 보라는 의미로 려희의 이름을 불렀다. 려희는 마지못하듯 눈을 들었다.

"까꿍!"

❖

한노가 현관문을 열고 들어왔다. 손에 휴대폰을 들고.

"얼른 와. 사과 먹자."

려희 엄마가 식탁 앞에서 그 위에 놓여 있던 접시를 막 손에 들었다. 먹기 좋게 잘라놓은 사과 조각들이 담긴 접시였다. 접시를 들고 려희 엄마가 먼저 소파로 가고 한노가 뒤따랐다. 소파 앞 TV는 켜진 채였다. 엄마는 포크로 사과 조각 하나를 콕 찍어 한노에게 내밀었다.

"춥지? 외투 걸치고 나가지. 웬만하면 담배 끊고."

한노는 려희 엄마 앞에 휴대폰을 놓고 나서 사과를 받았다. 전화한다고 그가 빌린 것이었는데 어디에 전화하느냐, 엄마는 묻지 않았고 휴대폰을 돌려주는 지금도 마찬가지였다.

"려희는 늦을 거야. 보통은 주말에 데이트하는데 오늘은 퇴근 후에나 만날 테니……. 어때? 달아?"

한노가 사과를 한 입 깨물어 먹는 것을 보고 있다가 엄마는 물었다. 한노가 고개를 한 번 끄덕했다. 엄마는 흐뭇한 미소를 머금었다. 그의 등도 토닥토닥 두드렸다.

두 사람은 TV를 보며 말을 주고받았다. 말을 하는 쪽은 거의 엄마라서 한노는 주로 고개를 끄덕이거나 아주 짧은 대답을 하는 정도였다. 엄마가 입을 다문 것은 드라마를 할 때였다. 그러다 잠이 들었다. 소파 팔걸이를 베고 코를 나직이 골면서. 한노가 일어나 방에 들어갔다 잠시 뒤에 나왔다. 외투를 입고 손에는 담요를 들었다. 한노는 그 담요를 려희 엄마 위로 덮어주었다.

한노가 현관을 나와 뒤로 소리 나지 않게 문을 닫았다. 그가 계단으로 발길을 옮길 때 야옹 소리가 났다. 한노는 난간 옆을 보면서 천천히 계단을 밟아 내려갔다. 길고양이 두 녀석이 담장 위를 어슬렁거렸다. 까망과 노랑이었다. 두 녀석은 한노를 보고 움직임을 멈춘 채 더욱 날카로운 소리를 냈다. 등을 세우고, 어둠을 찢을 듯 푸른 눈빛을 번득였다.

"내가 데려올게."

녀석들을 향해 한노가 툭 던지듯 말했다. 그는 대문을 나와 문을 등지고 섰다. 다리를 약간 벌리고 마치 수문장처럼 서서 담배를 꺼내 불붙여 물었다. 그는 이면도로의 건너편을 주로 보면서 이따금씩 도로를 지나는 승용차와 택시를 눈으로 좇았다. 그렇게 시간이 흘렀다. 한노는 변함없이, 수문장의 모습 그대로 있었다. 그의 발밑에 담배꽁초 두 개가 떨어져 있을 뿐이었다.

한노는 빈 담뱃갑을 한 손에 구겨 외투 주머니에 넣고, 다른 손에 쥐고 있던 라이터를 켰다. 라이터 불빛이 춤을 췄다. 그는 그것을 눈가로 올렸다. 그러자 불빛 너머로 은색 승용차 한 대가 들어왔다. 승용차는 불빛과 정확히 하나 된 지점에 멈췄다. 한노는 그 차를 주시했다. 불붙이지 않은 담배를 입에 물고 있었지만 그냥 라이터를 껐다. 은색 차는 시동을 끄지 않은 채 그 자리에 가만히 있었다. 한노는 그 차에서 잠깐도 눈을 떼지 않았다.

이윽고 차의 문이 열렸다. 조수석의 문이 열리고 려희가 내렸다. 한노의 눈에는 차 지붕 위로 그녀의 머리가 보였다. 그녀는 한노를 못 본 것처럼 그에게 눈길을 주지 않고 제 어깨의 가방 끈을 자연스럽게 추스르며 차의 보닛 앞을 지났다. 그때 차창이 내려가고 석현이 슬쩍 고개를 내밀었다. 려희가 돌아보았다. 두 사람은 똑같이 손을 살살 흔들고 미소를 교환했다. 석현은 려희가 등을 보인 뒤에도 차를 출발시키지 않았다. 그녀가 집으로 들어가는 것까지 확인하고 떠나려는 듯.

려희는 한노를 정면으로 보며 길을 건넜다. 그를 보고 있으면서 실은 보고 있지 않았다. 때문에 한노는 그녀를 보고 있음에도 그녀의 눈과는 만나지 못했다. 그녀는 그를 모르는 사람인 양했다. 무심한 듯 그의 곁을 스쳐 대문으로 들어갔다. 한노도 곧장 그녀의 뒤를 따랐다. 그녀의 뒤를 따라 건물 벽과 담장 사이에 난 좁은 길을 지나고 모퉁이를 돌았다.

"무슨 짓이야?"

급히 계단을 밟아 올라가던 려희가 갑자기 휙 돌아서서 으르렁댔다. 소리를 크게 내지는 않았지만 무척 화가 난 어조였다. 한노는 계단을 밟기 전이었다.

"나한테 전화를 왜 해?"

"하면 안 돼?"

"그게 아니라 전화를 해서 왜 그딴 소리를…… 아니, 그래. 안 돼. 하지 마."

"알았어."

한노가 흔쾌히 대답하자 려희는 도리어 말문이 막혔다. 무엇보다 감정 정리가 안 됐다. 석현의 차로 집 앞 길 건너편에 도착해 대문 앞에 떡하니 버티고 서 있는 한노를 보았을 때 그녀는 어처구니가 없는 한편으로 소름이 돋았었다. 당연히 화도 났다. 그런데 정작 한노는 무심하지 않은가.

"들어가."

한노가 이어서 말하고 계단을 밟았다. 그런데 려희는 움직이지 않고 있어 두 사람은 금세 가까워졌다. 서로 쳐다만 봤다. 그 사이로 야옹 소리가 끼어들었다. 려희가 그 소리를 따라 난간 옆으로 잠깐 눈길을 옮겼다가 계단을 내려가려고 했지만 한노가 그 앞을 즉시 막았다.

"비켜."

"들어가."

"뭐?"

"고양이 밥은 내가 줬어. 걱정 말고 들어가."

려희는 한노의 말소리에 섞여 들려온 야옹 소리에 귀를 기울였다. 분명 밥 달라는 소리였다. 그런데 밥을 줬다니?

"들어가."

한노가 다시 말했다. 려희는 뒷걸음으로 계단을 하나 올라섰다. '비켜' 라고 말하지 못했다. 그가 물러서지 않을 것 같아서만은 아니었다. 다만 빈틈이 보이지 않았다. 계단 폭은 두 사람이 나란히 지나갈 만큼은 되었는데 이상하게도 한노 혼자서 그 공간을 다 채우고 있었다. 그는 흡사 벽 같았다.

3. 벽

려희는 평소보다 늦은 시각에 회사에서 나왔다. 편집부에서 주로 단순 교정 일을 보는 그녀는 그 외의 잡무를 처리하다 나오는 길이었다. 꼭 오늘 하지 않아도 되는 일이었지만 퇴근 시간 뒤에 곧장 집으로 가는 것이 왠지 내키지 않아 그냥 자리를 지키다 보니 그리되었다. 불러내기에 편한 친구도 마침 시간을 낼 수 없다고 했다.

려희가 집에 일찍 들어가 봐야 할 이유는 더 이상 없었다. 당연히 엄마에게서 그런 부탁을 받지도 않았다. 한노는 이제 건강했으니까. 아마도 그래서 집에 들어가기 싫은가 보다, 려희는 생각했다. 가족도 아니고 특별한 관계도 아닌, 건강한 사내 녀석과 한집에 있는 것이 편치 않았다. 어젯밤에 석현과 헤어진 뒤, 그의 걱정

어린 문자를 받았던 것과도 관계가 있었다. 려희가 집으로 들어가는 것을 지켜보던 석현은, 한노가 그녀의 뒤를 곧장 따르는 것까지 목격하게 돼 그 자리에서 급히 문자를 보낸 모양이었다. '웬 남자가 네 뒤를 바로 따라 들어가던데, 괜찮아? 별일 없지?' 라고.

집에 도착한 려희는 잠긴 현관문을 열쇠로 열고 들어갔다. 거실은 어두웠다. 건물 밖에서 집의 불이 모두 꺼진 것을 이미 봤기에 한노가 벌써 자나 싶었다. 그녀는 제 방으로 먼저 들어가 외투를 벗어놓고 다시 나와 엄마 방을 기웃거렸다. 노크를 하려다 그냥 조심히 문을 열었다. 방은 비어 있었다. 방 한쪽에 있는 나뭇가지형 행거에서 한노의 옷들을 살피니 톰 포드 짝퉁 점퍼와 그가 집에서 입는 추리닝 바지 등이 걸려 있었다.

한노는 집에 없었다. 외출복을 챙겨 입고서 문을 잠그고 나갔다는 의미였다. 아마도 열쇠는 엄마가 주었을 것이다. 또 주방이 깨끗한 것을 보니, 혼자 점심을 차려 먹고 설거지까지 해놓고 나간 것이 아닌 이상 그전에 나갔다는 의미였다. 그렇다면 꽤 오래 집을 비우고 있는 셈이었다. 그는 다시 돌아올까. 려희는 엄마에게 전화를 해보려다가 말았다. 이 시간에 한노가 집에 없는 것을 알면 보나마나 엄마는 괜한 걱정을 하고 호들갑을 떨 게 빤하니까.

고양이 사료를 준비하면서 시계를 보니 10시가 다 돼가고 있었다. 그런데 자정이 가까워지도록 한노는 돌아오지 않았다. 완전히 떠난 것일까. 갑자기 나타난 녀석이니 갑자기 사라진다고 해도 이상할 것은 없었다.

려희는 침대에 누워 어렴풋 잠이 들었다가 철컹, 현관문 열리는 소리에 반짝 눈을 떴다. 엄마다, 하고 그녀는 몸을 일으켰다. 그러다 엄마의 웃음소리를 듣고 멈칫했다. 말소리가 뒤이어 들려왔다. 엄마 혼자가 아니었다. 특징이 강한, 허스키한 음색이 짧게 섞여 있었다.

"자다 깼어?"

딸의 방문을 열고, 불 꺼진 방에서 딸이 침대에 앉아 있는 모습을 보며 엄마가 물었다. 거실 불빛으로 방 안 풍경은 식별 가능했다.

"한노랑 같이 가게 나갔다가……."

엄마는 말하며 문을 닫고 이어 불을 켰다.

"녀석이 가게 구경만 하겠다더니 일도 도왔다. 주방 일도 돕고 서빙도 하고……."

엄마는 려희의 굳은 얼굴을 보고 말끝을 흐렸다.

"가라고 안 했어?"

려희가 다소 공격적으로 물었다.

"이제 멀쩡해졌으니까, 옷까지 사줬으니 너 갈 데로 가라고 안 했냐고."

엄마는 묵묵히 외투를 벗고, 바닥에 앉아 양말도 벗었다.

"왜? 말 못하겠어? 내가 해?"

"혹시 모르잖아. 그 녀석, 갈 데가 없는지……."

양말을 한옆으로 툭 던지며 엄마는 힘없이 말했다.

"그거야 그놈 사정이고."

려희는 이불을 홱 젖히고 침대 아래로 발을 내렸다.

“엄마가 말 못하겠으면 내가 할게.”

“걔 지금 씻어…….”

방을 나가는 딸의 뒤에 대고 엄마는 말리는 손짓을 했지만 일어나지는 않았다.

닫힌 화장실 문에서 물소리가 새어 나왔다. 려희는 그 문을 노려보며 기다렸다. 가슴 아래에 두 팔을 팔짱 끼고서. 얼마쯤 있다가 달칵, 화장실 문이 열렸다. 순간 려희가 흠칫 놀라서 뒤로 한발 물러섰다. 한노가 윗몸을 벌거벗었기 때문이다. 손에는 셔츠를 들고.

“너…….”

려희는 얼굴을 붉히면서도 눈을 부라렸다. 그런데 목소리가 갈라져 곧장 ‘흠’ 하고 힘 있게 목을 뚫었지만 그러고 나서도 즉시 말하지는 못했다. 한노의 몸에서 흉터를 발견했기 때문이었다. 특히 윗배 오른쪽에 있는 흉터는 제법 커서 쉽게 눈에 띄었다. 이 녀석 혹시 조폭?

“가…….”

려희는 간신히 목을 틔었다.

“니, 니네 집으로 가.”

“싫어.”

한노는 툭 던지듯 내뱉고는 쌩하니 몸을 돌렸다.

“뭐……?”

려희는 ‘벙 쪘다.’ 탁, 문이 닫히는 소리가 난 뒤에야 정신이 들어 한달음에 달려가 엄마 방문을 확 열었지만 ‘엄마야’ 하고 곧장 뒷걸음질 쳐 나와서 도로 쾅, 닫았다. 이번에는 한노가 바지를 태연히 벗고 있어서 놀랐다. 려희 방에서는 열린 문 사이로 엄마가 눈만 빠끔히 내놓고 보다가 딸과 눈이 마주치자 재빨리 모습을 감췄다.

"기가 막혀……."

려희는 헛웃음을 지었다. 이후로 주말 직전까지 그녀는 내내 화가 난 사람처럼 행동했다. 실제로 화가 나 있기도 해서 엄마와 말도 잘 안 했다. 아침에 묵묵히 미수만 마시고 출근했다가 퇴근해서는 엄마와 한노가 들어오기 전에 침대에 누워 잠드는 척하거나 진짜 잠들었다. 때문에 한노와는 거의 얼굴도 마주치지 못했다. 한노는 줄곧 려희 엄마와 함께 가게를 출퇴근하며 딸인 려희보다 그녀의 엄마와 더 많은 시간을 함께했다.

토요일이 되었다. 주말이면 늘 그렇듯 려희는 평일보다 늦게 잠에서 깨어나 여유롭게 눈을 비비고 늘어지게 기지개를 켰다. 엄마와 엄마의 이부자리는 이미 없었다. 대신 문밖에서 달그락거리는, 잔잔한 소리가 들려왔다. 주방에서 나는 소리라는 것을 쉽게 알 수 있었다. 려희가 나와보니 역시나 엄마가 주방에 있었다.

"일어났어?"

설거지를 하던 엄마가 방에서 막 나온 딸을 돌아보았다.

"우린 좀 전에 밥 먹었다. 미수 타줄까?"

"됐어. 내가 할게."

려희가 퉁명스럽게 대답했다. 그래도 엄마는 씩 웃었다. 마치 '이제 말은 하네?' 하듯. 려희는 쌩하니 화장실로 들어갔다가 나와서 가스레인지에 물을 올려놓았다.

"한노는?"

머그잔에 미숫가루를 덜어 넣으며 려희가 물었다. 궁금해서 물었다기보다는 딱히 할 말이 없어서였다. 일단 눈앞에 한노가 안 보이기도 했고. 마침 마른 행주로 식탁을 닦고 있던 엄마가 '방에'라고 대답했다.

"한노 줄 것도 좀 타. 커피나 유자차 같은 걸로."

"싫어."

려희는 단칼에 잘랐다.

"기분이 나아지려다 말았네."

그렇게 투덜거리면서도 그녀는 눈높이의 싱크대 수납장에서 머그잔 하나를 내렸다. 그 잠시 뒤에 엄마 방에서 한노가 나왔다.

"마침 잘 나왔다. 와서 커피 마셔."

엄마가 한노에게 손짓했다. 그는 추리닝 바지 주머니에 손을 찌르고서 어슬렁거리는 모습으로 다가왔다.

"누나가 맛있게 탔어."

"누나는 무슨……."

려희가 버럭 소리쳤다. 거의 동시에 한노가 그녀 앞으로 손을 쑥 내밀었다. 그의 손에 휴대폰이 들려 있었다.

"뭐야……?"

한노의 손에 있는 휴대폰을 보며 려희는 어리둥절해했다.

"네 꺼야?"

"응."

한노의 대답을 듣고 려희는 엄마에게 눈을 옮겼다.

"아…… 엊그제 샀다."

엄마는 웃음을 머금었지만 그런 엄마를 려희는 정색해서 노려보았다.

"얘가 그동안 너 만날 시간 없다가 오늘에야 자랑하는 거야. 요즘 핸드폰 없으면 불편하잖아. 한노도 하나 있어야지. 실은 내가 불편해서 그래, 내가. 그래서 그냥……."

"엄마 이름으로?"

엄마의 말을 냉큼 낚아챈 려희가 이번에는 한노를 째렸다.

"그럼 그거 대포폰이다, 대포폰."

"대포폰은 무슨, 가족끼리……."

"가족?"

한노를 대신하는 엄마의 변명에 려희가 다시 버럭 소리쳤다. 그리고 곧장 미수 잔을 들고 제 방으로 들어가 버렸다. 쾅, 문소리를 내며.

"괜찮아."

려희의 방을 바라보는 한노에게 엄마가 말했다.

"재가 말만 좀 저렇지 마음은 안 그래. 너도 알지? 이제 슬슬 나갈 준비해야겠다. 오늘 재료 준비도 해야 해서 일찍 나가봐야 해. 네 누난 데이트 있을 거다."

엄마는 말하고 나서 화장실로 들어갔다. 한노는 식탁 위에 있는 커피 잔을 들어 한 모금 마셨다. 려희의 방에 눈을 고정하고서.

려희는 침대에 엎드려 휴대폰을 보고 있다가 문소리를 듣고 벌떡 몸을 일으켰다.

"내 방에 함부로 들어오지 마."

려희가 날카롭게 쏘아붙였다. 한노는 문을 뒤로한 채 서 있었다.

"먼저 노크를 하고 들어가도 되냐고 물어보고 들어와. 알았어?"

야단치듯 하는 려희를 한노는 가만히 보고만 있다가 제 손에 든 휴대폰으로 눈길을 떨어뜨렸다.

"내 번호 궁금하지 않아?"

"안 궁금해."

려희는 대번에 내뱉고 저도 얼른 제 휴대폰으로 눈을 옮겼다. 한노가 휴대폰을 든 손의 엄지만 움직여 화면을 톡톡 찍고 있기에, 그녀는 혹시 저에게 전화를 거나 보다 했는데 그녀의 휴대폰은 조용했고 대신 앞에서 찰칵, 소리가 났다.

"뭐야……?"

려희가 놀라 앞을 봤다.

"찍은 거야? 미쳤어? 찍지 마……."

자고 일어난 지 얼마 안 된 여자의 얼굴을 찍다니. 려희는 짜증을 내며 제 얼굴 앞으로 손을 휘휘 젓다가 그다음에는 손끝으로 머리를 빗는 시늉을 했다. 그사이 한노가 다가와 려희 옆에 나란히 앉았다.

"왜?"

한노가 딱 붙어 앉은 것도 아닌데 려희는 짐짓 어깨를 그의 반대편으로 움직였다.

"카메라 기능이 후져."

한노가 제 손의 휴대폰을 보이며 말했다.

"굳이 뽀샵 안 해도 선명치 않아."

"그래도 지워."

"네가 직접 봐."

말과 함께 한노가 휴대폰 든 손을 높이 들었다. 그 휴대폰의 화면에 려희가 나타났다. 뾰로통한 얼굴로. 그 얼굴 옆으로 한노가 들어왔다. 그러자 그 뾰로통한 얼굴은 '뭐야?' 하는 듯 한노를 찌릿 째려보았다. 그때 찰칵, 소리가 났다.

❖

려희는 오후 두 시가 좀 못 되었을 때 집에서 나왔다. 고양이 사료를 갖고 나와 아직 녀석들의 모습은 보이지 않았지만 배고플 때 와서 먹으라고 담장 밑에 놓아두었다. 아무래도 늦게 귀가할 것 같아서였다. 그녀는 집 앞의 길을 가로질러 건너 그곳에서 이어진 좁은 골목길을 따라 걸었다. 몇 걸음 걷기도 전에 그 길의 끝에서 은색 차가 보였다. 차도에서 막 빠지고 있었다. 려희가 그 차를 보며 달려갔다. 은색 차는 려희를 태우고 다시 차도로 방향을 틀었다.

"시간 딱 맞췄네."

"석현 씨두요."

려희는 안전띠를 매고 나서 활짝 웃었다. 마침 신호대기였다.

석현은 핸들 위에 팔꿈치를 살짝 괴고서 려희를 쳐다봤다. 그러자 그녀가 '왜요?' 하는 것 같은 눈짓을 던졌다.

"아름다워서."

석현이 윙크했다.

"뭘 새삼 작업이야?"

려희는 웃음을 터뜨렸지만 사실은 신경을 썼다. 샤워를 하고, 머리를 감고, 정성껏 화장을 하고, 신중하게 옷을 골랐다. 또 몇 개 안 되는 외투 중에서 지금 입고 있는 자주색 반코트로 결정하기까지 여러 번 입었다, 벗었다, 했다.

"이런 걸 전문용어로 약 친다, 그러는 거야."

"약 쳐요?"

"미리미리 약을 쳐놔야 딴 놈이 넘봐도 한눈을 안 팔지."

"아하, 자신이 없구나?"

"수컷은 말이야, 여친을 내 여자 만들기 전까지 결코 긴장을 놓는 법이 없는 거야."

"무슨 말인지 알았다……."

"알면 좀……."

석현이 곁눈질로 또 찡긋했다.

"어휴, 운전이나 하세요."

려희가 주먹으로 석현의 팔을 툭 쳤다. 신호가 막 바뀌었을 때였다. 두 사람은 미리 약속을 해놓은 듯 곧장 어느 영화관으로 가서 상영 시간을 기다리며 커피를 마셨다.

영화를 보면서 석현은 려희의 손을 꼭 잡고 거의 놓지 않았다.

이따금 손을 움직여 그녀의 손을 주무르듯, 애무하듯 했다. 마음을 전하는 걸까, 아니면 욕망을 전하는 걸까. 려희는 슬쩍 그를 훔쳐보며 입 끝에 잔잔한 웃음을 머금었다. '약 친다'는, 그가 말한 '전문용어'가 그 순간에 떠올랐다. 계속 '약 치는' 걸까. 그것이 무엇이든 간에 그가 그런 신호를 은근히 보내온 적이 전에도 한두 번 있었다. 첫 키스가 있은 뒤부터였다. 려희에게는 석현과의 첫 키스였을 뿐만 아니라 남자와의 첫 키스였다. 바로 직전 만남에서 그가 려희의 목덜미 뒤를 지그시 쥐어 잡은 것도 그 은밀한 신호였다는 것을 그녀는 알고 있었다. 그날은 '던져 버리자' 하는 마음이었는데 만약 오늘 그가 원한다면 지금 그의 손을 잡은 것처럼 그냥 자연스럽게 몸을 맡기고 싶었다.

영화가 끝나고 나서 두 사람은 저녁 식사를 위해 자리를 옮겼다. 식사 뒤에는 카페로 향했다.

"잠깐……."

카페 입구를 들어서면서 석현이 제 휴대폰을 꺼냈다. 벨이 울리고 있었다. 그는 '오마님'이라고 휴대폰의 화면을 보며 언급한 뒤에 곧장 려희에게 '아메리카노'라고 주문했다.

"됐어요. 얼른 전화나 받아요."

지갑을 꺼내는 석현에게 려희가 손짓하고 먼저 몸을 돌렸다. 석현은 반대편으로 몸을 돌리며 휴대폰을 귀에 댔다.

려희가 주문하고 커피 두 잔을 가져오는 동안까지 석현은 돌아오지 않았다. 그가 화장실로 간 것 같아 려희는 그 방향을 보며 커피를 한 모금 마셨다. 두 모금을 마시고 세 모금을 마셨다. 통화가 길다고 생각할 때쯤에 그가 모습을 보였다. 짐작대로 화장실이 있는 통로에서 나왔다. 그런데 그의 안색이 어두웠다. 려희와 눈을 마주치고는 미소를 지었지만 그마저 어색했다. 어머니의 전화였다는 것을 감안한다면 마치 혼나고 나온 사람 같았다.

"무슨……."

려희가 석현의 안색을 살피며 조심히 입을 열었다.

"꾸중 들었어요?"

"응? 아니. 늙은 아들한테 꾸중은 무슨. 별일 아냐."

석현은 정말 대수롭지 않은 얼굴로 커피를 들어 입에 댔다.

"스물아홉이 뭐가 늙었어요? 아직도 파릇한 이십 대지."

려희는 안도를 하고 농담조로 가볍게 말을 받았다. 석현도 밝게 그녀와 말을 주고받았다. 그저 일상적인 수다였다. 려희는 그에게서 별다른 변화를 발견하지 못했다. 묘한 느낌은 화장실을 다녀오는 길에 갑자기 엄습했다. 혼자 앉아 있는 석현의 뒷모습을 보면서 그녀는 걸음을 멈췄다.

그는 고개를 푹 숙인 채 휴대폰 쥔 손을 테이블 아래에 두고서 내려다보고 있었다. 테이블에 위에 놓고 봐도 될 텐데 흡사 남몰래 보듯 하는 것이 정말 이상했다. 그래서일까. 구부정한 그의 등에서 풍기는 느낌 역시 왠지 모르게 어둡고 음울했다. 그것은 조금 아까, 그가 어머니의 전화를 받고 왔을 때 보였던 그 어두운 안색을 떠올리게 했다. 서로 상관이 있나 보다, 려희는 짐작했다. 그는 별일 아니라고 했지만 '별일' 인 모양이라고. 혹시 아들이 여자와 교제하고 있다는 사실을 그의 어머니가 알았을까. 그렇다 해도 아직 려희에 관해서, 술집을 하는 홀어머니의 딸이라는 사실까지 알 수는 없을 텐데. 려희는 주먹을 가볍게 쥐고 걸음을 다시 옮겼다. 석현은 기척을 느끼고 급히 휴대폰을 껐다.

"그만 나갈까?"

려희가 자리에 앉기도 전에 그가 말했다. 려희는 말없이 그와 함께 카페를 나와 차를 주차했던 곳으로 가 차에 올랐다. 그녀를 먼저 태우고 뒤이어 차에 오른 석현은 바로 차를 출발시키지 않았다. 어디로 가야 할지 모르는 사람처럼 그는 시동도 걸지 않은 채 핸들만 잡고 있었다.

"왜 그래요?"

려희가 차분한 어조로 물었다. 그는 그사이 깊은 생각에 빠졌다가 려희의 목소리를 듣고 깨어난 사람처럼 반응했다.

"석현 씨 좀 이상해요."

려희는 계속 차분하게 말했다.

"어머님 전화 받은 뒤로 계속……."

그러자 석현이 핸들 아래로 옅은 한숨을 쉬었다.

"말해봐요. 어머님이랑 무슨 일 있어요?"

"그게 아니라, 엄마와 막 통화를 끝내고 나서……."

석현은 잠시 말을 끊고 휴대폰을 꺼냈다.

"이상한 걸 받았어."

"이상한 거?"

"직접 봐. 난 아무리 생각해도 이해가 안 간다."

석현은 휴대폰을 손끝으로 두어 번 찍은 뒤에 려희 앞으로 내밀었다. 그것을 보는 순간 려희는 머리를 한 대 된통 얻어맞은 것 같은 충격에 휩싸였다. 석현이 보라고 한 것은 사진이었다. 려희와 한노의 얼굴이 나란히 찍힌 사진. 한노는 앞을 보고 려희는 새침한 표정으로 그를 째려보고 있는 사진이었다. 사진은 또 그 이상을 담고 있었다. 려희와 한노 뒤로 이불이 흐트러진 침대 풍경이 적나라했다. 려희의 화장기 없는 민낯과 절묘한 조화를 이루면서.

꽤 긴 시간 동안 차 안을 메운 것은 무거운 침묵이었다. 려희와 석현, 그 누구도 입을 열지 않았다. 이따금 석현에게서, 의미를 알 수 없는 한숨 소리만이 나직이 흘러나왔다. 려희는 머리가 텅 빈 것 같은 상태로 있다가 그 상태를 벗어나기 위해 몇 번이나 애쓴 끝에서야 마른침이나마 삼킬 수 있었다. 목구멍이 바싹 말라 침을 삼키는 것도 쉽지 않았다. 그녀는 그것으로 멍한 정신을 깨우려 했고 깨웠지만, 그렇다 해도 머릿속이 바로 정리되지는 않았다. 석현에게 무엇을 어떻게 설명해야 할지, 형용할 어휘는커녕 단어조차 생각나지 않았다. 그때 차 안의 무거운 침묵을 깨뜨리는 거친 소리가 났다. 석현이 시동을 건 소리였다.

"집으로 간다."

시동만 건 채로 석현이 말했다.

"일단……."

려희가 입을 열었다.

"한 가지만……. 석현 씨가 생각하는…… 그런 거 아니에요. 절대 그건…… 아니야."

"나 아무 생각도 안 해. 안 할 거야."

석현은 담담했다.

"네가 설명해 줄 때까지 아무 생각도 안 하기로 했어."

그러니 설명을 해달라는 석현의 뜻을 려희는 알아들었으나 아무 말도 하지 못했다. 그녀가 더는 입을 열 것 같지 않아선지 석현은 차를 출발시켰다. 두 사람은 려희의 집 앞에 도착할 때까지 입을 열지 않았다. 차는 려희의 집 건너편에 섰다.

"연락할게요."

안전띠를 풀며 려희가 말했다. 석현은 고개만 끄덕거렸다. 려희가 차에서 내리고 차는 그녀가 2층짜리 건물 안으로 사라지는 것을 보고 그 자리를 떠났다. 차가 떠나자마자 려희가 대문 밖으로 나왔다. 그녀는 급한 걸음으로 차도가 있는 곳까지 가서 택시를 잡아탔다. 택시로 7분 정도를 달렸다.

려희가 택시에서 내린 곳은 사람들의 발길이 제법 붐비는 거리였다. 그녀는 어느 4층짜리 건물로 들어가 1층에서 계단을 내려갔다. 계단에서 왼쪽으로 돌아서자마자 '카이저 호프'라는 간판이 바로 보였다. 엄마의 가게였다. 가게를 연 지는 3년쯤 되었다. 그 전에도 술집을 했지만 아버지가 사망한 뒤에 엄마가 바로 술장사를 한 것은 아니었다. 그전에는 옷가게를 했었다. 그러다 두 번 말아먹고 바꾼 업종이 술장사였다. 엄마의 술장사를 려희는 줄곧 싫어했다. 엄마의 가게에 가는 것도 싫어했다.

'카이저 호프'는 네 사람이 앉을 수 있는 테이블을 여섯 개 갖추고 있었다. 작은 규모였지만 정갈하고 아기자기한 실내장식이 술집보다는 카페에 더 어울리는 분위기였다. 테이블은 다 차 있었다. 그런데 려희의 눈에 엄마도, 한노도 보이지 않았다. 려희는 카운터로 다가갔다. 그때 홀과 분리된 주방에서 엄마가 접시를 들고 나오다 깜짝 놀라 '려희야' 라고 불렀다. 접시에는 골뱅이 무침이 소담하게 담겨 있었다.

"웬일이야?"

엄마는 묻고 곧장 '잠깐만' 하고는 접시를 들고 한 테이블로 가 그곳에 놓았다. 그사이 려희는 무심히 눈길을 옮기다 의외의 낯익은 얼굴을 발견했다. 가장 구석진 테이블에 혼자 앉아 있는 남자, 주인집에 얹혀사는 주인아줌마의 시동생이었다. 남자는 기본 안주로 나오는 땅콩만을 앞에 두고 맥주를 마시고 있었다. 려희를 보았는지, 그렇지 않은지는 알 수 없었다. 그는 술만 마시고 있었다.

"한노는?"

엄마가 가까이 오자 려희가 대뜸 물었다. 그런 딸의 얼굴이 굳어 있어 엄마는 바로 대답하지 않고 잠깐 머뭇거렸다.

"한노 어딨냐니까?"

"왜?"

"대답이나 해봐."

"저기 잠깐……."

말과 함께 엄마가 입구를 돌아볼 때 마침 한노가 문을 열고 들어왔다. 셔츠 위에 진한 갈색 에이프런을 입은 모습이었다. 물론 엄마도 같은 에이프런을 입고 있었다. 한노는 려희와 눈을 마주치자 눈웃음을 지었다. 려희의 눈에는 그렇게 보였다. 그녀는 엄마를 밀치고 한노 앞으로 다가갔다.

"나와봐."

려희가 먼저 움직여 한노의 곁을 스쳤다. 그에게서 담배 향이 났다. 밖으로 나온 려희는 한노가 나오기를 기다렸다가 앞장서서 계단을 올라 1층에서 후문 방향으로 걸었다. 그녀는 후문을 열고 나왔다. 주차장과 이어진 곳으로 바닥에 담배꽁초가 많이 떨어져 있었다. 한노가 뒤이어 모습을 보였다. 려희는 바닥을 보고 있었다. 그런 그녀를 보며 한노는 왜 그러느냐 묻지도 않고 별로 궁금해하는 표정도 아니었다.

"너……."

려희가 먼저 입을 열며 고개를 들어 한노를 봤다.

"아침에 찍은 사진……."

"받았어?"

려희가 말을 채 맺기도 전에 한노가 물었다. 그때 려희가 몸을 날려 그의 뺨을 후려쳤다. 그런데 제대로 맞지 않아서, 보통 뺨을 때릴 때 나는 그 특유의 차진 소리 대신 매우 둔탁한 소리가 났다. 한노의 얼굴도 옆으로 거의 돌아가지 않았다. 그는 눈만 껌벅거렸다.

"속셈이 뭐야?"

려희가 물었다. 큰소리를 내지는 않았지만 화가 나 떨리는 목소리였다. 려희는 석현에게 변명하기 전에 한노의 속셈을 아는 것이 먼저라고 생각했다.

"그 사람 번호 어떻게 알았어? 내 핸드폰 훔쳐봤어?"

한노의 대답이 바로 나오지 않자 려희가 언성을 높였다. 남자친구의 존재는, 한노가 엄마에게 들었다 쳐도 려희 저의 휴대폰을 훔쳐본 것은 용서가 되지 않았다.

"사진도 보내면 안 돼?"

한노는 태연히 물었다.

"전화도 걸면 안 되고, 사진도 안 되고. 그럼 문자는 돼?"

"뭐……?"

"내 번호 알려줄 겸 보낸 건데."

려희는 한노의 얼굴을 가만히 보다가 '네 폰 줘봐' 라고 말하며 손을 내밀었다. 한노는 그녀의 손 위에 제 휴대폰을 올려놓았다. 려희는 그의 휴대폰 문자를 확인했다. 사진을 보낸 기록 하나뿐이었다. 석현의 번호와 함께. 즉 이름을 저장하지 않은 채였다.

"나한테…… 보낸 거야?"

"응. 저번에 아줌마 폰으로 할 때 번호 외웠거든."

한노의 대답과 함께 려희의 어깨가 축 내려갔다. 그녀의 번호와 석현의 번호는 끝자리 수만 달랐다.

"머리 나쁘면 함부로 외우지 마."

려희가 무지무지 화를 냈다. 그것도 무척 억울한 표정으로. 한노는 또 눈만 껌벅거렸다.

"내 번호 아니야."

려희는 말과 함께 그의 휴대폰을 거의 던지듯 돌려주었다.

"아니라고? 그럼 사진 못 받았어?"

"누가 그딴 거 보내래?"

려희는 소리를 빽 지르고 신경질적인 몸짓을 보이며 안으로 들어가 버렸다. 텅, 철문이 닫히는 소리를 들으며 한노는 에이프런 주머니에서 담배를 꺼내 물었다. 그러나 불을 붙이지는 않았다.

려희는 엄마의 가게로 돌아왔다. 돌아오자마자 엄마가 주인집 아줌마의 시동생과 함께 앉아 있는 것을 보고 멈칫했다. 엄마는 '난 술 안 해요' 라며 거절하다가 딸을 보고 바로 일어났다. 그 둘이 얼굴을 모르는 사이도 아니어서 려희는 별로 신경 쓰지 않고 마침 비어 있는 테이블에 가 앉았다.

"맥주 한 잔 줘."

려희는 가까이 온 엄마에게 볼멘소리로 주문했다. 엄마가 생맥주 한 잔을 가져오는 사이 그 시동생은 말없이 가게를 나갔다.

"돈 안 받아?"

계산도 안 하고 가는 남자에게 돈 받을 생각도 안 하는 엄마를 려희는 이상히 여겼다. 엄마는 '외상' 이라고 짤막하게 대답하고 안주 만들어준다며 주방으로 몸을 돌렸다. 잠시 뒤에 한노가 들어왔지만 려희는 그에게 눈길도 주지 않았다. 생각할수록 그의 '실수' 가 미워 죽겠는 마음뿐이었다. 한노 역시 려희에게 특별히 말을 붙이지 않았다. 그는 려희 엄마에게서 받은 두부김치 접시를 려희의 테이블에 놓아준 뒤로 저 할 일만을 했다.

려희는, 손님이 계산하고 나간 빈 테이블을 치우는 한노를 훔쳐보았다. 무척 서툴 것이라 생각했는데, 물론 빠른 솜씨로 척척 해내는 것으로 보이지는 않았지만 그래도 며칠 했다고 그는 제법 익숙한 움직임으로 테이블 위에 있는 병과 컵, 빈 안주 접시들을 무리 없이 쟁반에 올리고, 주방으로 실어 나르고, 또 빈 테이블을 깨끗이 정리했다.

그동안은 엄마가 주방 일과 서빙을 모두 했었다. 작은 술집이고 매출이 아주 좋은 것도 아니어서 정식으로 사람을 쓰기에는 부담이 있었다. 아주 가끔 아르바이트 학생을 고용하기는 했지만 방학 때뿐이었다. 그런데 한노 덕분에 엄마가 일손을 좀 덜 수 있구나, 생각하니 려희는 마음이 조금 누그러졌다. 아까 자세히 묻지 않고 손부터 나간 것에, 한노에게 미안한 마음도 들었다.

려희는 가게가 끝나는 시간까지 기다렸다가 엄마, 한노와 함께 그곳을 나왔다.

"우리 꼭 가족 같다."

거리로 나왔을 때 엄마가 말했다. 제 양옆에 있는 한노와 려희를 번갈아 보며 흐뭇해하는 미소까지 지었다. 그런 엄마와 반대로 려희의 얼굴은 대번에 굳었다. 그 직전까지 려희는 한노에게 '너 쓸데없이 서빙 잘하더라' 라고 농담조의 말을 던지고 있었다. 그러다 엄마의 그 말 한마디에 기분이 상한 것처럼 그녀는 바로 입을 다물어 버렸다. 엄마는 딸의 기분을 눈치채고 재빨리 다른 화제를 꺼냈지만 려희는 집에 도착할 때까지 한마디 말도 하지 않았다.

❖

휴일의 캠퍼스는 한가로웠다. 개강 전이어서 더욱 그런 듯싶었다. 려희는 대학 내 도서관 건물 앞에서 석현과 만났다. 전에도 와

본 적이 있는 곳이었다.

"내가 그쪽으로 가도 되는데."

려희를 만나자마자 석현이 말했다.

"아녜요. 공부 방해하고 싶지 않아요."

"방해는 무슨……."

"하긴 어제 일만으로도 이미 방해를 했네요."

"걷자."

석현은 려희의 등을 가볍게 끌어 길을 안내했다. 두 사람은 특별히 호젓한 길을 택해 천천히 산책하듯 걸었다. 하늘이 맑고 기온이 그리 낮지 않아 걷기에 좋았다.

려희는 밤새 고민하고 내린 결론을 석현에게 털어놓았다. 그 결론이란 사실대로 말할 수밖에 없다는 것이었다. 그렇지 않고는 어제 석현의 휴대폰으로 전송된 그 뜬금없는 사진을 해명할 길이 없었다. 한노의 존재를 그대로 말했다. 이름까지 밝히지는 않았다. 다만 과거에 남동생을 잃었고 그로 인해 엄마가 남동생과 비슷한 나이의 사내 녀석들을 보면, 특히 그 딱한 처지를 알게 되면 그냥 지나치지 못한다는 것을 설명했다. 그래서 지금 한노와 한집에서 살게 되었다고.

"어머님의 마음이…… 이해는 간다."

려희의 설명을 듣고 나서 석현이 고개를 끄덕거렸다.

"부모가 자식을 잃으면 가슴에 묻는다고 하잖아. 그런데 생사를 모르면 어디에도 묻을 수 없으니 얼마나 자책이 되셨을까……."

려희는 눈길을 바닥으로 떨어뜨리고 아랫입술을 지그시 깨물었다. 생각하고 싶지 않은 시간이었다. 떠올리기 싫은 시간이었다. 혹시 떠오를까 봐 꾹꾹 눌러왔었다.

"넌 어때?"

"응? 뭐가요?"

려희는 눈을 들어 석현을 보았다.

"동생 같은 기분이…… 들어?"

"그거야 당연히……."

려희는 내심의 당황을 숨기고 바로 대답했다.

"설마 내가 그렇게 어린 녀석을, 그럼 남자로 볼까 봐?"

"그게 아니라……."

석현은 오히려 어이없다는 듯 웃음을 띠었다.

"네 어머님처럼, 잃어버린 동생 나이의 녀석을 보면 동생 같은 애틋함이 느껴지냐고?"

"뭐 그냥……."

려희는 더욱 당황해서 눈을 돌렸다.

"그땐 나도 어려서……. 솔직히 말하면 그때 상황이 잘 기억도 안 나고……."

거짓말이었다. '그때 상황'을, 그리고 그 이후의 모든 것을 그녀는 거의 빠짐없이 기억했다. 그것도 거짓이다. 기억하도록 강요받았을 뿐이다. 동생이 사라지고 나서 '너 때문이다'라는 비난을 그로부터 10년 넘게 들어야 했으니까. 엄마는 '네가 동생 손을 잡고 있지 않아서 잃어버렸다'고 비난했다.

"근데 그 친구는 가족이 없대?"

"그, 그런가 봐요……."

알 수 없었다. 려희는 한노에 관해 아는 것이 아무것도 없었다.

"솔직히 말해도 돼?"

약간의 시간을 두고 석현이 뜬금없이 물었다.

"네……?"

려희는 걸음을 멈추고 석현을 보았다.

"솔직히 신경이 쓰여."

석현은 입 끝에 어색한 미소를 머금고 말했다.

"동생 같은 녀석일 뿐 친동생은 아니잖아. 의심하는 건 아닌데……. 너 말고 그 친구……. 암튼 내가 그 친구라면 남의 집에 그렇게 오래 있지 않을 것 같아서."

"맞아요. 녀석도 생각이 있고 눈치가 있으면 곧 나가겠죠. 엄마가 야멸치지 못해서 지금은 말 못하고 있지만……. 며칠 더 두고 보다가, 그래도 녀석을 안 내보내면 내가 나간다고 할 거거든. 어차피 방도 없어서 누가 나가도 나가야 해요. 설마 엄마가 딸을 내보내겠어?"

"그래."

석현은 려희를 마주하고 그녀의 옷깃을 가볍게 잡아 여몄다.

"춥지? 카페로 갈까?"

"잠깐 얘기만 하고 가려고 했었는데. 내가 너무 시간 뺏는 거 아녜요?"

"좀 뺏으면 어때? 너 내 여친이잖아."

려희는 수줍게 웃음 지으며 석현의 가슴에 툭, 이마를 기댔다.

"미안해서……."

려희가 말했다. 석현은 두 팔로 그녀를 살포시 안았다.

"둘만 있고 싶다, 려희야……."

려희를 안고 석현이 속삭였다. 려희는 그의 가슴에 제 머리를 세로로 비볐다. 허락의 의미였다. 석현은 그녀의 어깨를 잡고 끌었다. '가자' 하듯. 려희는 따라가며 가방에서 휴대폰을 꺼냈다. 짧은 진동이 몇 번 있어서 문자가 왔나 보다 했는데 정말 그랬다.

「불났어.」

「집에 불났어.」

두 개의 문자가 몇 초차로 와 있었다. 낯선 번호였지만 한노의 것이라고 추측하기는 어렵지 않았다.

"빨리 가자."

석현이 려희의 손을 잡고 걸음을 재촉했다. 그는 그녀가 휴대폰을 확인하고 금세 집어넣을 줄 알았다.

"잠깐만요……."

려희는 그의 손을 떼어냈다. '불났다'는 연락을 받고 가만있을 수는 없었다. 그녀는 바로 전화를 걸었다. 통화 연결은 금세 되었다.

"지금 문자 봤는데 그게 무슨 말이야?"

[말 그대로야. 불났어.]

"가게? 아니면……."

[집이라고 했잖아. 나 지금 집에 있어.]

"그, 근데 불이 왜 나?"

[내가 냈어. 실수로.]

"뭐……?"

[이제 어떻게 하면 돼?]

려희는 더 듣고만 있을 수 없었다.

"석현 씨. 나 지금 가봐야겠어요. 나중에 연락할게요."

려희는 정신없이 뛰었다. 석현도 따라 뛰었다. 이어 그가 한 일은 려희에게 택시를 잡아주고 그 택시가 시야에서 사라지는 것을 지켜보는 것뿐이었다.

택시 안에서 려희는 한노에게 다시 전화를 걸어볼까 하다가 말았다. '불났다' 는 말을 '오늘 날씨 좋다' 고 하는 것처럼 대수롭지 않게 하는 놈에게 상황 설명을 더 들어봤자 속 시원할 것 같지도 않아서였다. 그런데 그는 왜 집에 있을까.

그는 분명 오전 중에 엄마와 함께 가게에 나갔다. 그때까지도 려희는 외출하지 않을 것처럼 부러 부스스한 모습을 하고 있었다. 석현을 만나러 간다는 것을 들키고 싶지 않았다. 주로 토요일에 데이트하는 것을 진즉 엄마에게 들킨 터에, 실제로 어제 데이트도 했으니 '또 만나?' 하는 소리는 듣고 싶지 않았다. 어제 한노의 그 실수만 아니었다면 하루 만에 석현을 또 만날 일도 없어, 다만 그 실수를 해명하기 위해 잠깐 만나러 가는 것뿐이었으니까.

집 앞에 택시가 섰다. 려희는 택시에서 내려 먼저 2층을 올려다봤다. 평소와 다름없었다. 큰불은 아니구나 싶어 일단 안도하고 급히 대문으로 들어섰다.

현관은 활짝 열려 있었다. 안에서 매캐한 냄새가 희미하게 났다. 한노는 소파에 앉아 있다가 려희가 들어오는 것을 보고 일어났다.

"세상에……."

려희가 주방을 보고 한탄했다. 가스레인지 주변이 엉망이었다. 후드는 물론 그 주변의 타일과 싱크대 한쪽이 시커멓게 그을려 있었고 바로 옆 개수대에는 까맣게 탄 조그만 주전자와 마른 행주 등이 아무렇게나 널려 있었다. 뿐만 아니라 주방 전체가 젖어 있었는데 아마도 물을 급히 끼얹어 불을 껐으리라 짐작되었다.

"어쩌다…… 이렇게 된 거야?"

려희가 한노를 보며 물었다.

"깜박 잠들었어. 가스 불을 켜두고."

한노는 엄마와 함께 가게에 나갔다가 몸에 열이 있어서 혼자 다시 들어왔다고 했다. 가게 근처에서 약을 사서 먹었는데 그래도 열이 내리지 않아 엄마가 들어가라 해서 들어왔고, 또 엄마가 유자차가 좋다고 꼭 한 잔 타 먹고 자라고, 유자차는 냉장고에 있으니 먼저 물을 끓여서 유자를 두 스푼 넣으면 된다고까지 알려줘서 물 주전자를 가스레인지에 올려놓고 저는 방에 들어가 누웠다가 깜박 잠들어 버렸다는 것이 그의 설명이었다.

"기가 막혀……."

려희는 주방 꼴을 보며 심란해했다.

"유자차 두 번 타 먹다간 집 홀랑 다 태워 버리겠네. 어휴……."

려희가 한숨을 푹 쉬는데도 정작 집을 홀랑 태워 버릴 뻔했던 한노는 태연한 얼굴로 그녀의 얼굴을 빤히 보기만 했다. 그는 그녀를 기다린 사람 같았다. 그것도 손꼽아 기다린 사람 같았다. 그의 눈길을 의식한 려희가 돌아보았는데도 그는 제 눈을 거두지 않았다.

"왜……?"

려희는 의아해하면서도, 아파서 들어왔다더니 정말 그의 얼굴이 열에 들떠 있는 것으로 보여 금세 걱정이 되었다.

"감기야?"

려희가 묻자 그는 대번에 다가와 얼굴을 내밀었다. 만져 보라는 의미인 것을 려희는 바로 알았지만 손을 갖다 대기를 주저했다. 그러자 한노가 그녀의 손을 잡았다. 그리고 그녀가 놀랄 틈도 없이 제 얼굴에 갖다 댔다. 순간 려희의 눈이 휘둥그레졌다. 그는 정말 열이 있었다. 그것도 매우 뜨거웠지만 그녀가 놀란 이유는 그녀의 손을 덧잡은 그의 손, 특히 손등의 반이 붉게 부어올라 있었기 때문이었다. 화상 자국이었다.

"너…… 손……."

려희가 소리쳤다. 그녀는 한노를 엄마 방으로 데려가 앉아 있으라 하고 다시 거실로 나와 소독약과 연고, 거즈 등을 챙겼다.

한노는 비스듬히 누워 있었다. 려희가 그 앞에 앉아, 화상 입은 그의 오른손을 바닥에 놓고 먼저 소독을 했다. 그런 다음 연고를 바르고, 거즈를 대고, 너무 세지 않게 붕대를 감았다. 그러는 내내 그녀는 한노의 눈길을 느꼈지만 그 눈길과 만나주지 않았다. 그가 입을 열기 전까지는.

"안 갈 거지?"

한노가 불쑥 물었다. 려희는 그냥 그의 눈을 쳐다봤다.

"이제 안 나갈 거지?"

"가긴 어딜 가? 주방 치워야지."

"내가 도와줄게."

"그냥 누워 있어. 사고나 치지 말고."

려희는 화가 났다. 한노가 귀찮았다. 왜 갑자기 나타나서 제 평온한 일상을 깨는지, '대체 너 누구냐' 고 묻고 싶었다. 아니다. 차라리 서로 아무것도 모른 채 어느 날 홀연히 나타난 것처럼 또 그렇게 어느 날, 가능하면 빠른 시일 내에 사라져 주었으면 좋겠다. 그런 딸의 바람에 엄마는 언제나 찬물을 끼얹었다.

"우리 한노……."

어둠 속에서 엄마의 목소리가 들려왔다.

"꼭 저렇게 자랐을 것 같아. 한노처럼……."

려희는 앞의 한노와 뒤의 한노를 구분해 들어야 했다. 그런데 그 둘은 전혀 닮은 데가 없다고, 당시 겨우 다섯 살이던 동생을 이제는 사진으로밖에 그 모습을 기억하지 못함에도 그녀는 단정할 수 있었다. 엄마도 알 것이다. 지금 엄마의 방에서 자고 있는 한노는 려희와도 닮은 데가 없고 엄마와도, 아버지와도 당연히 닮지 않았다.

"착하고 반듯하고…… 살갑진 않지만 속이 깊고……."

엄마는 저가 보고 싶은 것만 보나 보다, 려희는 생각했다. 하기는 그가 아직 무엇을 훔쳐서 도망가지는 않았으니까. 비록 주방을 태워먹기는 했지만. 그래도 엄마는 화내지 않았다. 한노가 크게 다치지 않아서 다행이라고, 오히려 그를 걱정했다. 진짜 아들이기라도 한 듯이.

"외롭게 자랐나 봐……."

"한노가 그래?"

"그냥 느낌이……. 녀석이 제 얘긴 잘 안 해."

"엄마도 묻지 않잖아. 물을 생각도 없잖아."

려희의 목소리가 다소 신랄했다. 엄마가 한노에 대해 별로 알고 싶어 하지 않는다는 것을 려희는 잘 알았다. 정확히 그의 과거에 대해 알고 싶어 하지 않았다. 그래야 엄마 마음대로 그의 과거를 그려낼 수 있으니까.

"물었어……."

엄마가 약간의 사이를 두고 말했다.

"뭐래? 집은 있대? 부모님은?"

"그건 말 안 하고……. 그냥……."

"그냥 뭐?"

"어린 시절의 기억이 없대. 자기가 어디서 왔는지 모르겠대."

"그래? 아주 드라마틱하네. 하필 그 흔하면서도 폼 나는 기억상실증이래?"

려희는 좀 더 신랄해졌다. 엄마의 입맛에 딱 맞는 과거구나 싶었다. 기억이 없는 백지면 제멋대로 그려 넣기도 얼마나 좋은가. 엄마는 '자자' 고 시무룩한 목소리로 말하고 돌아눕는 것 같은 뒤척임의 소리를 냈다. 려희도 돌아누웠다. 가슴이 답답했다. 이제는 석현도 한노의 존재를 알게 됐는데 려희가 원하는 방향으로의 해결 기미는 보이지 않았다. 석현에게는, 한노가 집을 안 나가면 려희 저가 나간다고 큰소리쳤지만 사실 말뿐이었다. 엄마를 두고 저가 어디로 간다는 말인가. 한노가 나가야 한다. 그는 불길한 존재다. 께름칙한 존재다. 제발 나가. 눈앞에서 사라져 줘.

려희의 눈앞은 창 아래의 벽이었다. 려희는 벽을 보고 주문했다. '사라져라' 라고.

4. 가지 마

토요일이 려희 아버지의 제사 일이었다. 그날 엄마가 가게 문을 열지 않는다고 했다. 려희도 석현과의 만남을 그다음 주로 미뤘다. 금요일 통화에서 석현은 일요일에 보자고 했지만 '개강했으니 공부 열심히 해야죠' 라고 려희가 완곡히 거절했다.

아버지의 제사가 돌아오기까지의 일주일은 무난하게 흘렀다. 한노는 여전히 엄마와 함께 가게 일을 도왔고, 려희는 아침에 출근했다가 보통은 한노가 들어오기 전에 잠자리에 들어 그와 마주칠 일도 별로 없었다. 출근 전에, 또 마침 그가 아침 일찍 일어났을 때 두 번 마주친 것이 다였는데 그때마다 그는 제 오른손을 보여주었다. 많이 나았다면서. 만져 보라고도 했다. 려희는 '다행이네' 하고 말았다. 티가 날 만큼 차갑게 말하지 않으면서도 의식적인 거리를 두었다.

사실 그녀는 초조했다. 석현은 벌써 '그 친구는 어떻게 됐어?'라고, 한노에 대해 묻기 시작했다. 금요일의 통화 때 물었다. '그 친구'와 아직도 함께 사느냐고. 그래서 려희는 한노를 해결하고 나서 석현을 만나도 만나야 할 것 같아 제사 다음날인 일요일에 만나자는 석현의 요구를 거절했던 것이다. 이제는 어떻게 해서든, 석현을 만나기 전까지 한노를 쫓아내야 했다. 석현에게 한노의 존재를 알린 지 2주 만에 만나서도 여전히 '그 친구'와 함께 살고 있다고, 그렇게 말할 수는 없었다.

"처음 아니야?"

식탁에서 려희 엄마가 눈을 동그랗게 뜨고 말했다. 입가에는 미소가 번졌다. 엄마 옆에 려희가, 맞은편에는 한노가 각각 앉아 손에 젓가락을 들고 막 식사를 시작하려던 참이었다.

"우리 모두 식탁에 모여 밥 먹는 거 말이야……."

엄마의 이어진 말에 려희는 시큰둥해서 밥그릇으로 눈길을 떨어뜨렸다. 한노가 없었던 때도 려희는 엄마와 식사를 함께하는 경우가 드물었다. 출퇴근하는 저와, 평일은 물론 주말에도 가게에 나가는 엄마의 시간이 맞지 않았기 때문이다.

"그것도 네 아빠 제삿날에 이런 거 보면 그냥 우연만은 아닌 것 같고……."

엄마는 딸을 보며 말하다 목이 멘 듯 더 잇지 못했다.

"저번에 그놈 있을 때도 같이 밥 먹었거든. 그 도둑놈 말이야."

려희가 퉁명스럽게 받았다. 엄마는 얼른 한노에게 '어여 먹어'

라고 말했다.

"아, 맞다. 가게에 은근 여자 손님들이 늘었어. 특히 여대생들……."

엄마는 딸을 보며 생각난 듯 말하고는 웃음도 머금었다.

"한노야. 혹시 번호 달라고 하는 여자애 없었어?"

가게에 여자 손님이 느는 것이 한노 덕분이라고, 대놓고 말만 안 했지 그런 의미로 말하고도 혹시 려희가 못 알아먹었을까 봐 엄마는 한노에게 재차 그런 의미의 질문을 던졌다.

"유자차 타 먹다 싱크대나 태워먹는 약간 모자란 애란 걸 그 여자들은 모르잖아."

한노가, '번호 달라는 여자'는 없었다는 의미로 고개를 흔드는 사이 려희가 젓가락으로 반찬을 뒤적뒤적하며 시큰둥하게 말했다.

"실수는 누구나 하는 거지……. 말을 해도 꼭……."

엄마는 떨떠름한 얼굴로, 여전히 시커멓게 그을린 채로 있는 싱크대를 힐끔 쳐다봤다. 그리고 재빨리 한노에게, 그것도 열심히 먹고 있는 그에게 다시 '어여 먹어'라고 말했다.

"먹고 시장 가야지. 젯상 차리려면."

엄마는 모두 함께 가서 장보자 했지만 려희는 피곤하다며 거절했다. 결국 엄마와 한노가 시장을 봐오고 려희는 제사 음식 만드는 일만 거들었다. 제사상은 밤늦게 거실에 차려졌다.

"한노야. 너도 같이 절하자."

엄마가 한노를 보며 말했다. 마침 단정한 옷으로 갈아입고 방에서 나오던 려희가 그 말을 듣고 깜짝 놀랐다. 그녀는 먼저 '엄마'라고 소리쳤다.

"한노가 왜……?"

"뭐 어때? 한집에 사니까 그래도 돼."

"엄마……."

"가만, 정장이 없으니 그냥 바지라도 갈아입고 나와, 응?"

추리닝 바지를 입고 있는 한노에게 엄마가 방을 가리켰다. 한노는 방으로 들어가 바지를 갈아입고 셔츠도 단정히 하고 나왔다. 려희는 그에게 눈길도 주지 않았다. 그냥 참았다. 참고 이 기회에 엄마와 담판을 지어 한노의 문제를 매듭지으리라 결심했다. 그녀는 제사가 끝나자마자 '음복 안 해?'라는 엄마의 말을 뒤로하고 제 방으로 들어가 버렸다. 제사상 앞에는 엄마와 한노, 둘만 남았다.

"너도 음복해라."

먼저 잔을 비운 엄마가 그것을 한노에게 내밀었다. 그가 그 잔을 금세 비우고 다시 채우려 하자 엄마는 손을 저었다.

"난 됐어. 한 잔이면 돼. 그것도 제사 술이라 마신 거지……."

엄마는 딸의, 굳게 닫힌 방문을 힐끔 쳐다봤다.

"려희와 약속했거든. 술 안 마시기로."

말끝에 엄마는 한숨지었다.

"딴 건 몰라도 그 약속은 지키려구……. 실은 내가 예전에 술 먹고 려희한테 못할 말 많이 했거든. 그래서 쟤가 저래. 너 미워서 그러는 게 아니야. 엄마한테 원망이 많아 그런 거지. 그러니 누나

오해 마라, 응?”

한노는 고개를 끄덕끄덕했다.

려희는 방에 들어와 옷도 갈아입지 않고 서서, 밖에서 두런두런 하는 소리를 듣고 있었다. 분명한 말의 내용을 알아들을 만큼은 아니고 그저 나직한 소음처럼 들려오는 그 소리는 거의 대부분이 엄마의 목소리였다. 엄마는 꽤 오래 한노를 붙들고 이야기했다. 려희가 옷을 갈아입고 컴퓨터 앞에 앉았다가 화장실을 한 번 다녀온 뒤로도 꽤 오래. 그런 뒤에야 려희는 제 방에서 엄마를 만날 수 있었다.

“일주일 안에 한노 내보내, 엄마.”

려희는 최후 통보를 하듯, 그러면서 벽을 대하고 있는 기분으로 말했다.

“그렇지 않으면 내가 나갈 거야.”

역시나 ‘벽’은 아무 말도 하지 않았다.

이튿날은 엄마와 한노가 가게에 나가고 려희 혼자 집에 남아 싱크대의 일부분을 교체하는 공사를 지켜봤다. 일주일 전에 한노가 까맣게 태운 싱크대를 교체할 시간이 없어서 그냥 그대로 쓰다가 엄마가 아는 인부에게 부탁해 일요일로 시간을 맞춰놓았었다. 나이 지긋하고 솜씨 좋은 인부는 별로 많은 시간을 들이지도 않고 려희의 마음에 쏙 들게 일을 마무리하고 돌아갔다. 려희는 그 뒷정리를 한 다음 내처 집안을 청소하고 목욕을 하는 등의 일로 시간을 보냈다. 밤이 돼서는 여유로웠다. 그 여유로운 시간 속에서 려희는 석현과 문자도 주고받았다. 그런데 석현과의 문자 사이로 낯선 것이 끼어들었다. 한노였다. '싱크대 고쳤어?' 로 시작한 그의 간섭은 '뭐 해?', '집에 있어?' 로 이어졌다.

「전화해도 돼?」

한노의 문자를 보고 려희는 고민하다가 '응' 이라고 보냈다. 전화하지 말라고 했더니 그렇게 묻는 것이 나름 기특했다. 벨은 바로 울렸다.

"왜?"

려희는 퉁명스럽게 받았다. 제 방에서, 조금 전에 타서 가져 온 커피를 앞에 두고 탁자 앞에 앉아서.

[그냥…….]

"그냥?"

[목소리 듣고 싶어서.]

"가게 안 바빠?"

[담배 피우러 나왔어. 넌 집이지?]

"아니면?"

[집에 있어. 나가지 마. 밖은 위험해.]

"위험해? 뭐가 위험해?"

[너, 너무 예뻐서.]

"뭐야? 정말 까불고 있어. 일이나 해."

려희는 전화를 끊었다. 휴대폰을 옆으로 툭 던졌다. 커피 잔을 들어 한 모금 마시고 마우스를 손에 쥐었다. 그리고 잠시 모니터를 보던 그녀는 눈길을 슬며시 돌려 화장품 바구니 앞에 있는 탁상용 거울을 향했다. 거울에 려희의 얼굴이 온전히 들어왔다. 거울 속 얼굴은 이내 헛웃음을 지었다.

"기가 막혀……."

려희는 기분을 바꾸려고 자리에서 일어나 그 오른쪽에 있는 창가로 몸을 돌렸다. 위로 올라 있는 연회색의 블라인드를 내리기 위해서였다. 그러나 막상 블라인드의 줄을 잡고 마음이 바뀌어 창문을 열었다. 아직은 밤공기가 찬 3월 초라서 조금만 열었다. 그만큼이면 충분했다. 기분을 바꿀 만큼의 차가운 바람을 만나게 해 주기에는.

창밖은 바로 도로였다. 대문 쪽의 이면도로. 려희는 찬바람보다 그 도로를 먼저 의식했다. 그 도로에 서 있는 낯익은 무엇 때문이었다. 그 '무엇' 은 사람이었다. 한노였다. 그의 뒷모습이었다. 그것도 막 돌아서서 가는 모습이었다. 그가 잠깐 발길을 멈추고 돌아보았다. 려희는 저도 모르게 피했다. 제 모습이 창에 어른거리지 않도록. 가슴이 심하게 쿵덕거렸다. 그것이 너무 심해 멀미가 날 지경이었다. 한노가 왜, 지금 이 시간에 그곳에 있는가. 그녀는 거의 기어서 침대를 가로질러 넘었다. 이어 곧장 탁자 위에 있는 휴대폰을 낚아채듯 집어 통화 버튼을 눌렀다.

[응. 왜?]

엄마의 목소리는 술집의 와글거리는 소리와 함께였다.

"으응……."

려희는 떨리는 가슴을 누르고 평소의 목소리를 내려고 애썼다.

"바쁜가 보네……? 한노는?"

[한노? 왜? 잠깐 나갔는데.]

"나가……? 지금이 제일 바쁠 시간 아냐?"

"열이 난다고 약 사러 갔는데 좀 늦네. 그래도 금방 들어올 거야. 왜?"

"그, 그냥. 싱크대는 잘 고쳐졌어."

려희는 대충 얼버무리고 전화를 끊었다. 약 사러 간다고 가게를 나온 그가 왜 여기에 있는가. 여기서 무엇을 확인하고 간 것인가. '밖은 위험해' 라고 했던 한노의 목소리가 려희의 귓가를 맴돌았다.

❖

"오늘까지 한노 내보내, 엄마."

려희가 정색하고 말했다.

"그렇지 않으면 나 오늘 안 들어와. 계속 안 들어올 거야."

토요일이었다. 려희의 방에서 가게에 나갈 준비를 하던 엄마는 딸의 말을 듣고 망연해했다.

"뭘 놀래? 나 분명 일주일 전에 통보했어."

려희는 냉정하게 말을 이었다. 엄마는 한숨을 쉬었다. 별다른 대꾸를 하지는 않았다. 그저 가방을 챙겨 '간다' 하고 몸을 돌리더니 문고리를 잡고서야 할 말이 있는 듯 돌아보았다.

"오늘 한노는 가게 안 나가. 집에 있을 거야."

"뭐……?"

려희의 '뭐?' 는 엄마가 방을 나간 뒤에야 입 밖으로 나왔다. 그녀는 지난 일요일부터 오늘까지 거의 일주일 동안 한노를 백안시해 왔다. 그에게 말을 붙이기는커녕 그가 말을 걸어도 대부분 대답하지 않고 웃지도 않았다. 그의 휴대폰 연락도 모두 무시했다. 그것으로 충분하다고 생각했다. '내게 접근하지 마라'는 분명한 신호로써는.

려희가 방에서 나왔다. 엄마가 집을 떠난 지 꽤 시간이 흐른 뒤였다. 거실 소파에 한노가 앉아 있었다. 그녀는 그를 본체만체하고 화장실로 들어갔다. 씻고 외출 준비를 하기 위해서였다. 석현과 만나기로 했다. 원래는 그가 데리러 온다고 했던 것을, 한노가 집에 있는 것을 알고는 저가 그의 학교로 간다고 급히 그에게 알렸다. 려희가 씻고 화장실을 나왔을 때도 한노는 여전히 그 자리에 있었다. 아주 오래전부터 그곳에 앉아 그녀를 기다리고 있던 사람처럼. 려희는 냉정하게 무시했다. 방에 들어와서는 문을 잠갔다. 그녀는 화장을 하고, 머리 모양을 정리하고, 옷을 갈아입었다. 은회색 원피스에 내피가 달린 감청색 트렌치코트를 입고서 그 벨트를 바짝 졸라매는 것으로 외출 준비를 마쳤다.

"후우……."

문을 열기 전에 려희는 심호흡을 했다. 여전히 소파에 앉아 있을 한노를 염두에 두면서.

"헉……."

려희는 문을 열자마자 소스라쳤다. 한노는 소파가 아닌, 바로 문밖에 장승처럼 서 있었다.

"가지 마."

한노가 말했다. 려희는 놀라고 황당해서 즉시는 말문도 트지 못했다.

"아무 데도 가지 마."

"비, 비켜……."

"가지 마."

"비키라니까……."

말과 함께 려희가 한노를 떠다밀었다. 한노는 제 몸에 닿은 그녀의 손 하나를 덥석 잡아 제 얼굴에 갖다 댔다. 려희가 질색하며 손을 빼려 했지만 단단히 잡혀 있었다.

"나, 열 있어……."

려희의 손을, 그는 제 얼굴에 더욱 꼭 붙여 잡고서 말했다. 그의 얼굴은 정말 뜨거웠다.

"널 생각하면 항상 열이 나."

"미, 미쳤니? 저리 가. 비켜……."

려희는 당황해서 몸으로 그를 밀치며 기를 써서 손을 뺐다. 그런 뒤 급히 현관으로 몸을 돌렸지만 한노가 더 빨랐다. 그는 현관문에 등을 대고 그녀의 앞을 막았다.

"가지 마."

한노가 말했다. 흐린 하늘 아래의 잿빛 공기처럼 탁하고 흐린 눈빛과 목소리로, 또 명령조도 사정조도 아닌, 마치 위험을 경고하는 것과도 같은 예언적인 투였다. 려희는 주먹을 가볍게 쥐고 마음을 가다듬었다. 그리고 먼저 신발장을 열어 구두를 꺼낸 뒤에 그를 마주했다.

"나, 남친 있어. 알지?"

려희는 침착하게 말했다.

"넌 내 상대가 아니야."

"왜?"

"말했잖아. 남친이 있다고."

"헤어지면 되잖아."

한노는 아주 쉽게 말했다.

"헤어지고 나랑 만나."

"그걸 지금 말이라고……."

"나랑 만나면 돼."

"야……."

려희는 순간 냉정함을 잃고 거의 부르짖었다.

"너 같은 어린애를……."

"나 어린애 아니야. 남자야."

"네가 무슨 남자야? 넌 그냥 우리 집에 잠시 빌붙은 거지새끼야."

려희는 이어 '비켜' 라고 소리치면서 그를 힘껏 옆으로 밀쳤지만 꿈쩍도 하지 않자 들고 있던 구두로 그를 마구 때렸다.

"비켜. 비키라구. 비키란 말이야, 이 자식아……."

려희가 발작적으로 소리치자 한노가 결국 옆으로 물러났다. 려희는 한쪽 구두부터 급히 신고 밖으로 나와 허둥대고 절뚝거리며 다른 쪽 구두를 신었다. 그러다 한노에게 손목을 잡혔다.

"놔……."

려희는 소리치고 제 팔을 비틀어 그에게서 빠져나가려고 했다.

"가지 마."

한노가 말했다.

"날 두고 가지 마."

팍, 려희는 들고 있던 가방으로 그를 후려쳤다. 그것이 그녀의 대답이었다. 그래도 안 되자 그의 손을 꽉 물어 간신히 풀려났다. 그녀는 뒤도 안 돌아보고 계단을 뛰어내렸다. 그렇게 계속 뛰어서 대문을 나와 그 앞의 도로를 건너고서야 뒤를 돌아보았다.

대문가에 한노가 서 있었다. 대문 밖도 아니고 바로 안쪽에. 마치 결계가 있어 그 이상 나오지 못하는 사람처럼 꼼짝 않고 서 있었다. 려희는 '가지 마' 하는 그의 목소리를 환청처럼 들었다. 속이 울렁거렸다. 아니, 울컥했다. 이유를 알 수 없게 눈시울이 뜨거워지는 것을 억지로 참고 그녀는 그에게서 등을 돌려 멀리, 다시 돌아오지 않을 것처럼 멀리 달아났다.

려희가 사라졌다. 한노는 대문에서 돌아섰다. 담벼락을 따라 좁은 길을 지나서, 모퉁이를 돌아 계단을 올랐다. 그때 야옹 소리가 났다. 한노는 계단 난간 방향으로 고개를 돌렸다. 담장 위에 낯익은 고양이 두 마리가 있었다. 그중 한 녀석은 한노를 향해 앉아 있고, 다른 한 녀석은 좁은 담장 위를 여유롭게 어슬렁거렸다.

"너희도 기다리니?"

한노는 그 말만 던져 놓고 계단을 올랐다. 그는 려희의 방으로 들어왔다. 창문을 열었다. 거리가 내려다보였다. 그녀가 사라진 자리도 보였다. 그는 창틀에 걸터앉았다.

"거지새끼야……."

그가 낮게 읊조렸다. 눈을 려희가 사라진 지점에 고정하고서.

거리는 빛바랜 사진처럼 선명치 못했다. 하늘이 낮게 내려와, 하루 중 가장 밝을 때인데도 움직이는 모든 것으로부터 활기를 빼앗아갔다. 차라리 완전한 어둠이 장막처럼 드리워 치부를 가리고 상흔을 가렸을 때 거리는 활기를 찾을 수 있었다. 화려한 인조 불빛은 어둠의 주인이 허락한 곳만을 환하게 밝혔다. 그 허락된 곳에서 사람들은 웃고, 떠들고, 먹고, 마셨다.

「고양이가 죽었어.」

려희는 휴대폰에 뜬 문자를 눈으로 읽고 이내 그것을 옆의 의자에 있는 가방에 넣었다. 그리고 앞에 있는 커피 잔을 들어 안을 들여다보았다. 한 모금도 채 남지 않은 검은 커피 액에 머그잔 바닥이 얼비쳤다.

"속이 아직도 좀 그래?"

맞은편에서 석현이 물었다. 려희는 고개를 들고 '응?' 하는 표정을 지었다.

"아니면 뭐 안 좋은 소식?"

"아……."

려희는 그가 무슨 말을 하는지 알겠다는 듯 웃음을 머금었다.

"아니. 속은 이제 괜찮아요. 석현 씨 커피 더 할래요?"

"응. 리필? 그냥 있어. 내가 해올게."

석현은 려희의 머그잔과 제 것을 챙겨 들고 일어나 자리를 벗어났다. 려희는 제 가방으로 눈을 옮겼다. 가방 안에서 휴대폰이 진동하는 것을 알았지만 내버려 두었다. 기껏 생각해 낸 것이 고양이야? 그녀는 픽, 의식적으로 코웃음을 쳤다. 그 잠시 뒤에는 손끝으로 제 입술을 만지작댔다. 불안한 사람처럼.

그런 저를 또 금세 의식하고 입꼬리를 한껏 올려보지만 얼마 가지 못했다. 가슴 한편에 돌이 얹힌 것처럼 그곳이 무겁고 답답했다. 석현의 캠퍼스에서 그와 만나 그 근처에서 함께 식사를 했는데 식사 후 더 심해져서 체했나 싶어 약을 사 먹었지만 지금까지도 별 차도가 없었다. 실은 체한 것이 아니었다. 려희 저도 알고 있었다. 한노를 억지로 떼어놓고 도망치듯 집을 나온 뒤로 줄곧 그랬으니까. 그저 그것을 인정하고 싶지 않아 소화제에 의지한 것뿐이었다.

"녀석한텐 아무 연락 없어?"

석현이 커피를 가져와 려희 앞에 놔주며 물었다.

"무슨 연락?"

려희는 무표정하게 되물었다.

"그동안 고마웠다거나 뭐 그런……."

"엄마한테 했을지 모르지. 나한텐……."

려희는 고개를 저어 보이는 것으로 말을 마무리하고 커피 잔을 입에 댔다. 실은 석현에게, '집에 사는 그 녀석을 내보냈다' 고 거짓말을 했다. 아직도 한노와 함께 산다고, 도저히 말할 수 없었다. 이렇게 거짓말이 하나, 둘, 쌓이는구나. 려희는 커피 한 모금과 함께 쓴웃음도 삼켰다.

"하나…… 고백할 게 있어요."

커피 잔을 반쯤 비웠을 때 려희가 말했다.

"나 오늘 집에 못 들어가요."

"응……?"

석현의 눈이 휘둥그레졌다. 이어 입가에 번지는 미소를 감추지 못했다.

"이상한 상상하나 봐?"

려희가 눈을 새치름하니 떴다.

"내가 뭘?"

석현은 짐짓 정색했다.

"근데 왜 못 들어가?"

"그냥 사정이……. 자세히 알려고 하지 마요. 다쳐."

"오케이. 그럼 어디서 자?"

"글쎄 뭐……. 이 넓은 서울에서 이 한 몸 잘 데 없을까……."

"또 내가 있잖아, 내가. 기려희의 남친, 남친에 방점 찍고, 이석현."

려희는 머그잔으로 입을 가리고 쿡, 웃었다. 둘은 잔을 마저 비우고 카페를 나왔다.

"몇 시지? 우리 좀 걷다가 차를……."

말과 함께 휴대폰을 꺼내 시간을 확인한 석현이 '10시 좀 넘었다' 하고서 그대로 휴대폰을 계속 보다가 갑자기 걸음을 멈췄다. 그 순간에 그의 안색이 확 변해서 려희는 동시에 불길한 예감에 엄습당했다. 제 가방에서 휴대폰이 계속 진동하는 것을 무시하고 있었다. 그렇다고 설마 석현에게 연락하는 무모한 일을 할 리는 없겠지, 싶으면서도 석현과 눈을 마주치는 찰나 이번에는 절망감이 엄습했다. 석현은 말없이 제 휴대폰을 려희의 눈앞으로 가져갔다. 려희는 경악했다. 그의 휴대폰 화면에 고양이가 있었다. 회색 바탕에 검은 줄무늬가 있는 까망이. 녀석이 바닥에 쓰러져 있었다. 녀석의 머리가 닿은 바닥에는 붉은 핏자국이 선명했다.

"려희야……."

려희가 비틀하자 석현이 그녀를 잡았다.

"그놈, 이상한 놈 아니야? 왜 이런 사진을 보내는 거야? 아는 고양이야?"

"아, 아뇨……."

려희는 정신을 차리려고 애를 썼다.

"사이코 아닌지 모르겠다. 안 되겠어. 경찰에 신고하자."

"아녜요……. 일단…… 엄마한테 얘기해 봐야겠어요……."

려희는 침착하게 말했다.

"엄마한테 갈게요."

"그럼 같이 가자."

"엄마가 석현 씨 보면 놀라게……? 내일 연락할게요."

"집에 혼자 가지 말고 혹시 무슨 일 있으면……."

"알았어요. 무슨 일 있으면 연락할게요. 걱정 말아요."

려희는 걱정하는 석현을 안심시키고, 또 그의 차로 데려다줄 테니 주차장까지 같이 가자는 것을 간신히 거절한 뒤에 택시를 탔다. 택시 안에서 그녀는 급히 휴대폰을 꺼냈다. 역시나 석현에게 보낸 것과 똑같은 사진이 와 있었다. '거짓말 아니야. 고양이가 죽었어. 어떻게 해?' 라는 내용과 함께. 그런데도 려희에게서 아무 대답이 없자 그는 석현에게도 보낸 것이다. 려희는 아랫입술을, 아플 정도로 깨물었다.

택시가 려희의 집 앞에 도착했다. 급히 택시에서 내린 려희는 대문 안으로 뛰어들어 건물의 모퉁이를 돌자마자 멈췄다. 계단 아래에 한노가 걸터앉아 있었다. 그의 발밑에는 담배꽁초가 여러 개 널려 있었다. 려희의 눈은 담장 밑을 향했다. 그곳에 까망이 있었다. 사진에서 본 그대로 축 늘어져 죽어 있었다. 그리고 녀석의 머리맡 저쪽에는 주먹만 한 돌이, 꼬리 쪽에는 사료가 듬뿍 담긴 그릇이 놓여 있었다.

려희는 한 발, 한 발, 까망에게 다가갔다. 다가가는 만큼 눈시울에 눈물이 차올라 이내 뺨을 타고 흘러내려 턱 밑으로 뚝뚝 떨어졌다.

"네가 죽였지……?"

까망을 보며 려희가 물었다. 떨리는 목소리로. 그사이 일어나 계단을 마저 내려온 한노가 고개를 저었지만 그녀는 보지 못했다.

"네가 죽였지? 이 나쁜 새끼야……."

한노에게 세차게 몸을 돌리고 려희가 이번에는 절규하듯 부르짖었다.

"다 네가 한 거야……. 너, 일부러 그런 거지? 불도 일부러 지르고, 석현 씨한테 사진도 의도적으로 보내고 이젠 까망이까지……. 대체 이 불쌍한 애한테 무슨 짓을 한 거야? 무슨 짓을 했냐구, 나쁜 새끼야…….”

려희가 미친 듯 소리치며 한노를 때리고 떠다밀었다. 때문에 '밥을 주려고 나와보니 죽어 있었어' 라는 한노의 변명은 려희의 악에 받친 소리에 묻히고 말았다.

“나가. 당장 나가. 당장 여기서 꺼져. 가, 가……. 다신 나타나지 마. 나타나면 죽여 버릴 거야…….”

한노는 려희가 떠미는 대로 모퉁이 저쪽으로 밀쳐졌다. 려희는 그가 눈앞에서 사라지고 나서야 까망 앞에 와 오열했다. 차갑게 굳은 주검을 손으로 쓰다듬으며 엉엉 소리 내어 울었다. 살아 있을 때는 제대로 만져 보지 못한 몸이었다. 녀석과 천천히, 아주 천천히 친해지는 중이었다. 노랑은 어디 있을까. 친구가 죽는 것을 보고 얼마나 놀랐을까.

려희는 한노 때문에 죄 없는 까망이 죽었다고 생각하니 그를 데려온 엄마도 원망스러웠다. 발작적인 분노가 치밀어 올랐다. 그녀는 가방에서 손수건을 꺼내 까망 위로 곱게 덮었다. 이어 얼굴에 묻은 눈물을 손으로 슥슥 닦고 일어나 대문으로 뚜벅뚜벅 걸었다. 한노는 이미 없었다. 그녀는 그 길로 엄마의 가게를 향했다.

려희 엄마의 가게가 있는 거리는 늦은 밤이어도 사람들의 발길이 적지 않았다. 려희는 그 발길들보다 급한 걸음으로 빠르게 계단을 내려갔다. 그러다 마주 오는 한 무리의 사람들과 부딪칠 뻔했다. 남녀 섞인 그 무리 역시 급하면서도 놀란 모습으로 저들끼리 웅성댔다. 그들의 뒤는 바로 엄마의 가게, '카이저 호프' 입구였다. 려희는 그 무리와 스치며 그들의 웅성거림을 불길하게 여겼다. 알아들을 수 있는 몇 마디 때문이었다. 그때 가게 안에서 어떤 외침이 들려왔다. 거친 남자의 목소리였다. 려희는 급히 가게 문을 열었다.

가게는 엉망이었다. 두 개의 테이블과 여러 개의 의자가 바닥에 쓰러져 있었다. 그 외에 깨진 술병과 접시, 음식들이 난잡하게 흩어져 있었다.

"딸년 왔네?"

남자가 려희를 보며 툭 던졌다. 주인집 아줌마의 시동생이었다. 쓰러진 테이블 옆에 서 있는 그의 얼굴이 벌겠다. 엄마는 남자의 맞은편인 카운터 쪽에 주저앉아 있었다.

"엄마……."

려희가 엄마에게 다가갔다. 엄마의 얼굴도 벌겠다. 그것도 얼굴 한쪽만 벌게서 맞은 것이 분명했다. 려희는 어찌 된 상황인지 몰라 당황스러웠다.

"려, 려희야……. 그냥 가. 어서 가, 어서……."

엄마는 저를 잡아 부축하려는 딸을 도리어 밀쳤다.

"딸이 왔는데 왜 가라고 해?"

남자가 끼어들었다.

"너 모르냐? 네 엄마랑 나랑 그런 사이인 거……."

려희는 너무 놀라 남자를 세차게 돌아봤다.

"놀라긴. 네 엄마도 여자야."

"아니야……. 아니야……."

엄마는 딸을 붙잡고 고개를 흔들었다.

"아니긴. 딸이라고 눈치 없어? 야. 그 새파란 새끼 누구냐? 네 엄마는 아들 같은 놈이라고 하던데. 아들 같은 놈인데 왜 그 새끼 얼쩡거리고부터 행동이 쎄해? 혹시 그 새끼 니들 모녀 거시기냐? 이 아줌마야, 주책 좀 그만 떨어. 자네 상댄 나지, 나. 그 새끼 혹시 딸년 빨아주는 거시기면 모르겠다……."

"말조심하세요."

려희가 벌떡 일어나 강한 어조로 남자의 말을 잘랐다.

"천박하게……."

"이년이 얻다 대고……."

남자가 한 대 칠 듯 손을 들자 려희 엄마가 비명 같은 소리를 질렀다.

"시끄러."

남자는 제 발밑에 있는 깨진 병을 걷어찼다.

"재수 없게시리…… 고양이 새끼 키우는 게 너지, 너?"

남자는 이어 려희를 가리켰다.

"하도 시끄럽게 굴어서 내가 그 고양이 새끼 대가리를 뽀샤 버렸네."

려희는 깜짝 놀랐다.

"아, 아저씨가 죽였어요?"

"그래. 저번에는 실패했는데 오늘 아주 돌멩이로 제대로 맞혔지. 한 놈은 놓쳤지만."

남자는 웃기까지 했다.

"왜 죽여요? 걔가 아저씨한테 뭘 잘못했다고 죽여요?"

"이년이……."

"왜 아무 죄 없는 애를 죽이냐구……."

"려희야. 그러지 마……."

남자가 려희에게 손을 휘두른 것과 려희 엄마가 딸을 잡아끌어 내린 것이 거의 동시였다. 려희는 엄마의 손길에 주저앉으며 남자의 손을 피했다. 그러자 남자가 발길질을 했다. 팍, 팍, 두 번의 발길질을 엄마가 몸으로 막아냈다. 려희를 안고.

그때였다. 퍽! 둔탁하면서도 강한 소리가 울렸다. 마치 뭔가가 터지는 것 같은 소리였다. 남자의 얼굴 바로 뒤에서 날카로운 파편이 흩어져 날아갔다. 거품 섞인 액체와 함께. 남자는 눈을 부릅뜨고 뒤로 주춤했다. 부릅뜬 눈은 금세 풀렸다. 눈은 흰자위만 남았다. 거의 동시에 우당탕, 남자의 몸이 넘어갔다.

"하, 한노야……."

려희가 놀라 입술을 달싹였다. 쓰러진 남자 바로 뒤편에 한노가 서 있었다. 손에, 깨진 맥주병의 목을 꽉 쥐고서. 그는 그것을 아무 데나 휙 던져 버리고 곧장 쓰러진 남자에게 달려들었다. 퍽, 퍽, 퍽. 한노는 무지막지하게 주먹질을 해댔다. 퍽, 퍽, 퍽, 퍽, 퍽.

"안 돼……."

려희가 날카롭게 외쳤다.

"그만……."

그러나 한노는 멈추지 않았다. 려희는 제 품에 안겨 신음 소리를 내고 있는 엄마를 옆으로 밀쳐 두고 급히 한노에게 몸을 날렸다. 그의 등을 덮쳐 끌어안고 힘껏 뒤로 젖혔다.

"안 돼. 그만해……. 그만, 그만……."

한노의 주먹이 허공에서 멈췄다. 피로 붉게 물들어 있었다.

"그만해. 그만, 그만……."

"죽이지 마?"

한노가 물었다. 평소의 그 쉰 목소리였다. 려희는 모골이 송연해졌다.

"그, 그래. 죽이지 마……."

려희는 그의 등에서 천천히 몸을 뗐다. 그리고 그대로 털썩 주저앉았다. 한노가 돌아보았다. 여전한 얼굴이었다. 별다른 감정이 드러나지 않은 잿빛 눈과 서늘한 입매.

"그럼 어떻게 해?"

한노는 다시 물었다.

"도망가."

려희가 대답했다.

"빨리 도망가. 도망가서 숨어."

"널 두고?"

"가. 어서 가. 어서……."

❖

흰색 종합병원 건물이 맑은 하늘 아래에서 유난히 희게 빛났다. 병원 앞마당은 휴일이라선지 비교적 한가했다. 응급센터 앞에만 좀 북적일 뿐이었다.

려희 엄마는 간밤에 응급센터로 실려 와 지금은 4인 입원실에 있었다. 려희 엄마가 누워 있는 침상은 입구의 왼쪽에서 바로 안쪽이었다. 다른 침상과의 사이는 커튼이 내려와 있고 려희는 반대편인 벽을 등지고 앉아 엄마의 손을 잡고 있었다. 엄마는 허리를 심하게 다쳐 당장은 앉아 있기도 힘들었다. 갈비뼈 한 개가 부러졌다.

려희 엄마가 응급센터로 실려 올 때 주인집 아줌마의 시동생도 함께였다. 그 남자는 다행히 죽지 않았다. 코뼈가 주저앉고, 턱이 으스러지고, 팔이 부러지기는 했지만. 그는 폭행 피의자이자 또 피해자였다. 엄마 말에 의하면 그가 꽤 오래전부터 엄마의 술집을 드나들며 지분댔다고 했다. 성정이 난폭해 잘못 건드리면 큰일 날 것 같아 엄마는 그의 비위를 적당히 맞춰주며 요령껏 상대해 왔다. 술값은 아예 받지도 않았다.

그런 엄마를 남자는 쉽게, 우습게 봤던 모양이었다. 시간이 지나면서 점점 더 노골적으로 려희 엄마를 희롱하더니 급기야 어젯밤의 그 사달이 난 것이었다. 엄마가 한노에게 신경을 많이 쓰는 것이 남자의 눈에도 보였던지 내심 그것을 고깝게 여기던 남자는 마침 한노가 가게에 없는 날을 택해 려희 엄마에게 심한 몽니를 부렸다. 놀란 손님들이 다 도망갈 정도로.

"한노……."

엄마가 한숨처럼 뱉어냈다.

"멀리…… 갔겠지……?"

"응."

모녀는 누가 들을까 봐 조심하는 듯 속삭이는 목소리로 대화했다. 려희는 한노를 설득해서 그 자리에서 떠나도록 했다. 그는 정말 설득을 당했는지, 아니면 다른 이유에선지 별 고집을 부리지 않고 떠났다. 그가 떠난 뒤에 려희는 엄마에게 '여기 한노 안 왔어' 라고 말했다. 의식이 있던 엄마는 바로 알아들었다. 이후 려희는 구급차를 부르고 경찰을 불렀다.

"그놈이…… 한노 봤으면……."

엄마는 걱정스럽게 말했다.

"걱정 마. 못 봤어. 엄마는 기절해 있어서 못 보고 나도 못 봤어. 아무도 못 봤어."

"그래……."

이튿날 려희는 회사에 출근했지만 이틀간의 휴가를 신청하고 조퇴한 뒤에 경찰서로 향했다. 조사를 받기 위해서였다. 주인집 아줌마의 시동생은 응급 수술 뒤라 조사가 불가능하고 엄마도 아직은 안정이 필요해 려희가 가장 먼저 참고인 조사를 받기로 했다. 려희는 담당 경찰에게 한노에 관한 것만 빼고는 본 대로 진술했다. 주인집 아줌마의 시동생을 폭행한 사람은 처음 보는 남자라고, 또 무서워서 보지를 못해 생김새를 알 수 없다고 했다. 담당 경찰은 CCTV를 일단 분석해 본다고 했다. 엄마의 가게에는 CCTV가 없지만 건물과 거리에 있는 것들을 분석해 보면 단서가 나올지 모른다고 하면서.

경찰서를 나온 려희는 곧장 병원으로 가 그 조사 내용을 엄마에게 자세히 설명했다. 어쩌면 한노가 CCTV에 찍히지 않았을지도 모른다는, 위태로운 바람과 함께.

“어차피 우리…….”

려희가 말을 이었다.

“녀석에 대해 아는 거 하나도 없어.”

엄마는 고개를 끄덕거렸다. 경찰이 한노의 존재를, 려희 모녀와 한집에 살았었다는 사실을 알아낸다고 쳐도—주인집 아줌마를 통해 알아내기는 할 터였다—어느 날 나타났던 녀석, 어느 날 사라졌다고 우기면 그만이었다. 려희는 아직도 한노의 성씨가 뭔지 몰랐다. 이제 와서 보니 엄마도 모른다 했다. 정말 고양이 같은 녀석이었다. 까망에게도 성씨는 없으니까. 까망의 주검은 근처 동물병원에 맡겼다. 제 문제로 정신이 없어 녀석의 마지막을 직접 챙겨주지 못해 정말 미안했다.

석현에게도 미안했다. 걱정하게 만들어서, 자꾸 거짓말해서. 그와 헤어진 다음날인 어제 통화를 하면서, ‘고양이 사진 건’에 대해 나중에 만나서 얘기하겠다고만 했다. 당장은 지어낼 변명이 마땅치 않아 그랬던 것인데 나중에라도 결국 거짓말을 하게 될 것이 빤해 아무래도 그와의 만남은 여기까지인가 보다, 려희는 예감했다. 어차피 벅찬 상대였다고, 제 주제에는 무리한 상대였다고 자조하면서.

려희는 밤 9시쯤에 병원을 나와 30분 뒤에 집에 도착했다. 엄마가 잠든 것을 본 뒤였다. 집에서 저도 눈 좀 붙이고 병원에서 필요한 몇 가지를 더 챙겨 내일 아침 일찍 돌아갈 요량이었다. 그녀는 계단을 오르다 잠깐 걸음을 멈추고 담장을 돌아보았다. 까망의 주검을 거둔 뒤로 노랑은 어디에 있을까. 려희가 까망의 주검을 두고 자리를 떴다가 다시 돌아왔을 때 노랑이 그 주검을 대신 지키고 있었다. 친구가 죽는 것을 보고 놀라 도망갔다가 다시 온 것 같았다. 그 모습에 또 얼마나 울었는지. 노랑은 사료도 먹지 않고, 려희가 까망을 거두어 갈 때까지 그 자리를 떠나지 않았었다. 려희는 다시금 감정이 북받쳐 오르는 것을 애써 억누르며 계단을 마저 올라 현관문을 열쇠로 열고 들어갔다.

려희는 거실의 불을 켰다. 오늘 아침에 출근하면서 나간 뒤로 변함없는 모습이었다. 토요일과 일요일 밤 모두 병원에서 자고 오늘 아침 일찍 들어와 출근 준비만 하고 나갔다가 지금이라서 사실 변하고 말 것도 없기는 했다. 려희는 힘없이 식탁 앞으로 가 그 위에 가방을 올려놓고 외투를 벗어 의자에 걸쳐 놓았다. 커피 한 잔이 간절했다. 그녀는 투명한 유리로 된 조그만 주전자에 물을 담아 가스레인지 위에 올렸다. 가스 불을 켜고, 물이 끓기를 그 자리에서 망연히 기다리다가 무심코 엄마의 방으로 고개를 돌렸다. 엄마의 방이면서 요사이는 한노가 들락거리는 모습만 봐선지 지금 그가 그 방에서 불쑥 나온다고 해도 이상하지 않을 것 같았다.

그러고 보니 아직 그 방에 그의 옷가지가 남았겠구나. 그 생각을 하며 그녀는 정말 그것을 확인해 보려고 걸음을 옮겼다. 그 찰나에 소리가 났다. 달칵, 문고리가 돌아가는 소리. 이어 엄마의 방문이 천천히 열렸다. 려희는 너무 놀라서 숨이 턱 막혔다. 눈을 부릅뜨고 입을 벌렸다.

한노였다. 마치 꿈처럼, 정말 그가 엄마의 방에서 불쑥 나왔다.

그것도 평소 집안에서 입던 추리닝 바지의 모습으로 그는 너무나 자연스럽게, 천천히 다가왔다. 그녀는 저가 꿈을 꾸나 싶었다.

"물 끓어."

한노가 말했다. 그 말에 려희가 가스레인지 쪽으로 고개를 돌렸지만 미처 눈이 주전자에 채 닿기도 전에 도로 한노에게 고개를 홱 돌렸다.

"왜……."

한노를 보며 려희가 입을 열었다.

"어째서 도망 안 가고……?"

"갔다가 도로 왔어."

"왜……?"

"보고 싶어서."

려희는 그제야 가스레인지로 몸을 홱 돌려 불을 껐다. 투명 유리 안에서 맹렬하게 끓던 물이 서서히 잦아들었다. 그것을 보며 그녀는 그대로 있었다. 그 잠깐 새에 한노가 그녀의 뒤로 다가왔다.

"봤으면 이제 가."

제 바로 뒤에서 한노를 느끼며 려희가 말했다. 돌아보지 않고, 꼼짝도 하지 않은 채.

"갈 거야. 가야 해. 어쩌면 네 곁으로 돌아오지 못할지도 몰라."

려희는 그의 말을 온전히 이해할 수 없어 대꾸하지 않았다. 더구나 그가 너무 바짝 다가와 있어 돌아볼 수도 없었다.

"그래도 가지 말라고 해주면 안 갈 거야. 아무 데도 안 갈 거야."

"너, 가야 해. 도망가야 해."

"네 마음을 물었어."

"가."

가라는 려희의 단호한 말에 한노는 그녀의 한쪽 어깨에 손을 대더니 팔을 따라 쭉 아래로, 천천히 훑었다. 그 끝에서 그녀의 손을 만나자 그 손등에서 손가락 사이로 제 손끝을 비집어 그대로 깍지 꼈다. 려희는 그가 하는 대로 내버려 두었다. 그의 손이 무척 뜨거웠다. 그는 또 열이 나는가 보다.

"아줌마가……."

려희의 손을 손등에서 감싸 깍지 낀 채로 그가 말했다.

"아프냐고 이마를 만져 주었을 때 좋았어. 그런데 네가 만져 줄 때는 더 좋았어. 또 열이 나면 만져 줄까…… 생각하니 정말 열이 났어. 그때마다, 널 생각할 때마다 열이 났어. 점점 더 높은 열이……. 이젠 너무 뜨거워. 타 죽을 것 같아."

려희야말로 제 한쪽 귀가 한노의 뜨거운 숨결로 달아오르는 것만 같았다. 피하고 싶었지만 그에게 손을 잡혀 그럴 수 없었다. 오히려 그의 숨결이 목덜미까지 달아오르게 했다. 려희는 어깨를 움츠렸다. 그런데도 '타 죽고 다시 태어날 거야' 라고, 이어지는 그의 목소리는 더욱 뜨거운 숨결이 돼 그녀의 목덜미를 타고 옷 속으로까지 파고들었다.

"남자로 태어날 거야. 태어나고 싶어. 지금……."

"대, 대체 무슨 말을……."

려희는 간신히 말을 뱉었다.

"나, 남자 아니라며?"

"뭐, 뭐……?"

"그러니 네가 만들어줘, 남자……."

한노가 려희와 깍지 낀 손을 제 쪽으로 끌어당겼다. 려희는 엉겁결에 그 반대편으로 힘을 주며 저항했지만 속절없이 그의 힘에 딸려갔다. 한노는 려희의 손을 제 깊숙한 곳으로 데려갔다. 려희는 너무 놀라 입을 크게 벌렸다. 그를 뿌리치고 달아나려 꿈틀댔지만 곧장 그의 팔에 갇혔다. 한노가 그녀의 어깨를 단단히, 먼저 감쌌기 때문이었다.

"여기가 너무 뜨거워……."

려희의 목덜미에 얼굴을 묻고 말하는 한노의 쉰 목소리가 흡사 신음 같았다.

"너무……."

5. 열

려희는 당황하고 또 몹시 불쾌했다. 한노가 뒤에 딱 붙어 있는 것도, 제 손이 그의 중심에 가 있는 것도. 그것은 그녀의 의지가 아니었다. 그녀는 제 손바닥 가득한 것으로부터 도망가려 제 손목을 비틀었지만 역부족이었다. 그녀의 손등을 압박하는 한노의 손으로 인해 도리어 그의 남성으로 점점 밀착될 뿐이었다. 막대기 같았다. 아니, 쇠뭉치 같았다. 려희는 고개를 흔들었다.

"이, 이러지 마, 한노야……."

려희가 사정했지만 한노는 오히려 그녀의 손을 제 그곳에 진하게 비벼대기 시작했다.

"이러지 마……."

"이 뜨거운 걸……."

"그만……."

"네가 식혀줘……."

"그만해……."

려희는 죽을힘을 다해 몸부림쳤다. 두 사람은 함께 뒤로 밀렸다. 그 순간에 려희가 제 어깨를 감싸고 있던 한노의 팔을 물었다. 그가 움찔하는 틈을 타 그를 뿌리치고 무작정 몸을 날렸다. 식탁 옆이었다. 한노가 그녀의 옷깃을 잡았다. 그 바람에 려희가 중심을 잃고 바닥으로 넘어졌다. 한노가 그 위로 함께 몸을 숙였다. 려희가 몸을 돌렸다. 짝, 그의 뺨을 갈겼다.

"놔……."

려희는 소리치고 퍽, 퍽, 그에게 주먹을 휘두르다가 다시 그에게서 벗어나려고 버둥거렸다. 달아나려는 그녀를 한노가 다시 잡았다. 그녀는 다시 주먹을 내지르고 발길질했다. 그렇게 조금씩 달아났지만 꼭 그만큼씩 한노가 따라붙었다. 바닥을 뒹굴면서 두 사람은 서로 뒤엉켜 격렬한 몸싸움을 벌였다. 그것도 꽤 오래.

"헉, 헉, 헉…… 헉……."

려희가 거친 숨소리를 토해냈다. 얼마나 몸부림을 쳤는지 그사이 눈이 때꾼해지고 이마와 콧등에 땀이 송골송골 이슬처럼 맺혀 있었다. 그럼에도 그녀는 여전히 한노에게 잡혀 있었다.

"다 했어?"

려희를 내려다보며 한노가 물었다. 마치 그녀가 지칠 때를 기다렸다는 투였다.

"꼭…… 그래야겠어?"

려희가 물었다. 한노는 끄덕끄덕했다.

"나…… 사귀는 사람 있잖아."

"상관없어."

"난 있어. 말이 안 돼."

"헤어져."

"정말 말이 안 통해……."

려희는 고개를 흔들었다. 천천히, 절레절레 흔들다가 속도를 높여 마구 흔들더니 갑자기 멈췄다. 멈추게 한 것은 한노였다. 그가 두 손으로 그녀의 얼굴을 잡았다.

"보고 싶어."

한노는 손끝으로 려희의 얼굴을 간질였다.

"볼 거야. 젖이 어떻게 생겼는지, 젖꼭지는, 배꼽은, 배꼽 아래는……?"

려희는 한노의 얼굴을 멍하니 바라봤다. 그가 웃었다. 소리도 없이 흰 치아만 조금 드러낸 채.

"너, 미워할 건데?"

그의 그 정체를 알 수 없는 웃음을, 려희는 경멸했다.

"괜찮아."

"용서 안 할 건데?"

"괜찮아."

'괜찮아' 라고 말하는 한노의 얼굴이 려희의 눈에 뿌옇게 보였다. 그의 얼굴이 눈앞에 너무 가까이 와 있기 때문이었다. 려희는 눈을 감았다. 될 대로 돼라, 마음대로 해라, 하듯. 이상하게 맥이

탁 풀렸다. 이내 얼굴 위로 그의 숨결이 느껴졌다. 그래서 입을 앙다물었더니 정작 이마에 그의 입술이 닿았다. 마르고 까칠했다. 한노는 입술로 려희의 얼굴을 애무했다. 려희가 느끼기에는 붕어처럼 빠끔거리는 것 같았다. 그는 그녀의 입술도 그렇게 더듬었다. 그러더니 이 '붕어'가 이를 드러내 그녀의 입술을 콕콕 깨물었다. 그는 깨물면서 덮쳤다. 려희는 그의 가슴팍을 움켜잡았다. 한노는 서툴면서도 불도저처럼 들어왔다. 그녀의 잇새를 무례하게 비집었다.

"으읍……."

려희는 한노의 가슴팍을 밀었다. 얼굴 전체에 심한 압박감을 느꼈다. 다행히 그는 떨어졌지만 잠깐이었다. 금세 다시 왔다. 직전보다 조금은 부드럽게, 그러나 더 탐욕스럽고 지칠 줄 몰랐으며 끝을 내려고도 하지 않았다. 려희는 입술이 얼얼했다. 한노가 하도 빨아서. 또 쓰리고 아팠다. 한노는 그녀의 혀도 빨고 싶어 했다. 려희가 거부하고 밀어냈지만 힘에 부쳤다. 그는 끈질기게 혀를 달라고 제 혀로 떼를 썼다. 려희는 입안도 얼얼했다. 그녀의 혀는 제 주인처럼 축 늘어져 한노에게 능욕당했다.

"으……."

혀를 잡힌 채로 려희가 옅은 신음을 흘렸다. 그제야 한노가 그녀의 혀를 놔주고 턱을 핥았다. 이어 턱 밑을 핥고 목을 핥았다. 그다음에 그녀의 옷이 거치적거리자 그 즉시 그녀의 스웨터를 벗겼다. 블라우스도 벗겼다. 그런 다음 저도 셔츠를 벗었다. 그는 급하고 바빴다. 셔츠의 단추를 열지 않고 그냥 다 뜯어버릴 만큼. 려희는 눈동자를 굴리며 방향을 가늠했다. 방으로 도망가 문을 잠글 기회를 노렸다.

한노가 려희의 바지를 풀어서 내렸다. 발목까지 내린 다음 먼저 한쪽 발목에서부터 바지를 분리해 내고 다른 쪽도 마찬가지로 하고 있을 때였다. 퍽, 려희가 있는 힘을 다해, 먼저 풀려 있던 발로 그를 냅다 질렀다. 그런 다음 곧장 몸을 뒤집어 방을 향해 바퀴벌레처럼 빠르게, 파바박 기어갔다. 그러나 바로 문 앞에서 발목이 잡혀 반대 방향으로 주르륵 끌려갔다.

"놔……."

눈앞에서 방문이 멀어져 가는 것을 보며 려희가 소리쳤지만 그녀는 금세 한노의 아래에 놓였다. 그녀의 가랑이 사이로 그의 무릎이 깊숙이 밀착된 채였다. 그녀의 엉덩이를 감싼 연한 핑크빛 팬티는 그 가장자리가 흰색 레이스로 돼 있어 그 안으로 엉덩이의 일부분이 얼비쳤다.

"놔……. 놔……."

소리치며 꿈틀대는 려희는, 그녀의 엉덩이를 양손에 잡아 지그시 누르는 한노의 힘을 이기지 못했다. 그는 그녀의 엉덩이를 움켜잡고 그 등줄기를 따라 눈을 위로 천천히 올렸다. 그녀의 등을 가로지른 브래지어 바로 위에 일명 날갯죽지라고 불리는 견갑골이 툭 튀어나와 있는 것이 보였다. 려희가 두 팔을 가슴 앞에 모은 채로 웅크리고 있었기 때문이다. 그 웅크린 등을, 한노가 제 몸으로 덮었다. 덮고 나니 파르르 한 그녀의 떨림이 전해졌다. 한노는 그녀에게 더욱 밀착했다.

려희는 제 등을 무겁게 짓누르는 한노의 무게를 온기로 받았다. 기묘한 열을 동반한 온기였다. 그는 여전히 뜨거웠다. 바닥으로부터 찬 기운이 스멀스멀 올라와 몸이 절로 떨렸던 터라 려희는 그 온기가 싫지 않았다. 온기는 가만있지 않고 비비적거렸다. 쉼 없이 꿈틀댔다. 제 온몸을 려희에게 문대는 것 같았다. 아까는 붕어처럼 굴더니 지금은 뭐랄까, 떼쟁이랄까. 어쩌지, 려희는 이 덩치만 큰 떼쟁이를 어떻게 설득해야 할지, 어떻게 포기시켜야 할지, 그의 이상한 애무를 받으며 머리를 굴렸다. 그를 미워하고 싶지 않았다.

"한노야."

려희가 나직이 부르자 한노가 대번에 그녀의 귓가로 제 얼굴을 딱 붙였다. 려희는 눈을 들어 앞을 잠깐 보았다. 앞은 그녀의 방이었다.

"우리…… 들어가서 하자."

들어가자는 려희의 말에 한노는 바로 그녀를 잡고 몸을 일으켰다.

"내가 그냥 일어설게."

려희는 저를 안아 들려고 하는 한노의 손을 슬며시 밀쳤다. 그리고 일어나 재빨리 자신의 방으로 몸을 날렸다. 거의 한달음에 문 앞으로 가 문고리를 잡는 데 성공했다. 문을 열고 안으로 발을 내딛는 데도 성공했다.

"악……."

비명과 함께 려희의 몸이, 특히 상체만 뒤로 쏠렸다. 브래지어의 뒤가 찌익 늘어났다. 그것을 잡은 것은 한노였다. 툭, 뒤가 풀리고 거의 동시에 한노의 품으로 턱, 려희가 와서 등을 대고 안겼다. 한노는 그녀를 대번에 두 팔로 결박했다.

“놔, 놔. 아악…….”

공중에 뜬 발을 버둥거리며 려희가 악을 썼다. 한노는 제 팔로 결박한 그녀를 세운 채로 안아서 들어왔다. 방은 어두웠지만 열린 문으로 거실의 불빛이 들어와 사물을 식별 못할 정도는 아니었다.

“놔……. 놔, 이 자식아…….”

려희가 몸부림치는 사이 한노의 발아래로 브래지어가 툭 떨어졌다. 한노는 려희를 안은 그대로 침대로 쓰러졌다.

“놔. 이러지 마. 소리 지를 거야. 아악…….”

려희는 여전히 발버둥을 치면서도 두 팔로 가슴을 가리는 것은 잊지 않았다.

“계속 소리 지르고 있거든.”

“더 지를 거야. 계속 지를 거야. 주인아줌마가 듣고 신고할지도 몰라.”

“그럼 나 잡혀가?”

려희는 대답하지 못했다.

“가긴 가야 해. 잡혀가든 내 발로 가든.”

려희가 말이 없는 사이 한노는 말을 이었다.

“어쩌면 네 곁으로 못 돌아올지도 모르겠지만……. 아니다. 돌아온다. 올 거야. 올게. 그땐 정말 고양이가 돼서, 회색 바탕에 까만 줄무늬가 있는 고양이가 돼서 올지도 몰라. 그땐 영원히 네 곁에 있을게.”

려희는 까망을 떠올리며 저도 모르게 눈시울을 붉혔다.

“근데 고양인 너랑 몸을 나눌 수 없으니까……. 지금 널 가질 거야.”

한노는 말을 하며 려희의 손목을 잡았다. 려희는 그 손목에 힘을 주고 버티었다.

“이익…….”

려희가 아무리 힘을 줘 버티어도 그녀의 팔은 한노가 이끄는 대로 벌어졌다. 동시에 그 안에 감추고 있던 젖가슴 하나가 동그랗게 드러났다. 한노가 려희의 뒤에 붙은 채로 둘 다 모로 누워 있어, 그녀의 젖가슴 역시 한쪽으로 쏠려 원래의 크기보다 훨씬 풍만해 보였다. 젖꼭지 역시 측면 모습이라 그 형태를 고스란히 드러냈다. 한노는 그것을 열심히 보았다. 눈을 가까이 들이대고.

“저기 비켜…….”

려희가 어깨를 흔들었다.

“비켜……. 아아악…….”

려희는 정말 소리를 질렀다. 계속 질렀다. 바로 곁에서 질러대 정말 시끄러울 텐데도 한노는 꿈쩍도 하지 않은 채 그녀의 젖가슴만을 탐욕스럽게 쳐다봤다.

그때였다. 탕, 탕, 탕.

“려희야……. 안에 있어? 괜찮니?”

현관 밖에서 중년 여자의 목소리가 크게 났다. 주인집 아줌마의 목소리였다. 목소리에 이어 다시 탕탕탕, 현관문 두드리는 소리가 들려왔다. 려희의 방이 현관에서 가깝고 방문도 열려 있어 그 소리는 또 아주 분명하게 들렸다. 려희와 한노는 꼼짝 않고 숨소리까지 죽였다.

"려희야……."

주인집 아줌마의 목소리가 다시 났을 때 한노가 려희의 젖가슴을 움켜잡았다. 젖무덤 바깥쪽에서 안쪽으로 밀듯 잡아 그의 손아귀에서 젖가슴이 더욱 부풀어 오르고 젖꼭지는 고개를 빳빳이 들었다. 려희는 얼굴이 벌게졌다.

탕탕탕. 신경 거슬리는 소리는 계속되었다. '안에 있어?' 라는 아줌마의 목소리도 함께. 려희는 아랫입술을 지그시 깨물었다. 다시 비명을 지르면 되겠지. 아줌마가 경찰에 신고하겠지. 그러나 그럴 수 없었다. 도망가라고 보낸 녀석을 여기서 잡히게 할 수는 없었다.

"저 괜찮아요, 아줌마. 목욕하다가 넘어졌어요……."

려희는 눈을 질끈 감고 외쳤다. 벌거벗고 있어 나가지 못하고 말만 전하는 핑계로 부러 목욕을 언급했다. 문 두드리는 소리가 바로 멈추고 그 잠깐 뒤에 구시렁거리는 소리가 들려왔다. 시동생 일로도 싫은 소리 안 하던, 빈말이나마 도리어 려희 엄마 걱정을 해주던 아줌마가 괜한 발걸음을 시킨 것에는 적이 짜증이 났던 모양이었다. 현관 주변은 이내 잠잠해졌다. 한노는 여전히 려희의 젖무덤을 쥐고 있다가 갑자기 젖꼭지를 덥석 물었다. 려희가 어깨를 흔들어 보지만 소용없었다. 그는 도리어 유륜까지 입에 넣어 혀로 젖꼭지를 갖고 놀았다.

려희는 눈을 감고 체념한 듯 가만있었지만 미간에 짙은 주름을 만들었다. 그는 쭉쭉, 소리가 날 정도로 빨고 있었다. 입술을 그렇게 빨아 얼얼하게 만들더니 젖꼭지도 아프기 시작했다. 그녀는 참다못하고 그의 머리를 밀었다. 소용없었다. 머리가 아닌 돌덩이 같았다. 갑자기 화가 치밀었다. 려희는 발작을 일으키듯 두 주먹을 위로 쳐들었다가 도로 세게 내려쳤다. 팍, 팍, 팍. 한노를 때렸다. 입으로는 아무 소리도 내지 않고 그냥 때리기만 했다. 한노는 그것을 머리와 몸에 고스란히 맞으면서 저 할 일만을 했다. 려희의 젖가슴을 주무르고, 물고, 빨고, 핥았다. 려희의 주먹은 얼마 안 가 시트 위로 힘없이 툭 떨어졌다. 그녀의 팬티가 내려갔다. 그런데도 그녀는 꼼짝하지 않았다. 잠깐 전의 주먹질이 마지막 저항이었다는 듯.

한노는 려희의 팬티를 그녀의 허벅지 중간에 걸쳐 놓고 검은 체모를 뚫어지게 쳐다봤다. 모험 중에 매우 색다른 것을 발견한 탐험가의 눈빛이었다. 한참 보기만 하다가 그는 몸을 올려 려희의 얼굴 위로 제 얼굴을 기울였다.

"려희야."

한노가 불렀지만 고개를 옆으로 하고 있던 그녀는 그에게 눈길도 주지 않았다.

"저 안에 뭐가 숨어 있어?"

한노는 물음과 함께 손끝으로 려희의 체모 부위를 콕 찔렀다. 려희는 황당해서 말도 안 나왔다. 그래서 그저 눈동자만 움직여 그를, 그의 생동감 넘치는 눈빛을 보았다. 늘 잿빛인 줄 알았더니.

아니, 여전히 잿빛이었지만 습기를 머금었다고 해야 할까. 반짝반짝했다.

"말해봐."

알면서 묻는 건지, 정말 몰라 묻는 건지 헷갈리는 표정으로 그는 재촉했다.

"아무것도."

려희가 시큰둥하게 툭 던지듯 대답했다.

"거짓말."

"너 같은 거지새끼한테 줄 건 아무것도 없어."

"확인해 봐도 돼?"

"하지 마, 하지 마. 아무것도 하지 마. 정말 죽여 버릴 거야."

"너도 확인하면 되잖아. 난 감추는 거 없어."

한노는 몸을 세워 바지를 벗었다. 려희는 얼굴을 찌푸린 채 '이런 미친 새끼' 하는 표정으로 있다가 눈을 돌렸다. 침대 아래로 한노의 바지와 팬티가 차례로 떨어졌다.

"봐."

한노의 재촉에 려희는 울상을 지었다. 결국 슬쩍 눈길을 보냈으나 못 볼 것을 본 것처럼 재빨리 도로 돌리고는 아예 눈을 감아버렸다. 한노의 얼굴에 실망의 빛이 어렸다. 자랑스럽게 내놓은 물건을 퇴짜 맞은 것처럼. 그는 포기하지 않고 려희의 손을 잡아 제 남성에 가져다 댔다.

"야…… 싫어……."

려희가 질색하며 손을 빼려 했지만 그는 놓지 않고 제 그것에 꼭 붙였다.

"아이 씨, 정말……. 너 이거 성추행……."

려희는 급히 입을 다물었다. 그 입에서는 금세 '미치겠다' 하는 말이 새어 나왔다. 정말이지 제 혀를 깨물고 싶었다. 한노는 려희의 눈빛이 붉게 물드는 것을 보고는 그녀의 손을 놔주고 다시 그녀 위로 몸을 기울였다.

"왜……?"

려희의 얼굴을 두 손에 잡고 그녀의 젖은 눈을 보며 한노가 물었다.

"나쁜 새끼……."

려희가 내뱉었다.

"먹여주고 재워주고 옷도 사줬더니 은혜도 모르는 놈……."

"미워?"

"그걸 말이라고 해? 너 같으면 이쁘겠어? 좋겠어? 내가 너 같은 거랑……."

려희는 목이 메어 말을 잇지 못했다. 이런 부랑자 같은 녀석과 몸을 섞게 될 줄이야, 그것도 처음으로. 분하고 억울했다.

"난 너 너무 예뻐."

잔뜩 열 받아 울상이 돼버린 얼굴을 두고 한노가 말했다. 그는 그 얼굴이 정말 예쁜지 손끝으로 더듬었다. 그녀의 짙은 눈썹, 넓고 완만하게 파인 눈두덩과 바로 그 아래의 깊은 쌍꺼풀, 작고 귀여운 코 아래에 유달리 도톰한 윗입술을, 그는 차례로 매만졌다. 그 도톰한 윗입술은 앞으로 살짝 튀어나와 있어 얼핏 보면 입을 늘 약간 벌리고 있는 것 같아 그녀의 또렷하고 냉담한 눈빛에 백치의 관능을 보탰다. 숨은 관능이었다. 영민한 인상에 가려 잘 드러나지 않는, 누군가 끄집어내 줄 때까지는 숨어 있는 희미한 관능이었다. 한노는 그것이 미치게 예뻤다.

"예뻐……. 죽어도…… 죽어서도 안 잊을 거야."

"죽어……?"

려희가 미간을 좁히며 물었다.

"너 죽어?"

"나도 몰라. 가봐야 알아."

"어딜……?"

"집."

"집……? 너 집 있어?"

"응. 근데 그게 정말 집인지는 모르겠어. 그 집엔 아줌마도 없고, 너도 없어."

그 말이 단순히 려희 엄마도 없고 려희도 없다는 뜻인지, 그 이상의 뜻을 담고 있는지 려희로서는 가늠할 길이 없었다. 그러고 보니 한노에게 어릴 적 기억이 없다는 엄마의 말이 떠올랐다.

"너…… 혹시 어릴 적 기억이 없어?"

려희가 머뭇거리다 물었다. 별로 알고 싶지 않은 마음이면서 입이 먼저 나갔다.

"응."

"언제 기억부터 있는데?"

"어떤 집에 있을 때부터."

"집? 네가 사는 집?"

"응."

"부모님도?"

"아니."

"그럼?"

"그냥 사람."

"답답하게……. 좀 맥락 있게 말해봐."

"궁금해?"

"아니."

려희는 버럭, 화를 냈다. 정말 이 녀석과 왜 이런 대화를 나누고 있는지 스스로도 한심했다.

"난 궁금해."

한노는 들뜬 목소리로 말했다. 이어 곧장 '여기' 하며 려희의 체모 부위를 다시 손가락으로 쿡 찔렀다.

"정말 미치겠네……."

려희가 다시 벌컥 화를 내며 두 손으로 힘껏 한노의 가슴팍을 밀었다. 물론 그것으로 그를 피할 수 있으리라고 기대하지는 않았다. 더구나 그는 꿈쩍도 안 했으니까. 그래서 돌아누웠다. 때문에 려희는 비스듬히 엎드린 모습이 되었다. 한노는 그것도 싫지 않은지 그녀의 등과 엉덩이를 눈으로 쭉 훑었다. 눈으로만 훑지 않고 손으로도 훑었다. 그다음에는 입술과 혀로 훑었다. 려희의 목덜미 뒤에서 등줄기를 따라 내려가 엉덩이에서 한참 머물렀다. 그러다 이윽고 허벅지로, 종아리로 내려갔다가 그녀의 발목을 잡고 발바닥에 입을 맞췄다. 그는 그녀의 발가락을 하나하나 빨았다. 그중 새끼발가락은 너무 귀엽다고, 제 혀가 기억할 만큼 오래 빨았다.

려희는 꼼짝 않고 있었다. 기진했다. 한노를 상대하느라 젖 먹던 힘까지 다 써버린 것 같았다. 더구나 고양이가 '할짝, 할짝' 핥는 것 같은 한노의, 역시나 이상한 애무가 썩 나쁜 느낌만은 아니어서 참을 만했다. 그래, 고양이라고 생각하자. 한노는 사람이 아닌 고양이다. 주문 외듯 외웠지만 마음대로 되지는 않았다.

려희는 얼굴을 찌푸리며 몸을 움츠렸다. 움츠렸을 뿐만 아니라 그 좁은 침대의 가장자리까지 바짝 피해보지만 덩치 큰 고양이가 따라왔다. 특히 그 고양이의 '앞발'이 따라왔다. 그것은 려희의 깊은 곳을, 엉덩이 쪽에서 파고들었다. 려희는 있는 힘을 다해 허벅지 사이를 조였다. 그것이 움직이지 못하도록 할 요량이었는데 소용없다는 것을 금세 깨달았다. 그것은 그녀의 그곳을 노골적으로, 샅샅이 훑고 다녔다. 능욕당하는 기분을, 려희는 떨칠 수가 없었다. 고양이 같은 녀석에게, 나이도 어린 녀석에게.

나이가 어린, 덩치 큰 고양이는 눅눅한 늪지 같은 그곳을 열심히 헤집고 다녔다. 엉덩이 쪽부터 파고드니 약간 움푹 파인 곳부터 손끝에 걸렸었다. 그것은 또 움찔하며 떨림을 전해주었다. 조금 더 들어가면 길이 여러 갈래였다. 길과 길 사이에 부드럽고 연한 꽃잎이 자리했다. 그 길들을 한노는 무던히도 지나다녔다. 아무리 왕복해도 싫증나지 않았다. 그래서 그 끝에 있는 것을 더디 발견했다.

모든 길이 만나는 곳에 있는 작은 봉오리. 그것을 손끝으로 조심히 건드렸다. 한 겹이 아니었다. 두 겹이었다. 어쩌면 그 이상일지도. 한노는 그것을 열심히 문질렀다. 어쩐지 그곳이 점점 뜨거워지는 것 같아 저도 열이 올랐다. 그러자 그 열을 식히려는 것처럼 물이 차올랐다. 어디서 나온 샘물인지 한노는 어리둥절했다. 더구나 그것은 열을 식히기는커녕 더 달구었다. 숲은 풍요로웠다. 한노는 미친 듯 뛰어놀았다. 길을 다 익히려면 아직 멀었다고 생각했다.

"아주 많은 게 있어."

한노가 불쑥 려희 위로 얼굴을 기울이고 속삭였다. 려희는 쳐다보지도 않고, 이 정신 나간 녀석이 또 무엇 때문에 이러나, 불길한 예감을 떨치지 못했다. 녀석의 손은 아래에서 여전히 쉬지 않고 꼼지락대고 있었다.

"이거……."

그가 '이거' 라고 하면서 손끝으로 꼬집듯 잡은 것은 꽃잎이었다. 려희는 몸서리를 쳤다.

"또 이거……."

말과 함께 그는 클리토리스를 짚었다.

"저리 가……."

려희가 팔꿈치로 한노의 턱을 밀었다.

"내가 들어갈 곳은 어디야?"

"뭐……?"

"여기?"

"들어오지 마, 들어오지 마. 들어오지 말라구……."

려희가 으르렁대며 그 끝에서 언성을 높였다. 한노는 몸을 일으켜 그때까지도 려희의 허벅지 중간쯤에 걸려 있던 팬티를 마저 벗겨 아무 데나 휙 던졌다.

"야……."

려희가 소리쳤다. 한노가 그녀의 몸을 돌려 바로 눕힌 것과 거의 동시였다. 그는 이어 그녀의 다리를 잡아, 어떤 조심성이나 배려도 없이 양옆으로 쫙 벌렸다.

"헉……."

려희는 저도 모르게 어깨를 일으키며 손을 앞으로 뻗었다. 손끝에 한노의 머리가 닿았지만 머리칼이 짧아서 쥐어 잡을 수가 없었다.

"하지 마……."

그녀는 속절없이 소리만 질렀다. 그사이 한노는 그 긴 팔로 그녀의 다리를 휘감아 잡고, 양손을 그녀의 그 은밀한 숲 바깥쪽에 대고서 아주 시원스럽게 벌렸다.

"야, 하지 마……. 놔……. 이 나쁜 새끼……."

려희가 손으로 그곳을 가리려 하자 그는 그녀의 손등을 꼬집듯 콕 깨물었다.

"꺄……."

손등에 따끔함을 느낀 려희는 손을 얼른 치우고 나서 베개를 더 듬어 잡았다.

"놔……. 놔아……."

려희가 손에 쥔 베개를 휘둘렀다. 힘 있게 팍, 팍, 휘둘렀다. 그것을 뒤통수에 맞아가며 한노는 그녀의 수줍고 부끄러운 숲을 유린하고 있었다. 려희의 느낌으로는 마구 파헤치는 것 같았다. 수치스러워 딱 죽고 싶었다. 아니, 죽여 버리고 싶었다. 분하기도 하고 서럽기도 했다. 려희는 끝내 눈물을 왈칵 쏟았다. 그래도 소리 내어 울지 않으려고 꾸역꾸역, 이를 악물고 참았다.

한노는 방 안이 어두워 잘 보이지도 않는 것을 보느라 려희를 괴롭혔다. 그래선지 그렇게 오래 보지 않았다. 입맞춤 욕구가 더 컸다. 그는 끌리듯 려희의 가장 내밀한 속살에 입을 맞췄다. 천천히, 그리고 깊게. 숲의 향도 만끽했다. 이것이 여자의 냄새구나, 싶었다. 그 향에 취해 혀는 좀 늦게 나왔다. 한노는 가능한 혀를 길게 빼고 넓게 펴서, 적나라하게 펼쳐진 숲을 아래에서 위로 쓸어 올리듯 이번에도 천천히, 더욱 천천히 핥았다. 혀끝을 뱀처럼 뾰족하게 모은 것은 그다음이었다. 그 뾰족한 혀끝은 손끝이 했던 놀이를 반복했다. 여러 갈래의 길을 무한히, 닳도록 왕복하고 그 길의 끝에서 만난 작고 귀여운 봉오리와 질펀한 장난을 쳤다.

"으흡……."

려희가 딸꾹질 비슷한 소리를 냈다. 한노는 귀를 쫑긋 세웠다. 그는 혀끝으로 그 봉오리를 가로 방향으로 마구 비볐다. 그러자 려희가 소리를 내는 대신 허리를 꿈틀대며 도망가려고 했다. 한노는 저가 하는 작업에 더욱 박차를 가했다. 려희의 허리가 살짝 비틀렸다. 한노는 클리토리스를 입술만으로 물었다. 할 수 있는 한 단단히 물고 비비듯 빨았다.

"웃……."

려희가 몸서리를 치며 다시 달아나려 했다. 손으로 그의 머리를 밀었다. 그럴수록 한노는 더욱 집요하게 달라붙었다. 탁, 탁, 려희가 손으로 한노의 머리를 때렸다.

"으흑……."

도대체 이것이 무슨 느낌이고 감각인지 모르겠다고, 려희는 달아나려고만 했다. 간질간질하면서도 어디가 간지러운지를 정확히 몰라 애먼 데를 긁다 보니 더욱 간지럽기만 한 느낌이요, 기묘하게 저릿저릿해서 마냥 쾌감이라고 할 수만은 없는, 도리어 한편으로는 살짝 괴롭기까지 한 정체불명의 감각이었다. 수치스럽고, 화나고, 미워 죽겠는데 그 와중에 이 무슨 낯선 경험인지, 마음 한구석에 당혹감도 피어올랐다.

'제발 내게서 떨어져.'

려희는 그 모든 것으로부터 달아나고 싶었다. 그러나 한노는 그 반대였던 모양이다. 그 모든 것을 제 것으로 하고 싶은 모양이었다. 그의 얼굴이 그녀의 눈앞에 불쑥 나타났다.

"찾았어."

한노는 에베레스트를 정복한 사람의 얼굴로 말했다. 그의 눈이 반짝, 시린 빛을 냈다. 그 찰나, 려희는 제 몸이 반으로 찢기는 것과 같은 날카로운 충격에 빠졌다.

'아아악……'

비명이 실제로 입 밖으로 나왔는지 아니면 상상 속인지 려희는 구분되지 않았다. 맞닿은 어금니가 으스러질 만큼 이를 악물었기 때문이었다. 조금 전에는 몸이 찢기는 것 같더니 이내 머리가 터질 것 같았다. 머리가죽이 강제로 뜯겨 나가는 것만 같았다. 목덜미를 쥐어 잡혀 숨도 제대로 쉴 수 없었다. 주변이 진공으로 변한 것 같았다. 려희는 제 손에 잡히는 것에 손톱을 깊이 박았다. 몸부림을 쳤지만 그것도 마음대로 되는 것 같지 않았다.

"으으…… 으으으……."

려희가 가느다란 신음 소리를 불규칙하게 토했다. 신음과 함께 다시 몸부림을 쳤지만 도리어 등 뒤로 뭔가가 파고들었다. 한노의 손이었다. 손은 아래로 내려가 려희의 엉덩이를 움켜잡았다. 그녀는 숨이 턱 막혔다. 그곳에 불잉걸 하나 박혀 있는 것 같았다. 새빨갛게 타오르는 불잉걸. 그것이 깊이 박혔다. 그것은 또 움직였다. 움직일 때마다 숲을 태우고, 길을 태우고, 어둠을 태웠다.

"아파?"

한노가 속삭이듯 물었다.

"많이 아파?"

려희는 대답도 할 수 없었다.

"근데 말이야, 려희야……."

려희는 왠지 그가 웃고 있는 것 같았다.

"네가 아픈 게, 난 싫지 않다."

아픈 게 아니라 뜨겁다고, 려희는 말하고 싶었다. 그는 하나의 거대한 열 덩어리였다. 타는 게 아니라 녹았다. 저만 녹는 것이 아니라 려희를 함께 녹였다.

6. 상속인

요즘에는 드물게 대문에 명패가 달려 있었다. '장인수' 라고 음각된 명패는 또 대리석이었다. 대문 옆에는 따로 경비실이 있었는데 밖을 확인할 수 있도록 조그만 창문이 달려 있었다. 바로 그 창문이 잠깐 열렸다가 닫혔다. 그리고 그 잠시 후 대문이 열리고 서른 전후의 남자가 급히 나왔다. 이마가 좁고 사각 모양의 주걱턱에 어깨는 넓어서 힘깨나 쓸 것 같은 남자는 제 앞에 서 있는 청년을 휘둥그레진 눈으로 바라봤다. 청년은 한노였다.

"놀랬어?"

한노가 시큰둥하게 물었다.

"죽지 않고 와서?"

"어디 있었어?"

"찾았어?"

남자는 즉시 대답하지 못하고 머뭇거리다 '며칠은' 이라고 짤막하게 대답했다.

"그다음엔? 찾지 말래?"

남자는 고개를 끄덕이고 나서 '들어가자' 고 했다. 한노는 남자와 함께 대문으로 들어와 곧장 경비실로 들어갔다.

경비실은 4평 남짓한 곳으로 책상과 소파, 낮은 테이블, 냉장고, 작은 수납장 등을 갖추고 있고, 방금 들어온 문 옆으로 벽의 상단을 다 차지할 만큼의 커다란 창이 나 있었다. 그 창에는 블라인드가 반쯤 내려와 있었다.

"담배 하나 줘."

한노는 말하고 소파에 가 앉았다. 남자가 다가와 담배를 주고 불도 붙여주었다.

"그럼 일단 홍 실장님을 깨울게."

남자는 1시를 가리키고 있는 벽시계를 힐끔 보고는 책상 앞으로 가 유선 전화기를 들고 내선 번호를 누른 다음 기다렸다.

"주무시는데 죄송합니다."

제법 오래 기다린 뒤에 남자가 말했다.

"한노, 왔습니다……. 지금 제 방에 있어요……. 네, 알겠습니다."

남자는 수화기를 내려놓으며 '여기서 기다리래' 라고 말했다. 한노는 듣는 둥 마는 둥 이미 거의 다 피운 담배를 마지막인 듯 깊이 빨았다.

"실장님이 오신다고."

남자는 그렇게 말을 이으며 한노 앞으로 다가갔다.

"노인네, 화 많이 냈어?"

테이블 위에 있는 재떨이에 담배를 비벼 끄며 한노가 물었다.

"글쎄 뭐……. 홍 실장님 말씀으로는 잘 참으시는 것 같다고. 그래도 며칠은 간호사들이 와 대기했었어. 어쩌려고 그런 거야?"

"뭘?"

"그렇게 감쪽같이 사라지면 어쩌냐고?"

"그래도 박 비서가 나 찾으려면 찾았잖아?"

'박 비서' 라 불린 남자는 대꾸하지 않았다.

"나 별로 멀리 있지도 않았어. 내내 서울에 있었어."

"어떻게 지냈는데? 휴대폰도 놓고 가서……. 아무것도 안 들고 갔잖아."

"그냥……."

한노는 별로 말하고 싶지 않은 얼굴이었다. 그것을 박 비서도 알았는지 발길을 블라인드가 내려와 있는 창으로 옮겼다. 그는 블라인드를 살짝 들추고 밖을 내다봤다.

"늦으시네……."

한노는 소파 등받이에 몸을 묻고 고개를 뒤로 젖혔다. 그것을 보며 박 비서가 누워 있으라 했지만 한노는 꼼짝하지 않았다. 그로부터 10분이 더 지나서 한 중년 남자가 경비실 안으로 들어왔다. 자다가 온 것이 분명함에도 검은색 슈트를 갖춰 입은 모습으로. 한노는 고개를 들었지만 일어나지는 않고 '오랜만입니다' 라고만 인사했다. 홍 실장은 혀를 찼다. 그런 다음에 따라 오라 손짓했다.

"어르신 기침하셨어."

한노와 경비실을 나서며 홍 실장이 말했다.

"박 비서 연락 받고 나와보니 깨어 계시더라. 요새 잠을 통 못 주무셔. 약을 드시는데도 그러시네. 일단 너 왔다고 알려 드렸다."

나란히 걸어가는 두 사람의 앞은 가로등 불빛이 비추는, 정갈한 보도블록으로 된 길이었다. 그 왼쪽에는 봄을 기다리는 화단이 쭉 이어졌는데 그 화단 사이에 난 낮은 계단 위로 홍 실장이 먼저 올랐다. 계단 위는 잔디였다. 잘 조경된 정원이 그 잔디를 품고 대저택을 떠받들었다. 정원의 중앙을 차지하고 있는 주택 건물은 저택이라고 해도 될 만큼의 규모였다. 또 매우 정교하고 아름답게 설계된 기역 자 형태의 한옥이었다.

한노는 홍 실장을 따라 한옥으로 들어서며 그 입구와 간이 응접실 같은 현관과 그곳에서 이어진, 대청마루를 본떠 만든 것 같은 고풍스러운 분위기의 홀(Hall)을 차례로 눈으로 훑었다. 마치 처음 보는 것처럼. 그러나 기억이 존재하는 시점부터 살던 집이었다. 그의 집이었다. 낯익으면서 동시에 낯선.

"사랑방에 계셔."

홀을 지났을 때 홍 실장이 말했다.

"그냥 잘못했습니다, 해. 무조건 싹싹 빌어."

"늘 그랬어요."

한노는 건성으로 대답했다. 격자무늬 미닫이문 앞에 이르렀을 때 홍 실장이 그 문을 열고 들어가라 눈짓했다.

한노가 들어온 방은 홍 실장이 '사랑방'이라 부른 것이 딱 적당하다 싶을, 옛 정취가 물씬 풍기는 방이었다. 좌식에 알맞은 바닥 소재와 값비싼 고가구들은 물론, 반백의 노인 뒤에 있는 병풍과 노인이 깔고 앉은 황금색 보료가 그랬다. 방은 꽤 넓었다. 그 중앙에, 한문 가득한 병풍을 배경으로 앉아 있는 반백의 노인은 여든 살 가까이는 족히 돼 보였다. 또 마르고 왜소한 체구였지만 꼿꼿하고, 바늘로 찔러도 피 한 방울 나올 것 같지 않은 빈틈없는 인상이었다. 한노는 제 뒤로 미닫이문이 닫히자 바로 그 자리에서 무릎을 꿇고 앉았다. 때문에 노인과 한노 사이의 거리가 못해도 열 걸음 이상은 되었다.

"뭐 하러 와?"

노인이 입을 열었다. 힘이 없고 가늘지만 카랑카랑한 목소리였다.

"애빈 이미 너 죽었다고 쳤다."

"잘못했습니다."

한노가 머리를 깊이 숙였다.

"소용없어. 나 이제 네 애비 아니다. 감히 애비한테 반항하는 놈 필요 없어."

한노는 아무 말하지 않았다.

"왜 입 다물고 있어? 쫓겨나고 싶어?"

노인이 버럭 소리쳤다.

"잘못했습니다. 용서하십시오."

한노는 다시 머리를 조아렸지만 잘못했다고 비는 말인데도 아무 감정도 담겨 있지 않은 건조한 목소리였다.

"공부도 못한 놈이 뭘 잘했다고……."

"잘못했습니다."

"보기 싫어. 나가."

한노는 일어나서 허리를 숙여 인사한 뒤에 문을 열었다. 홍 실장이 밖에 서 있었다. 한노가 나오자 실장은 그에게 나직한 귀엣말을 하고 먼저 보낸 뒤에 사랑방 안으로 들어왔다. 그는 노인 가까이 와서 앉았다.

"용서해 주시죠, 어르신."

홍 실장이 말했다.

"감히 반항을 하긴 했지만 처음이고, 무엇보다 제 발로 왔지 않습니까? 녀석도 밖에서 고생해 보고 깨우친 게 많았을 겁니다."

홍 실장의 말을 듣는지 마는지 노인은 그를 보고 있지도 않은데다 입술도 달싹하지 않았다. 그저 허공을 노려보며 입을 더욱 일자로 굳히고 있을 뿐이었다.

한노는 길게 난 복도를 걸었다. 복도의 오른편은 창이고 왼편은 벽이었다. 벽에 조그만 등이 걸려 있어 은은한 빛을 내고 있었다. 바닥은 결이 고운 나무로 세월의 흔적이 묻어났지만 그 흔적이 주는 분위기가 무척 정결하고 안온해, 얼마나 세심히 관리되고 있는지를 가늠해 볼 수 있었다. 창도 정원의 야경을 수정처럼 투명하게 비춰주고 있어서 집은 마치 먼지 하나 허용할 수 없다는 듯했다. 한노는 복도의 막다른 곳에서 왼쪽으로 모퉁이를 돌아 바로 보이는 문을 열었다.

한노가 문을 연 곳은 방이 아니었다. 또 다른 통로였다. 아래를 향하여 계단이 나 있었다. 고급스러운 나무 계단. 한노는 그 계단을 밟고 내려갔다. 그의 방은 지하에 있었다.

지하층의 홀과 복도는 불이 켜 있어 환했다. 한노는 홀을 가로질러 짧은 복도로 접어들고는 이내 문을 열었다. 침실이었다. 한옥다운 분위기를 중심으로 하면서도 실용성과 기능성을 중시하는 현대적 감각이 조화롭게 녹아나 어색하지 않고 세련된 실내장식이었다. 침대는 튼튼한 원목을 평상과 같은 모양으로, 그 위에 매트리스를 깔고 그 일부를 마루처럼 내놓았다. 침실의 규모가 크지 않으면 감히 시도할 수 없는, 디자이너의 작품과도 같은 침대였다. 침대 왼편으로 적당한 거리를 두고 위치해 있는 붙박이장은 그 전체가 세련된 진줏빛 자개였다. 한옥의 창호를 연상시키는 문은 욕실이고, 그 옆에 있는 아치형의 입구는 서재로 이어졌다.

스무 살 청년이 살기에는 호사스러운 방이었다. 동시에 자연의 빛을 들일 수 없는, 창문이 없는 방이었다. 한노는 이곳에서 12년쯤 살았다. 정확하지는 않았다. 그저 기억의 가장 끝자락에 이 집이 있을 뿐이었다. 그때의 저를, 그는 여덟 살 전후로 추정했다. 그 이전의 기억은 없었다. 노인은 소년에게 '날 아빠라고 불러라' 주문했다. 소년의 눈에는 아무리 봐도 할아버지인데 꼭 아빠라고 부르라 했다. 노인을 아빠라고 부른 지 12년. 그동안 한노는 행복하지 못했다. 단 하루, 단 한 번의 행복한 기억도 갖고 있지 않았다. '아빠'는 늘 매질을 했다.

한노는 외투를 벗어 침대의 '마루' 위에 던져 두고 침실을 나왔다. 복도를 가로질러 바로 맞은편에 있는 문을 열었다. 불을 켰다. 그 방은 이상한 방이었다. 가구가 없는 방이었다. 바닥은 차가운 대리석이고 벽의 한 면이 전체 거울이었다. 거울 벽의 오른쪽에 우산꽂이처럼 생긴 통이 여러 개 있었다. 각각의 통에는 또 대나무로 된 막대기가 여러 개 꽂혀 있었다. 얼핏 봐도 통마다 꽂혀 있는 대나무의 굵기가 다 달랐다.

한노가 그중에 하나를 빼 들었다. 길이가 약 1.5미터 정도 되고, 굵기는 그 지름이 3, 4센티미터 가량 되었다. 또 매우 단단해 보였지만 속이 비어, 그것을 사람을 칠 경우 뼈를 다치게 하지는 않는 대신 극심한 고통을 주었다. 노인이 한노를 때릴 때 사용하는 매였다. 한노가 잘못했을 때, 그 잘못의 크기에 따라 각기 다른 굵기의 매를 사용했다. 그런데 그것이 정말 잘못의 크기였는지는 모르겠다. 오히려 노인의 기분과 변덕에 따라서 선택되었다고 하는 편이 정확할 것 같았다.

한노는 대나무 매를 다시 통에 꽂아두고 거울 앞에 섰다. 웃옷을 다 벗었다. 그는 벗은 몸을 거울에 비추었다. 앞을 보고 뒤를 보았다. 제 몸에서 멍 자국 하나가 남아 있지 않은 것을 본 것은 처음인 것 같았다. 오래된, 크고 작은 흉터는 있어도 멍은 없었다. 매를 맞다가 무작정 도망쳐서 약 한 달 만이었다. 그러니까 한 달 전에 맞은 것이 지금으로서는 마지막인 셈이었다.

수학능력시험 결과가 만족스럽지 않다고, 노인은 매를 들었다. 아버지는 아들에게 모 대학의 모 학과 수석 입학을 원했는데 아들은 그 뜻을 받들지 못했다. 그래도 합격한 것이 어디냐, 하는 주변의 은근한 만류에도 노인은 하루가 멀다 하고 매를 들더니 급기야 집도 아닌 곳에서마저 폭발하고 말았다. 노인의 동생이 운영하는 고급 레스토랑의 테이블 룸에서였다. 아들과 식사를 하다가 갑자기 심기가 불편해진 노인은—노인의 심기가 왜 불편해지는지 늘, 아무도 그 정확한 이유를 몰랐다—평소 집에서 사용하는 대나무 매 대신, 동생에게 급히 가져오라고 시킨 각목으로 한노를 때렸다. 각목은 대나무와 달랐다. 통증은 둔탁한 대신 자칫하면 어디 부러지겠다 싶었다. 더구나 여든을 바라보는 노인의 힘은 또 어찌 그리 좋은지.

한노는 도망쳤다. 처음이었다. 집 밖에서 맞은 적도, 맞다가 도망친 적도 처음이었다. 밖이어서 도망칠 수 있었지만 사실은 오래지 않아 돌아갈 생각이었다. 수중에 가진 것이 아무것도 없었다. 신발도 벗겨져 맨발이었다. 이삼 일 부랑자처럼 떠돌다 보니 춥고 배고팠다. 그런데 돌아가면 그때는 진짜 죽을 각오를 해야 했다. 한노의 도주는, 노인에게는 곧 아들의 반항이었다. 그 반항을, 아버지가 용서할 리 없었다.

한노는 제 몸에서 이상한 것을 발견하고 거울을 통해 자세히 들여다보았다. 한 10센티미터의 길이로 난 지렁이 같은 자국. 그는 미소 지었다. 려희가 할퀸 자국이었다. 이제는 추억이 됐지만. 한노는 거울을 등지고 돌아서서 천천히 걸었다. 걷다가 중앙에 멈춰 섰다. 그가 멈춘 곳에 여러 개의 밧줄이 내려와 있었다. 그의 어깨를 스칠 만큼의 길이였다.

한노가 고개를 들었다. 반짝이는 은빛 쇠로 된 파이프 같은 것들이 천장을 장식했다. 밧줄은 그 파이프들에 고정돼 있었다. 그는 밧줄을 잡았다. 팔목에 두 번 감고 손등에 한 번 감았다. 그리고 그것에 온전히 제 무게를 싣고 매달렸다. 무서우면서도 익숙한 느낌. 어릴 때는 발가벗긴 채 밧줄에 손목을 묶였다. 그러다 어느 때부터 그냥 잡고만 있으라고 했다. 잡고 놓지 말라 했다. 고통에 못 이겨 밧줄을 놓치면, 그래서 더 맞았다.

한노는 고개를 뒤로 젖혔다. 눈을 감았다. 나른하면서도 기묘한 느낌 속에, 좁고 비루한 방의 뜨끈뜨끈했던 전기요가 떠올랐다. 그 위에 누워 하루 종일 아무것도 안 하고 천장만 바라보던, 그 무료하면서도 평온했던 시간. 긴장하지 않아도 되는 시간, 온전하게 이완된 시간이었다. 살포시 이마를 만져 주는 손도 있었다. 그는 밧줄에 매달려 빙그르, 한 바퀴 돌았다. 려희를 생각하니 몸의 어딘가가 불편했다. 또 열이 오르는 모양이구나. 이상한 열이었다. 그 열이 그처럼 괴로울 줄 몰랐다. 노인에게 맞는 것보다, 때로는 더 괴롭게 느껴졌다. 그녀는 '가라' 했지만.

한노가 갑자기 눈을 떴다. 고개를 들었다. 열린 문밖에서 쿵쿵 소리가 들려왔다. 그는 꼼짝도 하지 않았다. 문가에 금세 노인이 모습을 드러냈다. 한노의 눈에 너무나 익숙한 모습으로. 노인은 곧장 성큼성큼 걸어 대나무 매를 하나 꺼내 들었다. 한노는 밧줄 잡은 손에 힘을 주었다.

"이놈의 새끼……."

노인이 외치며 달려들어 한노에게 매를 휘둘렀다. 퍽, 소리가 나고, 밧줄에 매달린 한노의 몸이 휘청했다.

"네가 감히 나한테…… 감히……."

퍽, 퍽, 퍽, 노인은 한노의 몸을 샌드백인 양 갈겨댔다. 그의 등과 배에 붉은 피멍 자국이 생겨났다.

"거지새끼 데려다가 먹여주고 키워줬더니 어디서 감히……."

퍽, 퍽, 퍽. 규칙적으로 이어지는 소리. 결국 대나무 끝이 갈라지기 시작했다. 갈라진 끝에 피가 묻어나고 그보다 더 많은 피가 한노의 몸을 물들였다. 그는 필사적으로 매달렸다. 아무도 말려주지 않을 것을 알아 실낱같은 기대도 하지 않았다. 매를 피하면 더 맞을 테고, 집에서는 도망도 불가능했다. 지하에서 벗어날 수 있다 쳐도 집을 벗어날 수는 없었다. 집 안에 있는 사람들은 모두 노인 편이었다. 노인의 분이 빨리 가라앉기를 기다리는 수밖에. 그런데 오늘은 그것도 기대하기 힘들 것 같았다.

"죽어라. 죽어라, 이 새끼……."

퍽, 퍽, 퍽. 그 소리가 한노의 귀에 퍽 선명했다. 소리가 선명한 만큼 고통도 예리했다. 기절이라도 하지. 그것조차 도와주지를 않는구나 싶었다. 어릴 때는 맞다가 의식을 잃어 그것으로 고통이 끝나는 경우가 왕왕 있었다. 지금은 그것도 쉽지 않은 것을 보면 나이 먹으면서 맷집도 함께 늘었나 보다. 그러니 이번에 의식을 잃으면 아마도 영원히 깨어나지 못하리라, 예감도 했다. 못 깨어나기 전에, 한노는 려희의 얼굴을 한 번 더 떠올려 보았다. 이제는 추억이 된 그녀. 그런데 이상하게 고통이 줄었다. 고통을 물러가게 한 것은 욕망이었다. 열이었다. 추억이 된 줄 알았더니 아직 생생한 현실이었나 보다. 그녀에게 돌아가고 싶었다. 다시 보고 싶었다. 또다시 보듬고 싶었다.

그때였다. 머리가 뒤로 젖혀 있던 한노가 갑자기 고개를 세웠다. 이를 드러내고 시퍼렇게 눈을 빛냈다. 달려들기 직전의 맹수 같았다. 그 순간에 매질이 멈췄다. 툭, 끝이 갈라지고 피 묻은 대나무가 바닥으로 떨어졌다.

"컥……."

노인이 한 손으로 제 가슴을 턱 부여잡더니 뒷걸음질 쳤다. 쿵, 노인은 무너지듯 주저앉았다. 이어 털썩, 마저 쓰러졌다.

"끄으으……."

노인은 가슴을 두 손으로 비틀어 잡고서 몸을 배배 꼬았다. 그 모습을 보며 한노는 밧줄을 놓았다. 털썩.

"끅, 끄윽…… 끄윽……."

노인은 숨을 제대로 쉴 수 없는 것처럼 몹시 괴로워했다. 노인이 오래전에, 아마도 어린 한노를 데려오기 전에 심장 수술을 받은 적이 있다고 한노는 알고 있었다. 때문에 약을 먹고, 정기검진을 받는 등 철저히 관리해 왔다. 노인은 한노와 눈이 마주치자 부들부들 떨리는 손을 그에게 내밀었다. 한노는 팔꿈치를 바닥에 대고 기어서 노인에게 다가갔다. 노인의 얼굴 바짝 가까이.

"의…… 의……."

노인은 '의사' 라고 말하고 싶은 듯했다. 정확히 의사를 부르라고. 단말마의 고통을 참는 것 같은 일그러진 얼굴로 간신히 토해낸 노인은 침을 질질 흘렸다. 한노는 그런 노인의 얼굴을 자세히 들여다보았다. 노인의 목구멍에서는, 타이어에서 바람 빠지는 것 같은 소리가 불규칙하게 새어 나왔다. 그런데도 노인은 정신을 잃지 않으려는 듯 필사적으로 한노와 눈을 맞췄다. 핏발 선 눈이었다. 그 눈에 대고 한노는 웃음 지었다. 눈으로 먼저 웃고 그다음, 입으로 웃었다. 소리도 없이, 핏빛 속에서 더욱 하얗게 도드라지는 이를 드러내고 그가 웃었다.

❖

입원실 창의 블라인드가 내려와 있었다. 그것으로 바깥의 빛을 가렸지만 안은 밝았다. 소파와 테이블, 벽걸이 TV 등이 창 주변에 모여 있고 다른 편에 냉장고와 정수기 등이 있었으며 침대는 TV를 정면으로 볼 수 있는 위치에, 약간의 거리를 두고 자리하고 있었다. 한노가 누워 있는 침대였다. 그는 눈을 뜨고 있었다.

달칵, 문이 열리는 소리가 났다. 한노의 눈이 입구가 있는 통로로 움직였다. 금세 박 비서가 모습을 보였다. 그가 가까이 오는 동안 한노는 그의 얼굴에서 눈을 떼지 않았다. 한노의, 그 눈길의 의미를 아는 듯 박 비서는 피하지 않다가 정작 침대 앞에 멈춰 서서 눈을 돌렸다.

"돌아가셨어."

박 비서가 조용한 목소리로 말했다. 한노와 노인은 새벽녘에야 병원으로 급히 이송되었다. 홍 실장이 발견했지만 응급 환자를 살리기에는 너무 늦어버렸다. 외적으로는 둘 다 의식이 없는 상태로

응급차에 실렸지만 노인은 몰라도 한노는 의식이 있었다. 홍 실장에게 발견되고, 응급차에 실리고, 응급실을 거쳐 입원실로 온 전 과정을 그는 하나도 빠짐없이 기억했다. 이곳 입원실에 와서야 진통제 영향으로 잠들었다가 조금 전에 깨어났다. 박 비서가 오기 전에는 의료진이 다녀갔는데, 의사에게서 '다행히 골절은 없지만 늑골과 경골에 금이 갔으니 안정을 취해야 한다'는 등의 말을 들었지만 그것은 한노에게 별로 중요하지 않았다. 의식을 쭉 갖고 있었음에도 그때까지 모르고, 모르기에 꼭 알아야 할 사실은 딱 하나뿐이었다. 그리고 바로 그것을, 한노는 방금 박 비서에게서 들었다.

"어르신 동생분들 중에 장 사장님이랑 대표님은 이미 와 계시고 이 변호사님이랑 사모님은 아직이고. 변호사님 내외는 제주도 시댁에 계시다가 연락받고 오시느라 시간 좀 걸린다고 하더라."

박 비서가 설명했다. 한노는 별 대꾸를 하지 않았다. 노인에게는 동생이 셋 있는데 남동생 둘은 동복이고 여동생 하나가 이복이었다. 그중 이복 여동생의 남편이 노인을 보좌하는 변호사여서 한노가 노인의 가족 중에서는 가장 낯을 많이 익힌 이였다. 나머지 형제는 몇 번 보지 못했고 특히 이 변호사의 아내인 노인의 이복 여동생은 딱 한 번 보았을 뿐이었다.

노인이 한노의 '아빠'니 그들은 모두 한노에게 삼촌들과 고모였지만 그들 중 누구도 한노를 조카라고 생각하는 이는 없었다. 고모부에 해당하는 이 변호사조차 한노를 소 닭 보듯 했다. 그들에게 한노의 존재는, 홍 실장이나 박 비서, 주방 일 하는 아줌마,

운전기사 등과 같은, 노인이 부리는 사람들과 한가지였다. 심지어 더 나빴다. 한노를 노인의 장난감 정도로 여겼으니까.

“재산 문제로 좀 시끄럽겠어.”

박 비서가 말했다.

“어르신께 직계 혈육이 없으니……. 그래도 네가 아들 노릇했는데…….”

박 비서는 착잡한 낯빛을 하고 잠깐 말을 멈췄다.

“조금 나눠 주긴 하겠지?”

노인은 아이를 낳을 수 없는 몸이었다. 결혼을 두 번 했는데 두 번 다 아내의 간통으로 결혼 생활의 종지부를 찍은 뒤에 한노를 들였다고 알고 있었다. 노인은 거리에서 한노를 데려왔다고 했고, 그때의 나이가 다섯 살에서 여섯 살쯤이었다고 했지만 한노의 기억에는 없었다.

“가봐.”

한노가 말했다.

“상황을 봐서 필요하면 알려줘.”

박 비서는 무슨 말인지 알겠다는 듯 고개를 끄덕이고 나갔다. 노인이 부리는 사람들 중에서 그나마 한노가 가까이 하는 이가 박 비서였다. 원래는 어느 경비업체에서 일하다가 약 3년 전에 집안 경비를 위해 홍 실장의 인맥으로 채용된 인물이었는데 한노와는 아홉 살 차이가 나지만 친구처럼 막역하게 지냈으며 요령껏 한노를 도왔다. 아마도 그의 눈에 한노가 가여워 보였나 보다. 그도 그럴 것이 좋은 집에서 호사를 누리는 것 같은 한노지만 실제로는 노예와 같은 삶을 살고 있다고 금세 눈치챌 수 있었으니까.

때문에 스트레스를 풀라며 한노에게 담배를 가르쳐 준 이도 박 비서였다. 건강에는 나빴지만 '노예'에게는 그것도 위안이었다. 제 또래의 친구도 없는 노예에게는 더욱 그랬다. 한노는 중학교까지만 학교를 다니고 고등 과정은 이른바 '홈스쿨'을 했는데, 순전히 노인의 뜻이었다. 노인은 한노에게 친구를 사귈 틈을 허락하지 않았다. 노인은 다만 한노를 곁에 두기를 원했다. 정확히 말하면 눈앞에 있어야 직성이 풀렸다.

박 비서는 한노의 입원실을 나와 승강기를 기다렸다. 땡, 하는 소리가 나고 승강기 문이 열렸다.

"아, 오셨습니까?"

승강기 문이 열리자 박 비서는 안에 타기 전에 고개를 숙여 인사부터 했다. 안에 부부로 보이는 중년 남녀가 타고 있었다. 그중 여자는 박 비서를 보자마자 손에 든 손수건을 코 밑에 댔다.

"놀라셨죠? 사모님. 변호사님도……."

박 비서가 여자를 먼저 보고, 이어 남자에게 눈을 옮기며 말했다.

"말도 말아요. 시어머님 생신차 내려갔다가 이런 변고를 들을 줄이야……."

노인의 이복 막내 여동생 장성자는 50대 후반 정도로 큰오빠인 장인수와의 나이 차가 무려 20년 가까이 되었다.

"홍 실장한테 설명은 대충 들었어."

이 변호사가 박 비서를 보며 침통한 얼굴로 말했다. 어쩌다 그런 '변고'가 있었는지를 들었다는 의미였다. 그러면서도 부부는 한노의 안부에 대해서는 묻지 않았다. 세 사람은 두 개의 층을 더 올라가 함께 내렸다. 또 함께 복도를 지나 어느 문 앞에 이르러, 박 비서가 열어주는 문으로 부부가 먼저 들어가고 박 비서가 뒤따랐다.

안은 병원이 VIP 고객들에게 제공하는 게스트 룸이었다. 칠십 대의 노인 두 명과 홍 실장이 소파 주변에 모여 앉아 있다가 이 변호사 부부와 박 비서가 들어오는 것을 보고 홍 실장만 자리에서 일어났다. 부부와 홍 실장이 먼저 인사를 나눴다.

"저희 왔습니다, 형님들."

홍 실장과 인사를 나눈 이 변호사가 이어 처형인 두 노인에게 인사를 건넸지만 두 노인은 인사를 받기는커녕 눈길도 제대로 주지 않았다. 두 노인 다 어둡게 굳은 낯빛이었다.

"오빠……."

성자가 오빠들 곁에 가 앉았다.

"오빠들도 놀랐죠? 안 그래도 큰오빠가 가슴에 스텐트를 해서 재발하면 정말 위험한 건데……. 조금만 일찍 발견했어도 좋았을 걸……."

큰오빠의 죽음을 안타까워하는 성자의 말에도 두 오빠는 입을 굳게 다물고 심지어 누이의 얼굴을 외면하기까지 했다. 때문에 이 변호사가 아내 곁으로 가 저도 한마디 하려다 이상한 낌새를 눈치채고 입을 다물었다. 바로 그 이상한 낌새라고나 할까, 기묘한 방 안의 공기를 박 비서도 느끼고 있었다. 특히 두 노인에게서, 형의 죽음에 침통해하는 그 이상의, 아니, 어쩌면 그것과는 전혀 다른 종류의 침통함을 감지했다고나 할까. 그는 홍 실장에게 눈길을 보냈다. '무슨 일이냐?' 묻는 눈짓을 보내려 했지만 홍 실장은 의도적으로 박 비서의 눈을 피하는 듯했다. 그러나 그런 그도 이 변호사의 눈길만은 피하지 못해 '사실은'이라고 말문을 열었다.

"좀 전에 제가 한노에 대해 말씀을 드려서요……. 조금 이따 노 변호사님이 오셔서 자세히 말씀하실 겁니다."

"노 변이? 무슨 일인데요?"

"한노가 왜?"

이 변호사 부부가 차례로 물었다.

"그놈이 다 가져간댄다."

그때 두 노인 중 안경 쓴 노인이 버럭 소리를 지르며 끼어들었다.

"네?"

성자는 놀라기보다는 어리둥절해서 오빠를 보았다.

"한노 그놈이 형님의 양자가 됐대. 상속인이래, 상속인."

"그게 무슨……."

"법적인 입양 절차를 마쳤다는 말입니까?"

아내의 말을 자르고 이 변호사가 급히 물었다.

"그래. 우리한텐 국물도 없는 게야, 국물도."

안경 쓴 노인보다 나이가 조금 더 들어 보이는, 헌팅캡을 쓴 노인이 몹시 심기 불편한 얼굴로 내뱉었다.

"정말인가요, 홍 실장? 언제?"

이 변호사가 몹시 당황해서 홍 실장에게 고개를 돌렸다.

"일 년쯤 됐습니다."

"어떻게 형님이 나한테 알리지도 않고……."

"말도 안 돼……."

성자가 거의 비명에 가깝게 소리쳤다.

"한노는 혈육도 아닌데, 피도 한 방울 안 섞인 애가 어떻게……."

법은 상속권에 있어서 친자와 양자를 구분하지 않는다. 즉 법적 입양 절차에 따라 양자로 입적되면 친자와 동일한 권리를 갖게 된다. 때문에 피상속인에게 배우자가 없는 경우라면 그 직계비속인 자녀가, 친자든 양자든 모든 것을 상속받게 돼 있다. 배우자나 직계비속이 없는 경우에만 직계존속과 형제자매, 방계 순으로 상속된다.

한노가 그의 양부 장인수의 유일한 법적 상속인이라는 사실에 충격을 받은 것은 장인수의 동생들뿐이 아니었다. 박 비서 역시 못지않게 충격을 받아 잠깐 동안 어안이 벙벙해질 정도였다. 성자는 믿을 수 없다고, 여전히 신경질적이고도 날카로운 목소리로 따졌다. 그녀는 너무 흥분해 자신이 뭐라고 떠드는지도 모르는 것 같았다. 박 비서는 그런 성자의 모습이 딴은 이해가 되었다. 저가 모시는 돈 많은 노인, 장인수의 재력이 어느 정도인지 대략 알고 있었기 때문이다. 부동산도 부동산이지만 특히 유동 자산이 많은 노인은 증권가에서 이른바 '큰손'으로 통했다. 노인이 보유한 주식 가치만 해도 조 단위라고 했다.

"여보. 이거 소송 안 돼요? 엄연히 혈육이 있는데 우리한테 일언반구도 없이 이럴 수가 있냐고……. 당신은 오빠 전담 변호사면서 그것도 모르고 있었어?"

성자가 남편에게 따지듯 했지만 이 변호사는 제 처형들만큼이나 어두운 낯빛으로 침묵할 뿐이었다. 그때 노크 소리가 들렸다. 박 비서가 얼른 문 앞으로 갔으나 문이 먼저 열렸다.

"어서 오십시오, 노 변호사님."

문을 열고 들어온 남자에게 박 비서가 인사했다. 노 변호사는 네모 난 모양의 폭이 얇은 슈트케이스를 든 모습이었다. 이 변호사보다 약간 젊어 보이는 그는 방 안에 있던 사람들을 쭉 훑는 정도의 목례를 하고 나서 그 마지막에 홍 실장에게 눈을 고정했다.

"먼저 한노를 만났으면 하는데요, 홍 실장."

"아, 네. 박 비서가 안내를 좀 해."

홍 실장이 박 비서에게 눈짓하자 박 비서가 노 변호사에게 '절 따라오십시오' 라고 말한 뒤 먼저 움직였다.

"잠깐, 노 변호사님……."

그때 성자가 자리에서 벌떡 일어나 소리쳤다.

"먼저 확인해 주고 가요. 우리 큰오빠가 한노를 정식으로 양자 입적했다는 게 사실인지……."

"사실입니다."

노 변호사는 바로 대답했다.

"입적 절차가 마무리된 날 유언장도 수정하셔서 그 사본을 이 변께도 전해 드렸는데요."

그러자 모두 깜짝 놀라 자세를 고쳐 앉거나 이 변호사에게 눈길을 돌렸다. 이 변호사는 다소 황당한 표정이다가 아내의 날카로운 눈빛을 받고서야 '별거 아닌데' 라고 중얼거렸다.

"네. 별건 아닙니다."

노 변호사가 이 변호사의 말을 받았다.

"장한노가 양자 입적이 되면서 법적인 상속인이 된 이상 상속에 관하여 따로 언급할 필요가 없으니, 다만 수정된 부분은 여기 홍 실장님이나 박 비서 등, 어르신을 모신 이들에게 사례하는 조항에 관한 것뿐이었습니다."

"그렇다면 양자 입적 사실을 알려줬어야 하는 거 아닌가요? 어떻게 가족에게 이럴 수 있죠? 하다못해 이 변에게만이라도 알려줬어야지……."

"그것이 어르신의 뜻이었습니다."

피상속인의 뜻이었다는 데에 누구도 입을 열지 못했다. 한노의 양자 입적을 가족에게 비밀로 했으니 인척인 이 변호사에게 알리지 않은 것 또한 너무 당연했기 때문이었다. 재력이 상당한 장인수는 제 주변에 법적인 조력을 주는 법률가를 상당히 많이 둔 편이었는데 그들을 다루는 데에 또한 노련했던 노인은 그 변호사들 간에 공유해도 되는 정보와 그 반대의 것을 적절하게 조정할 줄을 알았다.

"그런데……."

잠깐의 불편한 침묵을 뒤로하고 안경 쓴 노인이 무겁게 입을 열었다. 노 변호사를 보면서.

"그것…… 뿐인가? 유언장 수정이……?"

"네. 유언장에 따로 기재하지는 않았지만 어르신 말씀이……."

노 변호사는 안경 쓴 노인이 무엇을 궁금해하는지 안다는 듯 고개를 한 번 끄덕이고 나서 대답했다.

"장현수, 장경수, 장성자, 세 분에게는…… 이미 증여한 것으로 충분하다 하셨습니다."

노인은 이미 제 형제들에게 일정 재산을 증여했다. 바로 아래 동생에게는 골프장을, 둘째 동생에게는 고급 레스토랑 체인업체를, 마지막으로 막냇동생인 성자에게는 시가 백억에 상당하는 빌딩을 주었다. 그럼에도 그것으로는 성에 차지 않는지, 노 변호사의 마지막 언급에 삼 남매는 모두 실망을 넘어 분노의 빛을 역력히 드러냈다.

"그럼 전 이만……."

노 변호사는 박 비서와 함께 방을 나갔다.

"장례는, 그럼 상주가 몸을 좀 추스른 후에……."

홍 실장이 모두의 눈치를 보며 조심스럽게 입을 열었지만 안경 쓴 노인의 '에잉' 하는 말에 곧장 끊겼다.

"그래도 난 자네를 믿었는데……."

안경 쓴 노인은 나무라듯 내뱉었다.

"아까도 제가 말씀드렸고, 또 노 변께서도 말씀하셨다시피 어르신께서 비밀로 하라 하셔서……."

"그래도 그렇지요. 이렇게 중차대한 문제를 입 다물고 계신 건

잘한 게 아녜요."

성자가 오빠 대신 홍 실장에게 따졌다.

"큰오빠가 연세도 있으시고……. 혹시 올바른 판단을 못하실 수도 있는데 그런 건 홍 실장님이 알아서 판단을 하셔야죠. 이게 지금 보통 문제예요?"

"외람되지만 사모님……. 그러다 들통나면 제가 죽습니다."

"그거야 우리가 알아서 해주지. 설마 내가 자네 죽게 내버려 둘까 그래?"

안경 쓴 노인이 말을 받았다.

"지금껏 잘해오다 왜 그래? 왜 그랬어?"

"잠시…… 나가보겠습니다."

홍 실장은 난처해하다가 인사를 하고 방을 나갔다. 그가 나가자마자 당장 '배신자 놈'이라는 말이 안경 쓴 노인의 입에서 튀어나왔다.

"네가 단속을 잘못했던 게지."

헌팅캡을 쓴 노인이 동생을 넌지시 힐난했다. 홍 실장은 이들 남매에게 장인수의 동정을 보고하는 통로였던 모양이다.

"홍 실장이 뭐 바보예요? 저 위험하지 않은 선에서만 했겠지. 결국 그자를 너무 믿은 오빠들이 바보라구."

"뭐야? 저것이……."

세 남매는 잠깐 토닥댔지만 금세 조용해졌다. 사소한 것으로 입씨름할 때가 아니라는 것을 모두 잘 알기 때문이었다. 다시금 무거워진 분위기 속에서 처음 입을 연 이는 헌팅캡을 쓴 노인이었다. 노인은 '이 서방' 하고 부르며 이 변호사를 봤다.

"그냥 궁금해서 묻는 거니 오해 말고 듣게."

"네. 말씀하세요, 형님."

"혹시, 혹시 말이야. 혹시…… 한노, 그놈도 죽으면 어떻게 되는 건가?"

"네……?"

이 변호사는 자못 당혹스러운 얼굴을 해 보였다.

"사람 운명 모르는 거잖아? 형님이 그렇게, 한노 두들겨 패다가 제 분에 못 이겨 돌아가실 줄 누가 알았느냐고."

"그러게. 나도 궁금하긴 하네."

안경 쓴 노인이 맞장구를 치고 성자 역시 어서 말해보라 다그치듯 남편에게 눈치를 주었다.

"그거야 당연히……."

이 변호사는 말끝을 흐리고 제 아내와 두 처형의 눈을 차례로 맞추는 것으로 차마 입 밖에 꺼내지 못한 대답을 대신했다.

한노가 있는 입원실에서는 노 변호사가 15분 정도 머물다 갔다. 박 비서도 함께 있었지만 그는 남아서 마침 의료진이 한노의 몸에 난 상처를 새로 드레싱하는 것을 지켜보고 도왔다. 한노의 몸에는 피멍뿐 아니라 심한 열상(裂傷)도 꽤 많았다. 의료진이 나간 후 박 비서는 한노의 요청으로 침대의 머리맡을 45도 각도로 세우고 따뜻한 물을 가져다주었다.

"알고 있었어?"

한노가 물컵을 입에 대는 것을 보며 박 비서가 물었다.

"노 변과 함께 있을 때 별로 안 놀라서."

한노는 대답하지 않았다. 사실은 몰랐다. 다만 최근 일 년 사이에 어떤 기억은 있었다. 한노를 폭행하던 노인이 '성에 안 차면 도로 호적에서 파버릴 거다' 라고 했던 말이 무슨 뜻인지 의아했던 기어. 한노는 벗어나고 싶었을 뿐이었다. 살아서 안 되면 죽어서라도, 노인에게서 벗어나고 싶었다. 그런데 마침내 죽은 것은 한노가 아니라 노인이었다. 그럼에도 한노는 여전히 벗어나지 못했다는 것을 깨달았다. 아니, 다시 갇혔다고 해야겠다. 노인은 저는 죽어버리고, 대신 어마어마한 돈으로 한노를 다시 가뒀다. 노인은 마치 '네가 어쩌는가 보자' 하는 듯했다.

"박 비서라면 어떻게 할 것 같아?"

물을 다 마신 한노가 뜬금없이 물었다.

"뭘……?"

"박 비서가 지금의 나라면 가장 먼저 뭘 하겠느냐고."

"글쎄……?"

박 비서는 고개를 갸웃하면서도 입 끝에 묘한 웃음을 머금었다.

"돈을 지키기 전에 먼저 나 자신을 지키겠다. 적으로부터."

"박 비서는 적이 될 거 아니지?"

한노의 물음에 박 비서가 멈칫했다.

"지금 선택해."

한노의 말에, 침상에 딱 붙어 있던 박 비서가 뒤로 한 발 물러났다. 그리고 정중하게 고개를 숙여 묵례했다. 그의 대답이었다.

❖

장인수의 빈소는 병원이 VIP에게 제공하는 연회실에 마련되었다. 그가 사망한 지 나흘 뒤였다. 한노가 상주로 문상객들을 맞았다. 각계각층에서 아주 많은 문상객들이 몰려들었다. 증권가의 큰손 장인수에게 후계자가 있더라는 소문이 나면서 장례 마지막 날에는 빈소에 발 디딜 틈이 없을 정도였다. 그들은 그때까지 베일에 가려진, 혹은 가려졌다고 저들이 오해하는 후계자의 존재에 한 번 놀라고, 그 후계자가 아직은 새파란 스무 살 청년인 것에 두 번 놀란 채로 빈소를 떠났다.

문상객의 발길은 발인이 있는 날까지 끊이지 않았다. 그중에는 석현도 있었다. 그는 가족과 친인척들 틈에서 한노를 바라봤다. 한노는 빈소 앞에서 홍 실장과 얘기하고 있었다. 홍 실장은 서 있고 한노는 누군가 임시로 가져왔을 의자에 앉아 있었다. 한노 뒤로 검은색 정장을 한 남자 둘이 서 있었다. 석현이 보기에 그 두 남자가 한노를 그림자처럼 따라다녀 경호원인가 보다 짐작했다. 그는 근처에서, '꼴값 떤다더니' 하는 중년 여자의 목소리를 듣고 그쪽으로 고개를 돌렸다.

"장례식에서 경호원은 무슨……."

성자가 혼잣말처럼, 그러나 작지 않은 목소리로 내뱉었다. 제 바로 곁에 있는 젊은 여자에게 하는 말 같았다.

"박 비서 놈이 제일 먼저 붙었나 본데 봉 잡았네, 봉 잡았어. 어린애 비위 맞춰서 한몫 단단히 꿰찰……."

성자는 말하는 중에 제 바로 곁에 있는 젊은 여자를 보다가 그 너머에 있는 석현과 오히려 눈이 마주치고는 말끝을 흐렸다.

"석현아. 넌 그냥 가. 너까지 장지에 갈 필요 없어."

성자는 급히 안색을 바꾸며 말했다.

"아버지랑 나만 가면 되니까 넌 가서 공부나 해."

"누나는?"

"나도 그냥 가려고. 너, 차 가져왔지? 같이 나가자."

성자 옆에 있던 젊은 여자가 어머니 대신 제 동생에게 대답했다. 석현은 다시 한노에게 눈길을 던졌다. 그는 오늘 한노를 처음 보았다. 그가 큰외삼촌의 양자라는 사실도 처음 알았다. 그에 대해, 아버지와 어머니에게서 여태껏 한 번도 들은 적이 없었다. 그렇다고 이제 와 자세히 설명해 주기는커녕 한노를 정식으로 소개해 주려고 하지도 않았다. 홍 실장이 소개해 결국 인사를 나누기는 했지만 많은 문상객을 맞느라 바쁜 한노와 제대로 된 얘기를 할 기회는 얻지 못했다. 그저 지금처럼 약간의 거리를 두고 볼 뿐이었다. 이제 장지로 가야 해서 장례식장 안은 다소 어수선했다. 석현은 가족과 친인척들에게 인사를 하고 누나와 함께 떠나기 전에도 잠시 한노를 지켜보다 나왔다. 이상하게도 그의 얼굴이 무척 낯익었다. 어디서 본 적이 있을 턱도 없을 텐데 왜 낯이 익은지, 고개가 절로 옆으로 기울었다.

"쇼크다, 쇼크."

주차장 가는 길에 석현의 누나가 말했다.

"네 매형도 완전 깜놀했잖아. 갑툭튀도 아니고 뭐냐고. 개천의

용은 아니고 혹시 돈벼락 맞은 용? 하면서…….”

누나는 소리 내어 웃었다.

“네 매형 어제 왔었는데, 한노 보고 잘생겼다고 속없는 소리 했다가 엄마한테 한 소리 들었대. 엄마 심기 보통 불편한 게 아니야. 근데 뭐, 이해는 가. 사실 한노, 걔 완전 남이잖아.”

석현은 별다른 대꾸를 하지 않았다. 큰외삼촌의 유산이 엄청난 만큼 그에 따른 잡음으로 일가 전체가 시끄럽다는 것은 잘 알고 있었지만 별로 관여하고 싶지 않았다.

“엄마 말이…… 장례 전에 엄마랑 아빠랑 또…… 홍 실장님인가 그분이랑 한노가 있는 입원실에 갔다가 얼굴도 못 보고 쫓겨났었대. 이미 경호원들이 입원실 앞을 떡하니 지키고 있더래. 그러면서 허락 없인 누구도 한노를 만날 수 없다고 문도 못 열게 하더랜다. 웃겨서 정말……. 아빠가 외삼촌 자문 변호만 10년 넘게 했는데 그게 말이 돼?”

석현은 듣는 둥 마는 둥 했다. 그 ‘자문 변호’가 자선도 아니고, 그만한 보수가 따르는 일을 생색내듯 말하는 것도 어쩐지 좀 낯뜨거웠다. 남매는 어느덧 주차장으로 들어서고 있었다.

“근데 너…….”

동생 차에 올라탄 누나가 이번에는 은근한 어조로 입을 열었다.

“여자 있지?”

막 시동을 걸던 석현이 멈칫했다.

“내 눈은 못 속이지. 접때 가족 모임 때 딱 눈치챘다. 걱정 마. 엄마한테 말 안 할 테니.”

"헤어졌어."

석현은 무뚝뚝하게 말하고는 차를 출발시켰다. 사실이었다. 그는 며칠 전에 려희에게서 갑작스러운 이별 통보를 받았다. 그녀는 별다른 이유도 말하지 않고 헤어지자고 했다. 얼마나 사귀었다고, 몇 번이나 만났다고, 둘 사이에 어떤 문제도 없이 갑자기 헤어지자고 한 그녀를 이해할 수가 없었다. 이별의 이유가 전혀 없었던 것은 물론 아니었다. 엄마가 술집을 한다고 했다. 그런데 그것은 둘의 문제가 아니었다. 당장 결혼을 하자는 것도 아니고 사귀는 단계인데 엄마 문제가 왜 헤어지는 이유가 되어야 하냐고 그가 따져 물었지만 그녀는 고개를 흔들었다. 엄마가 술집을 하는데 화장품 가게를 한다고 했으니 거짓말을 한 저의 문제이기도 하다고 했다. 석현은 그 핑계 아닌 핑계가 그녀의 진심은 아닌 것 같다고 느꼈다.

"누가 감히 이석현을 찼대?"

누나가 악의 없이 이죽거렸다.

"누가 차였대?"

"네 얼굴에 써 있다. 차였다고."

"허……."

"말해봐. 누군데? 이뻐?"

"됐거든."

석현은 누나를 어느 종합병원 앞에 내려주었다. 그의 매형이 근무하는 병원이었다. 누나를 내려주고 학교로 향하는 길에 그는 차를 세웠다. 휴대폰을 꺼내 려희의 번호를 들여다보았다. 들여다볼

뿐 선뜻 손을 대지는 못했다. 헤어진 뒤에 몇 번 전화를 했었지만 받지 않아 그것으로 그녀의 확고한 마음을 이미 확인했던 터였다. 그 뒤로는 한 번도 못했다. 두려웠다. 지금 하는 공부에 치여 려희를 만나 위로를 얻어왔는데 오히려 그녀와 실랑이를 하며 위로는커녕 더욱 번민에 빠질, 뻔히 보이는 그 시간들이 두려웠다. 사랑이 깊어지기 전에, 그녀에게 더 빠지기 전인 지금 그만두는 것이 그나마 덜 아프고 끝낼 수 있을 테니까.

"후우……."

석현은 길게 한숨을 쉬었다. 사실 지금도 덜 아프기만 한 것은 아니었다. 그는 휴대폰을 제 손에서 억지로 떼어놓듯 내려놓고는 다시 달렸다. 석현의 차 위로 3월의 하늘이 화장했다. 가로수들은 이제 막 피어난 새싹으로 파릇파릇한 새 옷을 입는 중이었다.

❖

하늘은 어느새 여름의 태양을 준비했다. 장마가 끝난 뒤부터 태양은 하루가 다르게 뜨거워졌다. 그 뜨거운 태양을 이고, 한 연립주택 앞에 이삿짐센터의 화물차가 서 있었다. 보통은 더위가 시작되기 전이나 후가 이사철이고 보면 주변 사람들 눈에는 좀 이상하게 보일 법했다.

문이 활짝 열려 있는 화물칸은 누런 종이 박스 몇 개만 남아 있을 뿐 거의 텅 비어 있었다. 그 남은 박스도 센터 직원인 남자 두

명에 의해 연립주택으로 모두 옮겨진 뒤 화물차는 곧 그곳을 떠났다. 얼마 안 있어 중국집 배달원이 오토바이를 타고 와서 배달용 철가방을 들고 연립주택의 2층에 올라, 방금 이사 와 현관문이 활짝 열려 있는 집에 대고 '식사 왔습니다' 라고 소리쳤다. 식사를 받으러 나온 사람은 청색 반바지에 회색 티를 입은 젊은 여자, 려희였다.

려희와 그녀의 엄마는 짙은 콩국물 속에 든 소면을 부지런히 젓가락으로 집어 올렸다. 때를 넘긴 식사로 몹시 배고 고팠던 듯 별다른 대화도 없이 먹기만 했다. 두 사람이 마주 앉은 식탁 바로 곁에서는 선풍기가 가장 센 바람을 뿜어내고 있었다. 막 이사 온 탓에 가구와 가전제품만 제자리에 있을 뿐 집 안은 다소 어수선했다. 포장이사를 하지 않고 직접 이삿짐을 꾸려, 크고 작은 종이박스가 집 안 곳곳에 어지러이 널려 있었지만 그래도 전에 살던 집보다 넓고 환했다.

"저걸 또 다 풀 일이 꿈만 같다."

콩국수를 거의 다 먹어갈 때쯤 엄마가 박스들에 잠깐 눈길을 주고는 말했다.

"하는 만큼 하다 쉬고 또 하면 되지, 뭐. 날짜 맞춰 월차 낸 거니까 낼모레 일요일까지 내가 슬슬 할게. 엄만 대충 하다가 쉬어. 내일 가게도 나가봐야 하잖아."

"그래. 무리하진 말고. 너도 일요일엔 쉬었다가 출근해야 하는데."

"무리는 뭐. 짐이 많은 것도 아니고. 일단 집이 좋아서……."

려희는 말하면서 눈을 들어 그 눈으로 집 안을 한 번 슥 훑었다.

"기분 괜찮아."

려희네는 전에 살던 집에서 쫓겨나듯 이사했다. 주인집 아저씨의 뜻이었다. 그 시동생 일이 있고 나서, 또 한노가 떠나고 나서 한두 달 지난 뒤였다. 어느 날 갑자기 '집 내놔라' 통보했다. 주인 아줌마는 미안하다고 했다. 실은 시동생 문제로 남편의 심기가 내내 불편했었다고. 려희 엄마 탓은 아니라 해도 어쨌든 얽혔고, 나중에 또 다른 사달이 날 수도 있으니 아예 이사를 가는 게 낫지 않겠느냐고 아줌마는 전했다. 그렇게 해서 전세 기간이 아직 남았음에도 려희네는 즉시 집을 내놨다. 이사철이어서 어렵지 않게 나갈 줄 알았다. 그런데 7월이 되도록 계약이 성사되지 않았다. 결국 주인집에서 전세금을 따로 마련해 준 것이 불과 일주일 전이었다.

막상 이사할 집을 구하려니 또 걱정이었다. 여름에 구할 수 있을까 싶었는데 의외로 쉽게 계약했다. 그것도 엄마의 가게에서 가까운 곳에, 평수에 비하면 턱 없이 전세가가 싸서 좀 어리둥절할 정도로 운 좋게. 이미 비어 있는 집이어서 아무 때고 이사할 수 있어서 좋았고, 벽지, 바닥, 싱크대 등 모든 것이 새것이어서 더 좋았다. 가장 좋았던 것은 그것들 모두가 그다지 싸구려도 아니라는 점이었다. 오히려 원목 느낌의 하얀 싱크대는 제법 고급스럽기까지 해서 특히 마음에 들었다. 모든 것이 너무 완벽해서 려희는 엄마와 함께, 혹시 살인이 난 집이거나 귀신이 나오는 집이 아닐까 하고 심각하게 고민도 해봤지만 사실 선택의 여지가 없었다.

콩국수로 식사를 끝낸 뒤에 두 모녀는 박스를 풀어 정리하기 시작했다. 해가 져서 깜깜해질 때까지 계속되었다.

려희는 제 방에서 옷장 정리를 끝내고 책장 정리에 열중이었다. 엄마와 함께 거실, 주방을 정리하고 난 후였는데 곁에 선풍기를 틀어놓았는데도 땀에 흠뻑 젖어버렸다.

"어후…… 샤워 좀 해야겠다."

려희는 방을 나와서 엄마 방을 무심히 지나다 멈칫했다. 문이 활짝 열려 있는 방에 누워 있는 엄마의 모습을 보고서였다.

"거봐. 무리하지 말랬잖아."

바로 엄마에게 달려간 려희가 짜증 섞인 소리를 냈다.

"괜찮아? 또 욱신거려?"

"아냐. 그냥 힘들어서 그래."

엄마는 그대로 누워서 손을 저었다. 다른 손은 허리에 가 있었다. 전 주인집 시동생에게 폭행당해 다친 허리가 완전치 못했다. 병원에 더 있어야 했는데 장사하는 사람이 가게를 오래 비워두면 안 된다고 무리를 해 그 뒤로 엄마는 자주 허리 통증을 느꼈다.

"엎드려 봐. 내가 좀 주물러 줄게."

"너도 힘든데……."

말은 그렇게 하면서도 엄마는 딸의 부축을 받아 엎드렸다. 려희는 엄마의 허리와 옆구리를 살살 주물렀다. 딸의 손길에 엄마는 시원하다 하면서 알 듯 모를 듯 한숨도 쉬었다.

"잘 있을까……?"

엄마는 혼잣말처럼 물었다. 려희는 못 들은 척했다. 전 주인집 시동생을 폭행한 한노 사건은 경찰 입장에서는 미궁이었다. 일단 시동생이 저가 누구에게 두들겨 맞았는지를 알지 못했다. 느닷없이 뒤에서 당해 정신을 거의 놓은 상태에서 나머지 폭행을 당했으니 무리도 아니었다. 나중에서야 '려희네에서 살던 놈' 이라고 한노를 언급하며 경찰에 의혹을 제기했지만 이미 사라졌으니 소용없었다. 술집이 있는 건물의 CCTV에도 한노의 모습은 없었다. 건물의 뒷문에 달려 있는 CCTV는 또 마침 고장이라고 해 아마도 그가 뒷문으로 출입했나 보다, 려희 모녀는 추측하고 있을 뿐이었다. 엄마는 무척 다행으로 여겨, 그런 마음으로 주인집 시동생에게 합의도 해주었다.

"잘 있으면 연락 좀 하지……. 꿈에는 나타나면서……."

엄마는 한숨처럼 중얼거리다 슬쩍 딸에게 눈을 옮겼지만 딸은 엄마의 눈을 봐주기는커녕 들은 척도 안 했다. 엄마 생각에, 어쩐 일인지 딸은 한노가 사라지고 나서 그를 더 미워하는 것 같았다. '내 앞에서 그 자식 얘기하지 마' 라고 진즉에 딱 잘랐던 려희는, 엄마가 어쩌다 실수로든 의식적으로든 한노를 언급이라도 하려 하면 지금처럼 못 들은 척하거나 아니면 아예 자리를 피해 버렸다. 역시나 려희는 방을 나갔다.

"모진 년……."

엄마 방을 나온 려희는 곧장 욕실로 가서 옷을 모두 벗고 샤워기의 물에 몸을 맡겼다. 한노가 사라지고 나서 엄마는 부쩍 더 한노에 대해, 그것이 동생에 대한 것이든 고양이 같은 그놈에 대한 것이든 말을 하고 싶어 했다. 또 그 대화를 할 수 있는 상대가 엄마에게는 딸뿐인 것을 려희도 모르지 않았다. 그래선지 엄마는, 딸이 한노에 관한 것을 듣기 싫어하는 것을 잘 알면서도 말하지 않고는 배기지 못했다. 잘 참다가 한 번씩 토해놓고 딸에게 한 소리 듣고 또 반복했다. 이 무슨 코미디인지. 려희는 물을 가득 먹은 입으로 물보라를 일으키며 의식적으로 웃었다. 자조였다.

샤워를 마친 려희가 커다란 타월을 몸에 두르고 방에 들어와 먼저 창을 커튼으로 가린 다음 속옷과 편한 옷을 꺼내 입었다. 그녀의 방에 있는 가구와 그 배치는 전과 별로 달라지지 않았지만 또 전과는 달리 정사각의 방에 크기도 더 커서 훨씬 밝아 보였다. 려희는 정리하다 만 책들을 그대로 두고 탁자 앞에 앉아 컴퓨터를 켰다. 피곤해서 책 정리는 내일 해야지 마음먹고 컴퓨터가 켜지는 동안 휴대폰을 보다가 깜짝 놀랐다.

전화가 와 있었다. 같은 번호로 두 번. 아마도 샤워하는 동안에 왔었을 전화는 따로 이름을 저장하지 않아 번호만 떠 있었지만 누구의 번호인지 모를 수 없었다. 석현이었다. 그와 헤어지고 나서 려희는 '석현 씨' 라고 저장해 놓은 것을 바로 삭제했었다. 당시 그는 이별을 선뜻 받아들이지 못했지만.

띨롱, 하는 소리에 려희가 소스라쳤다. 상념에 빠져 있다가 손에 든 휴대폰을 놓칠 뻔했을 만큼. 문자가 와 있었다. 역시 석현이었다.

「안 받을 것 같더라. 잘 지내니? 난 매일이 같은 날이야. 방학이지만 학기 중과 별반 다를 것도 없어. 지치고 힘들다. 그렇다고 힘들어서 전화한 건 아니고……. 많이 망설이다 글을 쓴다. 쓰고 나서 보낼지, 버릴지 나도 모르겠어. 너 참 독하다, 려희야. 아니면 네 마음의 크기가 그만큼밖에 안 되었던 걸까? 아니면 내가 못난 걸까? 공부에 치여 잊기도 했어. 그런데 시간이 갈수록…… 그때 내 마음이 진심이었다는, 잔인하다면 잔인한 깨달음뿐이다. 대체 왜 우리가 그런 이유로 헤어져야 하는 거니…….」

엄마가 술집을 한다는 이유로, 그런데 화장품 가게를 한다고 거짓말을 했다는 이유로 일방적으로 이별을 고했으니 석현이 납득 못하는 것은 당연했다. 그의 원망이 고스란히 느껴지는 문자에 려희는 마음이 아팠다. 그러나 어차피 나중에는 문제가 될 것이다. 그런 집안에서 려희와 같은 집안을 흔쾌해할 리 없고 결국은 서로 상처만 입고 헤어질 것이 빤하기에 후회는 없었다. 주제넘었지, 라고 려희는 소리 내어 중얼거렸다. 그러다 고개를 흔들었다. 석현과 헤어진 진짜 이유는 그것이 아니었으니까. 한노 때문이었으니까.

마음을 가라앉히려 려희는 주방에 가 커피 물을 올려놓았다. 엄마는 누웠다 그대로 잠이 들었는지 코를 옅게 골고 있었다. 려희는 엄마를 향해 있는 선풍기를 연한 바람으로 바꾸고 바람의 위치도 발밑으로 조금 돌려놓은 뒤에 불을 꺼주었다.

커피를 들고 다시 제 방으로 돌아온 려희는 그냥 그것을 탁자 위에 놓아둔 채 침대에 누웠다. 똑바로 누웠다 옆으로 몸을 돌리고 얼마 지나지 않아 반대편으로 돌렸다가 금세 바로 누웠다. 그녀의 머릿속을 어지럽히고 있는 것은 이미 석현이 아니었다. 한노였다. 아니다. 분노였다.

"후우……."

려희는 깊은 숨을 들이켰다가 천천히 내쉬었다. 가슴에 돌덩이 하나 얹힌 것처럼 답답했다. 뜨거운 돌덩이. 그것은 분노였다. 아니다. 한노였다. 지난 몇 개월 동안 그녀가 잊으려 애썼던 것은 석현보다는 한노고, 그럼에도 석현보다는 한노를 더 생각했다. 잊어야 하는데, 미워하고 싶지 않은데. 각오와 달리 미치도록 그가 미웠다. 미치도록 그놈에게 화가 났다. 어찌 된 일인지 시간이 갈수록 더했다.

"눈앞에 다시 나타나면……."

려희가 나직이 뱉어냈다.

"죽여 버릴 거야……."

❖

이사 와서 이틀 동안 려희는 집 정리를 완전히 마무리했다. 깨끗이 청소도 했다. 그런 이튿날에는 엄마가 가게에 나간 뒤로 늘어지게 뒹굴었다. 여유를 즐겼다. 그 여유 속에서 책을 읽고, 온라인 쇼핑을 하고, 친구들과 단체 대화방에서 휴가 계획을 세우느라 수다도 떨었다. 엄마의 전화를 받은 것은 해가 지고 나서였다.

[바빠서 그래. 와서 서빙만 좀 도와줘. 응?]

"나도 내일 출근할 사람인데……."

려희는 아랫입술을 삐죽이 내밀었다.

[두 시간 정도만 해주면 돼. 그 뒤엔 손님들 빠지니까. 그럼 얼른 나와.]

엄마는 바쁘다면서 먼저 전화를 끊었다. 그런 엄마야말로 려희는 이상했다. 엄마가 술집을 하는 것을 려희가 싫어하는 만큼 엄마 역시 딸에게 그 일을 시키지 않았다. 어쩌다 엄마 가게에 갔다가 무심히 테이블을 치우려 해도 엄마가 말렸다. 손님처럼 있다가 가라 했다. 그런 만큼 려희는 마뜩잖았지만 주섬주섬 옷을 챙겨 입었다. 혹시 허리가 아픈가, 걱정이 돼서 나중에는 서둘러 집을 나와 버스를 탔다. 한 정거장 거리라 여유가 있으면 걸어도 되는 거리였다.

려희가 '카이저호프'에 들어왔을 때 테이블은 반도 차지 않은 채였다. 테이블이 다 차서 손님이 바글바글할 것이라고 예상했던 려희는 어이가 없었다. 그새 계산하고 우르르 빠져나갔나. 그 생각을 하며 려희는 주방으로 걸음을 옮겼다. 엄마가 보이지 않아 주방에 있나 싶어서였다.

"엄마……."

주방 입구를 보며 려희가 고개를 길게 뺐다. 굳이 들어가기보다는 소리를 듣고 엄마가 나오기를 바라며. 안에서 기척이 났다. 그리고 금세 주방 입구에서 사람이 나왔다. 엄마가 아니었다. 려희의 입이 절로 벌어졌다.

"아줌마 화장실 갔어."

한노가 말했다. 그는 마치 오래전부터 그곳에 있던 사람 같았다. 또 그보다 더 오랫동안 려희를 알고 지낸 사람 같았다. 심지어 그는 저가 한때 가게 서빙 일을 도왔을 때처럼 갈색 에이프런을 입고 있다가 천천히, 자연스럽게 그것을 벗었다.

한노는 그대로면서 또한 변했다. 달라졌다. 무엇보다 아주 건강해졌다. 짙은 밤색 머리가 자라 이마의 한쪽을 살짝 가리고 뒤로 자연스럽게 넘어간 것도 무척 잘 어울렸다. 회색 데님 바지에 검은색 셔츠를, 소매를 걷어 입고 큼직한 시계를 찬 것도 그를 돋보이게 했다. 큰 키에, 이제 적당하게 붙은 근육은 그의 체격을 더욱 균형 잡혀 보이게 했고, 한 손을 바지 주머니에 가볍게 찔러 넣은 자태는 예전보다 훨씬 여유로웠다. 몇 달 사이에 놀라운 변화여서 같은 사람이 맞나 싶을 정도였다.

"맥주 한 병 줄까?"

려희의 일그러진 얼굴을 보면서 그는 눈웃음을 쳤다. 어울리지 않게도. 려희의 눈에는 그랬다. 그녀는 뒤로 한 발짝 물러났다가 곧장 몸을 돌렸다. 그러자 정면에서 엄마가 막 문을 열고 들어왔다.

"왔구나?"

엄마는 활짝 웃었다.

"한노 왔어. 너 놀라게 해주려고 말 안 하고 나오라 했지. 놀랐지? 난 처음엔 정말 한노인가 했다니까. 너무 멋지게 변해서……."

"그렇게 저 새끼가 좋으면……."

엄마의 환한 얼굴에 대고 려희가 독하게 뱉어냈다.

"엄마가 데리고 살어. 내가 꺼져 줄 테니."

려희는 엄마를 슥 피해 그 곁을 지나 가게를 나가 버렸다.

7. 해후

가게를 나온 려희는 뒤도 안 돌아보고 오던 길을 고대로 되돌아 걸었다. 성큼성큼, 계단을 오르는데 어느새 뒤따라온 한노가 려희 앞을 가로막았다.

"비켜."

눈앞에 그의 하체만 보며 려희가 차갑게 말했다.

"같이 맥주 마시자."

"비켜."

"내가 살게."

"비켜."

"보고 싶었어."

그 말을 무시하듯 려희가 옆으로 피했지만 그사이 재빨리 뒤로 한 계단 오른 한노 역시 옆으로 움직여서 다시 그녀 앞이었다.

"안 죽고 왔는데……."

한노가 말했다.

"기특하지 않아?"

"차라리 죽어버리지……."

바로 받아 쏘아붙이고서야 려희는 고개를 들어 한노의 얼굴을 보았다.

"죽지 그랬어? 이 강간범아."

"강간범?"

"말했잖아. 돌아오지 말라고, 다신 내 눈앞에 나타나지 말라고, 죽여 버린다고……."

"넌 나 못 죽여. 죽여서도 안 되고."

"그래서 왔어? 죽일 수 있을지 궁금해서?"

"아니. 강간하러."

한노의 산뜻한 대꾸에 려희가 즉시 주먹을 들어 올렸지만 또 즉시 멈췄다. 위에서 사람이 내려오고 있었다. 려희는 그 틈에 한노를 피해 위로 뛰어올랐다. 건물 밖으로 나와 거의 뛰는 걸음으로 정신없이 달아났다. 평소 같으면 입 밖에 내볼 엄두도 내지 못했던 욕 한 바가지를 입속으로 자근자근 씹으며. 그러던 그녀의 몸이 뒤로 홱 돌았다. 정확히 말하면 강제로 돌려져 그 바람에 휘청하는 것을 한노가 가볍게 안았다. 려희는 즉시 떠다밀었지만 그는 꿈쩍도 안 했다. 도리어 한 팔로 그녀의 어깨를 감싸 안고 걸음을 옮겼다.

"놔……."

려희가 어깨를 빼려 하며 으르렁댔다. 주변의 눈길을 의식해 소리는 치지 않았다.

"죽지 않고 살아오길 다행이다."

저항하는 려희를 팔로 꽉 틀어잡고 가며 한노가 밝은 목소리로 말했다.

"보고 싶었어. 아니……."

한노는, 독기 가득한 려희의 눈을 마주했다.

"만지고 싶었어."

"헛소리 말고 놔. 놓으라구, 이 자식아."

"도망 안 가면 놔줄게. 오랜만인데, 그동안 나 어떻게 살았는지 궁금하지 않아?"

"안 궁금하거든."

려희는 눈을 부라렸다.

"그래도 난 말하고 싶은데……."

"놔. 일단 놔."

한노가 억세게 잡고 있어 려희는 걷기도 불편했을 뿐더러, 끌려가는 제 모습도 볼썽사나울 듯싶어 주위의 눈길도 의식되었다.

"도망 안 갈 테니…… 놔."

한노는 놔주었다. 다만 려희의 어깨를 놓았을 뿐이다. 대신 그녀의 손을 잡았다. 그것도 싫다고 하는 그녀의 몸짓을 무시하고 단단히 잡았다. 려희는 어찌할 도리가 없다는 듯 한숨을 쉬었다. 가쁜 숨이었다. 피하고, 저항하고, 용쓰느라 숨이 차 있었다. 얼굴에는 땀도 맺혀 있었다. 한노가 손으로 려희의 이마에 난 땀을 닦았지만 그러기 무섭게 려희가 그의 손을 탁, 쳐 냈다. 손은 잡혔지만 그 이상은 허락할 수 없다는 듯 눈빛마저 단호했다. 그 단호한 눈빛을 한노는 잠시 응시했다.

"나, 그럭저럭 제법 잘살았어."

한노가 말했다. 그리고 그녀를 잡은 손을 끌어 두 사람은 다시 걸음을 옮겼다. 려희는 반보 정도 뒤처져 걸었다.

"빨리 너 보고 싶었는데 귀찮은 일이 생각보다 많더라."

한노는 뒤처져 있는 려희를 힐끔 돌아보았다.

"솔직하게 말하면 보긴 가끔씩 봤어."

"뭐……?"

한노에게 잡혀 어쩔 수 없이 끌려가는 것처럼 걷던 려희가 걸음을 멈칫했다.

"날 봤다구?"

"응."

한노는 대답하며 려희의 멈췄던 걸음을 당겼다.

"훔쳐봤어."

"어디서……?"

"퇴근하고 나올 때."

"우리 회사…… 알아?"

한노는 고개를 끄덕끄덕했다. 려희는 더 물으려다 말았다. 그 정도야 엄마를 통해서 진즉 알아냈던 것일 수도 있었으니까.

"때문에 그것도 알아. 너 혼잔 거."

려희가 입을 다물고 있는 사이 한노가 말했다.

“그래서 안심하고 있었어.”

“안심?”

려희는 화를 낼 기력도 없다는 듯 헛웃음을 지었다. 그때 한노가 ‘저기 앉자’ 라고 말했다. 카페였는데 노천 테이블이 있었다. 려희는 한노가 이끄는 대로 가서 그가 앉으라는 곳에 앉았다. 테이블이 모두 여섯 개인데 그중 하나에만 여자 두 명이 앉아 있었다. 열대야가 아니라서 밤공기가 못 참을 정도로 덥지는 않았다.

“뭐 마실래?”

“아무거나. 시원한 거.”

한노가 카페 안으로 들어갔다. 그 틈에 려희가 도망가 버릴 수 있는데, 그는 도망가지 말라는 다짐도 받지 않고 들어가 주문을 하면서 자주 그녀를 돌아보았다. 통유리로 된 카페라서 려희도 그의 모습을 볼 수 있었다. 려희는 그냥 앉아 있었다. 가려는 생각이 없지 않았지만 보나마나 길거리에서 또 실랑이를 하게 될 것 같아 포기했다.

한편으로는 그에게 그동안 무슨 일이 있었는지 궁금한 마음도 있었다. 집에 간다고 하면서도 마치 영영 돌아오지 못할 곳으로 가는 듯 그는 말했었다. 그런데 조금 전에는 ‘그럭저럭 제법 잘 있었다’ 고 하지 않았는가. 잘 있었던 게 맞기는 맞는 것 같았다. 그는 건강해 보였다. 적어도 몸은.

한노가 얇은 투명 플라스틱 컵 두 개를 들고 나왔다. 빨대가 꽂힌 드립 커피였다.

"이사 갔다며?"

한노가 물었지만 려희는 대꾸도 없이 그가 내민 커피를 냉큼 받아서 빨대로 쭉 빨았다. 한노는 려희의 맞은편이 아닌 기역 자 각도로 곁에 앉았다.

"아줌마가 방 세 개라고, 언제든 와서 있으라던데……."

"누구 맘대로?"

려희는 코웃음 쳤다.

"아줌마 마음대로 아냐? 아줌마 집인데."

"엄만 모르니까."

려희가 이번에는 으르렁댔다.

"모르니까 그런 말을 하는 거지. 네가 나한테 무슨 짓을 했는지."

"아줌마한테 말 안 했어?"

려희는 내심 욱했다. 이 녀석하고 말이 통하기를 바라는 게 무리지.

"우리 엄마가 알면……."

려희는 관자놀이에 핏대가 불거진 얼굴로 말했다.

"엄마가 널 가만둘 것 같애?"

"내가 말해?"

"하지 마."

한노의 입에서 '해'가 떨어지자마자 려희가 바로 받아 목청을 높였다. 거의 꽥, 지른 정도라 저쪽 테이블에 앉아 있는 여자 둘이 쳐다보았다.

"알았어."

한노 역시 려희가 '마' 라고 하자마자 얼른 대답했다.

"너 바보지? 어디 모자라지?"

려희는 곧장 목소리를 낮춰, 그러나 격한 감정을 실어 내뱉었다. 그냥 화가 나서 하는 소리만은 아니었다. 그녀의 눈에는 한노가 약간 저능아로 보였다. 지금뿐, 아니, 함께 지냈을 때도 같은 생각이었다. 한노는 별 대꾸 없이 드립 커피의 빨대를 입에 물었다. 그 모습이 또 려희의 눈에는 영락없이 '야단맞고 쌩까는 아이'였다.

"내가……."

약간의 사이를 두고 한노가 입을 뗐다.

"어떻게 하면 돼?"

려희는 그 말이 익숙했다. 꼭 사고 쳐 놓고 그는 물었다. '어떻게 해?' 라고.

"뭘?

려희는 퉁명스럽게 되물었다.

"널 만지려면……."

"너 정말……."

려희는 다시 욱했지만 참았다.

"대체 네 정체가 뭐야? 왜 왔어?"

"기려희 만지러."

"헛소리 말고."

"만나러."

"야……."

"사귀려고."

"똑똑히 들어, 너."

려희가 정색했다.

"너 범죄자야. 인생 불쌍해서 봐준 거야. 최소한 감옥은 안 가게. 고마운 줄 알면 나타나지 말았어야지……."

"감옥 가면 돼? 그럼 만나줄 거야?"

"진짜 말이 안 통하네……."

"려희야."

한노가 려희의 뺨으로 손을 뻗자 그녀는 대번에 팍, 뿌리쳤다.

"장난 아냐. 농담 아냐."

려희는 정말 화가 난 얼굴로 말했다.

"인생 불쌍해서 봐준 것뿐이지, 용서한 거 아니야. 용서, 빌지도 마. 소용없어. 넌 딱 하나만 해. 내 앞에 나타나지 마. 영원히. 알았어?"

려희는 자리에서 일어나 몸을 돌렸다. 한노가 따라오지 않으리라는 기대는 하지 않았다. 역시나 그는 금세 따라왔다.

"려희야……."

한노는 려희를 부르고 나서 제 귀를 가리켰다.

"왜 그거 안 해? 귀고리."

앞서 려희의 일갈이 무색할 만큼 그는 정말 '나이브' 한 얼굴로 물었다. 려희는 귀고리를 하고 있었다. 다만 그가 묻고 있는 귀고리가 아닐 뿐이고 려희도 금세 알아들었지만 대꾸하지 않았다. 그녀는 정말 화가 났다. 한노도 눈치를 챘는지 그는 말없이 그녀를 따라 걸었다.

"왜 따라오는 거야?"

결국 려희가 까칠하게 내뱉었다.

"집에 바래다주려고."

"필요 없어. 가. 사라져."

려희는 걸음에 속도를 냈다. 한노가 그녀의 속도에 맞춰 나란히 가거나 약간 뒤처지거나 했다. 그녀는 정말 집으로 가고 있었다. 한 정거장 거리라 걸어도 되었다. 한노에게 집을 알려주고 싶지 않았지만 어차피 엄마를 통해 알게 될 것 같아서 그것으로 힘 빼고 싶지 않아 그냥 걸었다. 한노가 려희의 눈치를 살피며 몇 번 '려희야' 라고 부르며 말을 붙였지만 그녀는 대꾸도 하지 않고 쳐다보지도 않았다. 그런데 집이 가까워지자 설마 그가 집까지 밀고 들어오는 것은 아닐 테지, 하고 더럭 겁이 났다. 분명 그러고도 남을 놈이었으니까.

"이제 가. 다 왔어."

차가 드문드문 다니는 거리로 접어들었을 때 려희가 말했다. 한노는 주변을 두리번거렸다. 집이 어디냐는 듯.

"궁금해하지 말고 가."

"너 들어가는 거 보고 갈게."

"어떻게 믿어?"

"가서 마저 알바해야 해."

"뭐? 너 엄마 가게에서 계속 일할 거야?"

"응."

려희는 너무 짜증이 나서 울상인 얼굴로 다시 걸었다. 아주 천천히 걸었다. 한노도 그 속도로 따라갔다.

"너……."

려희가 슬쩍 뒤돌아보며 말하자 그는 재빨리 그녀 옆으로 섰다. '응' 하며.

"가게서 알바하는 걸로 이상한 수작 부릴 생각이면 꿈 깨."

려희는 단호했다.

"어림없어."

단호하게 내뱉고 려희는 다시 급히 걸어서 저가 사는 연립주택 앞에 도착했다. 입구에 도착하기까지 그녀는 뒤도 돌아보지 않았다. 입구로 쏜살같이 들어갈 때까지도 마찬가지였지만 들어가서야 휙 돌아보았다.

"오지 마, 오지 마, 오지 마……."

한노를 손가락으로 가리키며 려희가 급히 소리쳤다. 그는 입구의 문을 연 채로 있었지만 려희가 들어오지 말라고 하기 전부터 안으로 발을 들이지 않고 있었다.

"난 이미 너한테 왔어. 려희야."

한노가 말했다.

"살아서 왔으니 죽기 전엔 안 떠나."

❖

려희는 아주 뒤숭숭한 꿈을 꾸었다. 꿈을 너무 많이 꿔서 잔 것 같지도 않았다. 그 많은 꿈들의 내용이 또 제각각이라 서로 아무 연관성도 없었다. 죽은 까망이 나오는가 하면 석현과 밥 먹을 먹다가 찌개에서 벌레가 나와 토하기도 하고 엄마와 싸우기도 했다. 한노는 나오지 않았는데 정작 깨고 나서는 한노로 머리가 꽉 찼다. 그를 향한 감정에 지배당했다. 한 가지 감정이 아니었다. 또한 복잡하기보다는 헝클어진 감정이었다.

"어제 한노랑 많이 싸웠니?"

출근 준비를 마친 려희가 주방에서 미수를 타 마시고 있을 때 엄마가 물었다. 려희는 대꾸하지 않고 미수만 마셨다. 가게가 쉬는 날인데도 일찍 일어난 엄마는 기분이 좋아 보였다.

"녀석은 안 싸웠다고 하더라만. 이제 여기 와 살며 민폐 끼칠 것도 아닌데 왜 그래? 그냥 가게에서 알바만 할 거야. 휴학 중인 올해까진 할 수 있다더라."

"뭐?"

무심히 듣고 있던 려희가 약간 놀라 엄마를 쳐다봤다.

"휴학?"

"너한테 말 안 했어? 대학을 붙기만 하고 사정이 있어서 못 갔대. 그래서 휴학 처리했다더라. 그럼 너, 어느 대학인지도 몰라? 엄마 깜짝 놀랐다."

엄마는 딸에게 한노가 다닌다는 대학의 이름과 학과명을 말해주었다. 더불어 녀석이 '장한노' 라는 것도.

"말도 안 돼……."

려희는 저도 모르게 소리치다 얼른 목소리를 죽였다. 한노가 석현과 같은 대학이라니!

"그런 돌대가리가……."

"돌대가리라니……. 아냐. 은근 똑똑해. 근데 솔직히 나도 좀 안 믿기기는 했어."

엄마는 소리 내어 웃었다.

"네가 한번 확인해 보든가."

"내가 왜?"

려희는 퉁명스럽게 말하고 미수를 마저 급히 마신 뒤에 돌아섰다. 한노에 대한 상념으로부터 벗어나려는 듯 버스 타러 가는 길에 괜히 걸음도 서둘렀다. 왠지 께름칙했다. 그 께름칙한 기분이 하루 종일 려희를 따라다녔다. 뭐라고 딱 떨어지게 설명할 수 없는 참으로 우중충한 기분이었다.

퇴근 시간이 돼서 직원들의 대부분이 자리를 비운 뒤에야 가방을 챙겨 사무실을 나온 려희는 승강기를 타고 내려가면서 그 께름칙하고 우중충한 기분을 조금 구체화할 수 있었다. 갑자기 어디에선가 한노가 튀어나올 것 같다는, 어쩌면 지금 회사 앞에서 기다리고 있을지도 모른다는 소름 끼치는 예감이랄까. 언젠가 집 앞에서 있는 한노를 봤을 때의 느낌이었다. 가게에 있어야 할 그가 그곳에 있었다. '밖은 위험하니 집에 있어' 라고 하던 그는 정말 려희가 집에 있는지를 확인하려고 집 앞의 거리를 서성거렸다. '가만, 오늘 엄마 가게가 쉬는 날이지?' 라고 려희는 생각했다. 따라서 그의 '알바' 도 없을 터였다.

승강기 문이 열렸다. 동시에 려희의 심장박동이 불규칙하게 뛰었다. 그녀는 내심 '설마' 하며 로비로 발길을 옮겼다. 그리고 금세 그 자리에 우뚝 서고 말았다. 그녀를 기다리는 남자가 정말 있었다. 석현이었다. 석현은 약간 뒷모습을 보이고 있다가 바로 돌아보고는 어색한 미소를 지었다. 그는 아주 천천히 다가왔다.

"안 내려와서 전화할까 하던 참이었어."

석현이 말했다. 그의 손에 휴대폰이 들려 있었다.

"혹시 결근한 건가 걱정도 됐는데……."

석현은 말끝을 흐렸다. 굳이 할 말은 아니라는 듯. 더구나 려희가 약간 당혹스러운 기색으로 그와 눈을 제대로 맞추지 못하고 있어서 더욱 그랬다.

"얘기 좀 하자."

결국 석현은 이 시간에 려희의 직장이 있는 빌딩의 로비에 서 있었던 제 용건을 댔다. 려희는 눈을 아래로 한 채 잠시 뜸을 들이다 고개를 끄덕거렸다.

"가자."

석현은 려희를 가볍게 잡고 그녀가 방금 나왔던 승강기로 이끌었다. 차를 가져왔다는 의미였다. 그러자 려희가 몸을 빼고 고개를 흔들었다.

"그냥…… 우리 근처에서 얘기해요."

두 사람은 함께 빌딩 정문을 통해 밖으로 나왔다.

"그럼 식사를 할까?"

"아뇨. 밥은 집에 가서 먹을래요. 커피 마셔요."

려희가 먼저 거리로 걸음을 내디뎠다. 석현이 곧장 따라가 그녀와 나란히 섰다. 아직 퇴근 인파가 여전한 거리는 두 사람의 모습을 이내 그 물결로 가렸다.

카페는 약간 추울 정도로 에어컨 바람이 찼다. 려희는 에어컨에서 비교적 먼 자리를 택했다. 카페 안은 적당히 차 있었는데 에어컨에서 멀수록 보다 한가해 그것도 좋았다. 석현은 자리에 앉기 전에 주문하러 갔다가 려희에게 돌아왔지만 그사이 둘은 별다른 말을 하지 않았다.

"몇 달 만이지, 우리?"

커피를 가져와 그중 한 잔을 려희 앞에 놔주고 석현이 물었다. 그런 그는 곧장 '거의 넉 달 만이지?' 하고 제 입으로 답도 내었다. 려희는 커피 잔을 들고 고개만 끄덕끄덕했다.

"길다면 길고 짧다면 짧네. 솔직히 어떻게 지나왔는지 모르겠다. 넌……."

석현은 커피 잔을 보며 말하다 눈을 들어 려희의 눈을 찾았다.

"넌 어땠어?"

"뭐가요?"

"괜찮았어? 나 없이……. 아니다. 그냥 나랑 헤어지고 나서…… 아무렇지 않았어?"

"내가 헤어지자고 한 거잖아요."

"그래서 아무렇지 않은 거냐구?"

"미안했어요. 너무…… 진심으로."

"그런 말 듣자고 한 건 아닌데……."

석현은 헛헛한 웃음을 머금더니 커피를 몇 모금 마셨다. 려희는 사실 할 말이 없었다. 딱히 죄책감이라고 할 것까지는 없지만 더 이상 석현을 만나면 안 된다는 것만은 제 입장에서는 썩 당연한 일이었으니까. 그러니 미안하다, 그것이 가장 정직한 감정이고 합당한 변명이라고 생각했다. 좋은 남자였다, 석현은. 나이도 려희보다 적당히 많아서 좋았고, 지적이고 차분하고 신중하면서도 유머를 잃지 않는 남자. 무엇보다도 려희를 존중하고 사랑해 주었다. 그러나 그런 그도 려희와 한노의 관계를 알게 되면 지구 반대편으로 달아날 것이 빤하다고 생각해, 그냥 려희가 저 알아서 먼저 달아난 것뿐이었다.

"솔직히…… 난 좀 힘들다, 려희야……."

석현은 저가 방금 입을 뗀 커피를 보며 말했다.

"네가 헤어지잔 이유가 납득이 안 돼……."

려희는 그 말을, 그와 헤어지던 4개월 전에도 들었다.

"내가 너랑 사귀는 거지, 네 엄마나…… 뭐 그런 조건이랑 사귀는 것도 아니고……. 문제가 돼?"

"그럼 이렇게 생각해요."

려희는 차분히 말했다.

"나중에 문제가 된다고. 집안이 기우는 건…… 결국 문제가 된다고."

석현은 숨을 들이켜고 천천히 뱉어냈다. 려희가 하는 말이 무슨 말인지 알아들었고, 그 즉시는 대꾸할 말이 떠오르지 않아 숨을 고르는, 그런 소리 없는 한숨이었다.

"난 여러 가지로 석현 씨한테 모자라요."

"그건 나중 일이잖아. 그때 가서……."

"그때 가서 상처받고 싶지 않아요."

석현은 말문이 막혔다. 려희가 지적한 것은 확실히 현실적인 문제였다. 현재 닥친 문제는 아니더라도 빤히 앞이 보이는 것이어서 '그때 가서 고민하자'는 말은 안이하고 무책임할 수도 있었다. 실은 회피였다. 확답할 수 없는 것에 대한.

려희는 석현의 침묵을 담담히 받아들였다. 어차피 핑계를 댄 것에 불과하니까. 한노와의 '그 일'만 아니었으면 석현과 끝까지 갔을 테지. 집안이 기울어 나중에 반대에 부딪칠 지라도 사랑만 굳건하다면 이겨 나갈 것이라고 실은 각오도, 은근한 기대도 했었다. 물론 그 끝에서, 지금과 같은 그의 침묵을 접하게 된다면 그때는 좀 비참하겠지만. 그래서 지금은 괜찮다, 그녀는 스스로를 위로했다.

"만약 내가……."

얼마의 침묵 후에 석현이 입을 열었지만 곧 다물었다. 휴대폰 벨 소리 때문이었다. 려희의 것이었다. 그녀는 제 무릎에 내내 두고 있던 가방에서 휴대폰을 꺼냈다. 화면에 발신 번호가 떠 있었다. 모르는 번호였다. 그녀가 받기를 주저하는 사이 벨 소리는 이내 끊겼다.

"광고 전화예요."

려희는 말하고 휴대폰을 그대로 손에 쥐고 있었다. 그녀의 얼굴에 살짝 경계의 빛이 묻어났다.

"커피 좀 더 갖고 올게. 넌……?"

"난 아직 남았어요. 더 생각 없구요."

석현이 컵을 들고 일어나 자리를 떠났다. 그때 려희의 휴대폰은 새 메시지가 왔음을 알렸다.

「려희야. 방금 전화 내 번호야. 대포폰 아니야.」

조금 전의 낯선 번호로 온 문자였다. 려희는 놀라지 않았다. 답도 주지 않았다.

「어디 있어?」

문자는 금세 다시 왔다. 려희는 그냥 화면만 노려보고 있었다.

「집에 가야지. 밖은 위험해.」

려희는 눈을 들어 카페 안을 천천히 훑었다. 그러다 석현이 돌아오는 것을 보고 휴대폰의 소리를 진동으로 바꾸었다.

"커피 가져왔는데 미안해요. 우리 나가요. 갑자기 배가 고파서……."

"응?"

석현은 저가 앉자마자 일어나는 려희를 보며 어리둥절해했다.

"우리, 밥 먹어요."

석현은 도리어 반겼다. 두 사람은 바로 카페를 나왔다.

"전에 먹었던 낙지볶음 집으로 갈까?"

"아뇨. 석현 씨 차 가져왔잖아요. 좀 나가서, 다른 데서 먹어요, 우리."

"그래. 그러자."

려희는 석현과 나란히 걸어가다가 슬그머니 주위를 눈으로 훑었다. 카페 안을 훑었을 때처럼. 어제 한노를 만났을 때, 그가 려희의 회사 앞에서 그녀를 몰래 훔쳐본 적이 있다고 했던 말이 마음에 걸렸다. 설마 지금도 그런 것은 아닐 테지?

「려희야. 어디 있어? 빨리 집으로 와. 지금 당장 와.」

석현의 차에 실려가며 려희는 다시 한노의 문자를 확인했다. '집으로 와' 라니? '집으로 가' 도 아니고, '와' ?

「왜 안 오는 거야? 날 화나게 하지 마.」

이어진 한노의 문자를, 려희는 석현과 함께 식사할 때 확인했다.

"카톡해?"

석현이 물었다.

"네? 아…… 네……."

려희는 휴대폰을 가방에 넣었다.

"업무에 관한 건데……. 미안해요."

"아, 그 퇴근 후에도 일시킨다는 진상 팀장?"

"네?"

려희는 눈을 동그랗게 떴다가 금세 피식 웃었다. 사실 그녀는 그런 말을 한 적이 없었다. 석현이 언급한 '진상 팀장' 이란 그저 세간에 떠도는 우스갯소리를 빗댄 것이었다.

"네가 웃으니까 좋다."

석현은 저도 따라 웃고 나서 말했다. 마침 웃음을 막 거두었던 려희는, 그래서 어설프나마 다시 입꼬리를 올렸다.

"좋은 뜻으로 해석해도 되는 거지?"

"일단…… 밥 먹구요."

"그래."

려희가 분명한 대답을 하지 않았는데도 석현의 얼굴은 밝았다. 려희는 아무 생각하지 않으려 했다. 그냥 기계적으로 수저를 놀렸다. 한노가 보낸 문자에 대해 생각할수록 화가 나 그것이 얼굴에 나타날까 봐 걱정이 되었다. 때문에 석현이 말을 걸어올 때만 대꾸를 하며 애써 미소도 지어 보였다.

두 사람은 식사 뒤에 그 근처에 있는 카페에 갔지만 그곳에서 주문만 하고 커피를 들고 차로 돌아왔다. 석현의 제의였다. 아마도 심각한 얘기를 하려나 보다, 려희는 짐작했다. 또 어떤 내용일지도 예상했지만 정작 저가 어찌해야 할지는 갈팡질팡 결정을 못하고 있었다.

석현의 차는 근린공원의 한편에 정차했다. 비교적 한갓진 곳이었지만 여름날 밤을 즐기려는 발길들이 그 주변으로 전혀 없지는 않았다.

"네가 걱정하는 거 모르는 거 아니야. 이해도 해."

석현이 말했다. 그의 손에 아이스커피가, 곁에 있는 려희의 손에는 거품 가득한 카푸치노가 들려 있었다.

"하지만 그렇다고 해서 아직 일어나지 않은 일을 앞서 걱정하고, 예단해서 현재를…… 현재 우리의 관계를 결정하는 것은 좀 아닌 것 같다, 난."

석현은 려희에게 슬쩍 눈길을 보내고 나서 커피를 마시려고 빨대에 입을 가져갔지만 그저 그 끝을 잠시 입술로 물고만 있었다.

"우리 일단 그냥 자연스럽게…… 시간 속에 우리를 놔두면 안 될까?"

석현은 다시 려희에게 눈길을 보내 이번에는 그대로 고정했다.

"무책임하게 들리니?"

려희는 두 손에 잡은 커피를, 제 무릎 위에 올린 가방 위에 살짝 대고 고개를 약간 숙인 채였다. 그녀는 천천히 고개를 들어 석현을 보았다. 그렇게 그와 눈을 마주하고도 그녀의 입은 즉시 열리지 않았다. 그에게 집중하지 못하도록 방해하는 것이 있었다. 바로 그녀의 무릎 위에 있는 가방 안에서 쉼 없이 진동하는 휴대폰이었다. 그것이 석현보다 그녀의 신경을 더 잡아당겼다.

"네……."

려희는 마치 어떤 저항을 뚫고 입을 열 듯 대답했다. 그런 그녀의 대답을 '무책임하게 들린다'로 이해했는지 석현의 얼굴에는 낙담의 빛이 스쳤다.

"내 말은 그러니까……. 조금 생각할 시간을…… 달라는 뜻이에요……."

려희는 재빨리 고쳐 말했다. 그래도 석현의 얼굴은 밝아지지 않았지만 그녀의 뜻을 받아들인다는 의미로 그는 고개를 끄덕여 보였다.

석현의 차는 얼마 지나지 않아 근린공원 앞을 떠나 려희의 집을 향했다. 그사이 두 사람은 다소 진중했던 분위기에서 벗어나 가벼운 대화를 이따금씩 나누었지만 대부분의 시간을 입 다문 채로 있었다. 려희는 그 시간이 불편했다. 가방 안에서, 여전한 진동으로 제 존재를 알리는 휴대폰 때문에 더 불편하고 더 화가 났다. 그냥 꺼버릴 걸 그랬다고, 그녀는 지금이라도 꺼야지, 생각만 하고 선뜻 행동으로 옮기지는 못하면서 괜한 제 감정만 곱씹었다.

"저기서 세워주세요."

려희가 창 앞을 가리켰다. 오른쪽으로 이면도로가 보이는 지점이었다.

"왜? 집 앞까지 안 가고?"

"저기서 금방이에요."

"그래도 밤인데……. 저기서 들어가는 거 맞지?"

석현은 그 이면도로로 들어가, 려희가 사는 연립주택이 눈에 보이는 곳에서 차를 세웠다. 려희는 인사를 하고 내렸다. 석현은 그녀가 연립주택의 입구로 사라지는 것을 본 뒤에 차를 돌렸다.

연립주택의 입구로 들어온 려희는 계단을 오르기 전에 가방에서 휴대폰부터 꺼냈다.

"미친놈……."

휴대폰의 화면을 보며 려희가 나직이 내뱉었다. 한노의 번호가 수십 통 표기돼 있었다. 려희가 전화를 받을 때까지, 누가 이기나 보자는 심보라고밖에 달리 생각할 수 없었다. 그때 휴대폰이 그의 번호를 띄우며 또 진동했다. 려희는 당장에 받아 욕 한 바가지 쏟아붓고 싶은 것을 간신히 참고 계단을 올랐다. 집에 들어가서 수신 거부해야지, 마음먹었다.

2층에서 려희가 문을 열고 안으로 들어왔다. 들어오자마자 그녀는 신발도 벗기 전에 아래를 보며 움직임을 멈췄다. 그녀의 눈이 고정된 곳에 남자 운동화가 있었다. 려희는 현관에서 거실로 천천히 발을 옮겼다. 때맞춰 엄마가 화장실에서 나왔다.

"어, 왔니? 늦었네?"

엄마는 말하고 나서 눈길을 한쪽으로 옮겼다. 려희의 눈이 이미가 있는 곳으로. 주방이었다. 그 운동화의 주인이 식탁 앞에 앉아 있었다. 손에 커피 잔을 들고, 마치 제집에서처럼 편하게.

"한노 놀러 왔어. 아까 8시쯤에……."

엄마가 말했다. 려희는 한노를 사나운 눈빛으로 쏘아봤다. 그가 보낸 문자가 왜 '집으로 가'가 아닌 '집으로 와'였는지를 이해했다.

"좀 일찍 들어오지. 한노가 엄청 큰 수박 사갖고 왔는데 같이 먹었으면 좋았잖아. 하긴 지금 먹으면 더 시원하겠다. 얼른 씻고 나와. 수박 썰어줄게. 한노가 너 보고 간다고 기다리는……."

엄마의 말이 채 끝나기도 전에 려희가 몸을 홱 돌려 제 방으로 들어가 문을 쾅, 닫았다. 엄마는 곤혹스러운 낯으로 딸의 방문과 한노를 번갈아 보더니 이내 딸의 방으로 가 문을 열었다.

려희는 탁자 위에 막 가방을 올려놓고 서서 제 뒤로 문이 열리는 소리가 났는데도 돌아보지 않았다.

"려희야……."

엄마가 려희 뒤로 다가와 타이르듯 하는 목소리로 딸의 이름을 불렀다.

"그렇게까지 할 거 뭐 있어? 인사 정도는 할 수 있잖아. 한노가 이제 여기서 사는 것도 아니고 그냥 놀러 온 것뿐인데……."

"엄마나 해. 인사를 하든 초대를 하든……."

말끝에 려희가 엄마에게 몸을 돌렸다. 조용한 목소리와 달리 세찬 몸짓으로.

"엄마가 다 하라구. 난 저 새끼 몰라. 모르는 놈이야."

"왜 그렇게 한노를 미워해? 걔가 뭘 어쨌다고……."

"엄만 왜 그렇게 한노를 사랑해? 한노라서? 그냥 한노라서?"

"려희야……."

"엄마가 몰라서 그렇지, 저 새끼가 무슨 짓을 했는지……."

"무슨 짓을 했는데?"

두 사람의 언성이 점점 높아갔다. 특히 엄마는 어느새 딸처럼 화가 난 얼굴이 되었다.

"한노가 너한테 무슨 짓을 했는데?"

그러자 려희가 오히려 입을 다물고 엄마를 외면했다.

"왜 말 못해? 방금 죽일 것처럼 그러더니……."

"엄마가 먼저 한노 편만 들었잖아."

"편을 들기는……."

"관둬. 그만둬. 엄만 늘 그랬으니까. 늘 한노니까. 차라리 내가 사라질 걸 그랬어. 내가 죽을 걸 그랬어."

찰싹, 엄마의 손이 려희의 뺨을 지났다. 그렇게 딸을 때리고 나서 더 놀란 것도 엄마였다. 엄마는 뒤로 한 발짝 물러났다. 려희는 엄마를 외면한 채 가만히 있었다. 다만 아랫입술을 지그시 깨물고서. 눈시울이 뜨거워지는 것을 참느라 그랬다. 엄마는 그냥 방을 나갔다.

거실에서 한노는 일어나 있었다. 려희 엄마가 딸의 방에서 나오기 전에 이미.

"그만 가거라."

엄마는 한노의 얼굴을 제대로 보지도 못하고 말한 뒤에 곧장 방으로 들어갔다. 한노는 려희의 방을 바라봤다. 약간 열려 있었다. 려희 엄마가 안에 들어가 있을 때도 그만큼 열려 있었다. 한노는 그 열린 문을 더 열고 안으로 들어갔다.

려희는 침대 아래에 앉아 있었다. 두 무릎을 품에 싸안고 고개를 숙인 채였다. 한노는 문을 닫고 그녀 옆으로 가 나란히 앉았다. 그녀와 똑같이 제 무릎을 팔에 안고서, 그리고 말은 하지 않았다. 그녀가 먼저 말하기를 기다렸다. 려희가 고개를 들었다. 고개를 돌려 한노를 보지는 않았다. 그의 눈은 내내 그녀에게 꽂혀 있었지만.

"가."

려희는 툭, 뱉었다. 무뚝뚝한 목소리였지만 별다른 감정은 실려 있지 않았다.

"다신 오지 마. 가게에서 알바를 하든 말든 그것까진 상관 안 하겠는데 집엔 오지 마. 전화도 하지 마. 문자도 보내지 마. 나한테 아무것도 하지 마."

그러고 나서 려희는 비로소 한노의 얼굴을 마주했다.

"말했잖아. 내 앞에 나타나지 말라고."

"나도 말했잖아. 이미 네게 왔다고. 이미 온 걸 어떡해?"

"도로 가."

"그것도 말했어. 죽기 전엔 안 간다고."

"그럼 죽어."

"진짜?"

한노가 확인하듯 물었다.

"진짜 나 죽어? 그 고양이처럼?"

"죽지 마."

려희가 급히 소리쳤다. 몸도 움직여 한노에게서 조금 더 떨어졌다.

"죽진 말고 그냥 가. 그냥 가라구. 나 너 싫어. 나 좋아하는 사람 따로 있어."

"헤어졌잖아."

"안 헤어졌어."

"헤어져."

"안 헤어질 거야. 네가 포기해."

"헤어져. 헤어지게 만들 거야."

"안 헤어진다니까. 그 사람 똑똑해. 엄청 부자야. 그런 사람 놔두고 내가 왜 너 같은 거랑 사귀어? 너 같음 그러겠어?"

"부자 좋아해?"

"응."

"왜?"

"왜긴, 이 멍청아. 몰라서 물어?"

"됐어. 넌 날 좋아하게 될 거야."

한노는 하얀 이를 드러내며 웃었다. 그 웃음이 너무 천진해 보여서, 아니, 바보 같아 보여서 려희는 어이가 없었다. 그때 한노가 그녀의 얼굴을 두 손에 가볍게 쥐고 입을 맞췄다. 려희는 대번에 그를 밀쳤다.

"꺼져."

려희가 그에게서 더 물러나 차갑게 뱉었다.

"갑자기 열이 나서 나도 모르게……."

"꺼지라구, 이 저능아야."

려희가 경멸적으로 다시 내뱉었다. 한노는 그런 그녀를 물끄러미 보다가 일어났다. 그는 방을 나가기 전에 한 번 더 그녀를 돌아보았다. 려희는 그가 나가는 동안 꼼짝 않고 있다가 현관문 닫히는 소리가 나자 즉시 방을 나가 잘 잠긴 문을 괜히 확인해 본 뒤 걸쇠까지 탁, 걸고 돌아왔다. 돌아와 한숨 돌릴 틈도 없이 그녀는 휴대폰 소리를 들었다. 문자가 도착한 소리였다.

「려희야. 네가 좋아해야 할 사람은 나야. 나뿐이야. 나만 바라봐. 넌 나 말고 다른 사람 만나면 안 돼.」

"미친……."

려희는 창으로 눈을 옮겼다. 지금쯤 한노가 그 아래를 지나고 있겠지? 려희는 재빨리 블라인드를 올리고 창문을 열었다. 창밖을 의식하지 않는 척하며 슬쩍 아래를 내려다보았다. 아니나 다를까, 마침 한노가 그 아래에서 올려다보고 있었다. 려희는 석현에게 전화를 걸었다.

"석현 씨……."

통화음이 떨어지자 려희는 함박웃음을 머금고 큰 소리로 탄성을 내지르듯 그를 불렀다. 그런 뒤로 그녀는 내내 웃는 얼굴이었다.

"오늘 석현 씨가 했던 말……."

려희는, 창 아래에서 망부석처럼 서 있는 한노를 곁눈질로 내려다보며 말했다.

"그렇게 해요, 우리. 자연스럽게 우리를 시간 속에 놔두자구요."

8. 매달리다

려희는 다시 석현을 만났다. 예전처럼 주말에 데이트를 했다. 다시 사귀기로 하고 첫 데이트였다. 그 사흘 전에, 그녀와 다시 사귀게 된 것을 기뻐한 석현이 '너무 보고 싶어서' 라는 이유로 무작정 그녀의 회사 앞으로 와 잠깐 얼굴을 보고 간 것을 뺀다면. 석현의 마음은 변함없는 듯했다. 오히려 전보다 더했다. 방학 중에도 매일 학교에 나와 특강을 듣고 공부를 하면서도 그는, 자신이 머지않아 매우 어려운 시험을 치러야 한다는 사실을 종종 잊은 것처럼 행동했다.

[밥만 먹고 헤어지면 되잖아.]

주중에 갑자기 전화를 한 석현이 '잠깐 보자' 고 떼를 썼다. 려희는 업무 중에 전화를 받고서 황당해했다.

"안 돼요. 원래대로 토요일에 봐요. 사흘밖에 안 남았어요."

려희는 나직한 소리로 통화했다.

[사흘씩이나 남았잖아.]

"나 정말 부담되고 걱정돼. 사실은 일주일에 한 번도 너무 많은 것 같거든요. 나 나중에 원망 듣기 싫어……."

[말도 안 돼. 사람을 뭘로 보고…….]

석현은 펄쩍 뛰었다. 시험에 떨어졌다고 저가 설마 려희를 원망하겠냐는 뜻이었다. 그래도 려희의 그 말이 효과가 있었는지 그는 이내 '알았다' 고 순순히 꼬리를 내렸다. 다시 사귀기로 한 뒤로 벌써 세 번째였다. '이별' 전에는 거의 없던 일이었다.

[그럼 토요일에 보자.]

예정대로 토요일에 보자던 석현에게서, 려희는 그 하루 전날인 금요일에 다시 연락을 받았다. 그는 하필 토요일에 중요한 약속이 생겼다고 했다. 제 마음대로 거절할 수 없는 약속이라고 했다. 또한 점심 약속이면 그 이후에 려희를 만나면 되는데 저녁 약속이라 애매하다고, 학교에 있다가 움직일 생각인데 혹시 려희더러 학교로 와줄 수 있느냐고 물었다. 그렇게 얼굴이라도 잠깐 보고 싶다는 의미였지만 려희는 그냥 다음에 보자고 에둘러 거절했다. 일요일에도 석현에게 중요 약속이 있어서 결국 다음 주에 봐야 했는데, 그 사실이 묘하게도 려희를 안도케 했다. 마치 쭉 불편해 있다가 그것이 갑자기 해소된 것과도 같은, 그런 종류의 안도였다.

왜지? 저가 변했나. 아니, 상황이 변했다. 제 마음은 변함없는데 현실이 달라졌다고, 양심상 석현을 만나서는 안 되는데 만나고 있기 때문이라고, 결국 다 한노 탓이라고, 그녀는 다시금 제 안의 분노를 키웠다. 석현과의 이별을 만든 것도, 이별했던 석현과 다시 만나게끔 내몬 것도, 석현과의 만남에서 려희가 '양심의 가책'을 가질 수밖에 없게 만든 것도 다 한노 때문이라고.

려희는 집에서 밥을 먹다가 옆에서 벨 소리를 내는 휴대폰으로 눈을 옮겼다. 금요일 밤이었다. 회사에서 퇴근 전에 석현과 통화하고, 퇴근 뒤에 곧장 집으로 와 다소 늦은 저녁밥을 먹고 있던 차였다. 휴대폰 화면에 떠 있는 번호는 려희가 모르는 번호였다. 그녀는 머뭇거리다 전화를 받았다.

[오랜만이다. 려희야.]

허스키 한 음색. 한노였다. 려희의 안색이 굳었다. 모르는 번호의 전화를 받으면서 느꼈던 긴장이 예감대로였을 때의 낯빛이었다. 한노와 바로 이 집에서 마지막으로 보고 헤어진 지 2주 정도 되었으니 그의 말대로 '오랜만' 이기는 했다. 그동안 그의 연락을 단 한 번도 받지 않았다. 받을 수 없었다. 그의 번호를 수신 거부해 버렸으니까.

[너 때문에 폰 하나 더 샀어. 이것도 대포폰 아니다. 잘 지냈어? 난 알바 짤렸어.]

려희도 알고 있었다. 물론 엄마에게서 들었다. '한노 이제 가게 안 나올 거야' 라고. 엄마에게 뺨을 맞은 사흘 뒤였다. 그런 엄마에게 려희는 아무 말 못했다.

[그래도 아줌마가 한 달에 한 번쯤 놀러 오래. 가게로.]

려희는 묵묵히 듣고만 있었다.

[내일 회사 안 가지? 나랑 만나자.]

려희는 젓가락으로 밥을 조금 떠서 입에 넣었다. 마치 '넌 떠들어라, 난 밥 먹는다' 하는 듯.

[들었어? 안 만나주면 경찰서에 가서 자수할 거야. 세상에서 제일 예쁜 기려희 강간했다고.]

"야……."

려희가 소리를 빽 질렀다. 입속의 밥풀이 총알처럼 튀어나올 정도로.

[꼭 할 말이 있어.]

한노는 평소와 같은 목소리로 곧장 말했다.

[마지막이라고 생각하고 만나줘.]

려희는 거친 숨소리만 냈다. '마지막'이라는 말이 귀에 콕 와서 박혔다. 한노는 어떤 호텔의 이름을 대고 5시에 로비에서 보자고 했다. 려희는 가타부타 대답하지 않고 전화를 끊었다.

"호텔……?"

려희는 의아했다. 한노가 언급한 호텔은 시내 중심가에 있는 아주 유명한 호텔이었다. 그런 데서 보자니 너무 쌩뚱맞아서 장난치는 것이 아닌가 싶기도 했다. 그래서 정말 '장난질하지 마'라고 문자까지 보냈다.

「장난질 아니야. 5시까지 꼭 나와. 안 나오면 나 경찰서 갈 거야.」

한노는 정말 경찰서에 갈 놈이라고, 려희는 한숨지었다.

❖

여름날의 오후 5시는 아직 지칠 줄 모르는 빛의 시간대였다. 더구나 무척 더웠다. 려희는 지하철역에서 걸어서 호텔에 당도했는데 불과 6분 거리에 등줄기가 축축해질 정도였다. 그래서 호텔 로비의 시원한 공기가 무척이나 반가웠다. 려희는 먼저 손수건을 꺼내 얼굴을 꾹꾹 누르며 주위를 둘러보았다. 한노의 모습은 보이지 않았다. 시간은 거의 5시였다. 앉을 곳이 마땅치 않아서 그녀는 그냥 서 있었다. 로비 곳곳에 소파와 의자가 있었지만 주말이라선지 그 대부분이 차 있었다. 입구 가까운 곳에는 더욱.

려희는 휴대폰으로 다시 시간을 확인하며 괜히 왔나, 잠깐 후회도 해보았다. 다시는 꼴도 안 보려고 했는데, 그래서 밤새 고민도 했는데. 그러다 결국 나오기로 결심한 까닭이, 한노가 경찰서에 갈까 봐서는 아니었다. 차라리 '알바'를 그만두게 만든 것이 더 마음에 걸렸다. 돈이 필요할지도 모르는 녀석인데 엄마가 너무 경솔했다고 괜스레 엄마 탓도 하고, 저라도 녀석에게 돈을 좀 주고 싶은데 무슨 핑계로 주지, 하는 고민도 어젯밤에 했었다.

그러나 그녀의 발길을 이곳까지 이끈 진짜 이유는 따로 있었다. 바로 한노가 말한 '마지막'이었다. 마지막이라니, 무슨 의미일까. 궁금하고 걱정되는 한편으로, 워낙 천지 분간을 못하는 녀석이라 살짝 불안한 마음도 들었다. 설마 이상한 수작은 아니겠지? 만약 그렇다면 따귀 한 대 갈겨주고 바로 돌아서자. 아니, 지금이라도, 만약 5분 안에 나타나지 않으면 그냥 가야지. 그렇게 생각하고 눈을 든 려희는 그 눈을 그대로 입구로 보냈다. 마침 한 남자가 안으로 막 들어설 때였다. 재킷의 단추를 단정하게 잠그는 몸짓이었지만 슈트가 아닌 가벼운 콤비네이션 차림의 남자. 그도 무심히 려희에게 눈길을 던지다 깜짝 놀라는 얼굴이 되었다. 석현이었다. 려희는 당황했다.

"려희야……."

석현은 즉시 려희 앞으로 다가왔다. 그의 휘둥그레진 눈앞에서 려희는 침착하려고 애썼다.

"어, 석현 씨, 약속 있다더니 여기예요?"

"응. 넌……?"

"신기하다. 나두요. 회사 사람들 만나기로 했어요."

"아, 미팅 같은 거?"

"응. 석현 씨는요?"

"가족 모임이랄까……? 영양가 없어. 내 여친 만나는 게 훨 남는 건데 엄마가 꼭 참석해야 한다고 해서 말이야."

"그럼 가족도 함께 왔어요?"

"응. 아마 먼저 와 계실 거야. 난 학교에 있다가 따로 왔고……."

"그럼 얼른 들어가요. 난 일찍 와서 조금 기다려야 해."

"안 급해. 이렇게라도 얼굴 봐서 너무 좋다. 심심할 텐데 같이 기다려 줄게."

"아, 아녜요……."

석현이 다정하게 려희의 등허리에 손을 댔다. 마치 저쪽에 가서 얘기를 더 나누자는 듯. 려희는 당혹스럽고 초조한 눈빛을 입구로 보냈다. 그런 그녀의 시야에 이번에는, 낯설지만 동시에 어떤 의미를 담고 있는 모습이 들어왔다. 중년 부부였다. 둘 다 려희 쪽을 보고 있으면서 남자는 제자리에 서 있고 여자는 마치 기웃거리는 것 같은 눈빛을 한 채 다가오고 있었다. 려희는 석현에게 눈길을 옮겼다. 그는 매우 당황하고 있었다.

"석현아……."

중년 여자는 애매한 미소를 띤 채 먼저 말을 붙였다. 이 변호사의 부인, 장성자였다.

"이제 오신 거예요? 늦으셨네……."

석현은 이어 려희에게 '우리 엄마' 라고 간단하게 소개했다. 려희는 허리를 숙여 정중히 인사했다. 성자는 미소로 그 인사를 받고 곧장 아들에게 눈을 옮겼다. 누구냐 묻는 눈짓과 함께.

"후배……."

석현은 짐짓 대수롭지 않게 대답했다.

"무슨 후배? 대학 후배?"

"네. 이제 가요. 아버지 기다리시잖아."

석현은 엄마의 어깨를 잡아끌고서 려희에게는 '다음에 봐' 했다. 성자는 가면서도 려희를 돌아보았다. 아내와 아들을 기다리고 있던 이 변호사도 마찬가지였다. 려희는 세 사람이 사라지기 전까지 무척 어색한 채로 있었다.

"휴우……."

석현과 그의 부모가 로비에서 사라지고서야 려희는 긴장을 풀 수 있었다. 한노를 만나러 왔다가 석현과 마주친 우연도 기가 막

힌데 그의 부모까지 만날 줄이야. 아무래도 괜히 왔다고 후회하는 새 뒤에서 '려희야' 하고 부르는 특유의 쉰 목소리가 들려왔다. 려희는 돌아보지 않았다. 그냥 기운이 빠진 사람처럼 어깨를 축 내렸다. 그런 그녀의 뒤에서 한노는 그녀의 어깨를 팔로 감싸 안고 그대로 이끌었다. '가자' 하며.

"야……."

려희는 질색하며 그의 팔에서 벗어나려 했다.

"놔……."

"싫어."

한노가 팔을 풀지 않고 그녀를 입구로 데려갔다.

"안 놓을 거야."

려희가 포기했다. 그의 팔 안에서 내내 꼼지락대며 소극적인 저항을 멈추지는 않았지만 그가 이끄는 대로 순순히 회전문을 통과했다.

"왜 이 호텔에서 보잔 거야?"

회전문을 통해 밖으로 나와서 려희가 물었다. 약간 신경질적으로.

"그냥 나올 거면서."

"그냥."

"뭐?"

"그냥이라고."

"내 이럴 줄 알았어."

역시 헛걸음했다고 려희가 인상을 구기고 있는데, 붉은색 차 한

대가 미끄러지듯 다가와 두 사람 앞에 섰다. 반짝반짝 빛나는 새 차에 외관도 남다른 고급 승용차였다. 두 사람이 있는 곳은, 호텔의 벨보이가 방문 차량의 문을 열어주고, 발렛 주차 서비스 직원들이 차를 가져가거나 가져오는 통로 근처였다.

붉은색 차의 운전석에서 검은색 정장 차림의 남자가 내렸다. 발렛 주차 서비스 직원은 아니었다. 남자는 한노에게 고개만 살짝 숙여 보이는 묵례를 하고 떠났다. 한노는 조수석의 문을 열었다.

"타."

얼빠진 얼굴을 하고 있는 려희에게 한노가 말하고 차 안을 가리키는 고갯짓도 함께했다.

"타라니까."

한노가 려희의 등을 슬며시 당겼다. 려희는 한노를 보며 뭔가 묻고 싶은 듯 입술을 살짝 들썩였지만 말을 뱉지는 못한 채 순순히 차에 올랐다. 뒤이어 한노가 올라탄 차는 호텔을 뒤로하고 유유히 떠났다.

호텔 로비에서 려희와 잠깐 마주쳤던 석현은 그의 가족과 함께 테이블 룸에 있었다. 보통 결혼을 앞둔 양가의 사람들이 상견례를 할 때 이용할 법한 룸이었다. 테이블의 크기는 12인석 정도 되었다. 한편에 석현이 그의 부모와 나란히, 그리고 그 맞은편에 석현의 누나 부부가 앉아 있어 모두 다섯 명이었지만 식사를 위한 기본 세팅은 5인이 아닌 6인을 위한 것이었다. 한 자리가 비어 있었다. 바로 상석이었다.

"사람을 초대해 놓고 왜 이렇게 늦는 거야?"

크리스털 잔에 담긴 물을 한 모금 마신 성자가 혼잣말처럼 하고는 잔을 탁, 소리 나게 놓았다.

"일종의 거만 떠는 거 아니겠어, 엄마?"

석현의 누나가 어머니의 말을 받아 이죽댔다.

"어린애가 수천 억 자산가니 눈에 뵈는 게 있겠냐고. 그래도 나름 기특한 거 같어. 이렇게 식사 초대도 하고 말이야. 아빠 봐서 그런 거겠지만. 다른 외삼촌네 가족한텐 아는 척도 안 한다며?"

"네 아빠는 계속 자문 변호사잖니."

성자는 턱을 약간 치켜들었다.

"더구나 어찌 됐든 일가잖아. 걔가 지금 누굴 믿겠어? 주위에 아무리 도와주는 사람이 많아도, 그래도 고모부가 낫지."

"하긴 다들 뜯어먹으려고만 할 테니. 근데 맘만 먹으면 어려울 것도 없을 거 같애. 걔, 멍청하다며?"

"그 정도 재산이면 맘먹고 홀랑 날려먹기도 쉽지 않을걸? 백 년도 넘게 걸리겠다. 걱정 마."

석현 누나의 남편이 제 아내의 말을 받더니 두 사람은 함께 키득거렸다. 그때 문이 열렸다. 다들 정색하고 그쪽으로 눈길을 모았다. 들어온 사람은 박 비서였다.

"죄송합니다……."

박 비서는 먼저 고개를 숙여 인사한 뒤에 말했다.

"한노에게 뜻하지 않은 사고가 생겨서 올 수가 없게 됐습니다."

"뭐……? 아니, 뭐 이런 경우가 다 있어?"

대번에 성자가 날카롭게 쏘아붙였다.

"식사 초대한답시고 바쁜 사람들 다 모아놓고 올 수가 없다니, 어린애가 어른들 데리고 장난하는 것도 아니고 뭐야? 돈 좀 있다고 눈에 뵈는 게 없나?"

이 변호사도 심기 불편한 표정으로 헛기침을 했다. 박 비서가 다가와 이 변호사의 귀에 대고 나직이 속삭였다.

"그래?"

박 비서의 말을 들은 이 변호사가 놀라 눈을 크게 떴다.

"많이 안 다쳤고?"

"네. 괜찮습니다. 그래도 정밀검사는 받아야 해서."

"응, 그래. 그래야지. 어쩔 수 없지."

"다치다니? 무슨 말이에요?"

성자가 남편을 보며 급히 물었다.

"운전하다가 사고가 났대. 그냥 추돌 사고. 면허 딴 지 얼마 안 돼서 아직 운전이 서투니까……."

"아……."

성자는 애매한 표정으로 고개를 끄덕거렸다.

"한노가 연락드린다고 했습니다. 식사는 준비돼 있으니 맛있게 드시면서 좋은 시간 되시길 바랍니다."

박 비서는 정중히 말하고 나갔다.

"돈 많은데 기사 쓰지 왜 직접 운전하냐?"

석현 누나가 다시 이죽댔다.

"그 나이에 기사 쓰면 그게 더 웃기지. 나 같아도 자가 운전하겠다. 멋진 차로."

남편이 말을 받았다.

"멋진 차 운전하다 죽으면 때깔 더 고와? 어, 근데 참……."

석현 누나는 남편에게서 어머니에게로 눈길을 옮겼다.

"한노 죽으면 그 재산 다 어디로 가?"

"너는 무슨 그런……."

성자가 딸을 나무라듯 하고는 입 다물라는 의미로 혀 차는 소리를 냈다. 그사이 묵묵히, 가족 간의 대화에 끼지 않고 듣고만 있던 석현이 고개를 한쪽으로 돌리고 하품했다. 그는 몹시 지루했다. 오고 싶지 않은 자리였다. 꼭 참석해야 한다는 어머니의 성화에 마지못해 끌려 나온 터였다. 한노를 미워하면서 또한 경계하듯 그의 눈치를 살피는 어머니의 태도도 썩 마음에 들지 않았다. 때문에 마침 한노가 나오지 않는다고 해서 자리를 털고 일어날까, 갈등했지만 어차피 식사 때니 먹고 가라고 할 것이 빤해 그냥 자리를 지켰다. 식사는 코스로 들어왔다. 석현은 전채요리만, 그것도 급히 먹고 속이 안 좋다며 일어났다.

"속이 어떻게 안 좋은데? 처남. 위염?"

매형이 물었다.

"왜? 진료라도 하시게? 자기, 산부인과면서……."

석현 누나가 짓궂게 끼어들었다.

"너 설마……."

자리가 석현 바로 곁인 성자가 서 있는 아들을 의미심장한 눈으로 올려다봤다.

"속 핑계 대고 그 아가씨 만나러 가는 건 아니겠지?"

"아가씨?"

누나의 눈이 번쩍했다.

"엄마. 뭐 목격했구나?"

"학교로 갈 거예요."

석현이 엄마에게 대답했다. 난처한 얼굴로.

"앉아봐."

"왜요? 아까 말했잖아요. 그런 거 아니라고."

"당연히 그런 거 아니어야지. 근데 엄마 눈엔 그런 걸로 보인다."

"드디어 현장을 들켰구나? 어디서?"

누나가 재미있다는 듯 손뼉을 치자 석현이 눈을 부라렸다.

"드디어? 넌 뭘 좀 알아? 들은 거 있어?"

성자가 딸에게 물었다.

"글쎄 뭐…… 아들한테 직접 들으세요."

성자는 다시 아들에게 눈길을 돌렸다. 석현은 짜증 섞인 체념의 몸짓으로 털썩, 자리에 도로 앉았다.

"공부할 시간도 모자랄 판에 연애는……."

성자는 아들에게 눈을 흘겼다.

"근데…… 뉘 집 딸이야?"

❖

려희는 두 팔을 가슴 아래에 딱 붙여 잡고는 앞만 바라봤다. 앞은, 후방의 빨간불을 켠 차들이 꽉 들어찬 차도였다. 길이 정체돼 차들의 움직임이 거북이 걸음인 탓이었다.

"배고파?"

려희 곁에서 운전대를 잡고 있는 한노가 물었다. 려희는 고개를 살짝 저었다.

"왜 아무 말도 안 해?"

한노가 이어서 물었지만 려희는 대답도, 고갯짓도 하지 않았다. 호텔 앞에서 차에 오른 뒤로 지금까지 려희는 입을 꾹 다물고 있었다. 10분을 말없이 달렸고, 또 15분 전부터는 길이 정체돼 가다 서다를 반복하고 있어 지루해서라도 입을 열만 한데도 그녀는 작정한 듯 여전했다.

"맨날 떽떽거리기만 하던 기려희가 벙어리처럼 순하게 있으니까 이상하다. 너 안 같애."

한노의 말에 려희는 한숨을 쉬었다. 어딘지 근심 어린 한숨 같았다.

"한노야……."

결국 려희가 무겁게 입을 열었다. 한노는 말하라는 듯 곁눈으로 그녀를 보았지만 그녀의 눈을 만나지는 못했다. 려희는 의식적으로 그의 눈을 피했다.

"너……."

려희는 말을 꺼내기를 무척 망설였다.

"너 솔직히 말해……."

"뭘?"

"이 차…… 설마…… 훔친 거 아니지?"

한노는 대답하지 않고 그냥 려희를 빤히 보기만 했다. 려희는 그제야 그의 눈을 보며 착잡한 낯빛을 숨기지 못했다.

"아니지? 아닐 거야……. 설마 그런 짓까지……."

려희는 다시 한숨을 쉬었다.

"훔치지 않았으면 어디서 났을 거라고 생각해?"

한노가 묻자 려희는 화들짝 놀랐다.

"미쳤어? 너 진짜 왜 그래?"

"내가 뭘?"

"아무리 그래도 할 짓과 못할 짓은 구분할 줄 알아야지, 생각이란 거 안 해? 생각 안 하고 살아? 머리는 그냥 폼이야? 모자 쓰려고 달고 다녀?"

"모자라다며?"

"모자라면 다 도둑질해? 이 도둑놈아."

려희가 목청을 높였지만 한노는 '이제 좀 뚫리네' 라며 딴청을 부렸다. 그의 말대로 정체가 풀리고 있었다. 려희는 옆 차창 쪽으로 팔을 툭 기대더니 골치 아프다는 듯 그 손으로 이마를 짚었다. 훔치지 않고서야 한노가 이런 차를—차에 대한 지식이 전혀 없는 려희의 눈에도 매우 비싸 보이는 차를—몰고 나타날 리 없다고 그녀는 생각했다. '부자 좋아해?' 라고 묻더니 설마, 설마!

"어디서 훔쳤어?"

려희가 심각한 어조로 물었다.

"꼭 누나처럼 묻네?"

"나 네 누나 아니라니까."

려희가 버럭 소리쳤다.

"누나란 소리가 그렇게 싫어?"

려희는 입을 다물었다.

"누나처럼 굴지를 말든가."

"내가 언제……."

"걱정해서 묻는 거 아냐?"

"아니거든."

"아님 말고."

"너……."

려희는 한노를 째려보았다.

"마지막…… 어쩌고 하더니 설마……."

"설마 뭐?"

"됐고. 왜 마지막이야? 그게 무슨 뜻이야?"

"마지막으로 경고하려고."

"경고?"

"응. 헤어지라고. 나 말고 다른 남자 만나지 말라고."

"뭐……?"

"또 만나면 내가 너 강간할 거라고."

려희는 대꾸를 못하고 입만 벌렸다. 잠깐 동안 뇌의 기능이 정지한 것 같았다. 아무 생각도 들지 않아 말도 못하고 붕어처럼 입만 빼끔댔다.

"그동안 두 번이나 만났지?"

한노가 확인하듯 물었다. 려희가 한노와 마지막으로 헤어진 시점에서 그녀는 정말 석현과 두 번 만났다. 전 주에 그와 다시 사귀기로 결심하고 전화한 뒤로 주중에 한 번, 주말에 또 한 번. 그리고 이번 주말인 오늘 데이트를 하는 날이었지만 무산되었다. 아니, 우연히 잠깐 보기는 했구나.

"너……."

려희는 목에 힘을 주고 간신히 말을 토했다.

"너, 나 감시해? 미행해?"

뇌의 정지가 풀리니 감정도 살아나 그녀는 언성을 높였다.

"너 스토커야? 정신병자야?"

"이젠 만나지 마. 헤어지자는 말을 하려고 만나지도 마. 어떤 이유로도 만나지 마. 단 한 번도 안 돼."

"야……."

"네가 누굴 만나면……."

"한노야……."

"난 화가 나."

"장한노……."

"화가 나서 미칠 것 같단 말이야."

려희 못지않게 한노도 큰소리를 냈다. 거의 동시에 끼이익, 차바퀴와 도면이 마찰하는 소리가 나고 려희의 몸이, 안전띠가 허락하는 한도 내에서 앞으로 크게 쏠렸다. 한노의 차는 갓길 쪽으로 급속히 꺾이며 멈췄다. 앞차와 부딪칠 뻔한 것을 가까스로 피한 뒤였다. 곧 뒤에서 경적 소리가 몇 번 울렸다.

려희는 너무 놀라서 가슴이 쿵쾅거렸다. 제 가슴속 그 소리를 듣느라 다른 소리는 듣지 못했다. 차는 어느새 차선에 다시 진입해 달리고 있었다. 그것을 깨닫고도 려희는 한노에게 고개를 돌리지 못했다. 그의 얼굴을, 그가 어떤 얼굴을 하고 있을지 차마 볼 수가 없었다. 그 직전의 얼굴도 기억나지 않았다. 화가 난다고 소리칠 때의 얼굴. 기억나는 것은 제 망막을 스쳐 지났던 푸른빛뿐이었다. 찰나였다.

려희는 한노가 큰소리를 내는 것을 처음 들었다. 그는 늘 조용히 말했다. 화를 낸 적도 없었다. 대체 어떤 얼굴로 화가 난다고 소리친 것일까. 그때 '다 왔다' 고 하는 한노의 목소리가 들려왔다. 평소와 같은 소리였다. 묘한 질감의 쉰 목소리.

"뭐……?"

려희는 어리둥절해서 밖을 내다봤다. 어느새 주택가였다. 그녀의 눈에 대문이 보였다. 어두운 밤색의, 크고 육중해 보이는 문이었다. 또 한때 '장인수' 의 명패가 달렸던 대문이지만 이미 노인의 명패는 없고 같은 대문도 아니었다. 새 대문 옆에 있는 경비실도 외양이 바뀌었다. 그 경비실 창에 사람의 모습이 어른거렸다. 한노의 붉은색 차가 대문 앞에 멈춘 직후였다. 대문은 기이잉, 부드러운 소리와 함께 자동으로 열렸다. 려희는 휘둥그레진 눈을 차창 밖에 두고 있었다. 입도 그만큼 벌어져 시나브로 그 폭을 더했다.

과거 장인수의 집은 더 이상 한옥이 아니었다. 대문이 바뀌었듯 집도 바뀌었다. 한옥이 있던 자리를 현대식 주택이 대신했다. 그것도 실력 있는 건축설계사가 심혈을 기울였을 법한, 그 디자인은 물론이고 질감과 색채까지 매우 이채롭고 세련된 모습으로. 정원도 바뀌었다. 차가 지나는 길보다 몇 계단 위에 있던 정원은 이제 지대를 낮추고 그 중앙에 넓은 보도블록을 놓아 차를 주택 앞까지 인도할 수 있게 했다. 정작 주택이 계단 위에 우뚝 서 있었다. 주택과 같은 길이를 가진, 경사가 완만한 다섯 개의 계단이었다. 주택은 희랍의 파르테논을 연상시키는 여러 개의 높은 기둥으로 장식돼 있었다. 기둥은 주택 전체를 에두르고 있어서 정면을 뺀 측면과 후면을 회랑처럼 만들어놓았다.

한노의 차는 주택으로 오르는 계단 바로 아래에 섰다. 한노가 먼저 내리고 그가 열어준 문으로 려희가 내렸다. 그녀는 아주 천천히 내렸다. 마치 억지로 끌려 나오듯. 그녀를 그렇게 만든 것은 바로 그녀의 눈앞에 펼쳐진 모든 것이었다. 려희는 너무 놀란 나머지 앞선 혼란과 감정을 홀랑 까먹어 버렸다.

"겉만 완성된 거야."

한노가 말했다.

"안은 텅 비었어."

한노는 이어 '이리 와' 하며 려희의 팔을 잡았다. 그때 계단 끝에 있는 가로등에 불이 들어왔다. 그것을 신호로 정원에 있는 모든 가로등이 동시에 불을 밝혔다. 여름이라 해가 길어 하늘은 아직 어둡지 않았다. 려희는 그 가로등의 불빛을 보며 계단을 밟았다. 계단을 다 올라 그다음에는 기둥 사이를 지났다. 기둥과 기둥 사이의 거리는 성인 두 명이 양팔을 벌리고 나란히 서서 통과할 수 있을 만큼이었다. 기둥에서 현관까지는 보통의 보폭으로 열 걸음 정도. 상당히 넓은 편이었다. 현관은 두 개의 문짝으로 된 아치형이었다. 그 문을 한노가 열었다.

안은 한노 말대로 텅 비어 있었다. 가구가 하나도 없었다. 그렇다고 완성이 안 된 것은 아니었다. 한노는 겉만 완성되었다고 했지만 실내도 충분히 완성 단계였다. 홀은 텅 비어 있기에 원래의 모습을 더 잘 보여주었다. 의외로 원형이었다. 천장이 높은 복층이어서 그 원형의 홀 한편에, 아래에서 위를 향해 좁아지는 형태의 계단이 있었다. 유연한 곡선 모양의 철제 난간이 양쪽을 장식한 아름다운 계단이었다.

려희는 신발을 그대로 신고 들어와, 그 발아래에서 청명한 소리를 내는 천연 대리석 바닥을 내려다보며 걸음을 멈췄다. 텅 빈집에서 그 소리는 공명을 일게 했다.

"왜?"

홀의 중앙에서 멈춘 려희를 한노가 돌아보았다. 그의 목소리에도 공명이 일었다. 려희는 천천히 고개를 들어 그를 보았다.

"너…… 누구야?"

려희는 의혹과 경계의 빛을 띠었다.

"고양이. 길고양이."

"장난치지 말고."

"거리에 있었대."

한노는 려희를 등지고 앞으로 몇 발자국 걸었다. 뚜벅, 뚜벅, 소리가 집 안 전체에 울려 퍼졌다. 그의 앞은 계단이었다.

"내가 알고 있는 건 그게 전부야. 거리에서 날 주웠다는 거."

"누가? 양부모?"

"먹이를 던져 준 사람."

한노는 천천히 몸을 돌려 계단을 등졌다.

"너처럼."

"나처럼? 널 데려온 건 엄마거든."

"먹이를 준 건 너야."

"난 너한테 아무것도 준 게 없어."

"넌 나한테 모든 걸 줬어."

려희는 얼굴을 일그러뜨렸다. 그녀가 무엇을 떠올리는지 알 수 있는 표정이었다. 한노는 계단에 걸터앉았다. 그가 담배를 꺼내 불붙여 무는 사이 려희는 계단의 왼쪽 방향으로 걸음을 옮겼다. 왼쪽에서 안으로 조금 들어가니 룸이 있었다. 입구는 있으나 문짝이 따로 달리지 않은, 한눈에도 다이닝 룸의 용도인 것을 알 수 있었지만 주방이야말로 아직 내부가 다 완성되지 않았음을 보여주었다. 일단 싱크대가 없었다.

려희가 다이닝 룸을 지났다. 폭이 넓은 복도가 나왔다. 주택의 후면으로 짐작되었는데 격자무늬 창과 밖으로 나갈 수 있는 문이 있었다. 려희는 창을 통해 밖을 내다봤다. 그리고 입에서 절로 감탄이 나오려는 것을 간신히 참았다. 그곳에서 내다보이는 정면에 테니스 코트가 있었다. 그런데 코트 주변의 정경이, 특히나 가로등 불빛에 비친 그것이 너무나 아름다웠다.

"테니스 칠 줄 알아?"

갑자기 뒤에서 들려온 소리에 려희가 돌아보았다.

"테니스장을 가장 먼저 만들게 해서 집 짓는 동안 난 테니스만 쳤어."

한노는 손에 테니스 라켓을 잡은 것처럼 팔을 가볍게 휘둘렀다.

"건강해져서 널 만나려고."

"그래서…… 탔구나……?"

려희는 가까이 다가온 한노의 얼굴을 빤히 쳐다봤다. 처음에는 다소 파리했던 얼굴이 지금은 적당히 그을린 옅은 다갈색을 띠고 있었다. 한노는 려희 옆에 와 창가에 기대어 섰다. 몸을 그녀에게 향한 채.

"너한테 애 같단 소리 듣기 싫어. 그래서 운전도 배웠어. 멋있게 보이려고."

너무 솔직한 그의 고백에 려희는 웃을 뻔했다.

"남자로 봐줘."

"남자로 보면?"

"만져 줘."

"그건 좋아해야 할 수 있는 거야."

"좋아해 줘."

"그래서 여기로 데려온 거야? 이 집 보여주고 너 부자란 거 알려주려고? 그럼 내가 너 좋아할까 봐?"

"응. 사실은 너한테 빨리 오고 싶었는데 집 짓느라고 참았다. 집 다 지어서 보여주려고……."

려희의 얼굴에 당혹스러운 빛이 스쳤다. 한노의 정직한 대답보다는, 그녀의 눈으로 확인하고도 믿어지지 않는 지금의 현실 때문이었다. 어디까지가 진실이고 무엇을 믿어야 할지 알 수 없었다. 아직은.

"역시 머저리구나."

약간의 사이를 두고 려희가 냉소적으로 뱉었다.

"네가 정말 부자면 널 좋아해 주고 만져 줄 여자는 아주 많아. 나 말고도."

"네가 날 좋아해 줘. 네가 만져 줘."

"왜 꼭 나야?"

한노는 대답 대신 움직였다. 려희의 머리를 두 손에 움켜잡고 그녀의 입술을 덮쳤다.

"읍……."

려희는 눈을 질끈 감고는 몸부림을 치며 한노를 떠다밀었다. 한노는 순순히 떨어졌다. 려희는 손으로 입을 가리고 몸을 숙였다. 너무 아파 눈물이 핑 돌았다. 무슨 식인 물고기가 달려들어 아랫입술을 물어뜯은 것 같았다. '으음' 신음 소리까지 낸 그녀는 잠시 뒤에 고개를 들어 한노를 노려봤다. 입을 여전히 손으로 가린 채. 한노는 맹한 얼굴로 그녀의 사나운 눈빛을 받았다. 그녀는 뭐라고 할 것처럼 하다가 그만둔 듯 어깨를 축 내리고 입을 가렸던 손도 내렸다. 그녀의 아랫입술 주변이 약간 벌겠다.

"다시……."

한노는 미안한 표정으로 말했다.

"할게. 살살……."

"됐거든. 하지 마. 넌 아무것도 하지 마, 제발."

려희는 나무라듯 말하면서도 민망해서 얼른 다른 화제를 생각해 내려 애썼다.

"그, 근데……."

려희는 창 너머 테니스 코트로 눈길을 던졌다.

"집 짓는 동안, 그럼 넌 어디서 살았어?"

"호텔에서도 살고…… 정원에 텐트도 치고……. 지금은 이 집에서 살아."

"여기? 빈집에서?"

"지하층에서. 거기에 침대도 있고 다 있어."

"뭐……?"

"구경해 볼래?"

한노는 려희의 대답도 듣지 않고 그녀의 손목을 낚아챘다. 려희는 '아니, 왜 이 좋은 일 층 놔두고 지하에서 살아?' 하는 의문을 잠시 밀쳐둔 채 한노에게 이끌려 어떤 문 앞에 섰다. 그가 문을 열었다. 문을 열자마자 센서 등이 절로 켜지며 환한 불빛에 계단이 드러났다. 당연히 아래를 향한 계단이었다.

려희는 한노를 따라 계단을 밟았다. 시멘트의 거친 질감이 느껴지는 계단이었다. 난간도 따로 없었다. 때문에 정작 지하층이야말로 공사가 끝나지 않은 것인가, 하는 의문을 가졌지만 그 의문은 계단을 다 내려와 해소되었다. 시멘트의 거친 질감은 인테리어 콘셉트였다. 계단 아래에서 만난 작은 홀의 한쪽 벽면이 같은 질감으로 장식돼 있었다. 그 벽면 아래에 있는 디자이너의 작품 같은 신기하고 기이한 형태의 의자들이 또한 그 콘셉트에 힘을 실었다.

마치 전위 예술가의 아틀리에 같았다. 전방으로 문이 두 개 보였는데 한노는 려희를 계단 뒤로 데려갔다.

"어……."

려희가 멈칫했다. 그녀가 본 것은 다시 두 개의 계단을 내려간 곳에 있었다. 그냥 방이었다. 달리 부를 적당한 명칭은 생각나지 않았다. 입구는 따로 없이 그냥 계단이었다. 딱 두 개의 나무 계단. 나머지 세 개의 면은 벽인데 계단에서 정면이 전체 거울이었다. 려희가 멈칫했던 까닭도 바로 그 거울이었다. 그 거울 속에 비친 저를 보고서였다.

려희는 한노를 따라 두 개의 계단을 내려갔다. 계단을 포함해 바닥 전체가 견고한 원목이었다. 거울은 두 사람의 모습을 거짓 없이 비추고 있었다.

"이 거울 방은 뭐야?"

려희는 아무리 봐도 그 거울 방의 용도를 알 수 없었다. 거울의 좌우 벽면에, 방금 홀에서 보았던 것과 같은 다양한 디자인의 의자들과 소파가 있었지만 리빙 룸이라고 부르기에는 적당치 않았다.

"나와 가장 잘 어울리는 곳."

한노가 대답했다. 입 끝에 의미심장한 미소를 희미하게 머금고서.

"혹시…… 운동하는……. 어……?"

려희는 무심코 천장을 보다가 그곳에서 이상한 것을 발견했다. 거울 방의 천장은 다른 곳보다 다소 높았다. 그 천장에, 얼핏 보면 다용도실에서 흔히 볼 수 있는 빨래 건조대 같은 것이 매달려 있었다. 차가운 은빛 파이프로 된 그것은 거의 천장에 붙어 있다는 편이 맞았는데 정작 매달려 있는 것은 흰색 밧줄이었다. 손가락 정도의 굵기인 밧줄이 그 파이프에 아무렇게나 걸리고 얽힌 모습으로 매달려 있었다.

"저게 뭐야?"

려희가 천장을 가리켰다. 한노는 대꾸도 없이 왼쪽 벽으로 움직였다. 그리고 그 벽에 있는 A4 반만 한 크기의 해치(hatch)로 손을 가져갔다. 그러자 천장의 '건조대'가 움직였다. 위이잉, 소리를 내며 아래로 내려왔다. 려희가 신기한 듯 바라봤다. 그것은 어느 정도에서 멈췄다. 려희의 머리 위에, 그녀가 발뒤꿈치를 들고 손을 높이 위로 뻗으면 그곳에 매달린 밧줄을 잡아서 내릴 수 있을 만큼. 한노가 와서 그 밧줄을 내렸다.

"그걸로 뭘 하는데?"

려희는 몹시 궁금한 얼굴이 되었다.

"매달려."

"매달린다고?"

"응."

"매달려서 뭐 해?"

"그냥 매달리는 거야. 이리 와봐."

한노가 려희의 팔을 잡았다.

"응……?"

려희는 엉겁결에 잡혀서 제 가방을 한노가 아무 데나 던져 놓는 것을 보면서도 눈만 껌벅댔다. 한노는 별다른 설명도 없이 려희의 손목을 밧줄로 감았다.

"어, 왜? 싫어……."

려희는 더럭 겁이 나서 팔을 빼려 했다.

"겁먹지 마. 아무 짓도 안 해."

한노는 이미 밧줄의 매듭을 짓고 있었다. 려희는 다시 힘껏 팔에 힘을 주었지만 이미 늦었다는 것을 알았다. 그가 놔줄 생각이 없다는 것을 깨달았다. 그녀는 겁이 났다. 겁이 나서 오히려 입을 다물고 아무렇지 않은 척했다. 그녀의 두 팔은 이내 위로 들렸다. 너무 팽팽하지 않게 적당히. 또 두 손목은 한데 모여 있지 않고 떨어져, 그 손목 사이의 거리가 한 50센티미터쯤 되었다.

"밧줄을 손에 잡아."

묶인 려희를 마주하고서 한노가 주문했다.

"이, 이렇게……?"

려희는 제 손목을 묶은 밧줄을, 제 손이 닿는 위치에서 그 부분을 손아귀에 쥐었다.

"그래. 단단히. 그리고 축 늘어지듯 몸무게를 실어봐."

려희는 시키는 대로 했다.

"눈 감아."

려희는 눈을 감고, 무릎을 약간 굽혀 바닥에서 발끝을 살짝 떼어보기도 했다. 그러자 팔에서 등에 이르는 쪽이 쭉 스트레칭되는 느낌이 들었다. 고개는 절로 뒤로 꺾였다.

"눈 떠."

려희가 눈을 떴다. 눈앞에 한노의 얼굴이 보였다. 한노 역시 밧줄에 매달려 있었다. 려희가 잡은 밧줄의, 그 바로 위를 잡고 매달려 그녀 위로 몸을 기울인 채였다.

"기분이 어때?"

한노가 물었다.

"글쎄……? 무슨 요가 같은 운동……? 그런 거 하는 거 같애."

려희는 웃었다.

"넌?"

"무섭고 두려웠어."

"두려웠어? 과거에?"

"응. 두려웠어."

"왜……? 옛날에 왜?"

"벌이었어."

"벌? 매달려 있는 게?"

"응."

"지금도 무서워?"

"꿈에서만."

"꿈……."

무섭고 나쁜 기억이 꿈에서 오래도록, 질기게 살아남는다는 것을 려희도 잘 알았다. 려희에게 그것은 '한노'였다. 한노를 찾아 얼마나 먼 길을 헤맸던가.

"꿈에서도 나타날 만큼 무서운 걸 왜 또……? 극복하려고?"

"아니."

"그럼 왜?"

"모르겠어."

한노의 쉰 목소리가 낮아졌다.

"그냥…… 편안해."

그는 웃고 있었다.

"내 운명 같아서."

웃고 있는데 왜 슬퍼 보일까. 려희는 이상한 느낌에 사로잡혔다. 몸의 어딘가를 저미는 느낌. 그 느낌 때문에 그의 얼굴이 가까웠을 때 거부하지 못했다. 눈을 감았다. 그는 또 입술을 물었다. 이번에는 아프지 않을 만큼 물고 서툴고 투박하게, 그리고 물밀듯 들어왔다. 그는 또 불덩이 같았다. 려희는 목구멍이 뜨거웠다. 빈 속에 소주 한 잔 들이켤 때의 느낌이었다. 그 격정에 밧줄이 흔들렸다. 두 사람이 흔들리고, 입맞춤이 흔들렸다.

❖

"이제 나랑 데이트해."

한노가 말했다. 려희는 그냥 그를 빤히 쳐다봤다. 두 사람은 막 현관을 나와 기둥 아래에 서 있었다. 밤이 완전하게 내린 정원은 가로등 불빛으로 더욱 아름다워진 자태를 뽐내고 있었다. 려희는 아무 대답도 없이 한노의 얼굴에서 눈길을 거두어 더 멀리 보냈다. 정원의 저편에서 한 남자의 움직임이 보였다. 남자는 집 쪽에는 별 관심 없는 듯 이동하고 있었다. 동선을 봐서는 경비실에서 나온 것 같았다. 남자의 모습은 곧 시야에서 사라졌다. 그때 '려희야' 라고 부르는 허스키한 음색이 려희의 귀를 파고들었다.

"내가 어떻게 하면 돼?"

9. 뜨거워

려희는 씻고 방에 들어와 얼굴에 화장수 하나만 바르고 침대에 누웠다. 불을 끄지 않았고 이불도 덮지 않았으며 자려는 생각도 아니었다. 엄마도 아직 들어오지 않은 시간이었다. 블라인드가 내려와 있는 창에서는 바람이 조금씩 들어왔다. 창문을 열어두었기 때문이다. 조금도 시원하지 않은 바람이었다. 열대야의 바람이었다. 열대야를 피해 많은 사람들이 휴가를 떠났거나 떠나고 있다. 그런데 려희는 피할 방법이 보이지 않았다. 열대야보다 더 뜨거운 녀석을 피할 방법이.

려희는 한노와의 입맞춤을 떠올리다 짧게 몸을 떨었다. 몸을 뒤척여 어깨를 위로 세우고 시트를 손으로 쥐어 잡았다. 열도 전염이 되는지 몸이 훅 달아올랐다. 입맞춤의 그 순간처럼 목구멍도 뜨거워졌다. 그러나 금세 식었다. 그 순간처럼. 그가 입맞춤 이상으로 갈까 봐 무서웠었다. 다행히 그는 순순히 물러나 려희를 묶었던 밧줄을 풀고 그녀를 데리고 지하를 나왔다. 나와서 그는 더욱 무서운 짓을 했다. 대답할 수 없는 질문을 던졌으니까.

'내가 어떻게 하면 돼?'

하기는 녀석은 늘 그렇게 물었다. 저가 어떻게 하면 되냐고. 저능아 같은 놈.

려희는 몸을 반대편으로 돌아누우려 하다가 그냥 몸을 일으켜 탁자 위에서 휴대폰을 집어 들었다. 이상하게도 석현에게서 아무 연락이 없었다. 호텔 로비에서 잠깐 마주쳤을 때 그의 부모, 특히 어머니와는 인사까지 했던 터라 그 약속되지 않은 만남 때문에라도 문자 정도는 남겨둘 줄 알았는데 그는 잠잠했다. 시간은 11시가 넘어가고 있었다. 지금까지 아주 바쁘거나 아니면 어머니에게서 안 좋은 소리를 들은 것일 테지. 려희는 그렇게 짐작했다.

차라리 잘된 일인지도 모르겠다. 석현과 헤어져야 할 이유는 많았다. 헤어지라는 한노의 생떼는 차치하고라도 한노와의 '그 일' 때문에라도 헤어지는 게 순리고, 려희의 외적 조건 또한 석현에 비해 많이 부족했다. 보나마나 그의 집안에서도 반대할 테니 헤어져야 할 이유는 그야말로 차고 넘쳤다. 그러니 이쯤에서 석현이 오히려 헤어지자 마음먹는다면 다행이겠다고, 정말 그렇게 되기를 려희는 바랐다.

이튿날인 일요일에 려희는 석현의 전화를 받았다. 저녁이었다. 교수들과의 무슨 모임에서 식사 중에 잠깐 나왔다고, 어제는 갑자기 바쁜 일이 생겨 전화를 못했다면서 제 어머니에게는 려희를 그냥 대학 후배라고 말해두었다고 했다. '우리의 데이트는 얄짤 없이 토요일이겠지?' 라고, 그는 농담도 했다. 아무 일도 없는 듯했다. 그의 목소리는 평소와 같았다. 얼굴을 볼 수 없으니 전화상으로 그 이상을 알기도 어려웠다. 어쩌면 그의 말대로 제 어머니에게 그렇게 말하고 넘어간 채 정말 아무 일이 없었을지도 모른다고, 려희는 생각하며 실망스러움을 감추지 못했다. 결국 제 입으로 이별을 말해야 하니까.

[내일 회사 앞으로 갈게.]

한노의 목소리는 들떠 있었다.

[아니. 그냥 아침에 집으로 갈까? 내가 네 기사할게. 출퇴근 때마다 만나자.]

"됐거든."

려희는 퉁명스럽게 뱉었다. 석현과 통화한 지 얼마 지나지 않아 한노에게서 전화가 왔다. 그는 그사이 어떻게 하면 려희와 만날 핑계를 만들까 궁리하고 있던 사람처럼 느닷없이 저가 운전기사 노릇을 하겠다고 우겼다.

[왜? 나도 운전 연습하고 좋은데. 너한테 운전도 가르쳐 주고.]

"내가 운전을 왜 배워? 차도 없는데."

[어…… 그 빨간 차…… 너 주려고 산 건데…….]

"타던 거 주려고? 중고를?"

려희는 짐짓 뻔뻔스럽게 물었다.

[그게 아니라……. 그 차 려희한테 잘 어울리겠다, 생각하면서

샀거든. 싫으면 딴 거 사줄게.]

"됐고……."

려희는 말끝에 '흠' 소리를 냈다. 사실 그녀는 한노가 '부자' 라는 사실을 전혀 실감 못하고 있었다. 여전히 믿을 수 없고, 뭔가 잘못된 같고, 또 속는 것 같았다.

"나 이번 주 바빠. 마감이 있어서 일이 많아."

[그러니까 내가 기사하면 너 편하잖아.]

"눈앞에서 알짱대고 거치적거리는 거 싫다구. 너, 네가 어떻게 하면 되냐고 물었잖아. 일단 시키는 대로 해. 나 아직 너 용서 안 했다."

[알았어…….]

풀 죽은 한노의 목소리를 듣고 려희는 웃을 뻔했다. 참 알 수 없는 녀석이었다. 어떻게 하면 좋으냐고 애처럼 묻는가 하면 말귀 못 알아먹는 벽처럼 앞을 막고 서서 꿈쩍을 않고 버티지를 않나. 뿐인가. 뭐라고 똑 부러지게 말할 수 없는 것들로 려희의 머리를 어지럽히기 일쑤였다. 그녀는 아직도 의심하고 있었다. 한노가 석현에게 사진을 보냈던 것이나 집에 불을 낸 것 등이 정말 실수고 사고였는지를. 설마 어제 호텔에서 한노를 만나기로 했다가 석현과 마주친 것도? 그렇다면 왜? 려희는 고개를 흔들었다. 저가 너무 과민하다고 생각했다. 그저 모두 우연이다. 우연이 아니라면 한노는 바보가 아니라 교활한 천재다. 그렇게 생각하고 말았는데, 그럼에도 늘 마음 한구석이 개운치 않은 까닭은 무엇일까.

❖

일주일이 쏜살같이 흘렀다. 려희는 제 말대로 정말 바빴다. 휴가 간 직원의 몫까지 하려니 평소보다 배는 바빠서 금요일에는 녹초가 돼버렸다. 려희는 토요일 오전에도 개인적으로 회사에 나와 일을 했다. 어차피 석현과 만나기로 한 날이라 그와 회사 앞에서 만나기로 했다. 만날 시간이 되기까지 그녀는 의식적으로 석현에 대한 생각을 하지 않으려 했다. 아무리 생각해도 석현과의 인연은 여기까지라고, 결정을 하고 그 결정을 말해야 하기 때문이었다. 다시 사귀자는 그의 제의를, 바로 얼마 전에 받아들이고 이제 와 아무래도 안 되겠다고, 다시 헤어지자고 하려니 차마 입이 떨어질지 몰라 마음이 무거워, 그 무게를 피하려다 보니 그랬다. 려희는 시간을 봤다. 18분 전이었다. 슬슬 나갈 준비를 해야 했다.

려희의 사무실에서 가까운 카페에 석현이 들어섰다. 그가 전에도 려희와 와본 적 있는 카페였다. 약속 시간보다 빨리 온 그는 안을 그냥 대충 훑어보고 구석진 자리를 택해 앉았다. 앉자마자 휴대폰을 테이블 위에 올려두고 '난 도착했어' 라는 문자를 보내려다 미처 '어' 를 작성하기도 전에 그만두었다. 그는 두 손으로 얼굴을 두 번 비볐다. 안색이 어둡고 핼쑥했다.

그동안 공부를 열심히 했거나, 아니면 고민이 많았거나 둘 중 하나인데 후자였다. 석현은 어머니로부터 '그 여자와 헤어지라' 는 명령을 받았다. 그것도 일주일 전 호텔의 그 자리에서. 려희가 그냥 평범한 집안의 딸이라고 아들에게서 들은 어머니는 거두절

미하고 '정리해라' 명했다. 명분이야 지금은 여자 사귈 때가 아니라는 것이었지만 그것은 그 '사귀는 여자'의 외적 조건에 따라 얼마든지 달라질 수 있는 것이었다.

석현은 찬물을 한 컵 가져와 마셨다. 마시고 나서 내쉬는 한숨이 그의 심정을 대변했다. 그는 려희와 헤어지기 싫었다. 헤어지자는 말을 할 자신도 없었다. 불과 얼마 전에 다시 사귀자, 해놓고 이제 와 도로 헤어지자는 말을 어떻게 하겠는가. 동시에 어머니의 명을 거부할 자신도 없었다. 어머니의 뜻은 곧 아버지의 뜻이고 집안의 뜻이었다. 다시 한숨짓던 석현은 무심코 눈길을 앞으로 던지다 재빨리 미소 지었다.

"일찍 왔네요?"

석현의 테이블 앞으로 온 려희가 말했다.

"나도 일찍 자리 털고 나와서 아직도 3분 전인데."

"당연히 남자가 먼저 나와 있어야지."

유쾌하게 말을 받은 석현은 려희가 맞은편에 앉은 새 일어나 '뭐 마실래?' 묻고 주문을 하러 갔다.

"날이 정말 푹푹 쪄요."

주문하고 온 석현에게 려희가 말했다.

"사무실에서 여기까지 걸어오는 동안에도 너무 덥더라구요. 시원한 사무실에 있다가 나와서 더 그런지……."

"제일 더운 8월 휴가철이잖아. 너 휴가 언제지?"

"다다음 주."

"그럼 9월이네. 계획은 있어?"

"아니, 뭐 특별히……. 어쩌면 친구들이랑 제주도 갈지도 몰라요. 미리 약속을 해서……."

려희는 애매하게 말을 끌다가 제주도 간다는 말을 재빨리 했다. 휴가는 교제하는 남녀에게는 특별한 사건을 만들기에 좋은 기간이었다. 때문에 석현이 은근한 제의를 할까 봐 려희는 나름 방어한다고 했지만 그는 그저 테이블에 놔두었던 주문표를 집어 들었을 뿐이다. '나왔다' 하면서. 그리고 얼른 일어나 자리를 뜨는 모습이 휴가에 관한 화제를 오히려 피한다는 인상마저 주었다. 석현은 아이스커피 두 잔을 가져왔다. 두 사람 다 더 이상 휴가에 관해서는 입에 올리지 않았다.

"바빴다더니……."

차가운 아이스커피 잔을 들고 석현은 려희를 가만히 바라봤다.

"오히려 더 예뻐졌네?"

"정말?"

마침 빨대를 물고 있던 려희가 그것을 도로 놓고 눈을 동그랗게 떴다.

"응. 그 귀고리 오랜만에 본다. 정말 잘 어울려."

려희는 어깨 아래로 떨어지는 길이의 머리를 틀어 올려 뒤통수에 커다란 리본 핀으로 고정한 머리 모양을 하고 있었다. 그래서 귀고리가 잘 드러났다. 귀 끝에서 달랑이는 하얀 인조 진주 귀고리였다. 그것은 그녀의 이마와 뺨 옆에 흐트러져 있는 잔머리와 매우 잘 어울렸다. 그녀가 입고 있는 살구색 원피스와도. 그리고 무엇보다 이국적인 그녀의 인상을 더욱 도드라지게 했다.

"그런 그림 있지……? 진주 귀고리를 한 소녀……."

"아…… 그…… 네덜란드 화간가, 베르메르가 그린……."

"맞아. 그 소녀보다 더 예쁘다."

"그 소녀는 단순히 예쁘다기보다는 신비롭죠. 이국적이고……."

"그러니까 내 말이, 너랑 닮았다니까."

"말도 안 돼……."

려희는 깔깔, 소리 내어 웃었다. 석현도 빙그레 미소 지었지만 그 미소에 씁쓸함과 아쉬움이 삽시간에 담겼다. 려희 앞에서 아무렇지 않게, 아무 일도 없는 듯 평소처럼 행동하다가 그 자신도 모르게 불쑥, 절로 튀어나오는 감정이었다. 그것을 석현 저도 의식했는지 얼른 빨대를 입에 물었다. 정작 려희는 전혀 눈치채지 못한 채 가방에서 휴대폰을 꺼냈다. 벨이 울리고 있었다. 려희는 가슴이 철렁했다. 한노였다.

"잠깐요……."

려희는 휴대폰을 들고 일어나 급히 화장실로 향했다.

[거기서 나와.]

려희가 미처 '여보세요'라고 하기도 전에 휴대폰은 한노의 갈라지고 쉰 목소리를 들려주었다. 려희는 아무 대꾸도 못하고 얼른 화장실 안으로 몸을 숨겼다.

[지금 당장 나오라고. 거기서 나와, 당장.]

"무슨 소리야?"

려희는 침착하게, 조용한 목소리로 말했다.

"너, 나 보고 있어?"

[나오지 않으면 내가 끌고 올 거야.]

"묻고 있잖아. 대체 무슨 짓이야? 너 정말 나 감시해?"

[너 그 새끼랑 있는 거 보면 미칠 것 같아.]

"야……."

려희는 저도 모르게 목청을 높이다가 재빨리 입을 다물었다. 더는 말을 할 수도 없었다. 전화가 끊겼으니까. 려희는 다리가 후들거리고 심장이 마구 뛰었다. 진정되는 데에 꽤 시간이 걸렸다. 다시 자리로 돌아와 보니 석현 역시 제 휴대폰을 보고 있었다.

"저녁 먹기엔 애매하고……."

려희가 앉는 것을 보며 그가 말했다.

"여기서 시간 좀 때우다 나가자. 영화 검색을 좀 했는데……."

석현은 말을 하다가 눈길을 려희 뒤쪽으로 던지고는 놀란 표정이 되었다. 려희가 그의 눈길을 따라 뒤를 돌아보고 역시나 놀랐다. 아니, 경악했다. 한노였다. 그는 성큼성큼 오고 있었다. 누가 봐도 려희와 석현의 테이블로 곧장 돌진하는 모습이었다. 마치 목표물을 향하듯, 그는 그렇게 다가와 다짜고짜 려희의 손목을 잡아 일으켰다. 려희가 소스라쳐 소리를 낼 틈도 없이 그는 그녀의 옆자리에 있는 가방도 낚아챘다.

"이, 이거 놔……."

려희가 잡힌 팔을 흔들며 석현을 돌아보았다. 석현은 놀라고 당황해서 멍하니 있다가 뒤늦게 엉거주춤 일어났지만 려희는 이미 한노에게 끌려 카페를 나간 뒤였다. 석현도 서둘러 카페를 나왔다.

카페는 이면도로를 끼고 있었다. 한노는 려희를 데리고 그 이면 도로를 돌아 도로 한편에 서 있는 붉은색 차에 그녀를 태웠다. 려희는 저항했지만 떠밀리듯 차에 타서는 그냥 체념해 버렸다. 그때 '려희야' 부르는 석현의 목소리가 들려왔다. 려희가 창밖을 보니 석현이 달려오고 있었다. 그는 곧장 한노에게 갔지만 한노가 그를 향해 세차게 팔꿈치를 휘둘렀다.

"악……."

려희는 저도 모르게 소리를 질렀다. 한노가 휘두른 팔꿈치에 명치 부분을 가격당한 석현이 몸을 앞으로 굽히고 쓰러질 듯 위태롭게 휘청했다. 명치는 급소라 설핏만 맞아도 숨 쉬기조차 괴로울 정도로 고통스럽다. 한노는 지체 없이 차에 올라 시동을 걸고 차를 움직였다. 밖에 석현이 차 가까이 있는데도 한노는 거칠게 차를 후진시킨 뒤에 곧바로 앞을 향해 내달렸다.

"아앗……."

려희가 놀라 소리쳤다. 저도 모르게 한노의 팔을 움켜잡았다. 그녀의 눈에는 영락없이 석현을 치게 생겼다. 그때 어디선가 갑자기 나타난 검은색 정장의 남자가 석현을 끌어안다시피 잡아 한노의 차를 피해 몸을 날렸다. 간발의 차로 한노의 붉은색 차가 부앙 소리를 내며 지나갔다.

"미쳤어?"

려희가 한노의 팔을 잡고 흔들며 악을 썼다.

"미친 거야? 사람을 죽일 거냐구……."

한노는 거칠게 그녀의 손을 뿌리쳤다. 그 힘에 밀려 려희가 문 쪽으로 휘청거렸다.

"아……."

려희는 문에 부딪치고 나서 곤혹스러운 신음을 흘렸다. 그런데 그것은 시작이었다. 한노가 그녀의 몸에 직접 손을 대지 않아도 그녀는 계속 휘청거렸다. 차가 요동치는 것 같았다. 려희는 창밖을 볼 엄두가 나지 않았다. 무서웠다. 한노는 몇십 초 간격으로 경적을 울려댔다. 미친 것 같았다. 려희는 그를 볼 자신도 없었다. 그녀는 아무것도 보지 않았다.

한노는 저의 집 대문 앞에서도 성마르게 경적을 울렸다. 대문이 열리자 급발진하듯 안으로 들어가 주택 앞에서 급제동했다. 차를 세우자마자 내린 한노는 려희를 태울 때처럼 거칠게, 짐짝처럼 끌어 내려서 주택 안으로 데려갔다. 안은 려희가 처음 왔을 때와 똑같이 텅 비어 있었다. 그 텅 빈 공간에, 끌고 끌려가는 두 사람의 거칠고 급한 발소리가 메아리처럼 울려 퍼졌다.

"한노야……."

한노에게 끌려가며 려희가 숨 가쁘게 그를 불렀다.

"놔. 놓고 얘기해……. 놔……."

"못 놔!"

한노가 윽박지르듯 소리쳤다.

"나 네 말 안 들어. 너도 내 말 안 들었으니까 나도 네 말 안 들어."

텅, 한노가 지하층으로 내려가는 문을 열었다.

"안 돼……."

려희가 필사적으로 몸을 뒤로 뺐다. 내려가서는 안 될 것 같았다. 그녀는 막연하면서도 생생한 불안감에 사로잡혔다. 한노는 인정사정 봐주지 않고 잡아당겼다. 그런데 너무 세게 당겨 려희의 몸이 중심을 잃고 문 안으로 급히 쏠렸다. 아래는 계단이었다. 한노가 급히 다른 손으로 그녀의 옷을 잡았다. 원피스의 목 뒷부분이었다. 힘없는 시폰 소재는 찌익 찢겼지만 제동 효과가 전혀 없지는 않아 려희는 간신히 계단에 발을 디디고 섰다가 이내 풀썩 주저앉았다. 그 틈에 한노가 려희를 놓고 문을 닫았다. 또 그 틈에 려희가 일어나 그에게 달려들었다.

"아악……."

려희가 한노에게 마구 주먹질하며 의식적으로 크게 비명을 질렀다. 그 비명을 듣고 도와줄 누군가가 나타날 리 없다는 것을 알면서도.

"비켜, 비켜, 이 자식아……."

한노는 비키는 대신 두 팔로 려희의 몸을 안아 계단 아래로 발을 디뎠다.

"놔아. 놓으라구……."

려희는 거의 발광 수준으로 저항했다. 그 바람에 한노가 그녀를 안은 채 벽에 등을 부딪치더니 이어 중심을 잃고 넘어졌다. 두 사람은 함께 둔탁한 소리를 내며 계단 아래로 굴러떨어졌다. 세 개의 계단만 남아 있던 터라 크게 다칠 만한 수준은 아니었다. 더구나 려희를 안고 있는 한노가 그 충격을 고스란히 흡수했다. 그래선지, 아니면 위기에 처한 사람의 초인적인 정신력 때문인지 려희가 먼저 몸을 일으켜 도로 계단을 밟았다. 거의 몸을 날리다시피 했지만 두 발로 뛰어오른 것이 아니라 네 발로 기어올랐다. 그녀는 반도 올라가지 못하고 한노에게 치맛자락을 잡혔다.

"이익……."

려희는 치맛자락 위를 잡아 흔들었다. 위로 올라가려 온 힘을 다했다. 난간이 없는 계단이라 따로 잡을 것이 없어서 그녀는 정말 몸부림을 쳤지만 치마만 찢기고 이내 한노에게 잡혔다. 려희는 한노의 팔을 꽉 물었다. 한노는 그녀의 머리채를 잡아 목을 뒤로 꺾었다. 그 바람에 그녀의 올림머리가 풀렸다.

"놔아……."

려희가 소리를 지르며 주먹을 휘둘렀다. 그 주먹이 한노의 얼굴을 치고 지났지만 그는 그녀를 놓지 않고 아래로 끌어 내렸다. 두 사람은 두 개의 계단을 남겨놓고 다시 바닥으로 굴렀다. 굴러떨어져서도 려희는 한노의 두 팔에서 벗어나려 몸부림을 치고 악을 썼다. 그사이 잠시 숨을 고르고 있던 한노가 그녀를 안고 누운 채로 그녀의 옷을 벗기기 시작했다. 아니, 찢었다. 부우욱, 손에 닿는 대로 잡아 뜯었다.

"아악……."

려희는 더욱 세찬 몸부림으로 맞섰지만 속옷 차림만 되기까지 그리 오래 걸리지 않았다.

"아아악……."

려희는 지치지도 않고 소리를 질렀다.

"쉬잇……."

한노가 려희의 머리를 쓰다듬으며 조용히 하라는 신호를 보냈다. 려희는 쌕쌕 숨을 몰아쉬었다.

"벌이야……."

"닥쳐."

"너한테 벌줄 거야."

"닥치라구, 이 정신병자야. 나한테 무슨 짓 했어? 내 뒤 계속 밟았어? 왜? 왜?"

"왜 너냐고 물었지? 날 좋아해 주고 만져 줄 사람이 왜 꼭 너여야 하냐고 물었지……?"

"너 정상 아니야. 미쳤어. 또라이야……."

두 사람은 저들이 하고 싶은 말만을 했다. 한 사람은 나직하게, 또 한 사람은 악을 쓰며.

"나도 모르겠어……."

한노가 그 특유의 음색으로 나직이 속삭였다.

"나 좀 봐. 려희야……. 나만 좀 바라봐 줘……. 날 좀 가져줘……."

그는 려희의 얼굴을 제 쪽으로 돌렸다.

"네가 나 남자로 만들었잖아……."

퉤, 려희가 그의 얼굴에 침을 뱉었다. 경멸적으로.

"남자로……."

한노는 말하며 려희의 얼굴을 쓰다듬었다.

"네 남자로 널 벌줄 거야."

"아앗……."

려희는 다시 거칠게 저항했다. 한노가 그녀를 데리고 몸을 일으키려 했기 때문이다.

"놔……. 놔……."

저항하는 려희를 한노가 질질 끌고 갔다. 거울이 있는 방으로. 천장에 매달려 있는 빨래 건조대 같은 모양의 파이프는 이미 적당한 높이로 내려와 있었다.

"아악, 안 돼……."

려희가 날카롭게 소리쳤다. 그곳에 저를 묶으려 한다는 것을 눈치챈 그녀는 젖 먹던 힘까지 다해 몸부림쳤다. 한노의 옷깃을 잡아 뜯고 그의 머리칼을 움켜잡고 또 그를 할퀴었지만 그 모든 극렬한 저항에도 불구하고 그녀의 손목 하나가 먼저 묶여 위로 올라갔다.

"이, 이러지 마, 하지 마, 한노야……. 안 돼, 제발……. 아악……."

려희는 이제 애원했다. 그녀가 애원하는 순간에도 한노는 그녀의 나머지 손목을 묶었다. 결국 그녀는 두 팔이 위로 올라가 묶인 채 꼼짝없이 매달리고 말았다.

려희는 거울을 통해 보았다. 진한 카키 빛 팬티와 스킨 색 브래지어만 몸에 남은 여자를. 머리는 헝클어지고, 너무 힘을 써서 지치고 퀭한 얼굴을. 뭐라고 형언할 수 없는 심정이었다. 너무 끔찍해서 현실 같지가 않았다. 그러나 엄연한 현실이라는 것을, 거울에 함께 비친 한노가 증명하고 있었다. 려희는 눈을 감아버렸다.

한노는 려희의 브래지어 어깨 끈을 손으로 당겨 끊었다. 탈부착 가능한 투명 끈은 힘없이 분리됐다. 그는 이어 후크를 풀었다. 툭, 브래지어가 바닥으로 떨어졌다. 려희는 눈을 감고 체념한 듯 움직이지 않았지만 브래지어가 몸에서 사라질 때는 짧게 움찔했다. 한노는, 해방되듯 드러난 그녀의 젖가슴을 가만히 보다가 천천히 바닥에 무릎을 댔다. 려희의 골반 양옆을 잡았다. 그의 손끝이 팬티의 윗부분에 걸렸다. 그는 그것을 단번에, 그녀의 수줍은 숲이 모두 드러날 만큼 아래로 내렸다. 순간 려희의 몸이 다시 한 번 움찔, 떨었다. 한노는 그녀의 그 수줍은 숲에 눈을 고정한 채 팬티를 그녀의 발목에서 분리했다. 려희는 완전히 발가벗겨졌다.

려희를 발가벗긴 한노는 일어나 땀에 젖은 셔츠를 벗어 던지고 담배를 꺼내 물었다. 막 불붙여 문 연기를 짧게 뱉었다. 바로 뒤이어서는 깊게 빨아서 고개를 약간 뒤로 젖히고는 후우, 하는 소리가 절로 연상이 될 만큼 길게 뱉어냈다. 입술 사이로 더 이상 연기가 나오지 않을 때 그는 고개를 내리고 몇 발자국 천천히 걸었다. 려희는 그의 뒤에 있었다. 그렇다고 그녀를 보려고 고개를 돌릴 필요는 없었다. 앞에 있는 거울이 현실만큼이나 생생하게 그녀를 담고 있었으니까. 한노는 거울 속 려희를 보며 다시 담배 한 모금 빨고 뱉었다.

거울 속 발가벗은 려희는 두 다리를 모아 그중 하나를 앞으로 살짝 빼서 굽힌, 다소곳한 모습이었다. 고개를 숙이고 있어서 더욱 그랬다. 눈썹이 짙어선지 눈가의 윤곽이 또렷해 그저 쳐다보는 것만으로도 눈빛이 강한 그녀였다. 그 눈빛에 맞게 저항도 만만치 않았던 그녀가 발가벗고 눈까지 감으니 영락없이 가련한 노예였다.

한노는 거울에 바짝 다가섰다. 그렇게 하면 려희의 몸을 더 자세히 볼 수 있다는 듯. 그런데 만지려 했나 보다. 그는 먼저 거울에 한쪽 어깨를 툭 기대더니 거울에 비친 려희의 나신에 손을 갖다 댔다.

"벌이야……."

그가 낮게 읊조렸다. 그의 눈에 거울 속 려희는 어느새 소년의 모습이었다. 밧줄에 매달린 피투성이의 소년. 한노는 그 소년이 낯설었다. 그래서 고개를 돌려 소년이 아닌 려희를 보았다. 벌을 주면 그녀도 말을 잘 들을까.

"려희야……."

한노가 려희를 불렀다. 려희의 대답이 없자 그는 목소리의 크기를 조금 더 높여서 또 불렀다. 역시나 대답이 없었다. 려희는 여전한 모습으로 꼼짝 않고 있었다. 눈을 감고, 할 수만 있다면 귀도 닫고 싶었지만 어쩔 수 없이 '려희야'라고, 또다시 부르는 그의 목소리를 듣고 있어야 했다. 이번에는 가까이서 들렸다.

"나, 어떻게 해야 해?"

한노가 물었다. 그는 려희 앞에 있었다.

"네가 가르쳐 줬으면 좋겠어. 내가 어떻게 해야 하는지. 그런데……."

그는 잠시 말을 멈췄다.

"그런데…… 또 네가 날 어린애 취급하는 건 싫어. 난 너한테 남자이고 싶어. 널 길들여서 내 여자로 만드는, 네 남자이고 싶어."

려희는 요지부동이었다. 눈을 뜨고 한노를 보지 않는 것은 물론, 그의 말을 듣고 있지도 않는다는 듯.

"려희야."

한노가 두 손으로 려희의 얼굴을 감쌌다.

"눈 떠봐."

려희는 눈을 뜨기는커녕 미간을 찌푸리며 제 눈꺼풀에 더 힘을 주었다.

"눈 뜨라니까."

그래도 려희가 눈을 뜨지 않자 그가 양쪽 엄지를 이용해 려희의 눈꺼풀을 위로 들어 올렸다. 려희도 지지 않고 광대뼈 부분을 위로 잔뜩 추어올리며 제 눈동자가 치부라도 되는 양 감추려 했다. 그러느라 일그러진 그녀의 얼굴이 너무 웃겨서 한노는 그만 피식 웃고 말았다.

"눈 뜨고 말해봐."

한노가 제 엄지로, 이번에는 려희의 입술을 더듬었다.

"아무 말이라도 해봐. 풀어달라고 해봐. 잘못했다고 해봐. 빌어봐……."

려희는 오히려 입을 더 꾹 다물었다. 그 고집 센 입술을 한노가 입맞춤으로 덮쳤다. 덮치자마자 그는 이내 움찔하고 고개를 뒤로 확, 젖혔다. 그의 윗입술 왼쪽에 피가 맺혀 있었다. 맺힌 피는 금세 그의 입술 사이를 타고 아랫입술로 흘렀다. 그제야 려희가 눈을 번쩍 떴다. 짙은 눈썹 아래에 독한 눈빛이 번득였다. 그 눈빛은 '난 빌 생각이 전혀 없거든' 이라고 말하는 듯했다. 한노는 려희의 얼굴을 더 세게 움켜잡았다. 다시 그녀의 입술을 덮쳤다. '해볼 테면 해봐' 하듯.

"우읍……."

려희가 괴로워하는 신음 소리를 흘렸다. 입술이 뜯겨 나가는 것 같았다. 그가 깨무는 것도 아닌데, 단지 깊이 빠는 것뿐인데. '싸움은 네가 걸었어' 하는 것처럼 그는 또한 혀를 그녀의 목구멍 깊숙이 집어넣었다. 깨물고 싶으면 깨물어보라는, 노골적인 도발이었다. 목이 뒤로 꺾인 그녀는 힘을 줄 수가 없었다. 괴로움에 그저 목구멍 안쪽으로부터 그륵, 그륵, 고양이 같은 소리만을 냈다. 비릿한 피 냄새가 그녀는 몹시도 역겨웠다.

려희의 턱 옆으로 타액이 흘러내렸다. 피가 섞인 타액이었다. 그것을 한노가 따라갔다. 핥으며 따라가 그녀의 목옆을 지나 귀를, 정확히 귀고리를 물었다. 커다란 인조 진주가 한노의 입으로 들어왔다. 그는 그것이 그녀의 일부라도 되는 듯 탐욕스럽게 빨고 귓불을 함께 물었다.

"으흑……."

려희는 억눌린 것 같은 소리를 냈다. 그녀를 부둥켜안은 한노가 제 두 팔에 어찌나 힘을 주고 있는지 그녀는 옴짝달싹 못할 뿐더러 숨 쉬기조차 버거웠다.

"나를……."

한노가 려희의 귓가에 속삭였다.

"만져 줘. 려희야……."

려희가 고개를 흔들었다.

"나 좀 좋아해 줘……. 사랑해 줘……."

려희는 더욱 세차게 고개를 흔들었다. 한노는 그녀의 목덜미를 핥았다. 그러느라 더 이상 말은 하지 않았지만 저의 애무로 여전히 '날 만져 줘, 좋아해 줘' 라고 애원하는 것 같았다. 한노는 려희의 등과 엉덩이도 쓰다듬었다. 그 덕분에 그의 힘이 다소 풀려 려희는 제 몸을 조였던 압박감으로부터 좀 편안해졌다. 그녀는 답답했던 숨을 소리 없이 내쉬며 안도했다. 그의 머리가 점차 아래로 내려가 젖무덤에 머문 것을 다행이라 여겼다. 그러다 말겠지, 그러다 저 알아서 풀어주겠지, 하고 기대도 했다. 그는 한노다. 길고양이다. 길들여지지는 않았지만 밥을 주면 먹고, 자라면 자고, '내가 어떻게 하면 돼?' 라고 묻는 약간 모자란 녀석이다. 겁먹을 거 없다. 항복할 필요 없다.

한노는 려희의 젖가슴을 아이스크림 핥듯 했다. 젖꼭지를 체리인 양 입속에서 굴렸다. 또한 장난치듯 입술로 물어 쭉 잡아당겼다. 려희는 눈을 감고 있었다. 그의 부드러운 애무에 나른해지는 감각을 붙들고 '정신 차려' 하는 말을 주문처럼 외우느라 한노의 움직임을 눈치채지 못했다. 그는 그녀의 젖꼭지를 입에 문 채 손 하나를 위로 올렸다. 위에 달린 파이프 아래로 여러 개의 밧줄이 내려와 있었는데 그는 그중 하나를 잡았다. 잡아서 쭉 내리고 거의 동시에 젖가슴에서 물러나 그녀의 다리를 잡아 위로 올려 눈 깜짝할 새에 그 밧줄을 오금에 걸었다.

"어……."

려희가 깜짝 놀라 중심을 잃고 휘청했다. 그녀의 다리가 위로 올라갔다. 밧줄에 오금이 걸려 무릎은 꺾인 채였다.

"뭐, 뭐 하는 거야?"

려희가 소리쳤다. 한노는 그녀의 다리를 매단 밧줄을 위에서 묶고 있었다. 그 바람에 그녀의 나머지 다리마저 바닥에서 발끝이 올라 그녀는 더욱 허우적댔다.

"하, 하지 마……."

비명처럼 날카롭게 려희가 외쳤다. 한노는 태연하게 그녀의 다른 쪽 다리도 같은 방법으로 매달았다. 려희는 거울을 통해 제 모습을 보며 경악했다. 양쪽 다리가 다 허공에 매달렸다. 그것도 좌우로 벌어져 그 중앙이 훤했다. 눈을 감아도 잔상이 남아 려희는 몸서리쳤다.

"풀어…… 풀어줘……."

려희가 악을 썼다. 발로 바닥을 지탱하지 못해 밧줄에 묶인 손으로 그 밧줄을 꽉 잡았다. 결국 그녀는 울음을 터뜨렸다. 줄에 온전히 제 무게를 실은 고통보다 수치심이 더했다. 려희를 매단 밧줄은 공중에서 마구 흔들렸다. 그녀의 몸부림으로 인해.

"내려줘……. 제발……."

"벌은 좀 힘들어야 하잖아."

그녀의 가랑이 사이에 서서 한노가 태연하게 말했다.

"나쁜 새끼……. 미친 새끼……."

려희는 울음 섞인 목소리로 욕을 했다.

"알았어……. 안 만날게. 아무도 안 만날게……."

그녀는 이어 곧장 항복했다. 항복하는 얼굴이, 비록 울고는 있어도 욕할 때의 표정과 똑같았지만.

"헤어지려고 만났던 거야……. 정말이야……."

"헤어지려는 이유로도, 어떤 이유로도 만나지 말랬잖아."

"알았어. 시키는 대로 할게. 제발 놔줘. 내려줘……."

"나하고만 만날 거지?"

"그, 그래……."

"나만 볼 거지?"

"응……."

한노는 눈물로 얼룩진 려희의 얼굴을 보며 고개를 작게 끄덕거렸다. '됐어' 하는 것인지, '글쎄, 못 믿겠는걸?' 하는 것인지는 불분명했다.

"내려줘, 빨리……."

려희는 다시 애원했지만 한노는 그녀에게서 몸을 돌려 어디론가 사라졌다.

"야……."

려희가 악을 썼다.

"야, 이 미친 새끼………."

그러나 소용없다는 것을 깨달은 그녀는 입을 다물고 다문 입술에 경련이 일자 이를 악물었다. 그저 눈물만 방울방울 쏟아냈다. 한노는 금세 돌아왔다. 손에 흰색 타월을 들고. 물에 적셔 꾹 짠 타월이었다.

"풀어줘……."

려희가 울먹였다. 한노는 말없이 려희의 가랑이 사이에 다시 섰다. 그리고 손에 든 타월을 풀어 그녀의 얼굴을 닦았다. 땀과 눈물과 화장품이 타월에 묻어났다. 그는 타월의 면을 바꿔가며 그녀의 목을 닦고, 팔을 닦고, 겨드랑이를 닦았다.

"시키는 대로 한다고 했잖아. 빌었잖아……."

려희는 다시 애원했다. 한노는 묵묵히 그녀의 젖가슴에 타월을 댔다. 타월을 사이에 두고 그녀의 젖가슴을 지그시 움켜쥐었다. 한쪽을 먼저 쥐고 잇따라 다른 쪽을 쥐었다. 그렇게 젖가슴을 닦았다. 젖무덤 바깥쪽에서 안으로 원을 그리듯 적당한 힘으로 쥐어 밑으로 천천히 쓸어내리는 식이었다.

"한노야……."

려희는 한숨 쉬듯 그를 불렀다. 이름만을 불렀지만 '제발 풀어줘' 라는 애원을 담고 있었다. 그것을 아는지 모르는지 한노는 그녀의 허벅지를 닦고 있을 뿐이었다. 양쪽으로 활짝 벌어진 허벅지의 한쪽을 닦고 이어 다른 쪽을 닦았다. 무릎에서 시작해 안으로 향하며 닦았다. 허벅지의 끝, 깊은 곳까지.

그 막다른 곳은 비밀의 숲이었다. 밝은 빛에 온전한 제 모습을 보이고 있지만 그럼에도 비밀을 간직한 신비의 숲이었다. 한노는 그 숲을 뚫어지게 보고 있다가 타월에 감싼 손을 그곳에 댔다. 처음에는 살며시, 이어 손끝에 힘을 줘 깊숙이 찔러 넣었다. 그러자 희한하게 타월 너머 저쪽에서도 그의 손끝을 밀어내듯 꿈틀댔다. 움찔움찔, 기묘한 움직임. 마치 심장이 팔딱대는 것 같다고 그는 느꼈다.

"이 안에 뭐가 숨어 있어……?"

한노가 나직이 중얼거렸다. 려희에게 묻고 있다기보다는 추억의 되새김질이었다. '뭐가 숨어 있는지' 이제는 모르지 않았으니까. 그는 입 끝에 묘한 웃음을 머금었다. 려희는 머리를 뒤로 젖혔다. 그의 중얼거림을 들었다. 화가 났다. 그런데 심장이 왜 요동치는지. 그녀는 그것을 억누르려 애썼다. 큰 숨을 들이켜 참고, 그 참은 숨을 조금씩 간헐적으로 내보내며. 그러면서 정신을 집중한 것이 아니라 반대로 흩뜨렸다. 그냥 아무것도 느끼지 않았으면 싶었다. 몸의 감각은 물론이고 무엇보다 마음의 감각을 막고 싶었다. 미움도, 분노도, 더욱이 수치심도.

"야, 이 미친……."

려희가 갑자기 고개를 벌떡 세우고 소리를 꽥 질렀다. '뭐가 숨어 있는지' 끝내 보려고 한노가 그녀의 부끄러운 숲을 적나라하게 벌렸기 때문이었다. 속살을 드러낸 숲은 화가 난 듯 몹시 흔들렸다. 한노가 그 흔들리는 숲을 한입에 덥석 물었다. 그녀의 엉덩이를 받치듯 꽉 잡고서.

"흡……."

려희가 손에 쥔 밧줄을 다잡으며 어깨를 움츠렸다. 다시 엉덩이를 마구 흔들었다. 그를 떨쳐 내려는 듯. 그러나 그는 꿈쩍도 안

했다.

"야……."

'그만두고 풀어달라'는 의미로 려희가 외쳐 봤지만 소용없었다.

"어헉……."

려희의 고개가 절로 뒤로 꺾였다. 짧은 시간에 온 힘을 쏟아붓듯 했더니 그녀는 힘이 쭉 빠져 버렸다. 한노가 엉덩이를 받치듯 잡고 있어 그나마 힘이 덜 들기는 했지만 팔은 여전히 아팠다. 이제는 수치심이고 뭐고, 그 짓을 해도 제발 내려주고 나서 했으면 하는 바람뿐이었다.

"제발……."

려희는 울먹였다. 그런 뒤 얼마 지나지 않았다. 힘들고 아프기만 했던 데에서 그다지 익숙지 않은 묘한 감각이 서서히, 스멀스멀 스며들었다. 저 아래에 뱀이 지나는 것 같은 느낌. 그것도 너무 한곳만을 지나다녀 그 마찰에 점차 뜨거워 견딜 수 없게 만드는 느낌.

"우웃……."

려희는 손에 쥔 밧줄을 더욱 세게 움켜쥐었다. 허리가 절로 비틀렸다. 한노는 제 손에 받쳐 잡은 그녀의 엉덩이가 힘 있게 꿈틀대는 것을 고스란히 느끼고 있었다.

"그, 그만……."

려희는 내려달라 애원할 때보다 더욱 애처롭게 빌었다.

"뜨거워……."

❖

“뜨, 뜨거워…….”

희미한 빛을 타고 흐르는 가냘픈 목소리가 흐느끼는 듯했다. 방 안의 온도는 오히려 약간 서늘했다. 벽걸이 에어컨이 차가운 바람을 쉬지 않고 내보내고 있었기 때문이다. 창이 없는 침실이었다. 결이 보이는 검은색 원목 바닥 위로 침대는 구름처럼 하얀색이었다. 아주 큰 침대였다. 가공되지 않은 나무를 그대로 가져다 쓴 것 같은 색감의 견고한 나무 판 위에, 그 한 부분을 차지하는 매트리스는 희고 푹신해 보였다. 때문에 서로 얽혀 있는 두 사람의 벌거벗은 몸이 그 새하얀 시트와 뒤엉켜, 흡사 뭉게구름 한가운데에 푹 파묻혀 있는 것 같았다. 그렇다고 평화롭지는 않았다. 그들은 전쟁 중이었다.

“으읏…….”

려희는 어깨를 좌우로 흔들고 비틀며 도망가려 했다. 그녀의 다리 하나가 그녀를 마주한 한노의 손에 잡혀 그의 어깨 위에 있었다. 그렇게 높게 올라간 종아리는 허공에서 맥없이 흔들렸다. 한노는 려희 안으로 들어갔다가 나오는 행위를 쉬지 않았다. 그 행위를 멈출 때는 서로를 연결한 그곳을 마구 비비고, 돌리고, 흔들어댈 때뿐이었다. 그렇게 흔들릴 때마다 려희는 자궁이 타는 것 같았다. 그래서 이리저리 달아나려 해보지만 그럴 때마다 그는 더 깊이, 더 뜨겁게 들어왔다.

"으으……."

려희는 한노에게 잡힌 다리에 묵직한 압박을 느끼며 신음을 토했다. 그가 그녀의 다리를 제 어깨에 놓은 그대로, 그녀 위로 지그시 제 무게를 실었기 때문이었다. 려희의 그 무릎이 그녀의 얼굴 가까이 올 정도였다. 그만큼 그는 그녀 안으로 깊이 들어왔다. 더 들어올 수 없을 만큼.

"아파?"

한노가 속삭이듯 물었다.

"아직도 아파?"

려희는 대답 대신 그의 얼굴을 손으로 턱 막았다. 저는 얼굴을 외면하고 눈도 감은 채였다. 한노는 제 입으로 들어온 그녀의 손가락을 탐욕스럽게 빨았다. 려희는 얼른 손을 빼 주먹을 쥐고 그의 얼굴을 툭툭 때렸다.

"이건 벌 아니야. 널 사랑하는 거야. 사랑해, 려희야……."

려희는 다시 그의 얼굴을 밀었다. 듣기 싫다는 의미로.

"네가 나 안 좋아해도, 날 만져 주지 않아도…… 사랑해."

한노의 고백은 계속됐다.

"널 사랑해. 죽을 만큼…… 미칠 것처럼……."

"으흑……."

려희가 턱을 쳐들었다. 그녀의 얼굴이 갑자기 몹시 흔들렸다. 한노가 질주하고 있었다. 박차를 가하며 질주하고 있었다. 려희는 얼굴뿐 아니라 온몸이 흔들렸다. '뜨거워' 라고, 그녀는 말했지만 그것은 입 밖에서 다만 뜨거운 숨결이 되었다. 그 숨결을 또 다른 숨결이 덮었다. 해일처럼 덮었다. 한노의 숨결이었다. 그것은 동시에 신음 소리였다. 절정에서 내지르는, 또한 짐승의 울음소리였다. 그것도 죽을 때 내는 소리 같았다.

려희는 그 소리를 처음 들었던 때의 기억으로 돌아갔다. 그때는 묘하게도 그것이 슬펐다. 붉게 타오르는 숯덩이가 온몸을 휘젓는 것 같아 두렵고 고통스러웠는데 정작 타 죽는 것은 저가 아닌 한노 같아서, 그래서 슬프고 불쌍했다. 슬프고 불쌍하고 화가 났다. 같은 감정이 다시 올라왔다. 려희는 한노의 머리를 양손으로 움켜잡고 제 가슴에 콱, 품었다.

"나쁜 새끼……."

려희가 욕을 했는데도 한노는 그녀의 가슴에 얼굴을 비볐다. 그녀는 그를 도로 밀치려 했다. 그는 밀리지 않고 그녀의 젖꼭지를 물었다. 팍, 팍, 팍, 려희는 그를 마구 때렸다. 옥신각신, 엎치락뒤치락 끝에 려희가 한노를 밑에 두었다. 그의 가슴 위에 팔을 괴고서.

"만져 줘."

한노가 려희의 손을 잡아 제 얼굴에 댔다. 그의 얼굴은 아직 뜨거웠다. 려희는 손을 빼지 않고 가만히 그의 얼굴을 내려다봤다. 이상한 일이지만 오늘 그를 만난 뒤로 처음 얼굴을 제대로 보는 것 같았다. 그는 입술이 약간 부어 있었다. 특히 윗입술 왼쪽이 부었고 핏빛 흔적이 역력했다. 려희가 물어뜯은 흔적인데 그 뒤로 계속 입술이 마를 틈이 없어 딱지가 앉지 못한 채 핏빛이었다. 한노는 려희가 손을 빼지 않자 자신감을 갖고 그녀의 그 손을 아래로 내렸다. 제 남성으로 가져갔다. 그제야 려희가 질색하며 손을 움츠렸지만 그는 더욱 밀착시켰다. '만져 줘' 라고 반복하며.

"네 꺼잖아."

한노는 이어서 말했다. 려희는 욕이 다시 튀어나오려는 것을 가까스로 참았지만 그것을 만지는 것은 여전히 머뭇거렸다. 손에 닿은 느낌은 물컹했다. 또 차가웠다. 저 차가운 것이 어째서 그토록 뜨거웠던 것인지. 그녀는 짐짓 궁금하다는 듯 슬며시 손끝을 움직여 보았다. 그녀가 스스로 만지자 한노는 그녀의 손에서 조심히 물러났다. 려희는 그의 남성을 손안에 가만히 쥐었다. 여전히 말랑했다. 어물전에서 보았던, 보기만 하고 징그러워서 만져 보지는 못했던 해삼 같은 느낌도 들었다. 버섯의 갓 같은 부분을 만져 보며 려희는 정말 버섯을 상상하기도 했다. 그때였다.

"빨아줘."

한노가 속삭였다. 그 말에 려희는 손안에 쥐고 있는 것을 백 미터쯤 날려 버릴 기세로 팍, 뿌리쳤다. 한노가 '억' 소리를 냈지만 려희는 모른 척 그의 위에서 내려와 홱 돌아누웠다. 한노가 곧장 그녀 뒤로 착 달라붙었다.

"알았어. 안 빨아줘도 돼."

려희를 꼭 안고 그가 말했다. 려희는 저리 떨어지라고 어깨를 흔들었지만 그런다고 떨어져 나갈 그가 아니라는 것도 물론 잘 알았다.

"나만 너 빨아줘도 난 괜찮아."

"저속한 말 좀 하지 마."

려희가 신경질적으로 톡 쏘아붙였다.

"알았어."

한노가 재빨리 대답했다.

"네가 하라는 대로 할게. 다 할 테니까 려희야…… 널 줘. 나한테 널 줘……."

한노는 려희의 등에 얼굴을 대고 독백처럼 중얼거렸다.

"난 다 줬어. 너한테…… 다 줬어. 모두 다……."

려희는 한노의 두서없는 말을 무심히 듣고 있었다. 그리 의미있게 듣지는 않았다. 깊이 생각하지도 않았다. 생각해 봤자 화만 날 테니까. 그렇다고 한노에게서 완전히 벗어날 수는 없었다. 몸이든 마음이든 생각이든. 한노는 제 온몸으로 려희를 끌어안고 있었다. 려희가 조금이라도 꼼지락거리면 그도 꼼지락거리며 그녀의 몸에 더욱 치댔다. 떼쟁이처럼. 그러고 보니 한노는 어딘가, 혹은 무엇인가 결핍된 녀석 같았다. 사회성이 덜된 녀석 같았다. 그래서 모자라 보였을까. 려희는 어느새 녀석에게 제 마음과 생각이 가 있다는 것을 깨닫고 다시 머리를 비우려 했다.

"답답해……."

려희가 갑자기 짜증을 내며 제 몸을 감싼 한노의 팔을 떨쳐 내려고 어깨를 꿈틀댔다. 한노는 그새 잠들었는지 약간 움찔하는 기척이더니 이내 더 달라붙어 려희의 가랑이 사이를 손으로 비집었다. 비집었을 뿐만 아니라 손가락 또한 부지런히 움직여 애무했다. 려희로서는 혹 떼려다 더 붙인 격이었다. 아무리 싫은 티를 팍팍 내도 그는 거머리처럼 달라붙었다.

"넣지 마……."

려희가 얼굴을 찌푸렸다. 그의 손가락 하나가 깊숙이 파고든 직후였다.

"손가락도 아파? 훨씬 작고 얇은데?"

"그럴 땐 가늘다고 하는 거야."

려희는 괜히 화를 버럭 냈다.

"응. 손가락은 가늘어, 가늘어……."

그는 선생님 앞의 '초딩' 처럼 따라 하면서 손가락을 빙빙 돌렸다.

"하, 하지 마……."

"금세 커졌다."

"뭐……? 뭐가?"

한노가 손을 빼고, 그 손으로 려희의 손을 잡아서 또 제 남성에 가져다 댔다.

"봐."

"아이 참……."

려희가 울상이 돼서 손을 확 거두었다. 한노는 그녀의 팔에 입맞춤을 퍼부었다. 젖가슴을 움켜쥐었다. 려희는 그가 다시 시작할까 봐 더럭 겁이 났다.

"하, 한노야……. 배고파……."

려희가 서둘러 말했다. 배고플 때가 되기는 했다. 저녁 식사 때가 한참 지났을 테니까. 한노는 려희의 배꼽 주변에 입을 맞추느라 대꾸도 없었다.

“야아, 배고프다니까…….”

“나도…….”

“배고프다면서…….”

배고프다면서 다리는 왜 벌리느냐고, 려희는 항의하려다 그만두었다. 포기였다. 한노는 려희의 무릎을 양쪽으로 활짝 벌려놓고 그 중앙에 얼굴을 대고 비볐다. 가로로 비비고, 세로로 비비고, 이상하게 어슷한 사선 방향으로도 비볐다. 그리고 입맞춤을 하듯 쪽쪽 대다가 그예 그녀의 꽃을 통째로 물고는 열심히 빨았다.

“으음…….”

아래가 저릿저릿한 느낌 때문에 려희는 머리를 시트에 대고 비비적댔다. 허벅지 안쪽이 제 의지와 상관없이 경련을 일으키는 것 같았다. 그곳을 한노가 너무 꽉 잡고 있어서 그런가 보다 하고 그녀는 가랑이를 오므리려 했다. 다행히 그가 놔주었다. 다만 입에 문 것만은 놔주지 않았다. 또한 허벅지를 놔주었던 것도 또 다른 것을 잡기 위해서라는 듯 그는 두 손을 위로 뻗어 그녀의 젖가슴을 움켜잡았다.

“으흡…….”

려희는 제 가랑이 사이에 있는 한노의 머리를 허벅지로 꽉 조였다. 한노가 온몸을 이용해 그녀를 밀어붙이고 있었다. 한 번씩 밀 때마다 그녀의 꽃에 파묻힌 제 얼굴을 더욱 밀착시키고 동시에 손아귀에 쥔 그녀의 젖가슴을 슬며시 비틀었다.

"아아……."

려희는 시트를 쥐어 잡아, 한노가 그녀의 젖가슴을 비튼 것처럼 비틀었다. 오히려 더 강하게.

10. 나만 봐

침실은 고요했다. 벽걸이 에어컨이 돌아가는 소리만 규칙적으로 났다. 그리 거슬리지 않는, 선풍기 바람 소리보다 더 나직한 소리였다. 그보다 더 나직한 소리는 뿌연 빛 속에 휩싸인 침대에 있었다. 나직하면서도 고른 숨소리. 그 소리를 려희는 듣고 있었다. 그 단조로운 소리에 취하지 않으려, 마음을 놓지 않으려 무던히 애를 썼다.

몸도 마음도 물 먹은 스펀지처럼 무거웠는데 시간을 두고 버티다 보니 다행히 견딜 만해졌다. 더욱 다행인 것은, 그녀의 몸을 밧줄처럼 휘감은 한노의 팔이 느슨해졌다는 점이었다. 아기처럼 편안하고 고른 숨소리를 내며, 그는 깊은 잠에 빠져 있었다. 짧지도 않은 시간 동안 그 '난리'를 쳤으니 무리도 아니었다.

려희는 몸을 꿈틀대 한노의 팔에서 조금씩 벗어났다. 살그머니 이불을 걷고 다리부터 침대 밖으로 떨어뜨려 바닥을 더듬었다. 그런 다음 몸을 뒤척이듯 침대 가장자리로 반 바퀴 굴렀다. 그때 한노의 숨결이 약간 높아져 그녀를 긴장시켰지만 그는 머리만 한 번 꼼지락대고는 이내 가만있었다. 숨결도 원래대로 돌아왔다.

려희는 조심스럽게 몸을 일으켜 앉았다. 침대 아래에 발을 딛고 또 조심히 일어났다. 살금살금 걸어 침대를 뒤로했다. 눈으로는 주위를 훑었다. 바닥에 한노의 옷이 아무렇게나 흩어져 있었다. 바지와 속옷이었다. 소파에도 옷이 걸쳐져 있어 가까이 가서 보니 추리닝 바지였다. 소파의 측면에 붙박이장인지 드레스 룸의 입구인지 정확하지 않은 갤러리 문이 있었지만 열어볼 엄두는 나지 않았다. 려희는 추리닝 바지만 들고 문가로 가서, 소리 나지 않게 안간힘을 쓰면서 문을 열고는 재빨리 침실을 나왔다.

침실을 나온 려희는 알몸에 추리닝 바지부터 급히 입었다. 그런 뒤에 걸음을 옮겼다. 바로 앞은 전위 예술가의 아틀리에 같은 방이었다. 그 방에 버려진 려희의 가방과 신발, 특히 발기발기 찢긴 원피스가 그 전위성에 한몫 더하고 있었다. 려희는 가방과 신발을 집어 들고 계단 아래를 지났다. 거울 방이었다. 어두웠다. 그래도 그곳에 버려져 있는 한노의 셔츠를 발견 못할 정도는 아니었다. 려희는 그 셔츠를 주워 입었다.

거울은 그런 그녀를 검은 그림자의 모습으로 담고 있었다. 그녀는 재빨리 등을 돌렸다. 제 모습이 보기 싫은 듯. 다시 '아틀리에'

로 돌아온 려희는 곧장 계단을 밟았다. 계단을 다 올라와서는 문을 열 수 없으면 어쩌나 했는데 다행히 잠금장치는 특수한 것이 아니었다. 간단하게 문을 열었다. 소리 나지 않게끔 조심성을 잃지 않은 채.

려희는 무사히 1층으로 나왔다. 어두웠지만 창을 통해 밖에서 새어든 빛으로 방향을 분간하기 어렵지 않았다. 그녀가 있는 곳은 복도였다. 폭이 넓고 길이는 짧은 그 복도는 중앙의 홀(Hall)과 바로 연결돼 있었다. 려희는 중앙의 홀로 가기 전에 먼저 가방에서 휴대폰을 꺼냈다. 시간을 보기 위해서였다. 정확히 10시 47분. 여기서 나가 택시를 타고 집에 가면 엄마보다 먼저 도착할 수 있겠다 싶었다. 휴대폰은 시간 외에도, 그녀가 한노와 전쟁을 치르는 동안 석현에게서 얼마나 많은 연락이 와 있는지를 보여주었다. 려희는 예상했기에 놀라지 않았다. 그렇게 헤어졌으니 그는 얼마나 놀라고 황당해했을까.

석현은 그 시간에 려희가 상상도 할 수 없는 곳에 와 있었다. 바로 한노의 자택 앞이었다. 가로등 빛에 환한 대문 앞에 석현이 막 차를 세웠다. 대문가에 있는 경비실의 창에서는 한 남자가, 차에서 내리는 석현을 주시하고 있다가 창문을 열었다.

"난 장한노의 외사촌입니다."

경비실의 창에 얼굴을 드러낸 남자에게 석현이 말했다.

"한노 만나러 왔는데 안에 있나요?"

"외사촌 누구십니까? 성함이……."

"이석현입니다."

남자는 안으로 모습을 감췄다. 석현은 초조한 기색으로 제자리를 서성거렸다. 제 누나에게 물어 이곳을 찾아온 터였다. 큰외삼촌 집을 중학생 때인가, 고등학생 때 딱 한 번 빼고는 와본 적이 없어서 위치를 몰랐다. 누나도 사정은 비슷했지만 마침 결혼 전에 방문한 적이 있어서 알려주었다. 물론 누나는 그것을 갑자기 왜 묻느냐고 먼저 캐물었다. 큰외삼촌이 살아 있을 때면 모를까, 지금은 몹시 뜬금없게 여겨졌을 것이다. 석현은 '그냥'이라고 얼버무렸다. 이곳을 찾기 전까지 그는 려희에게 수십 통의 전화를 하고 그녀의 집에도 다녀왔었다. 그런데 연립주택만 알지 정확히 몇 층, 몇 호에 사는지를 알지 못해 주택 앞에서 마냥 기다리기만 했었다.

"이석현 씨. 선약이 있으십니까?"

창가에 남자가 다시 나타나서 물었다.

"그냥 놀러 왔어요. 동생 만나러."

"지금 부재중이니 전화를 먼저 해보시죠."

"그럼…… 번호를 좀 알려주시겠어요?"

"그건 저희 소관이 아닙니다."

"이봐요. 난 친척이에요. 수상한 사람이 아닙니다."

"그럼 친척들 중에서 물어보시기 바랍니다."

남자는 그 말을 마지막으로 창문을 닫았다. 석현이 거칠게 도로 열었다.

"한노 안에 있으면 좀 보자고 전해줘요. 려희와 같이 있으면 다 함께 보자구요."

남자는 창가에서 물러나 있다가 다시 와 말없이 그 창문을 도로 닫았다. 석현이 다시 열려고 하니 이미 잠겼다. 석현은 화가 나서 주먹 옆면으로 창을 쳤다. 강화유리인지 텅, 소리가 났다.

"빌어먹을……."

석현은 낮게 읊조렸다. 려희의 전화는 불통이었다. 받지를 않았다. 한노에게 끌려가다시피 해서 사라진 데다 통화까지 안 되니 더 불안했다. 그때 한노의 모습이 정상이 아닌 것 같아 더욱더. 대체 두 사람은 어떤 사연으로 그런 것인가. 한노에 대해서는 이미 기억을 떠올렸다. 그가 려희와 함께 있던 사진, 그리고 그 사진이 불시에 휴대폰으로 날아들어 황당했던 기억까지. 한노가 바로 그 놈이었다. 당시 려희 말로는 제 엄마가 데려온 녀석이라고 했다. 이후에 떠났다고도 했다. 그때는 큰외삼촌이 생존해 있었을 때인데 한노가 어떻게 려희의 집에서 지내게 되었는지, 석현은 짐작조차 할 수가 없었다.

차에 오른 석현은 휴대폰을 꺼내 잠시 망설이다가 전화를 걸었다.

[응. 왜? 너 오늘 자주 전화 건다.]

누나였다.

"누나 혹시…… 한노 전번 알아?"

[뭐? 한노? 장한노 말하는 거지? 아까는 집을 물어보더니 이젠 전번이야? 너 왜 그래? 무슨 볼 일인데?]

"그냥……. 알아, 몰라?"

[그거까진 나도 모르지. 외삼촌 장례 때 처음 본 앤데……. 엄마

는 알지도……. 아, 아빠는 당연히 알겠다. 걔 자문 변호사잖아.]

석현은 난감했다. 부모에게 물어보는 것은 왠지 꺼려졌다.

[내가 엄마 통해 알아봐 줘?]

"아냐. 됐어."

석현은 전화를 끊고 려희의 번호로 손끝을 가져갔다. '제발' 하는 간절한 바람과 함께. 그의 바람은 곧 '통화가 되지 않아 음성사서함으로 연결합니다' 라는 기계 멘트로 좌절되었다. 벌써 수십 번의 좌절이었다. 이제는 려희에게서 연락이 오기를 기다리는 수밖에. 설마 집에는 들어갈 테니 오늘 안으로 연락이 오기를, 그는 다시 간절히 바랐다.

❖

거울 방이 환하게 불을 밝혔다. 거울은 밧줄에 매달린 하얀 나신을 비추었다. 려희는 이미 한 번 그랬던 것처럼 발가벗은 몸으로 매달려 있었다. 공포에 질렸던 처음과 달리 이번에는 뿌루퉁한 얼굴을 하고서, '벌이야' 하는 소리가 나는 쪽으로 눈을 희번덕거렸다. 그녀는 대문 근처에도 가보지 못하고 잡혔다. 정원의 어딘가에서 불쑥 나타난 남자가 앞을 떡하니 막아서고는 절대 비켜주지 않았다. 얼마 뒤에 한노가 와서, 결국 그녀는 그에게 손목을 잡힌 채 도로 이곳으로 끌려오고 말았다. 가슴 졸인 탈출 작전치고는 너무도 허망한 결과였다.

한노는 뽀얀 김이 모락모락 피어오르는 머그잔을 들고 두 개의 계단을 내려섰다. 경비실의 연락을 받고 일어나 바지만 대충 입고 후다닥 나갔다가 그녀를 데리고 온 그는 일단 그녀를 매달아놓기부터 한 다음에 느긋하게 커피 한 잔을 만들었다.

"엄마가 나 외박하는 거 싫어해."

거울을 통해 한노를 보며 려희가 톡 쏘아붙였다. 그의 여유만만한 모습을 보니 괜한 울화가 치밀었다.

"내가 방금 문자 보냈어, 아줌마한테."

려희의 뒤편에서 한노가 말했다.

"뭐? 네가?"

"응. 네 휴대폰으로. 친구네서 자고 내일 들어간다고."

려희는 허, 하는 헛웃음을 짧게 뱉었다. 한노는 머그잔을 입에 대며 그녀의 뒷모습을 감상하듯 훑다가 그 등허리에 손을 댔다. 려희가 대번에 어깨를 흔들었다. 그렇게 하면 그의 손을 떨쳐 낼 수 있다는 듯. 한노는 개의치 않고 그녀의 엉덩이를 만지작대다가 그 마지막에 찰싹, 소리가 나게 한 대 때렸다. 려희가 다시 눈을 희번덕댔다. 거울에 비친 한노를 향해.

"벌이야."

한노가 말하며 려희 앞으로 움직였다. 그의 말을, 려희는 대번에 받아치려고 하다 그 찰나에 멈칫했다. 내뱉으려던 말을 도로 집어넣느라 입술만 실룩거리면서 눈을 가늘게 떴다. 그녀 앞으로 온 한노는 뒷모습을 보이고 있었다. 려희를 멈칫하게 만든 것이 그의 발가벗은 등이었다. 그의 몸을, 특히 뒤를 자세히 볼 기회가 없었는데—보려고 하지도 않았지만—가만 보니 그의 등이 그리 매끈하지 않았다. 견갑골 주변과 등허리 부분이 특히 그랬다. 흉터로 보였다. 그런 흉터를 려희는 전에도 그의 몸에서 봤었다. 그러고 보니 그가 길고양이처럼 려희의 집에 처음 왔을 때도 멍투성이였다고, 그녀는 기억을 일깨웠다. 그는 '맞았다' 고 했었는데.

"몸…… 왜 그래?"

려희가 물었을 때 한노는 커피를 마시며 머그잔 너머로 거울을, 거울 속 려희를 보고 있었다. 그녀의 눈길을 아는 것 같았다.

"맞았어."

돌아서서 려희를 보며 그가 대답했다.

"왜……?

"몰라. 그냥 벌이었어."

"벌……?"

려희는 왠지 알 수 없게 등골이 서늘해서 더 물어볼 수가 없었다.

"벌주면 말을 잘 들어."

"정말 말 잘 듣게 하는 건 상대를 믿는 거야. 믿고 사랑하는 거야……."

려희는 자신 없는 목소리로 반박했다. 뭔가 머릿속이 명쾌하지 않아서였다.

"정말……?"

한노는 한걸음에 려희 앞으로 다가섰다.

"근데 왜 몰래 도망가려고 해? 날 못 믿은 거지?"

"그, 그게…… 그러니까…… 그래. 솔직히 네가 안 보내줄까 봐……."

"응. 보내주긴 싫었어."

"거, 거봐. 왜? 너하고만 사귄다고 약속했고, 너 하고 싶은 것도 다 했잖아. 너야말로 날 못 믿는 거지?"

"사실은……."

한노가 눈빛을 반짝거렸다.

"너랑 자고 싶었어. 그냥 자는 거. 널 끌어안고 그냥 네 품에서 자는 거. 내가 죽기 전에 하고 싶은 백 가지 중 하나거든."

"백 가지……?"

"응. 려희랑 하고 싶은, 려희에게 해주고 싶은 백 가지……. 려희랑 뽀뽀하기, 려희랑 사랑하기, 려희랑 시장 보기, 려희랑 밥하기, 려희랑 TV 보기……."

"유치하게……."

"려희 젖꼭지 깨물기, 려희 겨드랑이 핥아주기, 려희 발가락 빨아주기……."

"그만해. 더럽게……."

려희는 퉁명스럽게 말하면서도 쑥스러운 듯 눈을 내리떴다.

"날 봐, 려희야."

말과 함께 그가 려희의 턱 아래를 손끝으로 슬며시 훑었다.

"날 봐, 나만 봐."

려희는 눈을 들어 그를 보았다.

"내 비밀 하나 알려줄까?"

"비밀?"

한노의 생기 넘치는 눈빛을 보며 려희는 의아해했다.

"나, 처음보다 잘하지 않았어?"

그가 묻는 내용의 정확한 뜻을 몰라 려희는 여전히 의아해하며 대꾸를 못했다. 그사이 그는 한 손으로 려희의 젖무덤을 그 바깥쪽에서 안으로 모으듯 쥐어 잡았다. 적당한 힘으로.

"나, 그거 보고 배웠거든."

"그거……?"

"야동 보고 독학."

려희의 눈이 마치 '뭐?' 하듯 휘둥그레졌다.

"나 이제 하수 아니다."

려희는 무슨 대답을 해야 할지 몰라 입만 헤, 벌렸다. 한노는 그녀의 젖가슴을 한 손에 쥔 채 그 엄지와 검지를 이용해 젖꼭지를 잡아 좌우로 빙글빙글 돌렸다. 다른 손에 머그잔을 계속 들고 있어 그는 한 손만을 사용했다. 나름 '고수' 같아 보이려고 굳이 그 머그잔을 내려놓지도 않았다.

"야동 많이 봤거든."

한노가 말을 이었다.

"그게 자랑이야?"

려희는 어처구니없다는 듯했다.

"못하는 것보다는 낫잖아."

"설마……."

려희는 의아한 얼굴을 해 보였다.

"처음 봤다는 건 아니지?"

"얼마 전에 처음 봤어. 두 달 전쯤. 두 달 동안 진짜 많이 봤다."

려희는 딱히 할 말이 없어 입을 다물었다. 참 여러 가지로 모자란 녀석이라는 생각이 들 뿐이었다. 한노의 손은 밑으로 내려갔다. 려희는 저도 모르게 허벅지를 오므렸다.

"벌려."

한노가 말했다. 려희는 머리를 흔들고 벌리지도 않았다.

"벌려봐. 말 잘 들어야 풀어주지."

풀어준다는 말에 려희는 할 수 없이 무릎 사이를 약간 벌렸다.

"더."

려희는 조금 더 벌렸다. 한노의 손가락은 얄밉게 들어왔다. 꼬물꼬물 숲을 헤쳐 꽃잎을 살살 간질이듯 들어왔다. 얄미운 손가락은 차츰 대담해져 꽃잎을 마음껏 유린하고, 강줄기를 파고들어 강바닥을 진하게 훑었다.

"고개 들어."

한노가 속삭였다. 려희는 눈을 내리깔고 고개마저 푹 떨어뜨린 채로 있다가, 그의 주문에 고개만 살짝 들었다.

"날 봐."

이어진 한노의 주문에 그녀는 마지못하듯 눈을 들었지만 그의 눈과 마주치자 금세 도로 눈동자만 내렸다.

"나만 봐."

려희의 광대뼈 부근이 발그레해 있는 것을 보며 그는 다시 주문했다. 려희가 눈을 들었다. 눈빛이 촉촉했다. 또 흔들렸다. 물 위에 비친 달빛이 흔들리는 것처럼. 한노는 또 그녀의 입술이 미세하게 떨리는 것을 보았다. 그와 같은 떨림을, 그는 제 손끝으로도 느끼고 있었다. 그녀의 수줍고 깊은 숲에서. 한노는 그 숲에서 가장 우뚝 서 있는 보석을 에워쌌다. 그가 그 보석을 거세게 몰아치면 칠수록 그녀의 눈빛은 더 흔들리고 입술도 더 떨리다가 끝내 벌어졌다.

"피하지 마. 날, 나만 봐, 려희야."

려희의 눈동자가 한노를 피하는 것을 보며 그가 말했다. 거의 명령조였다. 무자비하게 그녀의 숲을 헤집으면서도 그는 그녀를 제 눈동자에 묶어두려 했다.

"허억……."

려희가 가슴을 들썩이며 저도 모르게 신음을 토했다.

"푸, 풀어줘……."

"조금만 더……."

"바, 밥도 못 먹고……. 배고파서 힘없고 팔 아파……."

"그러잖아도 먹을 거 사오라고 했어. 조금만 기다려."

"그러니까…… 풀어줘. 매달려서 먹을 순 없잖아."

"그럼 풀어주세요, 주인님…… 해봐."

"뭐……?"

"그럼 바로 풀어줄게."

려희는 욕을 할 것처럼 입술을 실룩거렸지만 그녀의 입에서 나온 것은 '으음'이었다. 그녀의 허벅지 안쪽이 파르르, 경련을 일으켰다.

"읏……."

려희는 허리를 비비 꼬았다.

"푸, 풀……."

려희는 잇새로 밀어내듯 말했다.

"풀어주세요……. 주인님……."

려희의 쥐어짜는 소리에 한노가 놀란 듯 눈을 둥그렇게 떴다. 그녀가 진짜 할 줄은 몰랐다. 그는 곧장 그녀의 가랑이 깊은 곳에서 손을 빼고 머그잔을 내려놓은 뒤에 급히 밧줄을 풀었다. 풀썩, 려희는 무너지듯 주저앉았다.

"하아, 하아……."

려희가 바닥에 대고 가쁜 숨을 몰아쉬었다. 한노는 그녀를 마주하고 앉았다.

"물 많이 나왔어."

한노가 제 손을 보며 말했다. 그 미끈한 감촉이 아직 손에 남아 있는 듯 그는 손끝을 모아 문질렀다. 려희가 슥, 고개를 들었다. 눈빛이 사나웠다. 짝, 제대로 차진 소리가 거울 방에 울려 퍼졌다. 한노의 얼굴이 살짝 옆으로 돌아갔다. 그는 돌아간 제 얼굴을 천천히 원래의 방향으로 돌렸다. 짝, 그의 얼굴이 돌아오자마자 려희가 다시 후려쳤다. 한노는 더 빨리 제 얼굴을 원래의 방향으로 보냈다. 려희가 다시 손을 들었다. 그 손으로 이번에는 한노의 머리칼을 움켜잡았다. 콱, 다른 손으로도 잡았다. 이어 박치기하듯 그의 입술을 덮쳤다.

"읍……."

한노가 엉덩방아를 찧으며 주저앉았다. 그런 그에게 려희가 달려들어 제 가랑이 사이에 그의 몸을 끼워 넣고 마치 피스톤 운동을 하는 것처럼 허리 아래를 마구 들이대고 또한 비볐다.

"헉……."

려희가 기겁하듯 한노에게서 떨어졌다. 그를 덮친 지 불과 5초만이었다. 그새 한노는 넋 나간 얼굴이었다. 그 넋 나간 얼굴에서 눈만 시퍼렇게 빛났다.

"아냐, 아냐, 아냐……. 실수야. 내가 미쳤나 봐……."

려희가 도망가려 무작정 몸을 돌렸지만 한노가 그녀의 뒤를 좀비처럼 덮쳤다.

"어헉……."

려희는 바로 앞에 보이는 패브릭 안락의자를 부여잡았다. 안락의자는 려희에게 잡힌 채 드드득, 끌려갔다.

"더 만져 줘."

려희를 의자와 함께 '생포' 한 한노가 뜨겁게 구애했다.

"날 만져 줘. 더 해줘, 려희야……."

려희는 '놔' 라고 소리쳤지만 이미 늦었다는 것을 알았다. 한노는 불덩이로 변해 있었다.

지하층 입구의 문이 열리고 박 비서가 얼굴만 들이밀었다. 우당탕, 지끈, 쿵쿵, 소리가 먼저 그를 맞았지만 그는 못 들은 척 커다란 종이 가방을 문 안쪽에 내려놓았다. 그는 곧바로 문을 닫지 않고 잠시 동안 귀를 쫑긋 세우다가 애매한 표정으로 사라졌다.

❖

려희는 깊은 잠으로부터 무엇엔가 의해 끌어 올려지듯 제 의식 위로 올라왔다. 깊은 잠은 바다처럼, 혹은 엄마의 양수처럼 삶도 죽음도 아니고 잠도 의식도 아닌 적요의 지대였다. 시공의 분리가 의미를 갖지 못하는 그 근본적인 안온의 지대에서 끌려 나오는 경험은 차원의 경계를 넘는 것 같았다. 그것은 쾌라고도, 불쾌라고도 말할 수 없었다.

려희는 차원이 바뀌는 찰나에 눈꺼풀을 비집고 들어오는 빛을 느꼈다. 강한 빛은 아니었다. 도리어 아주 약한 빛이었다. 다만 깊은 잠으로는 절대 들어올 수 없는 것일 뿐. 또한 그 빛이 그녀를 깨운 것도 아니었다. 그녀를 깊은 잠으로부터 끌어 올린 것은 좀 더 은밀하고 이상하면서도 왠지 서글픈 사연을 예감케 하는 어떠한 자극, 혹은 접촉이었다.

려희는 그 '접촉'과 만났다. 한노였다. 그는 려희의 팔 아래에서 그것을 숭배하는 것 같은 모습으로 있었다. 손바닥이 위를 향한 채 시트 위에 뻗어 있는 그녀의 팔. 그는 그 팔보다는 손을, 특히 손바닥을 숭배했다. 그 손바닥에 제 한쪽 뺨을 가져다 댔다가 그 잠시 뒤에 다른 쪽 뺨을 대고는 했다. '부비부비' 하듯 비비기도 하고, 입을 맞추기도 했다.

려희는 저가 깼다는 신호를 보내지 않고 계속 잠든 척하고 있었다. 그가 적당히 하고 말 줄 알았다. 그런데 그냥 내버려 두면 하루 종일 할 기세였다. 그는 쉬지 않고 그녀의 손바닥에 얼굴을 문댔다. 이 녀석, 아무래도 애정 결핍인가 보다—정말 가지가지 모자라는 녀석이지 않은가—하기는 저 스스로를 길고양이라고 하던 녀석이다. 양부모가 저를 거리에서 주웠다고도 했다.

그 순간 려희는 생각을 멈췄다. 더 하다가는 속에서 뭔가가 올라올 것 같았다. 아니, 이미 올라왔다. 올라오고 말았다. 동생 한노가, 겨우 다섯 살의 한노가 삭막한 거리를 헤매며 인파에 치이고 수많은 발들에 밟히는 악몽 같은 현실, 혹은 현실 같은 악몽. 려희는 눈을 꼭 감았다. 눈꺼풀을 뚫고 뜨거운 것이 흘러내릴까 봐 악착같이 참았다. 그렇게 참느라, 참아내느라 한노의 이상하고 바보 같은 짓에도 그녀는 지루하지 않게 손바닥을 빌려줄 수 있었다. 그 손바닥에, 그가 제 얼굴이 아닌 '그것'을 대고 비비기 전까지는.

"아이……."

려희는 그제야 비로소 깬 것처럼 얼굴을 찌푸리고 제 손에 있는 것을 뿌리쳤다.

"깼어?"

한노는 깨워 미안하다는 것처럼 묻고는 려희를 홀랑 뒤집었다. 이어 곧장 그녀의 엉덩이를 양손으로 움켜잡고 쫙 벌렸다.

"하, 하지 마. 뭐 하는 거야?"

"어제 한 거 또 하자."

"뭐?"

"뒤로 한 거."

"야아……."

려희가 기겁했다. 어제 그녀는 거울 방에서 안락의자를 부여잡고서, 아니, 정확하게는 의자에 엎어진 채로 한노에게 뒤로부터 도킹당했었다.

"일어나자마자 무슨……."

려희가 소리치는데도 한노는 그녀의 등을 꽉 누른 채 엉덩이만 위로 들어 올렸다.

"너 죽어……."

려희가 아등바등하는 동안에도 한노는 위로 들려 벌어진 그녀의 가랑이를 들여다보며 숲의 상태를 관찰하고, 침 묻혀보고, 만져 보고, 혀를 대보는 등 저가 들어갈 수 있나, 혹은 들어갈 수 있도록 하는 작업에 열을 올렸다.

"히잉……."

려희는 베개에 얼굴을 파묻고 짜증과 울먹임이 섞인 신음을 토했다. 지쳐서 더 이상 저항할 기운도 없었다. 어젯밤에도 거울 방에서 '도킹당하고' 나서 밥을 먹을 때 팔에 경련이 오는 바람에 젓가락질하는 손이 부들부들 떨렸었다. 그런데도 한노는 밥 먹고 나니 다시 힘이 불끈 솟는다며 밤새 칭얼거려서 그 칭얼거림에 내내 시달리다가 까무러치듯 잠들었던 려희였다.

"으읍……."

려희는 베개를 움켜잡았다. 아랫도리가 빠근하게 조여왔다. 물

샐틈없다는 것이 바로 이런 것인지. 아니, 물은커녕 공기도 들어올 수 없을 만큼 빈틈없이 꽉 차는 느낌이었다. 한노는 저로 그녀를 채우고도 모자랐는지 온몸으로 그녀를 품었다. 려희는 제 바로 뒤에서 '좋아' 하는 녀석의 목소리를 들었다.

"너와 하나 되는 거 좋아……. 죽을 것처럼, 미칠 것처럼 좋아, 려희야……."

뒤에서 기중기처럼 올라와 있는 녀석에게 려희는 '힘들어 죽겠거든' 이라고 속으로만 외쳤다. 그런데 그것을 알았을까. 한노가 그녀를 데리고 몸을 반쯤 뒤집었다.

"흐윽……."

려희는 오히려 더 괴로웠다. 그렇게 몸을 뒤집고 나서 한노가 두 팔로 그녀의 몸을 포박한 것처럼 휘감았기 때문이었다. 한 손으로는 젖가슴도 쥐어 잡아 비틀었다.

"려희야……."

한노는 그녀의 귓불을 이로 자근자근 씹다가 속삭였다.

"나 좀 가져 줘. 날 가져……. 가져 줘."

그런 뒤에야 그는 허리를 움직였다. 온몸을 움직였다. 그는 불쏘시개가 돼서 려희를 온통 들쑤셨다. 그렇게 들쑤시면서 타기는 왜 저가 먼저 타서 재가 되는지. 려희는 한노의 짐승 같은 울부짖음을 들으며 또 이상한 연민에 빠졌다. 안 돼. 불쌍하게 여기지 말아야지. 려희는 마음을 다잡았다. 실은 저가 죽게 생겼다. 관계 후 욕실로 들어온 그녀는 몇 발자국 걷지도 못하고 욕조 위에 풀썩 주저앉았다. 허벅지 안쪽이 바들바들 떨리고 엉덩이는 근육이 뭉친 것처럼 뻐근했다.

"빨리……."

려희가 한숨처럼 뱉어냈다.

"여기서 나가야지. 집에 가야지……."

엄마가 가게에 나간 뒤에나 들어가야 해서 빨라도 정오는 넘겨야 했다. 때문에 그때쯤 출발하면 딱 좋겠다고 생각했지만 정작 4시가 가까워서야 출발 준비를 할 수 있었다. 아침 겸 점심으로 배달돼 온 밥을 먹고 그만 퍼져 자버리는 바람에.

"그냥 저녁까지 먹고 가도 되지 않아?"

입구로 향하는 계단을 오를 때 한노가 아쉬운 듯 말했다.

"너랑 있는 거 지겨워서."

려희가 으르렁댔다.

"옷도, 너 땜에 이게 뭐야, 이게?"

그녀는 어제 몰래 도망갔을 때처럼 한노의 옷을 입고 있었는데 다른 색깔의 추리닝 바지와 면 티였다. 한노는 '예쁘기만 하네' 라고 중얼거렸다.

두 사람은 지하층을 나와 1층의 중앙 홀에 이르렀다. 홀은 창에서 쏟아져 들어온 오후 햇살을 가득 품고 있었다. 햇살만 품고 있다고 해야겠다. 여전히 텅 비어 있는 집 안을, 려희는 새삼 눈으로 훑었다.

"내부 공사 다 끝난 것 같은데……. 왜 계속 비워놔?"

려희는 무심히 물었다. 사실 굳이 1층을 쓰지 않더라도 지하층만으로 충분하다 싶기는 했다. 오늘에서야 충분히 살펴본 바로는

지하층의 구성이 의외로 야무졌다. 있을 건 다 있었다. 침실과 욕실은 물론이고 아틀리에 분위기의 거실과 서재를 겸한 다이닝 룸에, 심지어 거울 방까지.

"네 꺼니까."

"뭐?"

려희가 제 뒤편에 있는 한노를 돌아보았다. 그저 의아해서.

"내 마음대로 했다가 네 마음에 안 들면 어떡해?"

"그게…… 무슨 말이야……?"

"여긴 너랑 아줌마가 살 데야. 그러니 꾸며도 네가 꾸며야지. 난 지하면 돼."

려희는 다시 '뭐?' 라고 하려고 입을 벌렸지만 아무 소리도 내지 못했다. 소리는 없이 눈만, 아무리 용을 써도 그 이상으로 크게 뜰 수는 없겠다 싶을 만큼 부릅떴다.

"원래 그러려고 지은 건데……."

려희의 왕방울만 한 눈을 보며 한노가 말을 이었다. 한노의 얼굴에 농담의 빛은 전혀 없었다. 7만 원짜리 개집을 선물하며 '네 마음대로 꾸며라' 하는 것처럼 오히려 태연해, 려희는 여전히 '뭐?' 라거나 혹은 '왜?' 라고 묻지 못했다. '다 주었다' 는 게 이런 뜻이었어? 그저 스스로에게 묻고 돌아섰다. 그러다 아랫도리에 힘이 쭉 빠져 비틀하는 것을 한노가 잡아주었다.

"됐어……."

려희는 말과 달리 한노의 손길을 뿌리친 것이 아니라 도리어 그의 팔을 꽉 잡았다. 또 그것을 나중에 의식해 얼른 놓았다.

두 사람은 나란히 현관을 나왔다. 붉은색 승용차가 계단 아래에 있었다. 려희는 기둥을 지나 계단을 내려오면서 차 너머 정원의 오른쪽에서 한 남자를 발견했다. 울창한 나무 아래에 그냥 서 있는, 선글라스를 쓴 남자. 바로 어젯밤에 려희가 '야반도주' 할 때 그녀의 앞을 가로막고 비켜주지 않았던 남자였다. 려희의 눈길을 눈치챈 한노가 그 남자를 '박 비서' 라고 알려주었다.

"혹시 저 사람이 나 감시해?"

차에 탄 뒤에 려희가 물었다. 정색한 어조였다. 한노는 별다른 대꾸 없이 차를 출발시켰다.

"감시했어? 그동안 쭉? 왜 대답 안 해?"

려희가 다소 날카롭게 다그쳤다. 그가 대답을 안 하는 새 차는 자동으로 열린 대문을 통과했다.

"그게 얼마나 기분 나쁘고 소름 끼치는지 알아? 누군가 나를 몰래 엿보고 내가 하는 일, 내가 지나는 길목, 그런 걸 다 안다고 생각하면…… 끔찍해. 그런 짓을 왜 해?"

려희는 처음에, 한노 혼자만의 스토킹이라고 생각했다. 그는 이미 전에도, 가게에서 일하다 말고 나와 려희의 방 창문이 보이는 거리에 우두커니 서 있던 적이 있었다. 뿐만 아니라 엄마의 가게에서 그와 4개월여 만에 재회하던 날 그가 제 입으로, 려희를 그녀의 회사 앞에서 몇 번 몰래 훔쳐봤었다고 했다. 그래서 아직도 여전한가 보다 했다. 그런데 이제 와보니 그 이상인 것 같았다. 그의 재력을 알았으니 그 재력으로 못할 짓이 없겠다는 생각도 들었다.

“그건 정말 나쁜 거야. 비열한 짓이라구. 알아, 몰라?”

한노는 야단맞는 아이의 얼굴로, 그리고 계속 묵묵부답으로 운전만 했다.

“대답 안 해? 알아, 몰라?”

“알아.”

결국 그는 시무룩하게 대답했다. 진심이었다. 한노 역시 오랜 세월 동안 노인으로부터 감시당해 왔었다.

“다신 그러지 마. 나 정말 싫어. 싫다구.”

“알았어.”

“약속하는 거지?”

“응. 대신 너도 약속 지켜. 나만 만나고, 나만 볼 거라는 거.”

이번에는 려희가 즉시 대답하지 않았다.

“왜 대답 안 해?”

한노가 대번에 다그쳤다.

“알았어…….”

“나 이제 너 믿어, 려희야.”

한노는 말하며 운전대를 다잡았다. 마치 제 믿음을 다잡듯.

“참, 내일, 월요일부터 내가 너 출퇴근시킬 거야. 운전기사 서비스.”

한노가 화제를 바꿔 밝은 목소리로 말했다.

“안 돼. 싫어.”

려희가 정색해서 거절했다.

"그것도 감시하는 거잖아."

"아닌데……."

"부탁인데, 당분간 날 가만히 내버려 뒀으면 좋겠어."

"출퇴근 서비스만 해주고 가만히 두면 되잖아."

"됐다니까. 나 정말 너 때문에……."

려희는 말하다 울컥했다. 간밤에 내내 시달렸던 기억이 주마등처럼 스쳤다.

"너 사람 아니지? 짐승이지? 인간 덜도 같은 놈……."

"내가 뭘?"

려희의 심정을 아는지 모르는지 그는 그녀의 가시 돋친 조롱을 해맑게 받았다.

"됐고. 암튼 날 내버려 둬."

"언제까지? 얼굴도 못 봐? 보고 싶으면 어떻게 해? 몰래 엿보지 말라며?"

"그, 그럼……."

려희는 마치 '에혀' 하는 듯 소리 없이 짧게 한숨지었다.

"출퇴근 중 하나만……. 퇴근…… 아니다. 출근만."

"좋아."

한노는 흔쾌히 받았다.

차가 어느덧 려희의 동네로 접어들었다. 한노는 그녀가 사는 연립주택의 입구 앞에 바짝 차를 댔다. 남자 옷을 입은 려희는 차에서 내리자마자 2층까지 후다닥 뛰어올라 집으로 들어왔다. 려희는 옷부터 갈아입었다. 제 옷으로 갈아입고서야 비로소 한노에게서 벗어났다는 느낌이 들었다.

"휴우우……."

려희는 침대에 주저앉아 긴 한숨을 쉬었다. 맥이 쭉 빠지는 느낌이었다. 그래선지 금세 털썩, 몸을 쓰러뜨렸다. 아무 생각 없이 그냥 쉬고 싶었는데 얼마 지나지 않아 어디선가 무슨 소리가 났다. 그 소리의 정체가 무엇인지 또한 금세 알아차렸지만 몸을 일으키지는 않았다. 탁자 위에 놔두었던 가방에서 나는 소리였다. 휴대폰의 진동이 내는 소리였다. 보나마나 한노일 것이라고 짐작했다.

그런데 나중에 보니 석현이었다. 이런, 그를 까맣게 잊고 있었다니. 저가 '무사함'을 그에게 어서 알려줘야 하는데. 뿐만 아니라 이제는 그와 확실한 끝맺음도 해야 했다.

밤이 돼서야 려희는 석현에게 전화를 걸었다. 부러 깊은 밤을 택했다. 그가 당장 달려오지 못하게끔.

[려희야…….]

석현의 목소리는 거의 외마디 비명이었다.

"걱정 많이 했죠? 미안해요……."

려희는 그를 안심시키려 부러 밝은 목소리를 냈다.

[어디야?]

"집이에요. 석현 씨도 당연히 집이겠죠? 하긴 이 시간에……."

려희는 또 부러 옅은 웃음소리도 냈지만 석현은 그것을 한숨으로 받았다. 많은 뜻을 담고 있는 한숨이었다.

"난 괜찮아요. 별일…… 없었어요……."

[그래. 일단 다행이고……. 어디서부터, 무엇부터 말해야 할지 모르겠다. 정말 많은 생각…… 별의별 생각을 다 했었는데, 이해가 안 가는 게 너무 많아서 생각만 많았지 사실은 아직도 뭐가 뭔지 잘 모르겠어. 솔직히 말하면 너보다는 한노…… 장한노 때문에…….]

"네……?"

려희는 깜짝 놀랐다. 석현의 입에서 한노의 이름을 들을 줄이야.

"한노를…… 석현 씨가 알아요? 어떻게……."

[전에 나한테 온 사진…… 거기에 같이 찍힌 놈…… 그놈 맞지?]

"이름을 어떻게 아느냐구요……."

[그게…… 사실은 나랑 외사촌이야.]

려희는 입을 떡 벌렸다. 머리가 띵했다.

[안 되겠다, 전화로는 답답해서……. 만나서 얘기하자. 지금…… 네가 나오긴 그렇고, 내가 갈게.]

"아, 아녜요……."

려희는 말렸지만 너무 놀라고 멍했던 나머지 그 이상의 말을 못하는 사이, 석현이 잠깐이면 된다면서 '도착하면 전화할게' 하고 먼저 전화를 끊었다. 려희는 그로부터 30분 뒤에 석현의 전화를 받고 연립주택을 나왔다. 석현은 길 건너편에 차를 세워두고 나와 있다가 려희를 보자 손을 흔들었다. 려희가 가까이 오자 그는 그녀의 어깨를 잡고 '하아' 하는, 안도의 한숨 같은 소리를 먼저 토했다.

"사실은……."

석현이 말했다.

"보고 싶었어."

늦은 밤에 여기까지 달려온 가장 큰 이유가 사실은 '보고 싶어서' 라는 의미였다. 려희는 도리어 그의 얼굴을 못 보고 눈길을 아래로 떨어뜨렸다. 석현은 차에서 얘기하자며 그녀를 차에 태웠다.

차 안에서 석현은 먼저 한노에 대해, 그가 큰외삼촌의 양아들이고 저도 외삼촌의 장례식 때 처음 봤다고 저간의 사정을 털어놓았다. 려희는 언젠가 석현이 '슈퍼 리치' 라며 제 큰외삼촌에 대해 잠깐 언급했던 것을 떠올리고 비로소 한노에 대해, 그의 주변에 대해 완전히 이해할 수 있었다. 석현을 통해 알게 될 줄은 몰랐지만.

"어떻게 인연이 이렇게 꼬였는지 모르겠다만……."

석현은 얼굴에 복잡한 심경을 드러냈다.

"전에…… 네가 헤어지자고 했던 거, 혹시 그놈 때문이었니?"

려희는 대답하지 않았다. 그것은 긍정으로 여겨졌다. 석현도 예상하고 있었는지 그녀의 대답을 마냥 기다리지는 않았다.

"어제…… 그놈이 너무 거칠게 굴어서 놀라기는 했는데……."

석현은 말을 이었다. 곤혹스러운 표정으로.

"그건 그거고, 일단 걱정이 되더라. 너한테 나쁜 짓이라도 할까 봐……. 무슨…… 사연인 거야? 아니……. 뭐 굳이 알려는 건 아니고……. 솔직히…… 듣는 게 겁난다. 근데 네 마음은 어때? 중요한 건 그거니까, 네 마음……."

려희는 손에 든 휴대폰만 만지작대고 있다가 고개를 흔들었다. 그 고갯짓은, '난 한노를 좋아하지 않는다'로, 석현에게는 해석되었다.

"일방적인 거구나……."

석현이 혼잣말처럼 중얼거렸다. 어제의 그 소동은 한노의, 려희에 대한 일방적인 감정의 결과라고 판단했다. 려희는 굳이 부정하지 않았다.

"그놈이 널 괴롭히는 거면 내가……."

"아뇨……."

려희는 고개를 들어 석현을 봤다.

"내 문제예요. 그냥 내 문제로 할래요. 석현 씨를 끼어들게 하고 싶지 않아요."

"나 네 남친이야. 아직은……."

"지금부터 아니에요."

려희는 딱 잘랐다.

"한 번 헤어졌을 때 그냥 그대로 끝내야 하는 건데……. 바보같이 굴었어요. 늦었지만, 아니, 늦지 않았어. 지금 끝내면 돼요. 끝내요. 석현 씨처럼 좋은 남자한테 나 같은 거, 안 맞아요. 비루하고 격 떨어져요."

"려희야……."

"진심이에요."

"왜……? 왜 우리가 그놈 때문에 헤어져야 하는데?"

"그놈하고 잤거든요."

려희는 저를 버리는 기분으로 뱉었다. 버려야 석현을 포기시키고 저도 미련을 버릴 수 있을 것 같았다. 석현은 충격을 받았는지 아무 말도 없었다.

"헤어지는 이유로 그거면 충분하다고 생각해요. 미안하다는 말은 너무 뻔뻔스러운 거 같아 안 할게요. 잘 있어요."

려희가 차에서 내리려고 하자 석현이 그녀의 팔을 움켜잡았다.

"좋아해서? 아니라고 했잖아."

"지금 그게 무슨 의미가 있어요?"

"혹시 그놈이 네 뜻과 다르게……."

"아녜요."

"말이 안 되잖아."

석현은 거의 화를 냈다. 좋아하지 않으면서 잤다고 하고, 그것이 한노의 일방적인 행위는 아니라는 려희의 말이 석현에게는 당연히 받아들여지지 않았다.

"솔직히 말해. 만약 그놈이 너한테 그런 짓을 한 거라면……."

"아니라니까요."

"그럼?"

"그냥 더 묻지 말고 우리 이제 끝내요."

"합의금이라도 받았니?"

그 말을 내뱉은 순간 석현은 아차, 실언했다는 것을 알았다. 화가 나서 내뱉은 말이었다. 려희도 그렇게 이해했다. 그래서 화내지 않고 차에서 내렸다.

"려희야……."

뒤따라 내린 석현이 려희를 잡았다.

"미안하다. 보나마나 난 네가 그놈한테……."

"됐어요. 그만 끝내요."

"어떻게 그럴 수 있어? 난 못해. 이대로 못 끝내. 우리가 왜 헤어져야 하는데……."

"이유 설명했어요. 또 해요? 그놈과 잤다고……."

"려희야……."

"그냥 한 대 때리고 가요."

석현은 정말 그 순간에 주먹을 쥐었다. 그녀를 때리려고 그런 것이 아니라 제 감정을 다잡느라 그랬다. 그때 '려희니?' 하는 소리가 길 건너편에서 들려왔다. 두 사람이 놀라, 특히 려희가 소스라치듯 놀라 건너편 길로 눈길을 던졌다. 엄마였다. 가게 문을 닫고 오는 길이 분명했다. 려희는 석현을 보지도 않고 '갈게요' 라는 말만 남기고 길을 건넜다. 석현은 려희 엄마의 기웃거리는 눈길을 의식하고 급히 차에 올랐다. 차에 타서 바로 출발하지 않고 두 모녀가 연립주택 안으로 사라지는 것을 지켜보았다.

"빌어먹을……."

팡, 석현은 주먹 쥔 손으로 운전대를 가볍게 쳤다. 이상한 일이었다. 불과 하루 전에 그는 려희에게 이별을 고해야 할지 말지를 고민했었다. 헤어지고 싶지 않지만 어머니의 뜻을 거스를 자신은 더욱 없기에 헤어지지 않을 수도 없는 어정쩡한 상황이었다. 그런데 한노가 려희와 얽힌 것을 알게 되자 오히려 결정이 쉬워졌다. 이대로 물러서기 싫었다. 빼앗기기 싫었고, 이미 빼앗겼다면 다시 빼앗고 싶었다.

11. 우리를 슬프게 하는 것들

이튿날 려희는 평소보다 이른 시간에 출근길에 나섰다. 청바지에 여름용 흰색 재킷을 입은 그녀는 눈에 확 띄어, 차를 대고 그녀를 기다리고 있던 한노의 눈에도 당연히 그랬다. 그는 바로 어젯밤에 석현이 차를 댔던 곳에 있었다. 려희가 엄마에게 들키면 안 된다고, 연립주택 안에 차를 세우지 못하게 해서 대신 택한 자리가 그곳이었다.

려희는 한노가 붉은색 차에서 내리는 것을 보며 길을 건넜다. 약간 긴장이 되었다. 어젯밤에 석현을 만난 것 때문이었다. 감시와 미행을 하지 말라 했고, 한노도 그러겠다고 약속했지만 과연 그가 그 약속을 지켰을지 알 수 없는 노릇이었으니까. 그런데 그는 정말 약속을 지킨 모양이었다. 국방색 바지에 연한 베이지 셔츠를 입고 선 그는 평상시의 모습 그대로였다. 려희는 바로 알 수 있었다. 낯익으면서도 낯선, 그의 또렷하지 않은 잿빛 인상을.

"기사 서비스 첫날."

한노는 장난스럽게 손가락 두 개로 경례를 해 보이고 나서 려희를 차에 태웠다.

"잠깐……."

한노가 시동을 걸려고 하자 려희가 말했다.

"그대로 있어."

한노는 의아한 눈빛을 던지며 차 열쇠에서 손을 뗐다.

"물어볼 게 있어."

려희의 말에 한노는 물어보라는 듯 고개를 끄덕했다.

"우리 호텔 로비에서 만난 날…… 나 그날 석현 씨 우연히 봤어."

려희는 말하며 눈을 한노에게 고정했다.

"혹시 내가 거기서 석현 씨를 만나리라는 것을…… 알고 있었니?"

한노는 대답 대신 그녀의 눈길을 피했다.

"거기서 석현 씨의 부모님도 만날 수 있다는 거까지……."

한노는 여전히 묵묵부답이었다.

"왜? 석현 씨 부모님한테 날 노출시켜서 석현 씨랑 나, 헤어지게 만들려고?"

"응."

한노는 그제야 입을 열어 한마디, 그것도 아무 거리낌 없이 했다. 려희는 손에 든 가방으로 팍, 팍, 그의 팔을 두 번 쳤다.

"석현 씨와 너, 친척 관계라는 거…… 언제 알았어?"

"그 자식 만났어?"

"통화했어. 왜?"

려희는 화를 냈다.

"너한테 끌려가듯 헤어졌는데 전화도 안 하겠어? 전화도 못해? 전화도 안 돼? 이 나쁜 새끼야."

"알았어. 나 이제 안 한다고 했잖아. 아무것도……."

한노는 노인이 죽고 나서 석현에 대해 알았다. 저와의 관계는 물론, 려희가 사귀었던 남자가 바로 석현이라는 사실을.

"너 대체 뭐야? 바보처럼 맹해갖고는, 알고 보니 미행에, 감시에, 뒷조사에, 공작에, 순수한 데는 하나도 없고……. 너, 예전에 그 불도 네가 냈지? 석현 씨한테 그 사진도 의도적으로 보내고……. 또…… 또 뭐가 있지……?"

"고양이는 안 죽였어."

"네 정체가 뭐야, 대체?"

"길고양이."

려희는 허공에 대고 두 주먹을 쥐어 보이며 감정을 추스르려다 그냥 등받이에 등을 털썩 쓰러뜨렸다. '졌다' 하듯.

"널 믿는다고 했잖아."

한노가 말했다.

"그러니까 너도 날 믿어."

한노는 려희의 귀밑 머리칼을 손끝으로 슥, 슥, 쓰다듬고는 그녀의 안전띠와 제 것을 차례로 매고 나서 '출발한다' 고 했다.

"다음 주 휴가지?"

운전하고 가면서 한노가 물었다. 방금까지 아무 일도 없었던 사람 모양 그는 입가에 미소까지 띄었다. 보통의 연인이 휴가를 기대하는 그런 낯빛이었다.

"어떻게 알았어?"

려희가 대번에 허리를 꼿꼿하게 세우고 한노를 노려봤다.

"어저께 네가 그랬어."

한노가 어깨를 으쓱했다. 생각해 보니 그런 것 같아 려희는 도로 풀이 죽었다. 이런 녀석하고 대화를 하다니.

"수영도 잘한다고 했어, 너. 그럼 휴가 때 바다 갈까? 이왕이면 해외 휴양지로……."

려희는 대꾸도 없이 차창으로 고개를 획 돌렸다. 말만 안 했지 '너나 가라, 바다' 이런 투였다.

"싫어? 그럼 빈집 채우기 어때?"

려희의 대답을 기다리다가 한노가 재차 물었다.

"이사하기 전에 먼저 채워야……."

"나 좀 내버려 두랬지?"

려희가 귀찮다는 투로 그의 말을 잘랐다.

"나 정말 너한테 무지무지 화가 많이 나는데 그냥 참고 있는 거거든. 이러다 정말 화병 나 죽겠다."

"부자 좋다고 했으면서……."

"부잔 좋은데 넌 싫어."

"말도 하지 마?"

"그래. 말도 하지 마. 네 목소리 듣기 싫어."

한노는 입을 다물었다. 착하게도 려희를 회사 앞에 내려줄 때까지 그는 한마디도 안 했다. 그렇다고 '삐졌느냐' 하면—차라리 '삐지기라도' 했으면 고소하련만—절대 그럴 리가 없는 녀석이라서 역시나 려희가 차에서 내릴 때 손을 살살 흔들어 보였다. 미소도 지었다. 려희가 보기에는 '빙구' 같았다. 그녀는 찬바람이 일게 쌩하니 돌아섰다. 업무 중에는 바빠서 딴생각할 겨를이 없었다. 그래서 좋았다. 려희는 정말 한동안 한노도, 석현도 생각하고 싶지 않았다. 다행히 두 사람 다 그녀의 휴대폰에 아무 흔적도 남겨놓지 않았다.

퇴근할 때가 돼서 려희는 평온한 마음으로 콤팩트의 거울을 들여다보며 립스틱을 덧발랐다. 달리 약속은 없었다. 늦은 퇴근이고 그냥 집에 가서 뒹굴 요량이었다. 퇴근 시간에는 한노가 데리러 오지 않으니 그냥 여유를 부리고 있는 것뿐이었다. 누군가가 저를 기다리고 있다는 사실이 그처럼 부담이 되고 마음이 무거울 줄이야.

그런데 아무도 기다리지 않는데도 마음이 마냥 가볍지만은 않았다. 평온은 거짓이었다. 적어도 완전한 진실은 아니었다. 승강기를 타고 내려가던 려희는 정체를 알 수 없는 미묘한 불안을 느꼈다. 그리고 그 불안은 1층 로비에서 그녀를 우뚝 서게 만들었다. 그곳에서 그녀를 기다리는 사람이 있었다. 석현이었다. 밤새 한숨도 못 잔 것 같은 피곤한 안색으로.

"얘기 좀 하자."

석현이 말했다. 목소리마저 갈라져 있었다.

"소용없어요."

려희는 고개를 저었다.

"피차 시간 낭비예요."

"나한텐 아니야. 너한테 쓰는 시간을 낭비라고 생각해 본 적 없어."

"지금부터는 낭비예요."

려희는 그를 지나쳐 입구로 향했다. 석현은 금세 따라붙어 함께 밥을 먹자고 했다. 려희는 싫다고, 집에 가겠다고 가볍게 실랑이를 하며 거리로 나섰다. 거리에서 석현은 말없이 려희를 따라 걸었다. 시끄러운 인파 속에서는 대화든 실랑이든 수월치 않았기 때문이다.

두 사람은 지하철역으로 들어갔다. 역 안에서 석현이 려희를 잡았지만 그녀는 뿌리쳤다. 그녀는 집에 가는 길만을 보고 생각했다. 어느덧 플랫폼에 섰다. 곁에 석현이 있었다. 그는 려희를 따라 전동차에 올라서 그녀를 따라 또 내렸다. 결국 그는 집까지 따라왔다. 려희는 문득 고등학교 때 지하철에서 마주쳤던 한 남학생을 떠올렸다. 갑자기 말을 걸어오더니 려희가 상대해 주지 않아도 끈질기게 따라붙어 좀처럼 떨어져 나가지를 않았었다. 당시 그 남학생을 떼어놓느라 무척 애먹었던 기억이 이제 와 려희를 쓴웃음 짓게 했다. 석현을 떼어놓느라 애먹을 줄 상상이나 했을까.

"려희야……."

석현이 힘없는 목소리로 불렀다. 려희가 연립주택 안으로 들어가기 직전이었다.

"이러는 거……."

려희는 돌아보고 말했다.

"석현 씨답지 않아요."

"나도 알아."

석현은 한숨짓듯 말했다.

"나도 내가 왜 이러는지 모르겠다."

"노력해 봐요. 나도 노력하고 있으니까."

려희는 돌아섰다. 뒤로 석현의 목소리를 들었지만 돌아보지 않았다.

이튿날 려희는 어제처럼 한노의 차를 타고 회사에 출근했다. 그리고 퇴근 때는 로비에서 석현을 만났다. 석현은 그녀의 퇴근길을 수행했다. 려희는 기가 막혔다. 아침에는 한노를 만나고 저녁에는 석현을 만나는 일이 다음날까지 이어지자 그녀는 더욱 기막히고 미칠 것 같았다. 그러다 금요일이 되었다. 점심시간이 가까올 때쯤에 려희는 제 휴대폰에 낯선 번호가 뜬 것을 보고는 망설이다 받지 않았다. 그 번호는 끊겼다 다시 오더니 그다음에는 문자를 남겨놓았다.

「기려희 씨 휴대폰 맞죠? 나 이석현 엄마예요. 통화 좀 할 수 있을까요?」

려희는 문자를 보고 몹시 놀랐다. 점심시간이 되자마자 전화를 걸었다. 석현의 어머니 장성자는 다짜고짜 만나자고 했다. 그것도 지금 당장.

"죄송합니다만…… 그냥 전화로 말씀하시면 안 될까요?"

려희는 조심스럽게 말했다.

[참…… 당돌한 아가씨네? 어른이 보자는데 전화로 말하라?]

"그게 아니라…… 퇴근도 아니고 점심시간이라서 제가 움직이기가……."

[멀리 움직일 거 없어요. 바로 코앞에 와 있으니까.]

성자의 말 그대로였다. 그녀는 제 아들이 려희와 만난 적도 있던 카페에 와 있었다. 려희는 곧장 그 카페로 향했다. 석현의 어머니가 무슨 말을 할지 대충 예상해 보고 저가 내놓을 답도 준비하면서.

성자는 카페에 들어서는 려희를 바로 알아보았다. 려희 역시 마찬가지여서 지체 없이 다가가 허리를 숙여 인사했다.

"앉아요."

성자가 자리를 권했다.

"먼저 주문을……."

"길게 말할 거 아니니까 그냥 앉아."

성자는 바로 말을 놓으며 턱을 치켜세웠다. 려희는 맞은편에 앉았다.

"나 말 돌리는 거 싫어해. 그러니 아가씨가 이해해."

"네에……."

"석현이가 헤어지자고 했지?"

"네? 네에……. 헤어진 거 맞습니다."

"근데 왜 자꾸 연락해?"

려희는 말문이 막혔다. 어떤 오해가 있는지 그녀로서는 알 도리가 없었다.

"내 말이 틀려?"

성자는 마치 신문하듯 날카롭게 물었다. 지난 일요일 밤에 그녀는 우연히 아들의 통화를 엿들었다. 아니, 정확히 아들의 '려희야' 하는 외마디 소리만 들었다. 석현은 마침 커피를 마시려고 주방에 내려왔다가 려희의 전화를 받고 그 외침만을 남긴 채 서둘러 주방을 나갔다. 그때 성자는 주방 근처에 있었다. 그 뒤로 그녀는 아들이 그 밤중에 외출하는 것까지 지켜보았다.

"요즘 걔 이상해. 정상이 아니야. 누구 때문이겠어?"

려희는 여전히 입을 열지 못했다.

"혹시 석현이와 잤어? 그걸로 발목 잡아?"

"말씀이 지나치시네요."

"참 요즘 애들 정말 당돌해. 괜찮다 싶으면 몸이라도 던져 잡으려 하고……."

"저기, 외람되지만……."

"닥쳐. 어린 게 까불기는. 얼굴 믿고 까부는 거면 세상 좀 더 살아봐. 석현이가 누군지 알아? 걔 아버지가 누군지나 알고 그래? 어딜 감히 누굴 넘보고 누구 발목을 잡아? 에미가 술집이나 하는 주제에."

조곤조곤한 말투와 품위 있는 목소리로 비수를 꽂는 성자 앞에서 려희는 이를 악물었다. 테이블 아래에 있는 그녀의 손이 부들부들 떨렸다. 이상하게 한노가 떠올랐다. 그가 려희를 석현의 부모에게 노출시켜서 얻고자 했던 효과가 이것이라면 기대 이상이었다고. 특히 려희 저에게.

❖

"한노야."

려희 엄마는 한노가 가게 안으로 들어오는 것을 보며 반가움에 눈을 크게 뜨고 활짝 웃었다. 가게 문을 막 연 터라 안은 텅 비었고 엄마는 손에 빗자루를 들고 있었다.

"온다고 전화나 하지. 엊그제 전화 땐 아무 말 안 하더니……. 아니다. 아무 때나 불쑥, 불쑥 오면 어때? 얼굴 보는 게 며칠 만인지……. 앉아. 시원한 맥주 한 병 줄까?"

엄마는 한노를 잡고 테이블로 끌었다. 한노는 고개를 흔들더니 려희 엄마의 손에서 빗자루를 빼앗았다.

"청소 내가 할게."

"청소는 무슨……. 그냥 맥주 먹고 놀다가 가. 이젠 놀러 오는 거잖아."

그러나 한노는 벌써 의자들을 한쪽으로 옮기고 청소를 시작했다. 엄마는 '녀석도 참' 하면서도 대견스럽게 바라봤다. 녀석이 가게에서 일할 때 환풍구를 돌리고, 청소를 하고, 테이블을 정리해서 홀에 손님 맞을 준비를 하는 것은 늘 녀석의 몫이었다. 그러고 보니 한노가 있을 때 녀석 덕분에 일손을 덜어 얼마나 편했었는지를, 엄마는 새삼 떠올렸다. 단지 일손뿐 아니라 녀석은 훌륭한 말 상대였다. 들어주기만 하는 말 상대였다. 그래서 더 좋았다.

"점심 먹었어?"

한노가 청소하는 사이 엄마는 주방에 있다가 빠끔히 내다보며 물었다. 한노는 먼저 고개를 저었다.

"비빔국수 먹고 싶어."

"그래. 조금만 기다려."

려희 엄마는 얼마 후 골뱅이와 소면이 섞인 비빔국수를 단무지와 함께 테이블 위에 놓았다.

"아줌만 아점 먹고 나왔어."

한노의 맞은편에 앉은 려희 엄마 앞에는 설록차가 담긴 머그잔이 있었다. 한노는 부지런히 먹었다.

"천천히 먹어. 2시나 넘어야 손님 들잖아."

려희 엄마는 아들 보듯 하며 말했다.

"요즘도 테니스 계속하고 운전 연습도 하고 그래?"

한노는 고개를 끄덕거렸다. 두 사람은 자주 전화 통화를 해서 서로의 근황에 대해 비교적 잘 알았다. 물론 엄마가 한노에 대해 아는 것에는 그의 환경에 대한 자세한 내용은 빠져 있었지만 엄마는 그것까지 알려고 너무 캐묻지도 않았다.

"재밌나 보네?"

한노는 다시 고개를 끄덕끄덕했다.

"얼굴이 훤하다. 원래도 잘생겼는데 더 잘생겨졌어. 뭔가 좋은 일이 있나……?"

"여친 있어."

"정말? 예뻐?"

한노는 또 끄덕끄덕, 이번에는 아주 큰 고갯짓을 해 보였다.

"그새, 언제 사귀었대……? 하긴 여자애들이 줄줄 따라오긴 할 거야."

엄마는 역시나 제 아들을 보듯 흐뭇해했다.

"네 누난 헤어졌다더니 다시 만나나 보더라."

엄마가 말하는 '누나'란 려희였다. 거의 다 먹어가던 비빔국수 그릇에서 한노의 젓가락질이 딱 멈췄다.

"려희는 헤어진 거 맞다는데……. 내가 봤거든, 집 앞에서. 약간 멀리서 봤지만 남자 괜찮아 보이던데……. 암튼 뭔가 미련이 남아서 찾아온 거 아니겠어? 기집애가 물어도 말을 잘 안 해. 다 먹었어? 좀 남았네. 배불러? 양이 좀 많긴 하지?"

엄마는 웃으며 물을 가져다준다고 자리에서 일어났다. 한노는 냅킨을 뽑아 입가에 댔다. 대고서 꾹 누른 채 꼼짝하지 않았다. 살짝 내리뜬 눈은 무엇을 보는지, 허공에서 초점이 부서져 불분명했다.

상가 건물의 뒷문으로 나온 한노는 담배를 피워 물고 휴대폰을 꺼내 려희에게 전화를 걸었다. 받지 않았다. 그는 또 걸었다. 또 받지 않아 또다시 걸었다. 그는 잠시의 틈도 없이 걸고 또 걸었다.

한노의 전화 폭주를 려희는 덤덤히 지켜보다가 전원을 꺼버렸다. 그녀는 어디론가 떠날 생각을 하고 있었다. 마침 강원도에 대학 동기가 있어 전화했더니 어서 오라고 반겼다. 문예창작과에서 가장 친한 동기였는데 글을 쓴다며 지방에 내려가 있어 그러잖아도 보고 싶었던 터였다. 재주가 있는 친구라 언젠가 성공하리라는 것도 믿었다.

려희는 무작정 가자 싶었다. 떠나는 길에 엄마에게 알리고 한노에게도 알리자. 한노에게는 당분간 혼자 있고 싶다고 하면 이해해 주겠지. 이해해 줄까. 어디로 튈지 모르는 녀석이라 판단이 되지 않았다. 다만 지금은 녀석의 얼굴을, 사실은 그 누구도 보고 싶지 않을 뿐이었다.

휴가 전 마지막 업무를 마친 려희는 지체 없이 사무실을 나왔다. 친구에게 가기 위해. 왠지 우물쭈물하다가는 한노에게 잡힐 것 같았다. 역시나 그녀의 발목을 잡는 사람이 있었다. 바로 어제까지도 그녀의 퇴근길을 수행 아닌 수행했던 석현이었다. 그는 변함없이 1층 로비에서 기다리고 있었다. 려희는 입 끝에 쓴웃음을 머금었다. 요 며칠, 바로 어제까지도 이 시간쯤에 마주쳤던 얼굴인데 그새 까맣게 잊다니. 정말 그녀는 한노만 생각했지 석현에 대해서, 그가 그녀의 앞을 막아설 것에 대해서는 전혀 고려하지 않았었다. 그래서 걱정도 하지 않았다. 쉽게 뿌리칠 수 있으니까.

석현은 려희의 차갑고 매서운 얼굴을 보며 다가갔다. 눈빛이 강해 원래도 살벌한 인상이기는 하다고 생각하면서.

“엄마 만난 거 알아.”

석현이 말했다. 그 말속에는 제 어머니와 만나 려희가 당했을 모욕도 함께 안다는 뜻이 포함되었다.

“미안하다.”

“오히려 다행이에요.”

려희는 차갑게 굴었다.

“그걸로 내 미안함이 사라져서.”

려희는 그 말만 하고 그를 스쳐 지났지만 바로 그에게 잡혔다. 려희 역시 바로 거칠게 뿌리쳤다.

“나한테 손대지 말아요.”

주변의 눈들이 있어 려희는 곧 진정하고, 석현이 한편으로 끌었을 때 그냥 따라갔다. 사람들의 발길이 뜸한 곳으로.

“네 마음 알아. 그래서 미안하고. 다 나 때문이다. 내가 행동을 잘했어야 했는데 엄마 걱정시키고 또 너한테 못할 짓 하고…….”

“그러니 이제 그만하라구요. 석현 씨 머리 좋잖아요. 끝이라는 말을 그렇게 못 알아들어요? 고집부려서 될 일이에요?”

“난 다만 우리가 서로 싫어하지 않는데 헤어져야 하는 게…….”

“이젠 싫어해요. 됐죠?”

“려희야…….”

“아뇨. 싫어하지 않아요. 그냥 감정이 안 남았어요.”

“그게 쉽니? 한노, 그놈 때문에……? 그놈한테 가는 거니?”

“잘 가요.”

려희가 몸을 돌렸지만 석현이 다시 잡았다.

“알았어. 마지막이다. 그냥…… 조금만 더…….”

석현은 한숨을 쉬었다.

"어차피 집에 갈 거잖아. 가는 동안만이라도 함께하면 안 될까? 그 짧은 시간 동안만이라도 줘. 나에게 정리할 시간을 줘."

려희는 가만히 있었다. 문득 저가 그의 어머니에게서 당했던 상처를 그에게 화풀이하고 있다는 생각이 들었다. 어디 석현에게 뿐인가. 한노에게도 한 셈이었다. 그의 전화도 받지 않고 사라지려는 것으로.

"밖에 차 세워놨어."

석현이 말을 이었다.

"그냥 집에 바래다주고 갈게."

"그럼…… 버스터미널 방향으로 데려다줘요. 거기서 친구랑 약속이 있어서."

"그래. 그러자."

석현의 말대로 그의 은색 차가 건물 앞에 바짝 붙어 정차돼 있었다. 왕복 4차선 도로라 수시로 불법 주정차 단속이 있는 곳인데 다행히 단속 스티커는 붙어 있지 않았다.

석현은 려희를 먼저 차에 태웠다. 그때 뒤쪽에서 '려희야' 라고 외치는 소리가 들려왔다. 석현이 놀라서 보니 20여 미터의 거리에 붉은색 승용차와 함께 한노가 보였다. 신호 대기 중에 한노는 차 밖으로 한 발을 내놓은 채였다. 석현은 재빨리 차에 올랐다. 차 안에서는 려희가 고개를 돌려 한노를 발견하고는 놀라고 당황해 있었다.

"나 내려야겠어요."

안전띠를 막 맸던 려희가 그것을 다시 급히 풀며 말했다. 석현은 도리어 시동을 걸고 차를 출발시켰다.

"석현 씨……."

문을 열려던 려희가 깜짝 놀라 소리쳤다.

"차 세워요."

"우린 그냥 우리 갈 길 가면 돼."

"세우라고 하잖아요."

"너, 나하고 만나고 있잖아."

"세우라구요. 한노랑 만나야겠어요."

"싫다더니 아닌 모양이네? 좋아? 한노가 좋아?"

"석현 씨답지 않게 왜 이래요? 제발 차 세워요. 위험해요."

"나다운 거? 네가 잘못 봤어. 나 원래 이래. 이런 놈이야. 나도 너 뺏기기 싫어."

"제발……."

려희는 다급히 뒤를 돌아보았다. 붉은색 차가 따라오고 있었다. 한노가 따라오고 있었다. 위태로워 보였다. 그가 아직 운전에 능숙하지 못하다는 사실을 불현듯 떠올렸다.

한노는 은색 차만을 보고 따라갔다. 은색 차가 차선을 바꾸면 저도 바꾸고 은색 차가 신호를 무시하면 저도 무시했다. 주변에서 빵빵, 경적 소리가 들려왔지만 그것도 무시했다. 려희 엄마의 가게에서 일을 하다 그곳에서 출발한 그였다. 몇 시간만 일하고 일찍 출발하려 했었는데 낮 시간에 갑자기 손님이 몰려온 데다 려희 엄마가 허리 통증 때문에 힘들어해서 출발 시간을 조금씩 미루다 보니 늦어졌다. 려희의 휴대폰은 전원도 끊겨 있었다. 오는 데에

길도 조금 막혔다. 금요일이라서 막힐 확률이 높았다. 한노는 앞에서 길이 막히기를 바랐다. 그러면 뛰쳐나가 그녀를 데리고 올 수 있으니까.

길이 막혔다. P턴으로 빠지는 길이 보이는 한강 다리에서였다. 직진은 막히고 P턴 길이 한가해 석현은 그곳으로 빠졌다. 려희가 돌아보니 한노가 여전히 따라오고 있었다. 이제 그녀는 석현을 말리는 것을 포기했다. 한노도 포기하기를 바랐다. 바보 같은 녀석. 그냥 기다리면 저가 갈 텐데 왜 저리 위험하게 쫓아오는지. 다리인 도로는 각도가 크게 휘어지는 길로 이어졌다.

콰앙, 그때 엄청난 굉음이 석현과 려희 뒤에서 들려왔다. 석현은 룸미러에 눈을 고정했다. 경악의 눈빛을 하고서. 려희가 뒤늦게 돌아보았다. 붉은색 차가 가드레일을 들이받고 위로 솟구쳐 올랐다. 려희의 눈에 그것이 아주 느린 동작으로 비쳤다. 그 순간에 그녀의 귀에 아무 소리도 들려오지 않았다. 붉은색 차는 가드레일을 넘어 천천히 아래로 떨어져 모습을 감췄다.

려희는 저가 얼마나 정신을 놓고 있었는지 알 수 없었다. 정신을 차려보니 석현의 차는 이미 멈춰 있었다.

"한노……."

려희가 차 문을 열었다. 옆자리에 있던 석현은 그런 그녀를 보고만 있었다. 려희는 밖으로 뛰쳐나가 내달렸다. 정신 나간 여자처럼. 차창으로 그녀를 보고 있던 석현이 뒤늦게 차에서 내렸다. 그의 차는 한강 다리를 벗어나 길가 아무 데나 서 있었다. 그는 시야에서 려희의 모습이 사라진 뒤에야 갑자기 뛰기 시작했다. 그제야 정신을 차린 사람 같았다. 그 정신으로 그는 빌었다. 제발 꿈이 기를!

려희는 정신없이 달렸다. 달리다 발이 삐끗해 구두를 벗어 던지고 달렸다. 숨이 턱에 차서 앞으로 고꾸라졌다 다시 일어나 달렸다. 한강이 보일 때까지 달리고 또 달렸다.

여름이라 해가 길어 비로소 서서히 어두워지는 강물 위로 선명하게 붉은색이 삐죽 올라와 있었다. 마치 저무는 태양처럼.

"한노야……."

붉은색 차가 보이자 려희가 목청껏 외쳤다. 울음이 함께 터졌다. 더 이상은 달릴 수가 없었다. 앞은 물이었다. 바로 발아래였다. 그녀는 발을 동동 굴렀다. 그녀는 다시 '한노야' 라고 울부짖었다.

풍덩, 갑자기 려희가 물속으로 뛰어들었다. 그런 그녀 뒤로 '안돼' 하는 외침이 메아리처럼 울려 퍼졌다. 멀리서 석현이 달려오고 있었다.

"려희야……."

석현은 려희가 서 있던 자리까지 와서 철퍼덕 쓰러졌다.

"허억, 려, 려희야……."

그는 주저앉은 채 려희가 붉은색 차를 향해 헤엄쳐 가는 것을 망연히 바라보았다. 그의 아래에서는 거무스름한 강물이 무심히, 그러나 위협적으로 넘실거렸다.

❖

려희가 아무리 애를 써도 붉은색은 가까워지지 않았다. 바로 눈 앞에 있는데, 손을 뻗으면 닿을 것도 같은데 그것은 늘 일정 거리를 유지한 채 려희에게 계속 오라고만 했다. 조금 더 힘을 내라고만 했다. 려희는 죽을힘을 다해 물을 헤쳤지만 점차 힘이 빠지고 있음을 느꼈다. 물이 입으로 들어오고 코로 들어와 그러잖아도 가쁜 숨을 아예 틀어막았다.

괴로웠다. 더 괴로운 것은 붉은색에 다가가지 못했다는 사실이었다. 한노를 잃는다는, 또 잃는다는 사실이었다. 눈앞이 아득해왔다. 마지막으로 그의 얼굴을 보고 싶었지만 이미 틀렸다는 것을 함께 깨달았다. 심장이 깨지는 것 같았다. 다행인 것은 그것이 마지막이라는 사실이었다. 더 이상의 고통은 없었다. 아니, 없을 것이다. 한노를 또 잃느니 차라리 죽을 테니까.

"려희야……."

려희는 제 이름을 들었다. 멀리서 들려오는 소리 같았다. 그 소리를 들은 것은 그녀가 눈을 뜬 다음이었다.

"정신이 들어? 엄마 알아보겠어?"

려희의 의식 안으로 그제야 엄마의 얼굴이 들어왔다. 처음에는 뿌옇다가 차차 또렷해지는 모습으로. 려희가 입을 벌렸다. 말은 바로 나오지 않았다. 딸이 무슨 말을 하려는지 엄마는 아는 것 같았지만 흡사 그것을 피하는 듯 눈을 슬쩍 다른 곳으로 옮겼다가 딸에게 되돌렸다.

"괜찮아. 이제 괜찮아. 무사해."

려희를 보며 엄마가 말했다.

"아, 그 사람…… 잠깐 봤다. 네가 사귄 남자……. 응급실에서 봤는데 널 입원실로 옮길 때쯤에 갔어."

엄마는 병원 측이 아닌 석현의 전화를 받고 딸의 사고를 알았다. 급히 가게 문을 닫고 곧장 병원에 와서, 엄마가 가장 먼저 만난 사람도 석현이었다. 그 자리에서 그에게 사고에 관한 자초지종을 듣고 딸의 가방도 받았다. 려희가 한강 구조대에 의해 구조돼 그 자리에서 응급조치 후 병원으로 이송되었고, 현장에 있던 석현이 그 과정을 쭉 함께했다고. 그리고 한노에 대해서도.

"한노……."

려희가 있는 힘을 다해 뱉었다. 엄마의 말은 귀에 들어오지 않는다는 듯, 제 관심은 그것뿐이라는 듯. 그러고 나서 엄마의 얼굴을 뚫어지게 쳐다봤다. 엄마의 낯빛을 읽고, 엄마의 입 모양을 읽기 위해 려희는 눈을 부릅뜨고 꿈속에서의 간절함보다 더 사무치는 마음으로 기다렸다.

"걱정 마라……."

엄마가 나직이 속삭였다. 도리 없이 딸에게 알려야 하는 순간과 맞닥뜨려, 그 말은 오히려 엄마 자신을 위로하는 말인 듯했다.

"한노를 두 번 잃는 일은, 아마 없을 거야."

려희는 도로 눈을 감았다. 눈을 뜬 자신을 저주했다. 영원히 뜨지 말지.

"아무렴. 특별히 나쁜 짓 하고 살지 않았는데…… 남에게 그렇게 못할 짓 하며 살지 않았는데 하늘이 우리에게 이토록 가혹할 리 없어……."

엄마의 망연한 중얼거림은 어둡고 고요한 병실을 부유했다. 4인실이었다. 밤이 깊어 환자든 보호자든 대부분 잠들어 있거나, 깨어 있어도 말 대신 가끔씩 기침 소리만을 낼 뿐이었다. 려희 엄마는 잘 생각이 없는지 딸의 침상 옆에 가만히 앉아만 있었다. 침상에 팔꿈치를 괴고 손을 모아, 그 모은 손에 이마를 댄 채 엄마는 꼼짝도 하지 않았다. 마치 기도하듯.

려희가 갑자기 눈을 떴다. 그리고 엄마가 있는 방향으로 고개를 힘들게 돌렸다. 엄마를 보려는 것이 아니라 그 너머의 창으로 눈길을 던졌다. 려희의 침상이 창가라 엄마가 창을 등지고 있었다.

"비 와?"

려희가 물었다. 창이 젖어 있는 것을 보며. 엄마는 기도하고 있는 것 같은 모습에서 천천히 고개를 들었다.

"한노……."

려희가 엄마를 보았다. 눈이 붉게 충혈돼 있었다.

"비까지 맞고 있는 거야?"

엄마는 딸의 손을 찾았다. 부들부들 떨리는 손으로 딸의 손을 움켜잡았다.

"따뜻한……."

려희의 입술이 경련을 일으켰다.

"따뜻한 말 한마디 못해줬는데……."

하필이면 휴대폰 전원까지 꺼버려 한노가 무슨 말을 하려고 그렇게 많은 전화를 했는지 이유도 몰랐다. 그저 그 떼쟁이가 또 사소하고 엉뚱한 것으로 생떼를 쓰려니 했다. 귀찮고 짜증이 났다. 저 아프다고 멀리 도망갈 생각만 했다. 결국 아침 출근길에 그가 했던 말이 그의 마지막 목소리가 되고 말다니. 려희를 회사 앞에 내려주기 직전에 그가 말했다. '한 번 만져 주고 가' 라고. 그런 그에게 려희는 '뭐가 이쁘다고?' 라고 면박을 주었다.

려희의 베개가 눈물에 젖어들었다. 그것도 한꺼번에 많은 양을 쏟아부은 듯 젖고 말았다. 잠들어 있는 환자들이 하나둘, 쥐어짜는 것 같은 신음 소리에 놀라 눈을 떴다. 오열인데 신음 소리 같았다. 그것도 끄윽, 끄윽, 숨넘어가기 직전의 그것이었다. 몸 상태가 온전치 않은 려희는 끝내 가슴을 부여잡고 괴로워했다. 엄마가 간호사를 부르기 위해 뛰쳐나갔다.

입원실을 뛰쳐나와 정신없이 간호사를 찾는 려희 엄마를, 복도에서 가만히 지켜보는 남자가 있었다. 박 비서였다. 려희의 입원실 맞은편에 있는 벤치 앞에 서 있던 그는 려희 엄마가 나온 뒤, 그냥 열려 있는 입원실 문을 통해 안을 잠깐 들여다보고 물러났다. 잠시 뒤에 간호사와 려희 엄마가 함께 입원실로 들어갔다. 박 비서는 휴대폰을 꺼냈다. 빛을 내는 화면에 '장성자 사모' 라고 떠 있었다.

[비가 오는데…….]

휴대폰 너머의 성자 목소리는 의식적으로 가라앉은 목소리였다.

[수색 작업은 어떻게 돼가고 있는 거지? 내가 걱정돼서 이 시간까지 잠을 못 자네…….]

“경찰 수색은 중단되었지만 저희 쪽에서는 계속하고 있습니다.”

박 비서가 별 내색 없는 목소리로 대답했다. 한노의 차는 물에서 인양되었지만 차에 한노가 없었다. 때문에 한노를 찾는 수색이 계속되었지만 아직 찾지 못하고 있었다.

[강변 근처라 수심이 얕은 곳이라며? 날만 좋으면 어렵지 않을 것 같은데 날씨가 안 도와주네, 날씨가. 시신이라도 찾아야 할 텐데 말이야. 암튼 소식 들어오면 바로 알려줘요. 이 변도 크게 걱정하고 있으니까.]

“네. 알겠습니다. 사모님.”

박 비서는 천천히 휴대폰 든 손을 내렸다. 그의 안색이 어두웠다.

이튿날 비가 그치고 수색 작업이 경찰, 민간 양쪽에서 동시 진행되었지만 한노는 나타나지 않았다. 그렇게 또 하루가 갔다.

❖

이 변호사 사무실로 사람들이 하나둘씩 모여들었다. 이 변호사의 아내인 성자를 포함, 장인수의 형제들이었다. 그들은 머리를 맞대고 앉아서, 한노의 시신 수색에 끝내 실패할 경우 법적인 실종선고의 생사불명기간에 대해 듣고 논했다. 일반실종의 경우 생사불명상태의 법정 기간을 5년으로 하고, 한노의 경우처럼 사고로 인해 사망의 개연성이 높은 특별실종은 1년으로 정해져 있다. 때문에 상속도 법적인 실종선고 후에 이루어진다.

"박 비서가 노 변과 함께 오기로 했으니까 노 변이 오면 좀 더 구체적으로 논의해 보도록 하지요."

이 변호사가 말했다.

"난 석현이 때문에 더 놀랐어."

안경 쓴 노인이 성자를 보며 말했다.

"한노랑 여자애 하나 두고 투닥투닥했다며? 어찌 또 그런 우연이 다 있어?"

"그러게요."

성자는 멋쩍게 웃었다.

"나도 이번에 알고 이이랑 아주 깜짝 놀랐다니까요. 어찌나 당황스럽던지……."

성자는 제 남편인 이 변호사를 팔꿈치로 슬쩍 가리켰다.

"여자애가 이뻤던 모양이네? 장래 판사 마음을 잡은 걸 보니."

"판사고 뭐고 애가 요즘 공부도 안 하고…… 내가 아주 걱정돼 죽겠어요. 낼모레 학기 시작하는데, 더구나 마지막 학기니 정신 바짝 차려서 공부해야 하는데 말이죠. 그래도 사고 현장에서 석현이가 최선을 다했던 모양이더라구요."

"장래 판사가 그래야지. 정의롭게 말이야. 그래야 판사지."

헌팅캡을 쓴 노인이 거들었다. 그들 모두는 한 사람의 죽음, 혹은 실종으로 인해 모인 사람들답지 않게 화기애애했다.

박 비서와 노 변호사는 조금 늦게 도착했다. 마침 이 변호사가 시계를 보며 '좀 늦네' 할 때쯤이었다. 장인수의 신임을 받던 노 변호사는 한노의 측근으로서도 일하고 있었다. 표면적으로는 이 변호사와 함께 자문 변호인이었다.

"설명은 이미 이 변을 통해 대충 들었소."

헌팅캡을 쓴 노인이 노 변호사에게 말했다. 노 변호사와 박 비서가 오고 서로 인사가 오고 간 뒤였다. 박 비서는 앉지 않고 노 변호사 뒤에 서 있었다.

"이제는 뭐 마냥 기다리는 수밖에 우리가 할 수 있는 것은 없더구만."

"일 년 금방 지나지요, 뭐."

안경 쓴 노인이 형의 말을 받았다. 노 변호사는 묵묵히 가방에서 서류 몇 장을 꺼냈다.

"외람되지만…… 기다리실 필요가 없습니다. 여기 계신 분들께서는요."

그러자 다들 '뭐?' 하는 얼굴로 노 변호사를 주목했다.

"아직 생사가 확인되지 않아 피상속인이라고 말하기는 뭐하지만…… 어찌 되었든…… 미리 작성된 장한노의 유언에 따른 상속인이 이미 지정돼 있기 때문입니다."

노 변호사의 말이 끝나는 순간, 안에 있는 사람들 모두는 뒤통수에 벼락을 맞은 것처럼 사색이 돼 입을 떡 벌렸다. 박 비서조차 매우 놀란 얼굴이었다. 노 변호사와 함께 왔지만 그에게서 그 비슷한 언급도 듣지 못했다. 하기는 입이 가벼운 사람이 아니었다, 노 변호사는.

"그, 그게…… 무슨……."

성자가 비록 더듬거리기는 했으나 가장 먼저 말문을 텄다.

"그런 어린애가 무슨 유언장을……."

"어려도 재산의 규모가 남다르지 않습니까?"

"그, 그럼 대체 누굴 상속인으로 지정했다는 말인가……? 누구에게……?"

안경 쓴 노인이 누이 다음으로 입을 열었다. 노 변호사는 서류를 한 장 넘겼다.

"기려희, 라는 여성입니다."

노 변호사의 말에 성자의 입에서 헉, 소리가 나왔다. 박 비서도 흠칫했다. 그 표정은 마치 '아, 그랬군' 이라고 감을 잡은 그것이었다.

"기, 기려희? 그게 누구야? 누군데 한노 놈이 그 많은 재산을 넘겨? 이, 이게 말이 돼?"

헌팅캡을 쓰 노인이 성자와 그녀의 남편을 번갈아봤다.

"여, 여보……. 유, 유류분이라는 거, 그거……."

성자가 이 변호사에게 물었지만 이 변호사는 어두운 안색으로 고개를 저었다.

상속에는 '유류분 제' 라는 것이 있다. 법정상속인이 있음에도 피상속인이 엉뚱한 사람에게 상속했을 시, 그 법정상속인이 자신에게 돌아올 원래의 몫 중에서 반환을 청구할 수 있는 상속분을 말한다. 배우자와 직계비속은 원래의 몫에서 절반을, 직계존속과 형제자매는 3분의 1이 바로 그 유류분에 해당한다. 그런데 그 유류분 청구를 모두 할 수 있는 것은 아니고 상속 3순위까지만 할 수 있다.

만약 한노에게 배우자나 자녀, 부모, 형제자매가 있음에도 전혀 타인인 모 씨에게 상속을 할 경우, 한노의 배우자와 자녀는 자신들의 유류분을 청구하여 받을 수 있다. 배우자와 자녀가 없는 경우에는 부모가, 부모도 없는 경우에는 형제자매가 그 권리를 이어받을 수 있지만 방계부터는 상속권은 있으되 유류분 권리를 갖지는 못한다. 다시 말해 한노가 현재 상태에서 죽을 경우 그의 유산은 생존해 있는 장인수의 형제자매에게 상속이 되지만 만약 한노가 따로 상속인을 지정해 미리 증여, 혹은 상속하는 경우라면 장인수의 형제자매들에게 그 유류분을 청구할 수 있는 권리는 없다고 할 수 있다.

"그럼 전 이만……."

노 변호사는 손에 든 서류를, 아마도 복사본인 듯 이 변호사 앞에 놔주고 나서 말했다.

"기려희 씨에게 상속인 지정을 알리고 다음 절차를 진행해야겠습니다."

노 변호사는 일어나서, 함께 일어난 이 변호사하고만 악수를 하고 사무실을 나갔다.

"그 멍청한 놈이 꽃뱀한테 당한 거야, 당했어……."

성자가 혼잣말로 중얼거렸다. 몹시 분해하는 얼굴이었다. 한노가 려희의 꼬임에 빠졌다고 생각한 모양이었다.

"이 변호사는 뭐한 게야? 멍청한 놈일수록 곁에서 잘 지켜봤어야지."

헌팅캡을 쓴 노인이 이 변호사에게 호통쳤다. 마침 노 변호사를 뒤따라 나가려고 천천히 입구로 움직이던 박 비서가 그 호통 소리에 돌아보았다.

"우, 우리가 그런 맹한 놈한테 뒤통수를 맞다니……. 에잉……."

"한노가 맹하다는 건 오해입니다."

박 비서의 말에 헌팅캡을 쓴 노인은 물론 다들 박 비서에게 눈길을 모았다.

"알게 모르게 어르신께 배운 녀석인데요……? 실제로 언젠가, 무슨 일로 한노가 저한테 그러더군요……."

박 비서는 입가에 묘한 미소를 머금었다.

"아버지한테 배운 게 그거라서…… 라고요."

박 비서는 정중히 인사를 하고 나갔다.

❖

석현이 침대에 막 걸터앉으며 맞은편에 서 있는 어머니를 쳐다봤다. 생기 없는 눈빛을 살짝 치뜨고서. 석현의 방이었다. 성자는 남편의 사무실에서 집으로 돌아오자마자 아들의 방부터 들른 듯 그 옷차림 그대로였다.

"그게 무슨 말이에요?"

무겁게 가라앉은 목소리로 석현이 물었다. 내내 누워 있다가 어머니를 맞은 그는, 그럼에도 며칠 밤을 뜬눈으로 새운 사람처럼 몹시 피곤한 안색이었다. 이틀 전 한노의 사고 후 그는 학교도 나가지 않고 줄곧 제 방에 있었다. 경찰 조사를 한 번 받은 것을 제외하고는.

"말 그대로야."

성자는 말하면서 한쪽으로 걸음을 옮겼다.

"려희 양에게 면회 좀 가보라고. 그렇게 방에만 박혀 있지 말고. 려희 양은 죽다 살아난 사람이잖니? 또 넌 현장에서 도움을 주었고…… 그러니 면회 가서 건강이 어떤지 좀 보고, 위로도 해주고, 그러는 게 도리 아니겠어? 더구나 니들, 사귀었던 사이인데."

석현은 말없이 어머니의 얼굴만 빤히 보고 있었다. 바로 어제만 해도 려희를 두고 '그런 작부의 딸년'이라고, '그런 년 따위 잊어라' 했던 어머니였다. '그런 년은 한노한테나 어울리는데 한노가 죽은 거 보니 팔자 센 년인가 보다'라고도 했다. 석현은 천천히 눈길을 아래로 떨어뜨렸다.

"이미 헤어졌어요."

"그래도…… 사고 당일에도 함께 있었던 거 보면 서로 미련이 있는 거 아니야?"

"려희가 날 싫어해요."

"그래? 내가 보기엔 아니던데……?"

"그만하세요. 추해요."

석현의 입에서 낮지만 거친 목소리가 튀어나왔다.

"뭐……?"

성자가 깜짝 놀라 눈을 크게 떴다.

"누나랑 통화했어요……."

석현의 말에 성자는 내심 찔리는지 바로 외면하고 손을 잠깐 코 밑에 갖다 댔다.

"입이 싸기도 하지. 그새……."

성자는 입속으로 중얼거렸다. 집으로 돌아오는 길에 딸에게 전화를 걸어, 자신에게 돌아올 정당한 재산을 빼앗긴 것에 대한 분풀이를 늘어놓았었다. '웬 꽃뱀 년만 운발 터졌다' 면서. 그 내용은 또 고스란히 누나를 통해서 동생에게 전달되었다.

"그거 네 큰외삼촌 재산이야. 한노 꺼 아니야."

"엄마 것도 아니죠."

"왜 아냐? 오빠데…… 엄마의 오빠데. 한노야말로 생판 남인데다 려희 그년은 어떻고? 엄만 진짜 억울해서……."

"억울해하실 거 없어요. 려희는 자격이 있어요."

"뭐……?"

"피상속인을 구하려고 물에 뛰어들었어요. 그 이상 뭐가 더 필요하죠?"

"아이고, 이 헛똑똑아. 외삼촌 몫 받으면 엄마만 좋아? 그게 또 엄마 통해서 다 네 것이 되는 거야."

"그만하세요……."

"어차피 한노 죽었으니 네가 려희를……."

"그만하라구요, 제발. 그만, 그만해……."

석현은 피를 토하고픈 심정으로 부르짖었다.

12. 려희의 남자

려희는 창밖을 바라봤다. 파란 하늘에 뭉게구름이 예쁘게 수놓아져 있었다. 구름은 조금씩 움직였다. 려희는 아주 긴 시간을 두고 구름을 눈으로 좇았다. 곁에서 '려희야' 하고 부르는 엄마의 음성에 반응도 않은 채. 엄마의 목소리는 근심에 차 있었다. 딸의 몸이 회복돼 이제는 침대 머리맡에 기대서나마 저렇듯 앉아 있을 수도 있는데, 그런 딸은 통 입을 열지 않았다. 입원실을 옮기기 전날 밤에 대성통곡을 한 뒤로 쭉 그랬다.

려희는 일인실로 옮긴 상태였다. 그것도 려희가 한 번 뒹굴어도 떨어지지 않을 만큼의 커다란 침대에, 고급스러운 소파 세트와 커다란 벽걸이 TV, 대형 냉장고, 정수기, 그리고 보호자용 침대까지 따로 갖춘 VIP 룸이었다. 어제 아침에 려희 엄마는, 자신을 '박 비서' 라고 소개한 남자를 만났다. 한노의 경호와 집 경비를 맡고 있다고 했다.

이어 그는 려희의 입원실을 옮긴다고 덮어놓고 통보하더니 막무가내로 밀어붙여, 엄마와 딸은 쫓겨나듯 4인실을 나와 VIP 룸으로 오게 됐다. 그런 뒤에야 박 비서는, 한노가 평소 '내 행방이 묘연해질 경우 려희를 보호하라' 고 해서 그대로 실행하는 것뿐이라고, 문밖에 검은색 정장을 한 남자 한 명까지 세워놓고 갔다.

엄마는 아직 한노의 환경에 대해 자세히 몰라 당황스러웠지만 딸에게 묻지도 못했다. 딸은 입원실이 옮겨진 것에도, 문밖에 덩치 큰 무서운 남자가 지키고 서 있는 것에도 관심이 없었다. 엄마가 불러도 대답을 안 하고 묻는 말에도 마찬가지였다. 밥도 거의 먹지를 않았다. 다만 박 비서를 보았을 때 딱 한마디 물었다. '한노는요?' 라고. 박 비서는 '아직 수색 중' 이라고 대답했다. 그 대답을 듣고 려희는 도로 넋을 놓았다. 그런 딸 때문에 엄마는 한노를 걱정하고 슬퍼할 겨를이 없었다. 딸마저 잘못될까 봐 가슴이 조마조마해서, 이틀 전 가게에서 병원으로 온 뒤로 집에도 한 번 가지를 못했다.

엄마는 자책했다. 려희를 저렇게 만든 것이 제 탓이라고. 아들 한노가 실종된 뒤로, 그것이 순전히 엄마 저의 탓인 것을 견딜 수가 없어서, 자식의 생사도 모르고 사는 죄와 고통을 감당하기 힘들어서, 그것의 많은 부분을 딸에게 떠넘겨 버렸다. 심지어 '아빠가 죽은 것도 너 때문' 이라며 딸의 가슴에 대못을 박았다. 술 먹고 그랬다. 술에서 깨면 또 술 탓을 했다. 그러니 려희는 한노가 얼마나 미웠을까. 얼마나 원망스러웠을까.

똑똑, 노크 소리가 났다. 엄마가 문을 열었다. 박 비서였다. 려희는 박 비서가 가까이 오는데도 여전히 창만 보고 있었다.

"계속 저래요."

엄마가 말하고 한숨을 쉬었다.

"노 변호사라고, 한노의 전담 변호사님이 계신데요……."

박 비서가 려희 엄마를 보고 말했다. 려희의 상태를 저도 모르지 않는다는 듯.

"그분이 오늘 기려희 씨를 만나고 싶어 하셨는데 제가 날짜를 좀 미뤘습니다."

"잘하셨어요. 근데 변호사님이 왜……?"

"그건…… 나중에 말씀드리도록 하겠습니다. 일단 기려희 씨가 먼저 알아야 할 문제라……."

그때 '말해요' 라고 려희의 목소리가 끼어들었다. 힘없이 가느다란 목소리였다. 엄마와 박 비서가 동시에 려희에게 고개를 돌렸다. 려희는 여전히 창에 눈을 두고 있다가 천천히 두 사람을 마주했다.

"엄만…… 잠깐 나가 있어."

"그래."

엄마는 지갑을 챙겨 나가려다가 박 비서를 보았다.

"혹시 두 시간 정도 여기 있어줄 수 있어요? 나가는 김에 집에 좀 다녀오려고. 챙겨올 것도 좀 있고 해서요."

"그러시죠."

박 비서는 려희 엄마를 문까지 배웅했다. 엄마는 나가기 전에 작은 목소리로 '려희를 절대로 혼자 두면 안 돼요' 라고 당부했다. 박 비서는 려희 엄마를 보내고 려희에게 돌아왔다. 돌아와서 먼저 그녀가 한노의 상속인이라는 사실을 알려주었다. 려희는 별로 놀라지 않았다. 이미 놀랄 것은 다 놀라서 더 놀랄 필요도, 기운도 없다는 듯. 다만 '난 너한테 다 줬어' 하더니 정말 다 주었구나, 하는 허망한 깨달음이 있을 뿐이었다.

"박 비서님은 한노에 대해서……."

려희가 엄마를 내보내고 박 비서만 남게 한 데에는 다른 까닭이 있었다.

"많이 알아요?"

"많이…… 까지야 모르고 조금 압니다. 함께 지낸 지 3년 정도라, 이제 4년 차군요. 그러니 딱 그만큼만 압니다."

"생각해 보니 난 그 녀석에 대해 거의 모르더라구요. 알고 싶지 않았다기보다는…… 녀석에 대해 아는 게, 뭐라 정확한 까닭을 댈 수는 없지만 무섭고 두려웠던 것 같아요……."

"특별히 궁금한 것이 있습니까?"

"다…… 모두 다요."

모두 다라면 무엇부터 말해야 할지 박 비서는 난감해했다.

"아…… 한노 몸에요……."

려희가 불현듯 생각난 듯 말을 이었다.

"흉터 같은 것이 군데군데 있던데……. 한노 말로는 맞아서 생겼다고 했지만 잘 이해가 안 가서요. 부유하게 잘살았는데 싸움을 하고 돌아다녔을 리도 없고……. 아, 맞다. 벌이었다고도 했는데…….”

“맞습니다.”

박 비서는 고개를 끄덕했다. 이어 자신이 3, 4년 동안 한노 가까이에 있으면서 보고 겪었던 일을 이야기했다. 특히 ‘벌’이라는 이름의 매질에 대해서. 그것이야말로 한노에 관한, 그의 짧다면 짧은 지금까지의 삶에 관한 모든 것이었다. 그것을 설명하면 다 설명된다고 해도 과언이 아니었으니까. 려희는 듣기만 했다. 듣다가 눈물을 뚝뚝 흘렸다. 오열할 기운도 없는 그녀는 하염없이 눈물만 흘리다가 탈진해 갔다.

❖

려희 엄마는 집에 들어와 거실에 풀썩 주저앉았다. 현관에서 거실로 올라서서 불과 두어 걸음 걷다가 다리에 힘이 풀린 듯 그랬다. 엄마는 몸까지 바닥으로 툭 하니 뉘였다. 실은 이렇게 마음 놓고 쓰러지고 싶어서 집에 왔다. 딸에게 약한 모습 보이기 싫어서, 딸도 힘들어하는데 더 힘들게 하고 싶지 않아서 버티고 버티다가 더 이상 버틸 필요가 없는 시간을 위해서.

“으흑…….”

오열인지 신음인지 모를 소리가 엄마의 입에서 툭 터져 나왔다. 엄마는 몸이 너무 아팠다. 체한 듯 가슴이 답답하고, 송곳으로 찌르는 것 같은 예리한 통증도 간헐적으로 있었다. 팔다리가 저리고 허리 통증은 점점 심해졌다. 어제와 오늘, 웬만한 호텔 부럽지 않은 고급 입원실에서, 몸이 힘들 일이야 전혀 없었건만 마음이 무너져 내리니 몸은 속으로 곯았던 모양이었다.

"아줌마."

그때 갑자기 한노의 목소리가 들렸다. 려희 엄마는 환청인 줄 알았다.

"어헉……."

고개를 든 엄마는 앉은 자리에서 펄쩍 뛰어오를 정도로 기겁했다. 눈앞에 한노가 있었다. 열린 려희의 방문을 뒤로하고 서서, 방금까지도 방 안을 뒹굴다 나온 사람 모양 구겨진 추리닝 바지 차림에 더욱이 멀쩡한 모습으로.

"왜 울어?"

한노가 물었다.

"너…… 너……."

엄마는 젖은 얼굴을 닦을 생각도 못하고, 유령을 본 사람처럼 하얗게 질려서 말을 더듬었다.

"왜 다들 집에 안 들어와? 려희는?"

려희 엄마가 더 이상 말을 못하고 입만 벙긋거리는 새 한노가 물었다. 이상하다는 듯 고개를 갸웃하고서. 엄마가 다가가 한노의 다리를 만졌다. 유령이 아닌 사람임을 확인해 보려는 듯. 한노가 몸을 낮춰 앉자 엄마는 그의 얼굴을 만지고 몸을 만졌다. 그는 얼굴을 찡그렸다.

"왜?"

엄마가 놀라 물었다.

"아파?"

"응. 갈비뼈를 다쳤나 봐."

엄마는 한노를 데리고 일어섰다. 그리고 소파로 데려갔다. 식탁 위에 냄비와 반찬 그릇 등이 잔뜩 놓여 있는 것이 그제야 엄마의 눈에 들어왔다. 라면을 끓여 먹거나 밥을 먹은 흔적이었다.

"일단……."

한노와 함께 소파에 앉은 엄마가 말했다.

"어떻게 된 건지 말 좀 해봐. 여기서 뭐 하고 있었어?"

"려희랑 아줌마 기다렸는데."

"뭐……? 너…… 사, 사고는……?"

한노는 차가 강물에 빠진 즉시 차에서 탈출했다. 충격의 순간에 에어백이 터져 다치지 않았고, 다만 강물로 떨어질 때 늑골을 다쳤지만 다행히도 차가 떨어진 지점이 강변과 가까운 곳이라 헤엄쳐서 강변으로 올라올 수 있었다. 그사이 차는 강변에서 점차 멀어져 갔다. 한노는 강변을 따라 쭉 걸어서 길을 찾아 나왔다. 그 뒤 홀딱 젖은 모습으로 어찌할까 하다가 다행히 지갑이 있기에 택시를 타고 곧장 려희의 집으로 왔다. 오직 려희를 만나려는 생각밖에 없었다. 그녀의 집에서 기다리면 오겠지, 했다.

그렇게 그는 빈집에서 홀로 사흘을 기다렸다. 휴대폰이 없어서 전화도 못하고 늑골이 아파 끙끙 앓으면서, 만 하루 동안은 려희의 침대에서 꼬박 누워 지냈다. 그러다가 배가 고파서 집 안을 뒤져 라면을 끓여 먹고 일인용 포장 밥도 데워 먹었다.

"이, 이눔 새끼……."

한노에게서 자초지종을 들은 려희 엄마가 어이없고 황당하고 또 조금은 화가 나서 한노의 팔을 툭 때렸다. 그러고는 헛웃음을 지었다. 어찌 그리 무신경하고 바보 같을 수 있나 하면서도 안도의 웃음이었다. 그러고 보니 한노가 실종된 기간은 날짜상 사흘이지만 실상 만 이틀도 채 안 되는 시간이었다. 려희 엄마는 금세 눈물지었다. 그 눈물이 민망했는지 또 얼른 손으로 훔쳤다. 한노는 그런 엄마를 낯설면서도 신기한 것을 바라보듯 했다. 기분이 참 묘했다.

"이런, 내 정신……."

눈물을 닦던 엄마는 퍼뜩 정신이 든 듯 한노를 보았다.

"너도 병원에 가야 하잖아."

"배고파."

한노가 제 배에 손을 댔다.

"어, 그래. 밥부터 먹자, 밥. 조금만 기다려. 엄마, 아니, 아줌마가 얼른 맛있는 거 해줄게. 참, 그런데……."

엄마는 서둘러 주방으로 걸음을 옮기다 생각난 듯 돌아보았다.

"우리 집은 어떻게 열었어? 비번 알어?"

"응. 려희가 가르쳐 줬어."

"그래?"

엄마는 갸웃했지만 이내 고개를 주억주억했다. 늘 한노에게 쌀쌀맞기만 했던 려희가 그럴 리 없다 싶으면서도 이번에 보니 딸과 한노 사이가 심상치 않아서였다. '여친이 있다' 던 한노의 말도 새삼 의미심장하게 다가왔다. 그래서 한노가 입고 있는 추리닝 바지와 셔츠도 조금 의아스러웠지만 그냥 넘겼다. 그 옷은 전에 려희가 입고 와서 벗어둔 것을, 한노가 그녀의 옷장을 뒤져 찾아낸 것이었다. 그는 엄마가 밥을 할 동안 제집에서처럼 편안하게 소파에 다리를 뻗고 누워 TV를 보았다.

해가 뉘엿뉘엿 질 무렵 한노와 려희 엄마는 사이좋은 모자처럼 연립주택을 나왔다. 엄마의 손에는 커다란 쇼핑백이 들려 있었다. 병원에서 사용할 것들을 챙긴 것인데 한노가 들겠다고 했지만 엄마는 '넌 환자'라며, 내심 한노를 진료받게 할 요량이었기에 부득불 제 손에 들었다.

"두 시간 만에 온다고 했는데 너무 지체됐다."

택시 안에서 엄마가 말했다.

"그나저나 려희가 얼마나 놀라고 좋아할까……."

이어진 엄마의 혼잣말이 한노의 귓가를 스쳤다. 그는 빠르게 지나는 창밖의 거리 풍경을 보고 있었다. 저가 려희 집에 있는 동안 무슨 일이 있었는지, 특히 려희가 얼마나 슬피 울었는지 이미 엄마에게서 모두 들은 터였다. 려희가 우는 것을 전에 못 본 것도 아니고, 더욱이 모두 한노 자신이 울렸었다. 따지고 보면 이번에도 저가 울린 셈인데, 그래서 더 놀랍고 묘했다. 아까 집에서 려희 엄마의 눈물을 봤을 때처럼.

누군가 저를 위해서, 저를 걱정하고 슬퍼해서 눈물짓고 통곡하는 것이 이처럼 안도감을 줄 줄이야. 길고양이처럼 려희의 집에 숨어들어 하루 종일 방을 뒹굴었던 그때의 그 안락과도 같았다.

한노와 려희 엄마를 태운 택시가 병원 앞에 도착했다. 두 사람은 택시에서 내려 려희의 입원실로 향했다. 려희가 몸이 약해져 있어 너무 놀라게 하면 안 되니까 차분하게 평소처럼 행동하자고, 엄마는 한노에게 하는 말인지 스스로 다짐하는 말인지를 승강기 안에서 중얼거렸다. 그런데 려희가 놀라기 전에 박 비서가 먼저 놀랐다. 그는 려희의 입원실 문밖 벤치에 앉아 있다가 한노를 보고는 몸을 움찔했다. 원래 그 자리를 지켰던 검은색 정장의 사내가 잠깐 자리를 비운 틈인 듯했다. 박 비서는 놀라 눈을 둥그렇게 뜨고 일어나면서도 경호, 경비에 잔뼈가 굵은 사람답게 호들갑을 떨지는 않았다.

"어쩐지 느낌이……."

박 비서는 한노의 어깨를 툭 쳤다.

"꼭 살아 있을 것 같더라니."

"맷집 좋은 놈이 명은 길다며?"

한노의 말에 박 비서가 웃음 지었다. 실제로 그가 했던 말이었다. 하루가 멀다 하고 매질을 당하는 한노를 향한 위로의 말이었다.

"한노도 진료받아야 해요. 예약 좀 잡아줘요."

려희 엄마가 박 비서에게 말하고 이어 한노에게는 들어가자고 했다

"의사가 안정제를 투여해 아마 잠들어 있을 겁니다."

박 비서가 입원실 문을 열어주며 말했다. 려희 엄마가 먼저 들어가고 그 뒤를 한노가 따랐다. 려희는 박 비서 말대로 잠들어 있

는 것처럼 보였다. 한노가 려희 엄마보다 먼저 침대로 다가갔다. 려희는 이불을 가슴 아래쯤까지 덮고 두 팔을 내놓은 채 손등에는 두 개의 수액 바늘이 꽂혀 있는 모습으로 한노를 맞았다. 눈을 감고 있어 또한 얌전한 모습이었다. 언제나 또렷하고 강한 눈빛으로 한노를 노려보며 '나쁜 새끼'라고 내뱉던 그녀에게 익숙해 있는 한노에게는 너무나 가엾은 모습이기도 했다. 한노를 걱정하며 울었다더니 정작 저가 환자가 돼 핼쑥한 얼굴로 누워 있어 더 불쌍했다. 한노는 바늘이 꽂혀 있지 않은 그녀의 다른 손등을 쓰다듬었다.

려희는 먼 소리처럼 들려오는 시시덕거림을 들었다. 가만 들어보니 엄마와 한노의 소리였다. 둘이 뭐가 그리 재미있는지 아주 깨가 쏟아졌다. 려희는 그 소리가 신경 거슬렸다. 슬슬 짜증이 밀려왔다. 당장 가서 그만 좀 하라고 소리 지르고 싶었지만 이상하게 발이 떨어지지 않았다. 그래서 그 자리에서 소리를 지르려 했지만 이번에는 목소리가 나오지 않았다. 시시덕거리는 소리는 점점 높아갔다. 그만큼 려희도 점점 더 화가 났다. 사실은 그것이 질투라는 것도 알았다. 제 엄마가 한노하고만 노는 것이, 한노가 엄마하고만 재미있어 하는 것이. 얼른 가서 훼방을 놔야지, 했는데 소리도 안 나오고 발도 떨어지지 않았다.

"이이익……."

려희는 힘을 주다가 잠에서 깨어났다. 눈을 뜨지는 않았지만 저가 꿈에서 깨어난 것을 알았다. 그런데 시시덕거리는 소리가 계속 들려 잠깐 동안 꿈과 현실이 구분되지 않았다.

"려희 깼나 보다."

려희가 뒤척인 것을 본 엄마가 자리에서 일어났다. 보호자용 침대 앞이었다. 그 침대에 한노가 비스듬히 누워 있었다. 환자복을 입고서, 그러나 포도를 먹고 있었다. 그는 막 입에 넣었던 포도 알갱이를 깨물며 몸을 일으켜 침대 밑에 있는 실내화를 신었다.

"잘 잤어?"

엄마가 려희 머리맡에 와서 딸의 눈을 마주했다.

"누구 왔는지 봐봐."

려희는 눈을 껌벅거렸다. 고개를 기울인 엄마는 웃고 있었다. 그런 엄마의 얼굴이 사라지고 그 자리를 한노가 대신했다. 려희의 눈이 커졌다. 뒤따라 입도 벌어지더니 그 입에서 '끄흐' 하는 이상한 소리가 새어 나왔다.

"고양이가 왔어."

한노가 말했다. 려희는 부릅뜬 눈을 깜박이지도 않았다.

"집 나간 고양이가 돌아왔어."

한노는 손끝으로 려희 이마에 붙은 머리칼을 쓸어주었다.

"이젠 울지 마."

그 말이 떨어지자마자 려희의 눈시울에 눈물이 듬뿍 차올랐다. '울지 말라니까' 라고 한노는 입속으로만 말하며 손을 뻗어 려희 눈가에 손을 댔다. 려희가 그 손을 덥석 잡았다. 마치 '진짜 한노지?' 라고 묻는 듯했다. 진짜 한노라는 것을 그녀는 그 손에서 풍기는 체취만으로 금세 알았다. 눈으로 보고, 만지고, 냄새까지 맡았으니 꿈이 아닌 현실이 분명했다. 려희는 그의 손에 얼굴을 묻고 더 이상 울지 않았다. 오히려 미소 지었다.

❖

"도저히 상식적으로 이해가 안 가."

려희는 빈 그릇을 탁 내려놓고 말했다.

"보통 사고가 나면, 그 사고로 심하게 다치지 않는 이상 그 사고 현장에 남거나, 혹시 그 즉시는 아니더라도 사고를 수습하러 나타나야 하는 거 아니냐고. 안 그래?"

려희는 물었지만 맞은편에 앉아 있는 엄마한테 물은 것인지 그 너머, 보호자용 침대에 누워 있는 한노에게 물은 것인지 분명치 않았다. 그녀는 언제 그렇게 맥없이 아팠냐는 듯 소파에 앉아 테이블 위에 차려진, 비록 밥 대신 죽으로 된 식사나마 배불리 먹고 나서 큰소리를 내고 있었다.

"그 정도는 중학교만 나와도 알 수 있는 일반 상식이야. 바보가 아닌 이상 다 안다고."

려희는 진지하게 말하며 엄마의 얼굴과 그 너머의 한노 얼굴을 번갈아봤다. 한노는 야단맞는 아이의 얼굴로 눈만 껌벅거렸다. 몸에는 복대를 차고 있었는데 진료를 받고 나서 가만히 누워 있으라는 의사의 권유에 따른 것이었다. 엑스레이 촬영 결과 그는 늑골 한 군데에 금이 갔다. 그런데 통증은 여러 군데에서 느끼고 있어, 아마도 늑골의 연골 부위에도 손상이 간 것 같다는 것이 의사의 소견이었다. 연골의 손상은 엑스레이에 나타나지 않는다고, 따라서 금식 후 내일 컴퓨터 단층 촬영을 할 예정이었다.

“이제 그만해.”

엄마가 슬쩍 눈을 흘겼다.

“한노 환잔데 뭘 그리 나무라?”

“암 걸렸어? 물리치료 좀 받고 그냥 가만히 잘 쉬면 낫는다잖아.”

“말 참 이쁘게 한다. 한노 아마 괜히 왔다 싶을 거야.”

말끝에 엄마가 제 뒤의 한노를 돌아보았다. 그 순간에 한노는 더할 수 없이 시무룩한 표정을 지었다. 엄마는 즉시 ‘거봐’ 라고 말했다. 려희는 바로 ‘어으, 어으’ 하는 소리로 가소롭다는 뜻을 전했다.

“재가 원래 좀 맹하긴 한데, 그래도 엄마 앞에서는 더하는 거 알아? 엄청 착한 척하려고 그러는 거라구. 근데 별로 안 착해, 엄마.”

“그만해, 글쎄. 진짜 나쁜 누나네.”

“누나는 무슨…….”

려희는 엄마의 눈 흘김을 받으며 ‘양치질이나 해야겠다’ 고 일어났다. 엄마는 테이블에 있는 것들을 치워, 그것을 냉장고가 있는 곳으로 가져갔다. 그사이 화장실에 갈 것처럼 하던 려희가 재빨리 발길을 돌려 한노의 침대로 착, 붙었다.

“내가 언제 너한테 우리 집 비번 가르쳐 줬어?”

려희가 작은 목소리로 으르렁댔다. 여전히 누워 있던 한노는 재빨리 눈을 감았다.

"너 혹시……."

려희가 의혹에 가득 찬 어조로 말했다. 한노는 한쪽 눈만 슬며시 떴다.

"우리 집…… 그 연립주택 204호 말이야……. 네가 작업한 거 아냐? 맞지? 전세가가 너무 싸고 내부수리도 다 돼 있어 좀 이상하다 생각했었는데……."

한노는 살짝 떴던 눈도 재빨리 도로 감았다. 그 모습을 보고 려희가 혀를 찼다. 사고 후 한노가 쭉 연립주택에 있었고, 그 현관 비밀번호를 한노에게 가르쳐 준 사람이 려희 저라는 말을 엄마에게 들었을 때, 그녀는 불현듯 '혹시 연립주택도' 라는 의심을 가졌지만 '설마' 하는 마음도 함께여서 반신반의했었는데 결과는 '역시나' 가 돼버렸다.

그때 엄마가 정수기 쪽으로 움직이다가 무심히 한노의 침대 쪽을 돌아보았다. 려희는 재빨리 한노 위로 몸을 약간 숙이고 '많이 아파?' 라고 물었다. 엄마는 '내 딸이 그럼 그렇지' 하는 흐뭇한 표정으로 몸을 돌렸다. 그 틈에 려희가 한노의 이마에 콱, 꿀밤을 주었다.

려희가 양치질을 하고 화장실에서 나와보니 엄마가 려희의 침대를 손보며 잘 준비를 하고 있었다.

"어떻게 자?"

려희가 다가와 물었다.

"어떻게 자긴, 침대가 크니까 너랑 나랑 같이 자면 되지. 왜? 불편하면 엄마 소파에서 잘까?"

"엄마 허리 아픈데 어떻게 소파에서 자? 내가 자면 모를까."

려희는 말을 하며 침대에 걸터앉았다.

"참, 가게 계속 비워두고 있지? 내일은 나가봐. 한노는 내가 돌볼 테니까."

"응. 나가긴 나가봐야지. 근데……."

말을 하며 엄마도 침대 위에 앉았다.

"한노가 가게 정리하래."

엄마는 한노를 바라봤다. 려희의 눈도 엄마를 뒤따랐다. 한노는 이미 잠든 것처럼 눈을 감고 조용했다. 려희와 그녀의 엄마도 입을 다물고 잠시 조용히 있었다.

"저 녀석……."

엄마가 침묵을 깼다.

"진짜 한노 같애."

"또 그런다……."

"그러게. 그래도 한노가 있어서 얼마나 다행인지……."

엄마의 한숨 소리 같은 고백을 들으며 려희는 저에게 한노는 무엇일까, 무엇이었을까, 문득 생각했다. 지금 침대에 누워 있는 한노가 려희의 동생 한노는 아니라는 것을, 전혀 상관 없다는 것을 누구보다 엄마가 잘 알고, 또 엄마가 안다는 것을 려희가 잘 알았다. 어쩌면 엄마에게 한노는 그냥 있어만 줘도 되는, 그런 그리움인지도 모르겠다. 생사를 몰라 겪는 고통 대신 곁에 두고 그리워하는, 고마운 통증인지도 모르겠다. 려희 저에게는 어떨까. 길고양이일까. 아직 잘 모르겠다고, 그녀는 판단을 미뤘다.

어둠 속에서 엄마의 나직한 코골이 소리만 들려왔다. 엄마는 누운 지 얼마 지나지 않아서 코를 골기 시작했다. 려희는 그 소리를 들으며 깨어 있었다. 잠이 오지 않았다. 엄마의 코골이 때문이 아니라 잠들기 위해 안정돼야 할 신경이 줄곧 흥분 상태였기 때문이었다. 그것은 기분 좋은 설렘과도 같은 것이었다. 설렘이다. 설렘이 맞다. 그런데 한노도 마찬가지였던 모양이다. 어둠 속에서 그의 목소리가 들려왔다. '려희야' 라고 속삭이듯 부르는 소리.

"자?"

"아니."

려희도 한노만큼이나 속삭이듯 하는 소리로 조심스럽게 대답했다.

"이리 와."

"미쳤어?"

"와. 벌이야."

려희는 '어휴' 하고, 누가 한노를 말릴까 싶은 의미의 한숨을 쉬었지만 이내 몸을 일으켰다. 엄마를 의식하며 조심스럽게. 코 고는 소리는 안정돼 있고 규칙적이었다. 려희는 살그머니 침대를 빠져나와 까치걸음으로 한노에게 갔다.

"누워."

한노는 이미 침대 가장자리로 제 몸을 바짝 옮긴 채였다. 보호자용이라 두 사람이 눕기에는 좁은 침대였다.

"안 돼. 엄마 깨면 어떡해?"

"잠깐만 있다가 가면 되잖아."

"그래도……."

"벌이야."

"흥, 무섭다."

두 사람은 속삭이듯 말을 주고받으며 토닥댔다. 결국 려희는 한노 곁에, 이불은 덮지 않고 나란히 누웠다. 다만 똑바른 자세가 아닌, 그를 향해 모로 누웠다.

"만져 줘."

"그럴 줄 알았어."

려희는 한노의 얼굴에 손을 가져갔다. 열이 있으면 어쩌지 했는데 그의 얼굴은 오히려 촉촉했다. 따뜻한 체온뿐이었다.

"나……."

려희가 한노의 귀를 보며 속삭였다.

"약속 어긴 거 아니야. 너만 보겠다는 약속……."

"응."

대답하는 한노의 목소리가 편안했다. 믿는다는 의미였다. 려희는 더 이상 변명할 필요가 없다는 것을 깨달았다. 어쩐 일인지 그는 다 알고 있는 것 같았다.

"근데……."

한노가 말을 이었다.

"다음엔 절대 물에 뛰어들면 안 돼. 넌 죽으면 안 돼. 넌 내 유일한 상속인이니까."

"응……."

려희는 코가 시큰했다. 저에게 한노가 무엇일까 했더니 바로 지금 대답을 찾은 느낌이었다. 제 마음이 투명하게 들여다보였다. 그녀는 그의 얼굴 위에 있던 제 손을, 손끝만을 움직여 톡톡 다독였다. 그리고 그의 귓가로 입을 바짝 가져갔다.

"사랑해. 한노야."

려희가 속삭였다.

"늦어서 미안해. 대신 죽을 때까지 너만 보고, 너만 만져 주고…… 너만 빨아줄게."

약간의 장난기가 섞인 마지막 고백은 실수였다는 것을 려희는 곧 깨달았다. 한노의 얼굴에 있는 제 손에서 후끈한 열을 느낀 것과 동시였다. 그의 몸에 열이 오르고 있었다.

"진정해. 쉬잇……."

려희가 다급히 그의 가슴에 손바닥을 대고 눌렀다. 동시에 엄마의 코 고는 소리에 이상이 없나 귀를 기울였다. 그런데 들려오지 않았다. 또한 들려왔다. 코 고는 소리 대신 다른 소리가 들려왔다. 귀로 듣는 소리가 아니었다. 촉각으로 듣는 소리. 려희는 제 손바닥을 턱, 턱, 두들기는 한노의, 심장의 소리를 들었다. 아니, 만졌다. 소리를 만졌다. 얼마나 힘차게 뛰는지 또 그것이 얼마나 생생한지 흡사 그의, 날것의 심장을 만지고 있는 것 같은 느낌이었다. 백 마디 말보다, 천 마디 고백보다 애틋한 소리였다.

"쉬잇……. 가만있어."

려희는 말하고 손을 아래로 내렸다. 그녀의 손은 이불 속으로 숨었다. 이불 속에서는 한노의 환자복 바지 속으로 쏙 숨었다. 거기에서 또 하나의 한노를 만났다. 그것을 움켜쥐었다. 그것은 또 하나의 소리였다. 려희에게 꽉 잡혀서 그녀의 손바닥을 수줍게 두들기는 소리, 바로 고동치듯 하는 속삭임. 려희는 그 욕망의 속삭임을 부드럽게 어루만졌다. 살살 달래듯이.

"나도 너 만지고 싶은데……."

한노가 속삭였다. 려희 손길에 흠뻑 취해 발음도 잘 안 되는 소리로.

"너 신음 소리 낼까 봐 참는 거다."

"웃겨. 넌 아주 울부짖더라."

려희는 한노의 분신을 부드럽게 쓸어내리다 그 끄트머리를 엄지와 검지로 꼬집듯 잡았다.

"이 녀석 분출할 때."

"으음…… 너무 좋아서 그래."

"좋아?"

"응. 미치게."

"미치게……?"

"미쳐서 내가 없어지는 것 같아. 없어져서 너랑 하나가 되는 것 같아."

그 말에, 이상하게도 려희는 외로움이 느껴졌다. 그 외로움이 이해가 되었다. 그의 그 '울부짖음'에 그토록 제 가슴이 아렸던 까닭을 알 것 같았다. 그녀는 소리 없이 스르르 몸을 일으켰다. 이어 이불을 샥, 들추더니 그 안으로 머리를 집어넣었다. 이불 안에서 그녀는 한노의 그것을 한입에 물었다.

"으음……."

한노는 부러 눈에 힘을 잔뜩 주었다. 그 눈은 서서히 게슴츠레해졌다. 그는 '빙구처럼' 히죽 웃었다.

❖

려희는 제 휴대폰에 석현의 번호가 떠 있는 것을 보았다. 엄마가 입원실을 비운 오후였다. 엄마는 가게를 둘러본다고 점심 후에 나갔다. 려희는 석현의 전화가 왔다고 한노에게 말하고, 그의 양해를 구한 뒤에 통화는 저가 전화를 해서 이루어졌다. 아무래도 석현과의 깔끔한 정리가 필요하다 싶었다.

려희의 전화를 받은 석현은 차분한 목소리로 먼저 그녀의 안부를 물었다. 그리고 분명하게 언급하지는 않았지만 한노가 살아 있다는 것을 전해 들은 것 같았다. 그는 그냥 '다 잘됐다' 라고만 했다.

[다시 얼굴을 볼 수 있을지 모르겠지만…… 볼 수 있다 해도 오랜 후일 것 같아서…… 그래서 용기를 냈어. 네가 받아줄지 어떨지도 모르면서……. 고맙다. 전화해 줘서. 또 미안하고……. 무모하기만 했고…… 진짜 용기는 내지도 못했어…….]

잦아드는 석현의 목소리만으로도 그가 무척 힘들어하는 것을 려희는 느낄 수 있었다. 한강물에 뛰어든 려희를 두고 보기만 했던 자신을, 그는 아마도 탓하고 있는 모양이었다.

[하지만 그건 믿어줘. 난 진심이었어. 가볍게 생각한 적 한 번도 없었어.]

"알아요. 그래서 미안해요. 나야말로 미안해요."

[행복해라. 이 말 해주고 싶어 연락했어.]

"석현 씨도요. 내년에 시험 꼭 붙어서 훌륭한 판사님 되세요."

한노는 보호자용 침대에 걸터앉아서 려희가 통화하는 것을 지켜보았다. 려희는 창가에 서 있었다. 한노에게 등을 보이고 있다가 휴대폰을 귀에서 뗀 뒤에 그를 향해 돌아섰다. 한노는 그녀의 얼굴에서 후련함을 읽었다.

"발가벗어."

그 후련해하는 얼굴에 대고 한노가 주문했다.

"뭐?"

려희의 눈이 왕방울만 해졌다.

"전화한 벌이다."

"네가 허락했잖아."

"그래도 질투는 나잖아. 너의 결백을 증명해 봐."

"어이 상실. 여기서?"

"내가 문 잠갔어. 경호원한테도 아무도 들여보내지 말라고 했고."

"그건 여기서 수상한 짓 할 거라고 다 티 내는 거거든. 병원에서 어떻게……."

"안 해?"

"누가 안 한대?"

려희는 버럭, 소리치고 다시 등을 보이더니 창의 블라인드를 모두 내렸다. 그런 다음 한노 앞으로 왔다.

"벗어."

한노가 팔짱을 척 끼고서 자못 명령 투로 뱉었다. 려희는 먼저 손가락을 하나 입에 물고 몸을 배배 꼬았다. 한노는 웃음을 꾹 참았다. 환자복을 입고 있는 려희가 그것을 벗기는 아주 쉬웠다. 그녀는 금세 나신이 되었다. 한노는 려희의 몸을 탐욕스러운 눈으로 훑었다.

"돌아."

한노의 명령에 려희가 뒷모습을 보였다. 한노는 저가 좋아하는 그녀의 등허리에 먼저 눈길을 꽂았다. 역시나 매력적이고 섹시했다. 려희가 장난스럽게 엉덩이를 흔들었다.

"난 널 언제든 볼 거야."

려희의 엉덩이를 게슴츠레한 눈으로 보며 한노가 근엄한 목소리로 말했다.

"내가 보고 싶을 때 언제든."

"알았어."

"또 만지고 싶을 땐 언제든 널 만질 거야."

"응."

"빨아주고 싶을 때도."

"응. 또?"

"또……?"

한노는 바로 생각나지 않아 손으로 턱을 긁었다. 눈앞에서 려희가 계속 엉덩이를 흔들고 있어 그의 정신이 온전치 못했다. 그때 려희가 다시 돌아서서 그를 마주했다. 그녀는 천천히 두 팔을 들어 손을 위로 해 한데 모았다. 마치 묶여서 매달린 것처럼.

"매달려 주기도 할게."

❖

"흡……."

밧줄이 팽팽했다. 팽팽하게 만든 것은 려희였다. 려희는 밧줄을 잡고 매달렸지만 묶이지는 않았다. 그녀 뒤에 한노가 있었다. 그녀를 그 억센 두 팔로 끌어안은 그는 그녀의 뺨과 귓불과 목덜미를 차례로, 진하게 입술로 훑었다. 한 손에 그녀의 젖가슴을 쥐고 다른 손은 그녀의 가랑이 사이 깊은 곳에 두었다. 그 손은 쉼 없이 움직였다. 그 움직임에, 물 먹은 속삭임 같은 소리가 따라왔다. 비 내린 숲을 헤치고 지나는 바람과 같은 소리였다.

"으읏……."

려희는 두 다리를 어슷하게 한껏 꼬았다. 그러다 활짝 벌렸다. 벌어진 틈으로 한노가 더욱 유연한 손놀림을 보였다. 그녀의 숲은 저를 완전히 놓아버린 것처럼 젖었다. 꽃잎은 생기가 돌고, 숲 속의 진주는 통통하니 제 몸을 잔뜩 부풀렸다. 숲보다 더 깊고 은밀한 동굴로 가는 길목은 마르지 않는 샘물이었다. 그 샘물에 한노가 풍덩 뛰어들었다. 손끝만으로 뛰어들어 동굴 속으로 깊이 숨어들었다. 숨어들어 가만있지 않고 꿈틀댔다.

"으흑……."

한노는 려희의 젖꼭지가 빳빳하게 서는 것을 손끝으로 읽었다.

그때 그녀가 울부짖었다. 속 깊은 곳에서 터져 나오는 소리. 소리는 몸부림을 동반했다. 팽팽한 밧줄이 격렬하게 흔들렸다. 한노가 그녀를 제 쪽으로 바짝 당기면서 그녀의 엉덩이 쪽에서 가랑이 안으로 무릎을 집어넣었다. 그러자 그녀는 기다렸다는 듯 그 무릎에 가랑이 깊숙한 곳을 딱 붙이고 진하게 허리를 비틀었다. 려희의 열락은 천천히 닫혔다. 그러나 다 닫지 않고 조금 열어두었다.

한노가 밧줄을 잡았다. 려희는 그를 마주 보고 매달렸다. 밧줄이 아닌, 그의 목에 두 팔을 걸어잡고 두 다리로는 그의 몸을 휘감고서 매달렸다.

"좋았어?"

한노가 물었다.

"응. 미치게 좋았어."

"안 돼. 아직 안 돼. 아직 미치지 마."

"알았어."

려희는 활짝 웃고 한노의 얼굴에 쪽, 쪽, 소리 나게 입을 맞췄다. 한노는 취한 듯 눈을 감고 고개를 뒤로 꺾었다. 려희가 따라가 그의 입술을 훔쳤다. 그의 입술을 자근자근 깨물고 잇새를 지나 그의 혀에게 시비 걸 듯 다가갔다. 그는 '어쭈?' 하듯 받았다. 두 사람은 소리 없이 속삭였다. 속삭임은 흔들렸다. 밧줄에 매달려 살랑살랑, 때로 크게 흔들렸다. 거울 속에서도 흔들렸다. 벌거벗은 두 나신이 한 덩어리로 흔들렸다.

다다다, 한노가 려희를 안고 침실로 뛰었다. 파앗, 뭉게구름 같은 침대로 뛰어들었다. 까르르, 구름 속을 뒹구는 천사처럼 려희가 웃음을 터뜨렸다. 두 사람은 이리 뒹굴, 저리 뒹굴, 엎치락뒤치락하며 까불고 웃었다. 경쟁하듯 서로의 몸을 핥고 깨물었다. 려희가 우세한가 하면 한노가 그녀를 제압하고 한노가 이겼는가 하면 려희가 그를 지배했다. 두 사람은 지치지도 않고 뛰어놀았다. 하나가 돼 충만해질 때까지.

려희는 제 위에 있는 한노의 얼굴을 쓰다듬었다.

"내일, 엄마 무지 놀랄 거야."

려희가 함박웃음을 머금고 말했다. 그녀는 한노와 함께 두 달여에 걸쳐 집 안을 꾸몄다. 인테리어 전문가를 만나고, 관련 서적을 보고, 가구 등을 고르느라 거의 매일 쇼핑했다. 그렇게 집 안을 완성해 가다가 드디어 오늘 마침표를 찍었다. 이제 엄마에게 보여주고 이사만 하면 되었다. 엄마는 가게를 정리하고 난 뒤 평생에 처음 맞는 여유로운 시간을 보내고 있었다.

"엄마 모시고 오기 전에 청심환이라도 하나 먹게 해야겠어."

"허리는 어떠셔?"

한노가 물었다. 려희 엄마는 그동안 한의원에서 허리 치료를 받고 있었다.

"많이 좋아지셨어. 앞으로도 무리만 안 하면 괜찮대. 동생 소식에 좀 마음 아파했지만……."

려희가 착잡한 얼굴로 말끝을 흐렸다. 둘이 집 안을 꾸미는 동안 다른 한편에서는 박 비서의 지휘로 려희의 동생에 대한 대대적인 추적 조사가 진행되었다. 당연히 한노의 지시에 의한 것이었다. 실종자를 찾는 데에 능한 많은 전문가와 물량이 투입되었다.

그러나 15년 전에 실종된 미아를 찾는 일이 쉬울 리 없었다. 해서 바로 전주에, 려희의 동생으로 추정되는 인물이 9살 때 모 보육원에서 사망했다는 결과가 나왔지만 신원을 확인할 수 있는 정확한 근거를 찾지 못한 채 일단락된 일이 있었다.

려희가 말한, 엄마가 마음 아파했다는 것이 바로 그 내용이었다. 엄마는 잃어버린 아들을 찾았나 싶어 기뻐했고 사망했다는 사실에 슬퍼했으며, 그 아이가 아들 한노인지 아닌지 정확히 알 수 없다는 여전한 현실에 아파야 했다.

"끝난 거 아냐."

한노가 말했다. 려희의 동생 '한노'를 찾는 일은 계속될 것이라는 의미였다. 려희는 고개를 끄덕거렸다. 한노는 아마 려희 엄마가 살아 있는 동안에는 멈추지 않을 것이다. 그것이 자식을 잃고, 그 생사조차 모르는 엄마의 아픔과 죄책감을 조금씩이라도 치유하는 방법이기 때문이었다.

"나도 안 끝났어."

려희가 한노의 얼굴을 두 손에 잡고 말했다. 자못 깜찍한 표정으로.

"우리 한노, 남자 만들려면 아직 멀었거든."

"나, 남자다."

한노가 눈을 부리부리하게 뜨고 정색했다.

"려희의 남자."

"려희의 남자는 됐는데 그냥 남자도 돼야지. 먼저 사람이 돼야 하나? 모자란 게 어디 한두 가지여야지……."

려희가 킥킥 웃었다. 한노는 '어쭈?' 하더니 허리를 깊게 놀렸다.

"으음……."

려희가 편안한 신음을 흘렸다. 한노는 빠졌다가 다시 깊이 들어와 그 상태에서 허리를 살살 돌렸다.

"너무 좋아……."

려희가 수줍은 듯 음흉하게 눈을 깜박거렸다. 그런 그녀를 보며 한노가 웃음 지었다.

"려희의 남자만 되면 되지, 뭐."

한노의 말에 이번에는 려희가 환한 웃음을 머금었다.

"예뻐."

그는 그 한마디를 마지막으로 던져 놓고 부지런히 허리를 놀렸다. 려희는 눈을 살포시 감고 미소 지었다. 처음에는 완전한 이완이었다. 최고의 안락이었다. 설명할 수 없는 에너지가 피어오르기 전까지는. 그 에너지는 서서히 몸을 달구면서 마치 미세 혈관을 타고 돌듯 온몸 구석구석, 손끝과 발끝까지 빠짐없이 세력을 뻗었다.

려희가 한노의 목을 끌어안았다. 그러자 한노가 '꽉 잡아' 라고 말했다. 그는 천천히 몸을 일으켰다. 려희는 떨어지지 않으려 두 다리로 그의 허리를 감았다. 한노는 려희의 몸 안에서 제 분신이 빠져나오지 않게끔 조심하며 그녀를 안고 몸을 세웠다. 시트에 무릎을 벌려 중심을 잡고서. 그렇게 무릎을 꿇은 자세가 된 그는 그녀의 등과 허리를 손으로 단단히 받쳤다.

"아……."

려희는 한노의 목덜미를 더욱 꼭 끌어안았다. 그가 아래로부터 깊이 들어와 저의 심장을 건드리는 것만 같았다. 그러더니 그는 슬며시 나갔다. 아니, 나가는 척하다가 도로 들어왔다. 심장에 노크하듯.

"흡……."

려희는 심장에 가벼운 충격을 느끼면서도 피하지 않고 도리어 제 엉덩이의 무게를 밑으로 실었다. 그러자 그는 더욱 힘 있게 들어왔다.

"흑……."

"우리 애기……."

한노가 그녀의 귀에 속삭였다.

"애기?"

"응. 넌 애기야."

"까불어, 누나한테."

"이젠 누나 할 거야?"

"아니. 애기 할래."

"거봐."

한노는 려희의 얼굴과 머리에 마구 입을 맞췄다.

"예뻐. 예뻐 죽겠어……."

려희는 쿡 웃었다. 그는 려희에게 예쁘다는 말을, 특히 사랑을 할 때, 흥분이 고조될 때 입에 달았다. 그에게는 그 말이 사랑한다는 말의 대신인 것 같았다.

"예뻐……."

한노는 또 읊조리며 힘차게 행위를 이어갔다. 그것은 려희에게, '심장 공격' 을 당하는 것과도 같았다. 그녀는 그의 목 뒤에 두 손을 단단히 깍지 껴잡고, 팔을 길게 늘어뜨리며 머리를 뒤로 젖혔다. 그녀의 등허리가 활처럼 휘었다.

"으흐……."

려희가 입술 사이로 공기를 빨아들이는 것 같은 신음을 내보냈다. 한노의 '심장 공격' 은 짜릿한 괴로움이었다. 몸 안에 그대로 남아 숨을 죽이고 있던 에너지가 일시에 일어나 강력한 분출을 위해 스스로를 달구는 과정이었다. 그 과정에서 몸의 주인을 괴롭히는 아찔한 쾌락이었다.

"으으읏……."

려희가 억눌린 신음을 토했다. 거의 동시에 그녀의 엉덩이가 한노의 그것을 밀었다. 그 힘을 그도 밀어내듯 하며 허리를 돌렸다. 그 찰나에 려희가 제 안의 에너지를 입으로 분출했다. 소리로 분출하고 몸부림으로 받았다. 그녀의 절정은 한노의 분신에 불을 질렀다. 절정과 함께 일시에 쏟아져 나오는 그것은 분명 뜨거운 분비물일 것인데 흡사 불같았다. 한노는 후끈 달아올랐다.

려희가 절정에서 내려오는 지점에서 한노는 그녀의 허리를 받쳤던 손을 서서히 내려 그녀를 시트 위에 놓았다. 행위의 속도를 조절하면서. 이제는 그의 시간이었다. 또한 그 시간의 지배자는 그의 의지가 아닌 그의, 분신의 의지였다. 내려오는 그녀에게 바통을 이어받아 그가 달렸다. 려희는 단단해진 그의 몸을 애무했다. 그녀의 애무 역시도 단단했다. 그의 엉덩이를 야무지게 콱, 쥐어 잡았으니까. 그러자 그가 울부짖었다. 전처럼 슬픈 소리가 아닌, 지배자의 포효였다. 려희는 미소 지었다.

태풍이 휩쓸고 지나간 자리에는 고요가 남을 뿐이다. 달콤한 휴식을 위한 고요. 그런데 꼭 그렇지만도 않았다. 은은한 불빛 속 뭉게구름 위에서는 달콤한 휴식 대신 달짝지근한 소리가 한가득이었다. 바로 쪽, 쪽, 쪽, 소리였다. 한노가 려희의 발목을, 발바닥을 저에게 향하게 잡고서 발가락 하나하나에 입을 맞추고 있었다. 그러다 새끼발가락을 입에 넣고 빨았다. 한참을 빨다가 사탕 뱉듯이 입 밖으로 내보냈다.

"귀엽다……."

한노가 중얼거렸다. 그 귀여운 발가락은 퉁퉁 불어 있었다. 물 속에 오래 있으면 붇는 것처럼.

"좀 자자, 한노야."

이불을 몸에 감고 엎어져 있는 려희가 베개에 파묻힌 머리를 들지도 않고, 나른하면서도 은근히 짜증이 배어난 목소리로 칭얼댔다. 한노는 대답 대신 그녀의 발바닥 한가운데를 혀끝으로 간질간질 간질였다.

"아이 참……."

려희는 웃음소리를 내면서도 몸서리를 쳤다. 그녀는 한노의 손에 잡혀 있던 발을 마구 휘둘러 벗어나더니 그 발을 이불로 쏙 감췄다. 한노가 대번에 '발 내놔' 하며 이불 속으로 손을 넣어 더듬었다.

"자자니까."

려희가 제 몸을 이불로 돌돌 말아 저항했다.

"제발 좀 자자, 이 발꼬락 성애자야."

려희가 버럭 소리치자 한노는 그녀의 뒤에서 이불째로 그녀를 안았다.

"려희야. 려희야……."

"자자니까.

려희는 눈을 감고 귀찮다는 듯했다. 목소리에 잠이 진하게 묻어났다.

"해보고 싶은 게 백 가지라며 발가락만 빨 거야?"

"그럼 방구 뀌어봐."

"뭐?"

려희가 눈을 번쩍 떴다.

"귀여울 것 같아."

"이 변태……."

침실에 퍽, 소리가 울려 퍼졌다.

❖

검은색 중형 승용차가 한노의 자택 대문을 통과했다. 차는 곧장 주택 앞에 섰다. 그 차를 맞이하듯 기둥 사이에 서 있던 려희가 계단을 내려오고, 차에서 가장 먼저 내린 박 비서가 뒷좌석의 문을 열었다. 뒷좌석에서 한노가 먼저 내렸다. 뒤이어 려희 엄마가, 이미 차 안에서 놀랐을 심정을 고스란히 간직한 얼굴로 내려 그 얼굴 그대로 주택을 향했다.

"세상에……."

엄마는 감탄했다.

"이렇게 멋진 집은 처음 보네."

진즉에 딸에게서 멋진 집이라는 설명을 듣기는 했지만 실제 눈으로 보는 것에 비할 바는 못 되었다. 더구나 려희는 안을 다 꾸민 뒤에 직접 보라며 사진조차 보여주지 않았었다.

"집 안은 더 멋져."

려희가 말했다. 저가 집주인 같았다.

"내가 진짜 엄청 고생해서 꾸민 거니까 얼른 들어가자, 엄마."

"나는?"

한노가 끼어들었다. 저도 고생했다는 의미였다.

"네가 한 게 뭐 있어? 졸졸 따라다닌 거 말고는."

"운전도 하고, 밥도 사주고……."

"됐거든."

"참 한결같네, 한노 구박하는 것은."

엄마가 려희에게 눈을 흘겼다.

"내가?"

"몰랐어?"

려희는 민망한 듯 배시시 웃다가 한노의 은근한 윙크를 받고는 '쓰읍' 하는 눈길로 노려봤지만 또 금세 해죽 웃었다. 그녀는 어젯밤을 한노와 함께 이곳에서 보내고 오늘 한노가 엄마를 모시고 오는 동안에 혼자 남아서 기다렸다. 엄마한테 저도 가려고 했지만 한노가 '집주인은 집에서 기다리라' 고 해서 그렇게 했다.

대리석 바닥이 아름다운, 텅 비었을 때는 발자국 소리를 공명으로 만들던 홀(Hall)은 비로소 온기가 도는 집 같았다. 아라베스크 무늬의 양탄자가 깔리고 그 위에 부드러운 크림색 가죽 소파와 우아한 의자가 놓이고, 세련된 장식장이 놓이고, 정물화가 걸렸다. 리빙 룸은 간결한 북유럽의 취향을 반영했고, 다이닝 룸과 주방은 밝고 깨끗한 하얀색을 위주로, 그러나 차갑지 않도록 따뜻한 색을 섞어 안락하게 꾸몄다.

"와……."

엄마는 감탄만 할 뿐이었다.

"엄마 방 봐야지."

려희가 엄마의 손을 잡고 끌었다. 엄마 방은 리빙 룸에서 가까운 곳에 있었다. 침대를 별로 좋아하지 않는 엄마를 위해 침대인 듯 아닌 듯, 돌침대에 사용하는 돌로 널찍한 보료 같은 것을 만들었다. 방의 3분의 1쯤 차지하는 널찍한 크기에 바닥에서 계단 하나의 높이로, 마치 방 안에 또 하나의 온돌방이 들어와 있는 것 같은 구성이었다. 겨울이면 그곳에 늘 이불을 깔아놓고 아무 때나 누워 몸을 뜨끈하게 지질 수 있도록 한 것이었다.

"좋다……."

엄마는 방 안을 둘러보며 흡족해했다. 방에 화장실이 딸려 있는 것도, 자개로 된 붙박이장과 화장대, 창가의 티 테이블, 모두 마음에 들어 했다.

"너무 분에 넘치는 거 아닌지……."

엄마는 손으로 입을 가렸다. 눈물을 글썽거렸다. 그러다 금세 '주책' 이라고 중얼거리며 눈물을 훔쳤다.

"아줌마. 2층도 봐야지."

한노가 말했다.

복층이라서 2층은 난간을 따라 방이 구성돼 있었다. 엄마는 그곳에서 작은 리빙 룸과 침실, 서재를 구경했다. 1층에 비해 간결한, 현대적인 감수성이 돋보이는 인테리어였다. 모두 려희의 것이었다.

"한노 방은?"

엄마가 의아해하며 물었다.

"지하."

려희가 대답했다. 세 사람은 모두 지하층으로 내려갔다. 내려가서 한노와 려희는 거울 방에 대해 엄마에게 열심히 설명했다. 엄마가 거울 방을 보고 '참 기이한 방' 이라고 말한 뒤였다. 그 '기이한 방' 이 운동하는 방이고 천장의 줄은 요가용이라고, 특히 려희가 목에 핏대를 세우며 강조했다. 요즘에는 줄에 매달려서 하는 요가가 유행이라면서.

"됐어. 그만해."

려희의 장황한 설명을 듣고 있던 엄마가 손사래 쳤다.

"운동하면 좋지, 뭐."

엄마는 고개를 끄덕거렸다. 이해가 됐다기보다는 딸의 설명이 지루해 그냥 그런가 보다 하는 쪽에 가까웠다. 그런 엄마 뒤에서 려희와 한노는 소리 안 나게 하이파이브를 했다.

"그러고 보니……."

지하층을 나와서 엄마가 말했다. 웃음을 머금고.

"각 층마다 꼭 주인이 따로 있는 것 같네? 2층은 려희, 지하는 한노, 1층은 난가?"

"응, 엄마. 내가 제일 높으니까 2층이고 서열이 제일 낮은 한노가 지하인 거야."

려희는 말하고 나서 메롱 하듯 혀를 삐죽이 내밀었다.

"넌 어째 갈수록 뻔뻔해지니?"

"내가 뭘?"

딴청 부리듯 더욱 뻔뻔스러운 얼굴을 하는 딸을 보며 엄마는 혀를 차고, 려희는 푹 웃음을 터뜨리고, 엄마가 따라 웃고, 한노가 엄마의 어깨를 팔로 감쌌다. 려희는 한노의 반대편에서 엄마의 허리를 안고, 세 사람은 나란히 걸었다. 엄마는 한노를 보고 딸을 보았다. 려희는 엄마를 보고 한노를 보았다. 한노는 려희를 보고 엄마를 보았다. 그러다 그 마지막에 세 사람의 눈길이 향한 곳은 창밖, 하늘이었다. 늦가을의 푸른 하늘이 유난히 맑고 투명했다.

❖

밤하늘에 별이 총총했다. 투명하지만 시린 별빛이었다. 기분 좋을 만큼 부는 바람에도 찬 기운이 묻어났다. 그 바람결에 몸을 내맡긴 마른 낙엽의 바스락거리는 소리가 가을이 지고 있음을 노래했다. 그 노래 속에서 늦가을의 정원은 풍요로웠다. 정원의 한편에서 환한 빛을 내고 있는 오렌지색 텐트와 더불어서. 그 텐트 근처를 박 비서가 지났다.

"집 놔두고 왜 저러는지 참……."

박 비서는 텐트를 보며 잠깐 걸음을 멈추고 중얼거렸다.

텐트 안은 아늑했다. 천장에 걸린 램프가 부드러운 빛을 내고, 그 빛에 어울리는 잔잔한 현악이 휴대용 오디오에서 흘러나왔다. 려희가 그 현악의 멜로디를 허밍으로 따라 했다. 휴대폰 화면을 콕콕콕, 쉼 없이 손끝으로 두들기면서. 마음이 잘 통하는 상대와 대화를 하는 듯 그녀는 무척 즐거워 보였다.

그 곁에서 한노가 비스듬히 모로 누워서 캠핑 관련 잡지를 뒤적이고 있었다. 그러나 잡지보다는 려희를 훔쳐보는 데에 더 많은 시간을 투자하고 있는 그는 약간 심통 난 얼굴이었다. 그러다 려희의 웃음소리까지 들려오자 머리맡에 있는 커피 잔을 들어, 잔 바닥에 조금 남은 커피를 마저 비운 뒤 그것을 받침잔 위에 부러 소리 나게 쨍, 내려놓았다. 그럼에도 려희는 눈길을 주기는커녕 오히려 더 웃었다.

한노는 발을 려희에게 길게 뻗었다. 그리고 발끝으로 콕콕 그녀를 건드렸다. 려희는 귀찮다는 듯 몸을 살짝 돌렸을 뿐 그를 쳐다보지도 않았다. 휴대폰의 대화에만 열중해 있었다.

"그렇게 재밌어?"

결국 한노가 볼멘소리를 했다.

"으응……. 다 골랐어?"

려희는 여전히 휴대폰에 눈을 두고 손끝을 부지런히 움직이면서 물었다. 내년에 대학 복학을 앞두고 한노가 캠핑을 가자고 제안한 것이 열흘 전쯤이었다. 캠핑도 려희와 해보고 싶은 백 가지 중의 하나라고 했던 그는 먼저 캠핑 기분을 낸다며 정원에 직접 텐트도 쳤다. 텐트 생활은 나흘째였다. 려희는 나름 만족했다. 어제까지는 한노도 만족이었다. 오늘 그는 캠핑카를 골라보자고 했다. 려희는 차를 잘 몰랐다. 그래서 '네가 몇 개 추려놓으면 그중에서 찍어볼게' 라고만 했다.

"캠핑 안 가."

한노가 잡지를 팽개치고 어깨를 툭 바닥에 내려놓으며 똑바로 누웠다. 그제야 려희가 한노에게 눈길을 던졌다.

"왜?"

"넌 관심도 없잖아."

"아냐. 나도 캠핑 무지 가고 싶어. 백수 생활하는 동안 여행도 실컷 하고 싶다구."

려희는 다니던 직장을 그만두었다. 휴가 기간이 끝나자마자 바로였다. 한노가 대학에 복학할 때까지만이라도 제 시간을 모두 그에게 주기 위해서, 온전히 그의 곁에 있기 위해서였다. 엄마와 함께, 한노를 위한 안락한 집과 가정을 꾸미는 것이 모든 것에 우선이라고 생각했다.

“그중에서도 가장 먼저, 우리나라의 아름다운 강산을 여행할 거야. 우리 한노와 함께 캠핑카 타고.”

“캠핑카에 관심도 없으면서…….”

려희의 말에 마음이 다소 누그러졌음에도 그는 시비였다.

“아무리 몰라도 같이 봐주면 좋잖아.”

“진짜 몰라서 그런 건데……. 관심은 아주 많아. 진짜야.”

“근데 왜 딴짓만 하냐?”

“이거?”

려희는 제 손에 든 휴대폰을 살짝 내밀어 보였다.

“질투해?”

“질투가 아니라…….”

“봐, 봐…….”

려희가 한노의 눈앞에 대고 휴대폰으로 삿대질했다.

“강원도 사는 내 친구 여울이. 대학 절친이라고 전에 사진도 보여줬잖아. 이번에 여행 가면 들를 거라고, 그거 카톡 하면서 딴 얘기도 좀 한 건데 그걸 질투하냐?”

“누, 누가 뭐래? 너무 오래하니까 그렇지.”

“오래는 무슨, 한 시간도 안 됐다.”

“한 시간 넘었거든.”

려희가 시간을 확인했다.

“넘었구나…….”

“거봐.”

그래 봐야 겨우 10분 넘기고 있었다. 려희는 제 시간을 온전히 한노에게 주고 있건만 그는 그래도 모자란 모양이었다. 그래도 외로운 모양이었다.

"아, 넘었구나. 넘었어. 너어머었구나아아아아……."

려희가 입에 '아아아'를 달고 누워 있는 한노에게 확 달려들었다.

"벌줄 거지? 그럴 줄 알았어. 자진 납세할게."

한노 위로 포개지듯 달려든 려희가 그의 머리칼을 움켜잡고 허리를 놀려 팟, 팟, 팟, 피스톤 운동을 흉내 냈다. 한노가 웃음을 터뜨렸다. 두 사람은 그렇게 장난을 치다가 어느 순간에 갑자기 움직임을 멈췄다.

"너도 들었……."

"쉿……."

려희가 입가에 검지를 댔다. 두 사람은 숨죽인 채 귀를 기울였다. 그때 들려왔다. 야아옹, 야옹. 려희와 한노는 누가 먼저랄 것도 없이 일어나 텐트를 열고 밖으로 뛰쳐나왔다. 나와서 사방을 둘러보았다.

"저쪽에서 들렸어."

"아니야. 이쪽이야."

두 사람은 제각기 다른 방향을 가리키더니 이윽고 그 각자의 방향으로 조심히, 살금살금 걸었다.

"야옹아. 어디 있니? 이리 와."

"냥이야. 야옹, 야옹. 배고파?"

어디서 나타났는지 알 수 없는 고양이를 찾아 려희와 한노는 정원을 배회했다. 녀석이 모습을 쉽게 보일지 애를 먹일지 알 수는 없지만 조만간 새 식구가 생길 것이라는 기분 좋은 예감을 갖고서.

— 끝 —